# ANCRAGE

Titre originale : *STEADFAST (True North #2)*

Cet ouvrage est une fiction. Toute référence à des événements historiques, des personnes réelles ou des lieux réels cités n'ont d'autre existence que fictive. Tous les autres noms, personnages, lieux et événements sont le produit de l'imagination de l'auteur et toute ressemblance avec des personnes, des événements ou des lieux existants ou ayant existé ne peut être que fortuite.

Photographies de couverture : © Curaphotography / Getty Images
© Roxana Bashyrova / Shutterstock
Graphisme : Christophe Petit / Studio Hugo
Collection New Romance® créée par Hugues de Saint Vincent, dirigée par Arthur de Saint Vincent
Collection Hugo Poche dirigée par Franck Spengler

Éditions en langue française : *ANCRAGE* (Le Grand Nord #2)
Ouvrage dirigé par Isabelle Solal

34-36, rue La Pérouse
75116 – Paris
www.hugoetcie.fr

ISBN : 9782755644234
Dépôt légal : novembre 2019
Imprimé en Espagne

LE GRAND NORD #2

# ANCRAGE

SARINA BOWEN

Traduit de l'anglais (États-Unis)
par Clara Valmont

Hugo Poche

NEW ROMANCE®

DU MÊME AUTEUR :

*The Ivy Years Series*
*The Gravity Series*
*The Brooklyn Bruisers Series*

*Pour tous ceux qui se sont battus*
*contre l'addiction.*
*Vous êtes mes véritables héros et héroïnes.*

# CHAPITRE 1

## JUDE

*Niveau de manque : 5*

La dernière fois que j'ai traversé Colebury dans le Vermont, j'étais au volant d'une Porsche 911 de 1972, remise à neuf et agrémentée d'une toute nouvelle peinture aubergine.

Comparez et jugez par vous-même : trois ans plus tard, je descends Main Street avec fracas dans une carcasse, une Dodge Avenger modèle 1996 que je viens d'acquérir pour neuf cents balles. L'aile avant droite est maintenue par de l'adhésif.

Cette poubelle ne m'aurait pas vraiment dérangé si cette Avenger et moi n'avions pas autant de points communs. On a tous les deux fini dans le caniveau, l'âme et le corps en morceaux. Le pot d'échappement du véhicule est défoncé. Les fils qui pendouillent sous le tableau de bord s'avèrent être une parfaite métaphore de mes nerfs à vif. Ça fait cinq mois que je suis sorti de cure de désintoxication et je n'arrive toujours pas à dormir plus de trois heures d'affilée.

Le jeune adolescent arrogant que j'ai été n'aurait jamais pris cette pente-là, mais l'avis de ce punk ne m'importe plus à présent. Je hais ce type. Et puisque je fais la liste des changements, je devrais ajouter que la dernière fois que j'ai traversé Colebury dans le Vermont, j'étais complètement défoncé, je planais sous opiacés.

Aujourd'hui, je suis raide sobre. Donc, j'ai au moins ça pour moi.

Dans la colonne des moins, je suis un vrai criminel aux yeux de la loi. J'ai pris trente-six mois pour possession de stupéfiants et homicide involontaire au volant d'un véhicule. J'ai très peu d'argent et encore moins d'amis. La seule part de chance dans ma vie – ce job qui m'a sauvé dans un verger du coin – vient juste de prendre fin. En novembre, il n'y a plus de pommes à ramasser ni à vendre. Rentrer chez moi est donc ma seule option.

Comme d'habitude, il n'y a pas de circulation à Colebury, pas d'heure de pointe dans cette petite ville du Vermont où j'ai grandi. C'est plutôt une minute de pointe, je dirais, mais elle n'a pas encore commencé. Je prends un dernier virage, les maisons deviennent plus petites et les trottoirs plus irréguliers. Trois ans ont passé, et je connais toujours cet endroit comme le fond de ma poche.

Je ne serais jamais rentré si j'avais pu faire autrement.

Je me gare sur la propriété de mon père avant de couper le moteur vrombissant de cette casserole. À l'angle, le concessionnaire *Nickel Auto Body*. À gauche, notre petite maison avec le porche qui s'affaisse, à droite un immense garage automobile.

Quand j'étais ado, je me disais que sur la pancarte il devrait y avoir marqué *Nickel et Fils*. L'année qui a suivi ma sortie du lycée, j'ai travaillé ici au moins autant d'heures que lui. Mais je n'ai jamais demandé à mon père de changer l'enseigne, parce que pour ça, il aurait fallu avoir une conversation. Mon père ne converse pas. Il ne félicite pas non plus, il n'engueule pas non plus.

Il boit à la place.

Je gare l'épave dans l'allée, entre le garage et la maison.

À mon arrivée, mon père s'extirpe de l'ombre du garage. Je le vois passer la porte au ralenti, reluquant la voiture inconnue. Il espère sans doute que ce n'est pas un créancier.

Je sors de la voiture, guettant une réaction sur son visage impassible.

Il cligne des yeux, deux fois. C'est tout. Je lance « Hey » en me penchant sur la banquette arrière pour y attraper les deux sacs qui contiennent tout ce qui me reste.

– T'es sorti, dit-il.

*Merci, perspicace, dis donc !*

– Je suis sorti depuis six mois, je ramassais des pommes à Orange County.

– Ah.

Toute ma vie, je ne l'ai entendu prononcer que des phrases d'un ou deux mots, tout au plus. Maintenant que j'ai passé pas mal de temps dans des réunions pour soigner mes addictions, je me dis que son silence est sans doute un moyen d'éviter de bafouiller, de manger ses mots.

Il est presque deux heures, ce qui veut dire qu'il a sans doute déjà ingurgité la moitié de sa flasque.

– Alors… (Je me racle la gorge, en me demandant ce qui va se passer ensuite.) Comme il n'y a plus de boulot à la ferme avant le printemps… je me disais que je pouvais rester dans mon ancienne chambre, si elle est disponible.

Je lève la tête et jette un œil à la petite fenêtre étroite au-dessus du garage. Il y a toujours les mêmes rideaux jaune délavé.

Je le vois me dévisager, les yeux plissés. Après une pause, il laisse échapper un « Ouais… OK ».

J'ajoute « je suis sevré », juste au cas où il se poserait la question. À la différence d'un grand nombre de drogués que j'ai rencontrés, je n'ai jamais eu de vrai conflit avec mon père à propos de la drogue. Il ignorait le sujet. *Il m'ignorait.* La dernière fois que j'ai vu mon père, c'était au cours du premier mois de ma peine. Il est venu me rendre visite en prison une fois en tout et pour tout. Vingt longues minutes, chargées de tension, à se regarder mutuellement, installés de part et d'autre d'une table déglinguée, à essayer de trouver quelque chose à se dire. Ça a été mon seul visiteur pendant les trois ans.

Pour être honnête, une autre personne a *essayé* de me rendre visite. Mais je ne voulais pas la voir.

– D'ailleurs…

Je plonge la main dans mon sac, à la recherche de mes clés. Je n'en ai que quelques-unes : celle de la Dodge, celle du garage, celle de ma chambre et une quatrième, que je défais de l'anneau de métal en y glissant mon ongle. Une fois séparée des autres, je la tends à mon père.

Doucement, il me la prend des mains.

– Pourquoi ? me demande-t-il simplement.

Je jette un œil vers la maison dans laquelle j'ai grandi.

– Tu gardes sûrement de l'alcool dans la maison. Je ne bois plus. C'est plus simple pour moi si je me tiens à distance.

Il me dévisage à nouveau, mais cette conversation ne se passe pas trop mal. J'ajoute :

– Et je peux travailler aussi.

Il *faut* que je travaille, bien entendu. Après l'achat de la vieille Dodge et les réparations, je dois me remettre à flot, mes économies vont en prendre un coup. J'ai mis de côté la majeure partie de l'argent que j'ai gagné en travaillant au verger, puisque j'étais nourri et blanchi, mais pas suffisamment pour repartir de zéro ailleurs. Pas encore.

Je serais bien resté travailler dans cette ferme pour toujours. Vivre ici au-dessus d'un garage, entouré de fantômes, dans une ville où je sais pertinemment comment trouver de la drogue ? Ça va être la chose la plus dure que j'ai jamais faite.

– Pas trop de boulot en ce moment… je n'ai rien à faire aujourd'hui à part une rayure de carrosserie, dit mon père.

Ça ne m'étonne pas. Dans le bon vieux temps, même au sommet de ma période de drogué, j'ai fait pas mal de réparations pendant que mon père « gérait » le lieu. Il a dû perdre des clients quand je suis parti en prison. Impossible qu'il se secoue pour garder le rythme après mon arrestation.

Je garde un ton neutre, parce que je ne veux pas l'énerver.

– Je me disais que je pourrais mettre une pancarte pour offrir la pose de pneus neige pour quarante balles.

– Ça peut marcher, dit-il en marmonnant.

– Je vais essayer, dis-je très vite.

On se dévisage un instant. Je m'attendais à ce qu'il ait l'air bien plus vieux. Je ne sais pas pourquoi. Peut-être parce que moi-même j'ai l'impression d'avoir cent ans.

Fin de la conversation, mon père fait un geste vers le garage.

– Faut que j'y retourne.

– Oui.

En s'éloignant il désigne la Dodge.

– C’est une vraie poubelle, ça !

– J’avais remarqué.

Et voilà. Les retrouvailles père/fils les plus étranges de l’univers viennent de prendre fin. Je laisse échapper un long soupir de soulagement en regardant son bleu de travail s’engouffrer dans le garage. Il n’a sans doute pas vu l’intérieur d’un lave-linge depuis que j’ai été expédié en prison.

Il ne m’a pas renvoyé, c’est déjà un bon point pour moi. Mon sac sur l’épaule, je descends l’allée, entre la maison et le garage. Rien n’a changé ici non plus. La peinture s’écaille toujours, et des herbes mortes pointent dans les crevasses de l’asphalte.

Dans le Vermont, on appelle le mois de novembre la « saison des bâtons ». C’est un mois sombre après que toutes les couleurs de l’automne se sont évanouies avec les feuilles. Le soleil se couche chaque jour à 16 h 30, et la neige blanche n’est pas encore là pour purifier tous nos péchés.

L’allée se termine par un cul-de-sac où se trouvent les escaliers usés qui montent directement à ma chambre, mais je n’arrive même pas jusque-là. En tournant à l’angle de l’allée, je manque trébucher sur une voiture basse, garée serrée contre le mur arrière du garage. Elle est complètement recouverte d’une épaisse bâche noire.

Quand je vois ça, mon cœur s’emballe. Mon corps réagit comme à la découverte d’un cadavre.

Et d’une certaine manière, c’est vraiment ça.

Je me penche en avant, j'attrape un coin de la bâche et la soulève de quelques centimètres. En dessous, je découvre exactement ce que je craignais : une touche de peinture aubergine. C'était une couleur de sortie d'usine pour la Porsche en 1972.

Je laisse retomber la bâche et je fais un pas en arrière, comme si je venais d'être surpris en train de faire quelque chose d'illégal. Je n'ai pas la moindre idée de la raison pour laquelle ce symbole matériel, preuve de ma stupidité, se trouve là. Dans mon esprit, c'était comme si elle s'était évaporée en même temps que la vie qu'elle a fauchée il y a trois ans de ça. Si je m'étais interrogé une seconde sur l'endroit où elle pouvait se trouver, j'aurais certainement supposé que mon père l'avait vendue pour une misère. Il a toujours été partisan du moindre effort.

Mais voilà, elle se trouve précisément là où, plusieurs fois par jour, je vais devoir passer et la voir, tout en essayant de faire abstraction du siège passager enfoncé à cause de l'impact contre l'arbre.

Au moins la bâche dissimule l'absence de pare-brise à travers lequel un joueur de lacrosse[1] de quatre-vingt-dix kilos a volé vers sa mort, se brisant le cou sous le choc.

---

1. Le lacrosse, aussi appelé « la crosse », est un sport collectif d'origine amérindienne qui ressemble au hockey, où les joueurs se servent d'une crosse pour mettre une balle dans le but adverse. (NdE, ainsi que pour les notes suivantes)

Debout, là, à observer la coquille vide de ma vie d'avant, ça commence à me démanger. Pas à me *démanger* littéralement. Mais « démanger » est le mot le plus approprié pour décrire le manque de drogue. Je sens comme un tressautement incessant dans mes membres et un vide dans ma poitrine. Certaines personnes décrivent ça comme de la faim ou de la soif. Mais ce n'est pas exactement ça non plus.

Quel que soit le nom qu'on lui donne, il y a cette douleur au fond de moi que j'ai envie d'apaiser. Et je traverse chaque journée un peu perdu, à essayer de combler un vide dans mon âme.

Mais ça ne disparaît jamais. Cinq mois après ma sortie de cure de désintoxication, j'éprouve toujours exactement ce même sentiment. Ça se manifeste quand je suis stressé ou que je m'ennuie. Quand je suis fatigué ou sous-alimenté. Parfois, quand tout va bien.

Ça ne cessera jamais. Il n'y a pas de remède. Tu *vis* avec. Point.

Les bords de la bâche se soulèvent avec le vent, comme pour me défier.

En cure, ils disaient toujours : « Bouge. Pense à autre chose. » Donc, c'est ce que je fais. Je hisse mon sac à dos sur mon épaule. Je contourne la Porsche sans la toucher et j'emprunte le vieil escalier de bois en montant les marches quatre à quatre jusqu'à ma chambre.

Je ne suis pas venu ici depuis plus de trois ans, mais ça me paraît étrangement familier de glisser ma clé dans la serrure et de pousser cette porte.

*Le renfermé*. Première réaction. Puis *le bordel*. Je n'ai pas grand-chose qui m'appartienne, mais tout ce que j'ai est là, disséminé dans la chambre, comme si un tremblement de terre avait touché juste cette pièce.

Ma chambre a été fouillée, et sans précaution aucune. Les tiroirs des commodes sont ouverts, leur contenu répandu au sol. Le matelas est retourné, quelqu'un a cherché en dessous. Les objets sur mes étagères sont sens dessus dessous.

Je laisse tomber mon sac sur le lit encombré et je traverse la chambre vers la salle de bains. Mon regard est attiré par une bouteille de shampoing rose qui a patienté ces trois années dans ma douche.

C'était à *elle*. À Sophie.

Je tends la main et je cueille la bouteille de shampoing sur l'étagère dans la douche, j'ouvre le bouchon et l'odeur me submerge immédiatement : pomme verte. Planté là, debout, je me souviens de l'odeur de Sophie, c'est comme un coup de poing dans le ventre. De tout ce que j'ai perdu, ma bonne réputation, la chance d'obtenir un boulot décent, ma voiture remise à neuf avec soin, rien ne m'importe autant que Sophie. Elle est sortie de ma vie, et c'est irrémédiable. Impossible de rattraper ça.

Au bout d'une minute, je me rends compte que je suis toujours là, debout dans ma chambre en chaos, le nez collé à un shampooing comme un imbécile. Mais il n'y a pas de honte à ce que quelqu'un vous manque. Croyez-moi, la honte, ça me connaît. La montagne de choses dont j'ai honte est aussi haute que le mont Mansfield. Mais le fait qu'elle me manque n'est pas un crime. Elle manquerait à n'importe qui.

Je rebouche la bouteille et je la repose à sa place. Puis je me dirige vers les toilettes, qui sont le vrai problème. Je commence par tirer la chasse, simplement pour m'assurer qu'elle fonctionne, parce que je pourrais bien avoir des choses à y jeter incessamment.

Puis vient le plus dur.

Je jette un œil au réservoir en me demandant ce que je vais bien pouvoir trouver à l'intérieur. Rien, sans doute. Ce n'est pas vraiment une planque des plus originales, mais quand je stockais mes cachetons, ce n'était pas pour les cacher aux flics qui auraient très bien su où les trouver. Je les cachais juste à Sophie.

J'étais tellement fier de la manière dont je réussissais à séparer mes deux amours l'un de l'autre, la drogue et ma copine. Même quand je sniffais une quantité improbable de cocaïne, j'étais toujours opérationnel dans le garage et toujours un très bon amant. Quel exploit !

Jusqu'à la nuit où tout a basculé.

Depuis cette terrible nuit, j'ai joué au jeu du « *et si* » plus d'une fois. *Et si* elle avait su ? *Et si* j'avais admis que j'avais un problème plus tôt ? *Et si* j'avais déraillé pour un plus petit truc, avant le désastre ?

« *Et si* », c'est un raisonnement vain. Demandez à n'importe quel drogué.

Doucement, je soulève le couvercle poussiéreux et je jette un œil à l'intérieur comme si un serpent allait me mordre. En réalité, les pilules que j'ai tenues à l'écart de ma vie ces derniers mois sont bien plus cruelles qu'un serpent.

Il n'y a rien. Ma vieille planque a été découverte, et quelles qu'aient été les provisions stockées ici le pire soir de toute ma vie, il y a longtemps qu'elles n'y sont plus, elles ont été trouvées par la police et conservées dans un dossier de preuves je ne sais où, là où ils gardent les stupéfiants trouvés sur des losers comme moi.

Dieu merci, ce n'est pas aujourd'hui que je vais me tester.

J'aurais certainement jeté les pilules aux toilettes sans réfléchir mais, tant que tu ne les as pas dans le creux de la main, tu ne sais jamais ce que tu vas faire. Il y aurait eu une chance que j'en empoche une, juste en cas d'urgence.

Or, pour un accro comme moi, cette urgence se serait inévitablement produite dans l'heure.

En cure de désintoxication, j'ai aussi appris que le taux de rechute pour les drogués aux opiacés est de cinquante pour cent. Ces derniers temps, cette petite donnée statistique déprimante me trotte dans la tête toute la journée. « Mais ça veut dire que presque la moitié d'entre nous *ne rechute pas*, avait souligné une âme optimiste dans notre thérapie de groupe. On peut choisir d'être dans *cette moitié-là.* »

Plus facile à dire qu'à faire.

Je ressens la première vague de soulagement depuis mon arrivée en ville ; je replace le couvercle. Puis je me lance dans le rangement. Je défais le lit duquel s'échappe un nuage de poussière. Je tousse. Il faut que j'aère cette chambre. Que j'aère mes poumons. Que j'aère toute ma putain de vie.

***

Ça m'a pris plusieurs heures pour rendre la pièce à peu près habitable. Je traîne l'aspirateur du garage jusqu'en haut pour m'attaquer à la poussière. Je fais une visite au lavomatic et je passe dans un fast-food me prendre un menu que je mange dans mon immonde voiture pendant que mes draps et mes serviettes sèchent. Rien à voir avec les repas faits maison qu'on me servait à la ferme Shipley, mais ça fait l'affaire.

À la nuit tombée, je suis en mesure de faire mon lit avec des draps propres et de m'y effondrer. J'éteins la lampe et je laisse mes yeux s'accoutumer aux ombres de mon ancienne chambre. En ce moment, m'endormir m'est extrêmement difficile et rester endormi quasiment impossible. À la ferme Shipley, je partageais un dortoir avec trois autres types. Je restais éveillé, allongé dans mon lit, à les écouter ronfler.

Ma chambre ici va être bien plus silencieuse – juste assez silencieuse pour laisser la place à tous les démons qui logent dans ma tête. Et être ici me fait penser à elle aussi.

Sophie.

Je me demande où elle est en ce moment précis. À New York certainement. Elle doit avoir un petit appartement quelque part, parce que les chanteurs qui débutent ne gagnent pas grand-chose. Elle doit avoir des colocataires.

Ou un copain.

Je me force à imaginer qui elle choisirait comme copain.

Je l'imagine être tout le contraire de moi, puisque Sophie ne voudrait certainement pas se remémorer ses choix malheureux. Donc, ça ferait de lui un type aux cheveux foncés, au teint cireux, portant un costume italien. Avec un peu de chance, il aurait un job très bien payé, dans la finance ou l'immobilier. Il gagnerait assez pour vivre dans un quartier paisible et pour emmener Sophie dans des restaurants très chers.

Évidemment, la Sophie que je connais ne sortirait pas avec un banquier. Ça ressemblerait trop à ce que son père aurait souhaité pour elle. Mais peut-être qu'elle l'aurait rencontré à un entracte au Metropolitan Opera. Son banquier à elle aurait un petit côté artiste et des places de choix dans une loge privée. Il l'aurait invitée à venir voir le spectacle avec lui, puisqu'il était si bien placé. Et comme Sophie n'aurait rien de plus que des billets non numérotés, elle aurait accepté…

Mon cerveau bute sur un détail. Est-ce que les loges privées existent vraiment ou est-ce que c'est juste dans les vieux films ?

En prison, je passais mon temps à me distraire comme ça, pendant des heures. Quand il n'y avait personne à qui parler, je partais en voyage dans ma tête. Avant la prison, j'étais un bavard, sûrement un peu trop bavard même, mais les trois dernières années, je n'ai pas beaucoup conversé. Même à la ferme Shipley, où il y avait toujours des gens avec qui discuter, je ne parlais pas beaucoup. C'était une famille si sympathique, si normale. Je préférais écouter. Qui a envie d'écouter un type dont toutes les phrases commencent par « En prison, on… » ?

Personne.

Des phares illuminent l'angle de mon plafond, de gauche à droite. Puis il fait sombre à nouveau. Les bruits de la nuit sont différents ici. Je m'étais habitué aux hululements des chouettes à la ferme Shipley, auxquels répondaient parfois les cris des coyotes des alentours.

Le dortoir me manque. L'intimité n'est en rien un luxe pour moi. Si je me lève de ce lit pour me trouver une dose, personne n'est là pour le remarquer ou s'en soucier. J'avais besoin de ces traites de six heures du matin pour rester fort. J'avais besoin du regard attentif de Griff Shipley sur moi quand on travaillait sur l'étal, au marché de producteurs.

Ça va être tellement difficile – chaque minute va être difficile. À Colebury, on trouve tout à portée de main. Certains de mes potes drogués sont sans doute à moins d'un kilomètre d'ici, en ce moment même. À se défoncer. À dealer. Colebury a des relents de toutes mes erreurs et de tous mes désirs passés.

Le vide dans ma poitrine me provoque comme une vibration, je me tourne sur le côté pour essayer de faire disparaître cette sensation. Mais ça n'a pour effet que de me rappeler une autre absence. J'enfonce mon visage dans l'oreiller et j'inspire profondément, curieux de voir si quelque trace de l'essence de Sophie persiste.

Mais il n'en est rien.

# CHAPITRE 2

## SOPHIE

*Mood musical :*
*« You keep me hangin'on »*
*de The Supremes*

– Maman ?

Je l'appelle depuis la cuisine.

– Tu as fait une liste de courses ?

Je fourre mon portefeuille dans mon sac à main et j'enfile mon trench. Je suis un peu en retard pour le travail, comme d'habitude.

– Maman ?

*Silence.*

Je retiens un soupir et je traverse la maison vers le salon, où ma mère est installée dans sa chaise, le regard perdu vers la fenêtre. La tasse de thé que je lui ai apportée il y a une demi-heure est intacte, à côté d'elle.

– Maman ? La liste de courses ? je demande à nouveau.

Elle tourne la tête vers moi, mais ses yeux restent inexpressifs.

Je n'ai pas eu le temps de m'en occuper.

*Évidemment que t'as pas eu le temps.* Elle n'a jamais le temps de rien du tout. Quand mon père est dans la maison, au moins elle apparaît aux heures des repas et répond aux questions simples.

Mais il est parti travailler il y a une demi-heure, et donc elle s'est déjà repliée sur elle-même, prête pour une longue journée passée à fixer l'extérieur, aussi utile qu'un presse-papiers.

– On a sans doute besoin de café, ton père est si désagréable quand il n'y en a plus, dit-elle.

*Merci pour ce commentaire.*

– Très bien. Pour le reste, j'improvise. Salut.

Sans attendre de réponse, je retourne à la cuisine, j'attrape mon sac à main et me précipite vers le garage. Je grimpe à bord de mon Rav4 et je mets le contact. Je compte jusqu'à soixante, parce que Jude a toujours dit qu'il fallait laisser le moteur chauffer.

Je n'aime pas vraiment penser à Jude trois à quatre fois par jour quand je démarre ma voiture. Ou le soir, allongée seule dans mon lit.

Il y a pas mal de choses dans ma situation actuelle que je n'aime pas. Je n'aurais jamais imaginé vivre chez mes parents à vingt-deux ans mais, en plein milieu de mes études, je suis rentrée à la maison. Ma mère s'est transformée en spectre à la mort de Gavin et je voulais être là pour aider. Seulement, j'avais envisagé ça de manière temporaire. Qui pouvait prévoir que, trois ans plus tard, elle serait toujours dans cet état ?

Avant l'accident, ma mère était comme la *Cinquième* de Beethoven jouée avec puissance par un orchestre au grand complet, une vague d'ambition et de volonté pure. Elle a éduqué deux enfants en travaillant à plein temps pour le Département des bibliothèques du Vermont. Elle a dirigé les célébrations et la représentation de Noël de notre paroisse pendant quinze ans d'affilée. Elle a levé des fonds pour lutter contre le cancer du sein, l'illettrisme, et pour rendre l'eau potable en Afrique.

Et maintenant ? Elle ne fait plus rien de tout ça. Dernièrement, c'est plutôt un chant funèbre, joué à une main sur un orgue mal accordé.

Une fois les soixante secondes écoulées, je fais marche arrière pour sortir de l'allée et je prends la route du boulot.

Je ne sais absolument pas comment aider ma mère à guérir. J'ai fixé des rendez-vous pour elle chez des thérapeutes qu'elle a refusé d'aller consulter. J'ai pris en charge les courses. Et la cuisine. Tant que chaque soir un repas sera servi à table, mon père pourra continuer à se raconter que nous ne sommes pas une famille complètement dysfonctionnelle. Et comme ma mère ne se soucie plus d'honorer cette tradition, les courses et les repas sont devenus mon problème.

Personne ne veut se mettre mon père à dos, ça, c'est une certitude. Ça n'arrangerait rien. C'est un tyran qui se soucie peu de savoir si ma mère va mieux. La situation à la maison est sordide, mais j'ai un job que j'aime, et je suis à six semaines de valider ma licence universitaire.

En mode pilote automatique, je traverse notre quartier vers la départementale qui relie notre petite ville à Montpelier. Comme je suis déjà un peu en retard, je n'ai pas le temps de m'arrêter à la boulangerie pour prendre un café crème.

Dépasser les limitations de vitesse est inenvisageable. Quand ton père est le chef des officiers de police, c'est une mauvaise idée de violer le code de la route. Je ne suis pas complètement contre un petit écart avec la loi, mais ça me coûte trop par la suite. Les officiers adorent me balancer à papa.

Voilà où en est le cours de mes pensées à l'instant où je freine au stop, à l'angle des rues Harvey et Grove. Du coin de l'œil, je perçois un mouvement au niveau des portes vitrées de la boutique *Nickel Auto Body Shop*.

Je regarde. (Évidemment je regarde. N'importe qui ferait de même.) Mais je ne m'attendais vraiment pas à le voir lui, ici, debout à côté d'une Dodge cabossée surélevée sur la plate-forme de réparations. Et même à l'instant où ma gorge se contracte pour émettre l'unique, le terrible mot qui me monte aux lèvres – *Jude* –, je n'y crois qu'à moitié.

Parce qu'il est impossible qu'il se tienne là, dans le garage, à effleurer d'une main sereine la carrosserie d'une immonde voiture. Mais ce bras tendu vers la voiture, *je connais* ce bras. Sur le biceps, il y a un tatouage, un buisson de roses. Et cette main-là a touché *chaque parcelle* de mon corps.

Complètement abasourdie, je reste assise, un pied sur le frein, à fixer ce qui ne peut être qu'un mirage de Jude. Quelques détails clochent. Les cheveux de Jude ne peuvent pas avoir autant éclairci, comme gorgés de soleil. Et, même mort, il ne porterait pas cette chemise en flanelle. Ensemble, on adorait *se moquer* de l'uniforme du Vermont. Jude-le-mirage est trop costaud aussi, avec une poitrine large et des muscles saillants dans le dos quand il bouge le bras. Mon Jude a toujours été mince, et quand il est sorti de ma vie, il était carrément maigre.

À l'époque, je n'avais pas voulu chercher à comprendre pourquoi.

Mais surtout, Jude ne *peut* pas se tenir à vingt mètres de moi, par une matinée quelconque du mois de novembre, en plein Colebury, en train d'inspecter une carcasse de voiture. Si c'était vraiment le cas, *je le saurais*. Je le sentirais au fond de mon être, exactement comme la ligne de basse d'une bonne chanson qui résonne dans la poitrine.

Derrière moi, une voiture klaxonne et j'entends à peine le son. Je suis encore absorbée par l'aura de ses cheveux trop blonds et de ses muscles trop saillants sur son avant-bras. Le petit coup de klaxon se transforme en vraie sirène d'alarme, qui me tire enfin de ma rêverie. Les habitants du Vermont ne klaxonnent jamais, ce qui veut dire que j'ai dû fixer

Jude un petit bout de temps. Je jette un coup d'œil rapide dans chaque direction, et je lâche le frein pour l'accélérateur.

Sans trop savoir comment, j'arrive au travail dix minutes plus tard : un vrai miracle dans la mesure où je ne me souviens plus du trajet. Mais me voilà en train de couper le contact sur une place de parking derrière l'hôpital. Je jette les clés dans mon sac, mais je ne sors pas immédiatement de la voiture.

*Inspire, expire !* Je m'encourage. J'agrippe le volant et je repose mon visage au milieu, là où c'est frais. Mon cœur bat à un rythme de disco alors que j'essaie de me remettre de ce choc. Je savais que Jude était sorti de prison. On avait été prévenus quand il a été libéré. Mais c'était il y a six mois. J'ai été sur le qui-vive pendant quelques semaines au printemps dernier, mais pas de signe de lui. Après, j'ai arrêté de m'inquiéter de sa présence ici à Colebury. Mon cœur me disait qu'il avait quitté le Vermont aussi définitivement qu'il était sorti de ma vie.

Mon cœur n'était qu'un sombre imbécile, de toute évidence.

Un petit coup frappé à ma vitre me fait sursauter de surprise. Je me redresse.

– Désolé, s'excuse l'homme dehors.

Jésus Marie Joseph ! J'ouvre la portière.

– Denny, tu as failli me faire mourir de peur.

– Je suis désolé, mais tu étais effondrée sur ton volant comme quelqu'un qui aurait fait une rupture d'anévrisme. Comme quelqu'un qui aurait besoin d'une bonne tape dans le dos.

– Ça, c'est pour quand on *s'étouffe*.

Mon ton est un peu plus sévère que j'aurais voulu. Denny est un type sympa, un peu étrange, mais ce n'est pas de sa faute si je suis morte de peur. Je sors de la voiture et je suis mon collègue vers le bâtiment, avec les genoux qui flageolent.

– Tu vas bien, tu es sûre ?

Il m'ouvre la porte de l'hôpital et j'avale la première bouffée de cet air aseptisé que l'on respire toute la journée.

Je mens :

– Ça va, c'est rien.

– C'est ta maman ?

Denny est quelqu'un de particulièrement attentif. Il sait quelque chose de mes frustrations à la maison. Et tout le monde est au courant de la tragédie familiale. Après l'accident, il a été question de la mort de mon frère dans le journal pendant deux semaines. *Le chef de la police perd son aîné.* Puis sont sortis les détails sordides de l'enquête et la révélation que le pauvre fils du chef de la police avait été éjecté d'une voiture conduite par un drogué, défoncé aux antidouleur.

Mais les journaux n'ont pas raconté toute l'histoire pour autant. Ils n'ont pas révélé que le drogué en question n'était autre que le petit copain de la fille du chef de la police, à qui on avait interdit à plusieurs reprises de le revoir. Cet aspect-là du scandale n'est pas arrivé jusqu'aux journaux, par respect pour la famille en deuil.

On a parlé de nous dans les journaux pendant des semaines et, pourtant, certaines questions des plus importantes n'ont jamais été posées. Comme par exemple : où pouvaient bien se rendre le fils chéri et le junkie ensemble, ce soir-là ?

– Sophie ?

Je me rends compte que je me tiens devant mon bureau comme une somnambule. Et que je n'ai pas répondu à la question de Denny.

– Oui.

– Je peux te débarrasser de ton manteau ?

Je me dépêtre de mon trench.

– Oui, merci !

Je suis en train de perdre mes manières, en plus de perdre la raison.

J'attends qu'il s'en aille, puis je contourne mon bureau et je m'affale sur une chaise. *Ressaisis-toi, Soph*, je m'ordonne. Ça ne va pas être facile. À dix-sept ans, je pensais que Jude m'avait été envoyé du paradis. À dix-huit, je l'ai laissé m'y emmener. À dix-neuf, il a brisé mon cœur et ma famille.

Ça fait trois ans et demi qu'il est parti maintenant. J'ai versé un océan de larmes pour lui. La première année a été la plus difficile. Ma famille n'était qu'un maelström de chagrin, et comme Jude en était le responsable, j'ai caché ma peine. Personne ne tenait à m'entendre clamer partout que Jude ne voulait de mal à personne. Personne ne se souciait du fait qu'il ait besoin d'aide. Ils ne voulaient pas entendre qu'il avait été (essen-tiellement) merveilleux pour moi.

Que c'était le seul à m'écouter quand je parlais.

Mon père ne supportait pas Jude, même *avant* qu'il ne tue mon frère. Quand, adolescente, mon obsession pour Jude a commencé, ça a surpris mes parents que la gentille Sophie puisse devenir une adolescente rebelle. Je m'étais teint les cheveux en noir et fait faire un tatouage sur les fesses. Des trucs de gamins, mais mon père enrageait et me menaçait.

Il fouillait dans ma chambre aussi. Quand il a trouvé un ticket de caisse pour des préservatifs, il m'a interdit d'adresser la parole à mon copain. Il me rabâchait que Jude n'était qu'un nid à ennuis, mais mon cœur n'entendait pas. Au contraire, je mentais plus souvent et je faisais le mur la nuit.

Les choses se sont un peu apaisées quand je me suis installée à la résidence de l'université du Vermont pour ma première année d'études. Mon père présumait que les soixante kilomètres qui séparaient Colebury de Burlington auraient raison de l'influence que Jude avait sur ma vie, mais ce n'était que plus de liberté. La Porsche de Jude creusait un sillon dans la départementale 84 et je passais tous mes week-ends avec lui.

Puis, par une mauvaise soirée de printemps, à la fin de ma première année, des officiers se sont présentés à notre porte, casquette à la main. Ce soir-là, une fois pour toutes, Jude a donné raison à mon père sur toute la ligne. À cet instant, alors que notre porte s'ouvrait sur ces officiers, mon père remporta toutes les disputes que nous avions eues précédemment.

Cette nuit-là restera toujours floue pour moi. Je me souviens de ma mère poussant un cri avant de s'évanouir dans le salon.

– Mais qu'est-ce qui est arrivé à Jude ?

J'ai posé cette question au milieu de la confusion. Personne ne m'a répondu. Il a fallu que douze heures passent avant que j'apprenne qu'il était encore en vie. Alors que les événements sordides commençaient à être révélés, je souffrais pour lui. Savoir qu'on a tué quelqu'un, même de façon si terrible, si accidentelle, devait être insupportable. Tout cela était si affreusement triste.

Je gardais mes pensées pleines d'empathie pour moi, bien entendu. Personne ne prononçait le nom de Jude à la maison. Le seul nom qui s'inscrivait sur toutes les lèvres était Gavin. Le pauvre Gavin. Le héros de lacrosse. Le fils chéri.

Vu de l'extérieur, j'ai fait tout ce qui était attendu. Chancelante, j'ai assisté à la veillée pour mon frère et à son enterrement.

Mais secrètement, mon cœur souffrait pour Jude. Une fois qu'il a plaidé coupable et qu'il a été envoyé discrètement en prison, j'ai essayé de lui écrire. Je lui ai envoyé plusieurs lettres, à peu d'intervalle. Des variations demandant « pourquoi ? » et « que s'est-il passé ? », assorties – et je n'en suis pas fière – d'innombrables « je t'aime » et « pourquoi est-ce que tu ne me réponds pas ».

Ce n'est que des semaines après le jugement de Jude que j'ai reçu une grande enveloppe, en provenance de la prison d'État du Vermont, contenant toutes mes lettres. Non décachetées. Accompagnées d'une seule page qui stipulait « Lettres refusées ».

À ce moment-là, j'avais déjà bien compris que Jude était malade, accro et en souffrance. Et je savais qu'il avait fait quelque chose de terrible. Mais je ne m'attendais pas à ce qu'il me tourne le dos comme ça. J'ai pleuré toutes les larmes de mon corps sur ces lettres non lues. J'étais furieuse qu'il se détourne de moi en plus de tous ses autres crimes. Comment *osait-il ?*

Bon Dieu, je suis *toujours* en colère, assise là, hébétée, à mon bureau bien rangé, dans le département des Affaires sociales de l'hôpital, les poings serrés. Je ne m'attendais pas du tout à ce qu'il réapparaisse. Je sais que ce soir, en allant au supermarché, je vais le guetter au détour de chaque rayon. Je vais jeter un œil par-dessus mon épaule à la station essence et quand je serai dans la queue de la boulangerie. Dans notre petite ville de neuf mille habitants, c'est inévitable que je finisse par tomber sur lui.

Je ne serai *jamais* prête.

Quelque chose atterrit sur mon bureau, produisant un bruit sourd. Un café dans un de ces gobelets avec couvercle de la cafétéria de l'hôpital.

– Merci beaucoup, dis-je mécaniquement, en levant les yeux vers le regard brun et sérieux de Denny.

– Avec plaisir. Tu n'avais pas l'air dans ton assiette ce matin.

*Tu n'imagines pas à quel point.*

– Merci, dis-je à nouveau, en tirant la tasse vers moi.

Sans même soulever le couvercle, je sais qu'il s'agit d'un café au lait écrémé saupoudré de cannelle. Denny me connaît. Denny *m'observe*. Et à peu près une fois par mois, il m'invite à boire un verre. Je décline toujours avec délicatesse et fermeté à la fois. En espérant qu'il arrête de demander. Cela dit, il est tellement *gentil*. Refuser de sortir avec lui me donne l'impression de jouer les divas.

– Tu es au courant que c'est l'heure de la réunion du personnel, n'est-ce pas ?

Il désigne la salle de conférence d'un geste de tête.

Quand je lève les yeux, je vois les gens déjà affairés à s'installer autour de la table. *Merde !* Je bondis hors de mon fauteuil et j'attrape mon café crème.

J'ai à peine fait trois pas avant de me rendre compte que Denny ne me suit pas. Je me retourne et je le vois en train de sourire.

– C'est à ton tour de présenter les dossiers, n'est-ce pas ?

En remerciant Denny dans un souffle, j'attrape le dossier sur mon bureau et me dirige vers la réunion.

*Ressaisis-toi, Haines,* voilà ce que je me dis. Ce n'est pas à Denny de me sauver la mise. Lui et moi, on est en compétition pour le même job. On termine tous les deux nos études, on sera diplômés à la fin du semestre, et l'hôpital n'a qu'un poste à plein temps. C'est sûrement lui qui l'aura, étant donné qu'il a fait un master et moi seulement un bachelor (niveau licence de premier cycle). D'ici le mois de janvier, je serai sûrement en train de les supplier de me garder en stage en attendant que je trouve un vrai boulot.

À en juger par des matinées comme celle-ci, il serait difficile d'en vouloir à Denny pour sa victoire.

On est les derniers à s'installer. Notre département est petit, et relativement informel, mais je suis quand même en quête d'un emploi fixe, donc paraître étourdie n'est pas la meilleure des idées. Il y a cinq travailleurs sociaux à plein temps, et Denny et moi sommes employés à mi-temps jusqu'à la fin de nos études. M. Norse, notre patron, un homme sympathique et brouillon d'une soixante d'années, ouvre la réunion par une présentation des prévisions budgétaires de l'année prochaine.

Naturellement, mon esprit divague à nouveau immédiatement vers Jude. Ces prévisions budgétaires ne font pas le poids face à mon ex torturé aux yeux gris perçants et aux jeans parfaitement coupés.

On s'est mis en couple pendant ma dernière année de lycée. Mais même avant d'avoir jamais eu une conversation avec lui, j'avais déjà remarqué Jude. C'était le type qui arrivait toujours en retard en cours si ça lui chantait. Les professeurs ne le lui faisaient même plus remarquer, c'était inutile. Il dégageait une aura de « je m'en fous de ce que tu penses ».

Je le trouvais terriblement attirant. Et ce n'était pas seulement à cause de ses cils incroyablement longs. J'avais le béguin pour son attitude. J'étais une fille sage, bien trop respectueuse de l'autorité pour dire tout haut ce que je pensais.

L'observer était devenu mon passe-temps. Mais l'idée que Jude Nickel puisse un jour jeter un œil sur moi me semblait parfaitement ridicule.

Un après-midi, au lycée, j'étais dans tous mes états, affairée à l'organisation du concert des groupes du lycée. La photocopieuse était tombée en panne alors que j'essayais d'imprimer les programmes, et les plier en deux allait me prendre beaucoup plus de temps que prévu.

J'étais donc déjà bien en retard quand je suis arrivée au gymnase. Quelqu'un avait installé une bonne centaine de chaises pliantes en rangées et on m'avait demandé de déposer un programme sur chacune d'entre elles. Et alors que j'étais en train de m'acquitter de cette tâche, la porte de secours s'est ouverte et une brise fraîche s'est engouffrée dans la pièce, envoyant tous ces programmes virevolter dans les airs, puis retomber au sol.

Désespérée, je les ai ramassés, m'appliquant à tout remettre en place comme prévu. Et puis, c'est arrivé une deuxième fois. Mon sang n'a fait qu'un tour. Je me suis remise à ramasser les programmes au sol tout en me dirigeant d'un pas décidé vers la porte de secours : j'ai enlevé la cale et la porte a commencé à se refermer.

Mais un bras tatoué est apparu au dernier moment pour la maintenir ouverte.

– Ça ne t'ennuie pas ? Je fume une clope, là… a dit une voix éraillée.

Un élan de colère impulsive m'a traversée à l'instant où j'ai vu Jude Nickel me jeter un coup d'œil dans l'entrebâillement de la porte.

– Tu es sérieux ? ai-je lancé. Ça enfreint au moins dix règles, ce que tu fais là.

Il a levé un seul sourcil, comme pour remettre en question *mon* équilibre mental. À cette déclaration de guerre, détachée et muette, mon corps a été envahi d'une chaleur nouvelle. C'était toujours comme ça avec Jude. Chaque fois qu'il me jetait un regard, je ne savais plus où me mettre. Et là, pour la première fois, il était véritablement en train de me scruter.

– J'ai besoin de fermer cette porte, dis-je en reprenant mes esprits. Il faut que je finisse la mise en place dans les dix minutes.

En bloquant toujours la porte, une main levée comme pour m'intimer le silence, il a inhalé une dernière latte, l'a soufflée lentement avant d'écraser enfin sa cigarette sous sa botte.

J'ai secoué frénétiquement ma main devant mon visage pour chasser la fumée. La fumée de cigarette était mauvaise pour mes cordes vocales.

C'est à ce moment-là que Jude a *souri* et que je suis devenue encore plus confuse. Son sourire ravageur rendait toutes les filles stupides. J'étais si surprise de découvrir qu'il m'était adressé que j'ai froncé les sourcils en retour comme une idiote.

Lentement, comme s'il avait tout le temps du monde, il s'est glissé devant moi, dans l'auditorium. J'ai refermé la porte, toute vexée, et à nouveau la brise a fait s'envoler une dizaine de programmes des chaises en métal.

Il a jeté un œil au bordel, fronçant les sourcils, avant de me lancer :

– T'as besoin d'un coup de main ?

Besoin d'un coup de main ? Certainement, oui. Mais je n'allais pas demander. Jude me rendait nerveuse.

– C'est bon, je m'en occupe, ai-je répondu en me précipitant vers la rangée de chaises la plus proche pour y déposer des programmes, comme si mon diplôme en dépendait.

Alors que j'étais tendue, Jude, lui, se déplaçait comme un félin – tout en confiance et sans hâte. Ce corps mince s'est glissé dans la rangée où j'avais commencé. Il s'est penché, présentant un très joli cul, pour ramasser les programmes tombés au sol et les déposer sur les chaises.

Je l'observai du coin de l'œil, en essayant d'être discrète.

Il fit une pause pour s'attarder sur la première page d'un programme.

– Un concert ? Je ne savais pas que t'étais dans un groupe.

– Je ne suis pas dans un groupe.

Mon cerveau s'en était arrêté au fait que Jude m'avait remarquée. En quelque sorte. Enfin, au fait qu'il avait remarqué le groupe et mon absence dans le groupe. Je classai ça quelque part dans mon esprit pour m'en occuper plus tard.

– Alors en quoi est-ce ton problème, tout ça ? dit-il en brandissant un des programmes.

– Bonne question… Si tu veux que quelque chose soit fait sans que personne ne s'en plaigne, j'imagine que la solution, c'est de demander à la fille bien sage qui fait partie du chœur.

– Ah ! dit Jude en plaçant lentement un autre programme sur un siège. Le truc, c'est que je ne suis pas vraiment convaincu que tu sois une fille aussi sage que tout le monde le dit.

– C'est ridicule ! dis-je immédiatement.

Parce que j'étais *précisément* aussi sage que tout le monde le disait. J'en étais malade.

Il ne me regardait pas, donc j'ai failli ne pas entendre la suite.

– Nan. Je t'ai vue jeter le mot qu'il y avait sur le bureau de M. H.

Ma main s'est immobilisée sur la chaise. Je ne pensais pas que quelqu'un m'avait vue faire.

– M. H est un con, dis-je rapidement.

En plus, c'était vrai. Le professeur avait confisqué ce mot à une fille qu'il harcelait toujours pendant le cours de géométrie. Elle était devenue rouge quand il l'avait posé sur son bureau, donc j'en avais déduit que le contenu l'embarrassait.

Quand je m'étais levée pour tailler mon crayon, M. H se trouvait à l'autre bout de la pièce, en train d'aider un joueur de basket à faire ses devoirs. D'un simple petit coup de la main, j'avais envoyé la note au fond de la corbeille à papier sur mon passage.

Jude m'offrit à nouveau son sourire cent mille volts.

– Tu vois ? Pas si sage que ça !

L'idée qu'il puisse penser ça de moi me faisait tourner la tête. Et pas d'une façon désagréable.

Pendant les deux mois qui ont suivi cette étrange conversation, plus aucune autre interaction. Mais chaque fois qu'il entrait dans une pièce, une bouffée de chaleur me montait au visage et ma nuque se raidissait.

Jude m'a ignorée jusqu'à un après-midi où je me trouvais seule dans une des petites pièces de répétition, dans l'aile réservée aux salles de musique. Je travaillais un morceau en vue de la compétition nationale, et voulais *vraiment* gagner. J'avais cette folle certitude que mon père prendrait mes ambitions musicales plus au sérieux si je pouvais lui prouver que j'avais un réel potentiel. Je préparais « Green Finch and Linnet Bird » de Sweeney Todd, parce que ça me permettait de déployer mes talents de soprano.

Je l'avais déjà chanté un million de fois auparavant, et je connaissais bien le morceau. Mais le rendu ne me satisfaisait pas vraiment et je n'arrivais pas à cerner pourquoi. Changer la tonalité n'avait pas été d'une grande aide. Je butais sur ce morceau et j'en ressentais une frustration grandissante. Je me souviens d'avoir appuyé sur le bouton « stop » de l'iPod pour éteindre la musique avant de hurler « PUUUUTTTTAAAAAIIIINNNNN » de toutes mes forces. Ça ne me ressemblait pas. Je ne savais même pas d'où me venait cette vulgarité. C'était même probablement la première fois que je prononçais ce mot à voix haute.

De l'autre côté de la pièce, un rire a éclaté. J'ai ouvert la porte, curieuse de savoir qui m'avait entendue.

En passant la tête à l'extérieur, j'ai découvert Jude appuyé contre le mur du couloir, affichant un grand sourire.

– Un problème ? me demanda-t-il de sa voix de velours.

Je jetai un œil de chaque côté du couloir avant de lui répondre.

– Je suis juste frustrée.

– Ah oui ? Vraaaiment ?... dit-il d'un air suggestif. Je peux peut-être t'aider ?

Je rougis immédiatement, parce qu'il avait *presque* fait une allusion sexuelle, et toute la personne de Jude exhalait le sexe, ce dont j'ignorais tout.

– J'en doute. À moins que tu sois un expert en performance vocale.

Il jouait avec une cigarette éteinte, entre deux doigts.

– C'est une chanson terriblement gnangnan que tu chantes là. N'importe qui serait *frustré*.

Lentement, il m'adressa un sourire qui finit de me déconcentrer complètement.

Le diagnostic rapide de Jude sur mon problème était irritant, mais il n'avait pas tort, c'était bien une chanson gnangnan. Il fallait énormément de contrôle, un vibrato très précis, mais finalement le résultat sonnait... comme étranglé.

Il avait raison, bon sang.

– Peut-être, dit-il en rangeant la cigarette dans l'étui qu'il tenait dans la main, que les enjeux ne sont pas assez grands ? Les oiseaux sont enfermés dans leur petite cage. Et donc ? Leurs cerveaux ne sont pas plus gros que ton ongle. C'est une chanson de fille sage. T'iras nulle part avec ça.

Je fus surprise qu'il ait écouté les paroles avec tant d'attention. Parce que Jude ne semblait jamais écouter personne. Ça faisait partie de son personnage de badboy. Je ne savais pas trop quoi en penser.

Donc je me mis à en débattre avec lui.

– C'est une métaphore, d'accord ? La chanteuse est prisonnière de la maison de son gardien lubrique, elle se languit d'être libre. Et lui, il veut son corps. En quoi est-ce que ce ne sont pas des enjeux suffisants, ça ?

Jude leva les yeux au ciel.

– Tu vois, c'est *précisément* une chanson de fille sage. La jeune vierge effarouchée qui se confie aux oiseaux. Personne ne peut aimer cette chanson. Par contre, si elle avait *envie* de son gardien, là, c'est une chanson que j'aimerais bien entendre.

Waouh, il fallait que cette conversation se termine, c'était un fait, parce que j'avais du mal à soutenir le regard couleur de tempête de Jude. Mon regard n'avait de cesse de s'aventurer sur son corps pour s'arrêter sur ces biceps, à l'endroit où ils émergeaient de son tee-shirt noir. Je ne voyais que des parties de tatouages et j'avais envie de voir le tableau en entier.

– Eh bien, dis-je en me dégageant la gorge, je ne suis pas sûre que le jury apprécierait ta version.

Il se contenta de sourire, testant le pouvoir de ses yeux gris foncé sur moi. Et je le fixai. Encore !

– Très bien. Mais qu'est-ce qu'une fille pas sage chante à ces compétitions ? C'est ça que tu devrais chanter.

J'étais encore en train de le dévisager quand il me fit un clin d'œil et tourna les talons.

La semaine suivante, je recevais à l'unanimité les scores plus élevés du jury pour mon interprétation de la chanson très évocatrice « Defying Gravity » de *Wicked.* C'était une chanson « pas sage » dans chacune de ses notes. J'avais suivi le conseil de Jude, et ça avait fait toute la différence.

Sous la table de conférence, quelqu'un me donne un coup de pied. Tirée brutalement de ma rêverie, je suis de retour au présent, pour découvrir tous les visages tournés vers moi. À mes côtés, Denny regarde avec insistance le dossier qui se trouve en face de moi.

Le visage écarlate, j'ouvre le dossier.

– Excusez-moi, dis-je en bafouillant. La semaine dernière, nous avons trouvé une solution pour quatre dossiers et nous en avons récupéré sept nouveaux, soit un total de trois nouveaux dossiers. L'un d'entre eux est un recours, qui incombe donc à Lisa. Parmi les deux autres nouveaux dossiers, l'un est un cas pédiatrique.

Notre directeur acquiesce au bout de la table.

– Parlez-moi de ce cas pédiatrique.

Heureusement, je maîtrise les détails sans avoir à me replonger dans le dossier.

– Une petite fille de dix-huit mois chez qui on a récemment diagnostiqué une perte sévère de l'ouïe.

– Comment est-ce possible que des parents mettent autant de temps à s'en rendre compte ? s'interroge tout haut Denny.

J'ai rencontré cette famille, j'ai ma petite théorie.

– C'est une mère célibataire qui vit avec ses parents, elle a l'air d'être une mère incroyable, croyez-moi. (Même si elle n'a que dix-neuf ans, j'ai été impressionnée par son dévouement.) Elle est jeune, et c'est son premier enfant. Donc, elle n'a pas vraiment de point de comparaison. Et puis elle passe tellement de temps avec son bébé que je pense qu'elle s'est complètement habituée à la communication non verbale. C'est lorsque l'enfant n'a pas atteint les paliers normaux d'acquisition du langage que le pédiatre s'est mis à se poser des questions.

– Sophie, est-ce que tu aimerais être référente sur ce dossier, me demande le directeur.

– J'adorerais.

C'est un bon signe qu'il me charge de ce dossier. Et quel cas passionnant ! Personne n'est mort ou en fin de vie. Juste une petite fille mignonne et heureuse qui s'avère être sourde. Mon rôle va être d'accompagner cette famille dans la recherche de soins et de services accessibles.

Il me fait un signe de tête.

– Très bien. Viens me trouver si tu rencontres un problème. Et tu nous mettras au courant des avancées à la réunion de la semaine prochaine.

– Oui, Monsieur.

Même après mes années de relation avec Jude, mes bonnes habitudes de fille sage sont toujours là, juste en dessous de la surface.

Et parfois, c'est bien pratique.

On lève la séance, je retourne m'installer à mon bureau, bien décidée à ne pas me laisser à nouveau envahir par la panique que provoque Jude en moi. Mais je suis encore perplexe. Je *dois* être encore perplexe, sans aucun doute, sinon je n'aurais pas fait l'erreur que je fais ensuite.

– Sophie, t'es vraiment sûre que ça va ?

Denny se penche en face de mon bureau, le regard inquiet.

J'évite son regard chocolat.

– Oui ! Je te jure.

Si je lui dis qui j'ai croisé ce matin, il va comprendre à quoi j'ai la tête en ce moment. Mais je n'ai pas envie d'empathie et j'ai encore moins envie d'en parler. Le seul moyen de survivre en cohabitant dans une si petite ville avec Jude, c'est de m'en tenir à moi-même.

– Alors, si tu me prouvais ça en venant au bowling avec moi demain soir ?

– Au bowling ? Tu joues bien ?

Je lève les yeux vers lui et je décèle immédiatement tous les signes habituels – le regard nerveux et un sourire timide et plein d'espoir.

*Merde.*

– Je joue très mal, s'empresse-t-il de dire. Mais c'est d'autant plus drôle.

Oh ! Je ne veux pas lui donner de faux espoirs mais, après tout, on est amis ; et puis, c'est juste du bowling.

– D'accord, dis-je en sachant pertinemment que c'est une mauvaise idée.

La manière dont son visage s'illumine quand je dis oui me culpabilise déjà.

– Génial. Je passerai te prendre à sept heures.

Puis il s'empresse de partir avant que je ne change d'avis. Pas bête.

Je balance ma tasse de café vide dans la corbeille et je m'enfonce dans mon fauteuil de bureau. *Putain, Jude Nickel. Tu vois ce que tu me fais faire.*

# CHAPITRE 3

## SOPHIE

*Mood musical :* ▶ *« Crazy »*
*de Aerosmith*

Jeudi, je me précipite à la maison pour préparer des lasagnes pour le dîner. Comme ça, il y aura des restes et je pourrai apprécier le fruit de mon travail même si je ne dîne pas avec mes parents ce soir. Denny m'a envoyé un texto plus tôt dans la journée pour me demander si on pouvait se retrouver à 18h30, pour dîner ensemble à *Max's Tavern* avant d'aller au bowling.

Ça ressemble un peu plus à un rencard que ce que j'aurais voulu, mais j'ai dit oui, pinailler sur une demi-heure aurait fait de moi une vraie peste.

J'ai déjà sorti les lasagnes du four, mais elles sont brûlantes. Donc, je me précipite dans la salle à manger pour mettre la table. J'ai demandé à ma mère de s'en occuper, mais elle n'en a pas pris la peine. *Surprise.*

Maman entre dans la salle à manger à l'instant où je compte les serviettes en papier. Je dois m'arrêter à trois. Trois ans plus tard, je suis encore souvent tentée d'en compter une de plus pour Gavin. Avant, je mentionnais ce genre de chose à ma mère, dans l'espoir que cela rendrait son deuil plus facile de parler des choses ouvertement.

Mais ce n'est pas le cas. Et ce soir, je n'ai vraiment pas envie de la lancer dans une longue jérémiade juste avant mon départ.

– Tiens, dis-je en lui tendant les serviettes. Qu'est-ce que je te sers à boire ?

Elle prend les serviettes, mais elle ignore la question.

Je retiens mon énième soupir, je retourne dans la cuisine pour lui servir un verre d'ice tea, et un verre de vin pour mon père. Je me sers aussi un fond de vin avant de tout installer sur la table.

Mon père descend au moment où je commence à couper les lasagnes en parts carrées. Comment font-ils ça, les hommes ? Il faut un sixième sens pour apparaître à l'instant précis où tout est prêt.

– Bonsoir Sophie, dit-il en s'installant en tête de table.

Même s'il n'est plus chez les militaires depuis vingt ans, il en a toujours la coupe de cheveux et l'attitude. Et un accueil froid, c'est tout ce que mon père sait m'offrir. Trois ans après, il continue de me punir pour mon rôle dans la perte de Gavin.

– Bonsoir, dis-je dans un murmure, en m'installant juste pour boire mon fond de vin.

– Tu ne manges pas ?

Il sert une part de lasagne dans l'assiette de ma mère puis regarde l'espace vide en face de moi.

– J'ai un rendez-vous.

Le corps de mon père se raidit.

– Avec qui ?

Wouah. *Regarde papa paniquer.* Apparemment, je ne suis pas la seule à avoir remarqué le retour de Jude en ville. Juste pour l'emmerder, j'attends une seconde de trop avant de répondre, sous son regard scrutateur.

– Denny, de l'hôpital, dis-je d'un ton détaché.

Honnêtement, c'est dur de ne pas esquisser un sourire en voyant sa tête.

– T'as intérêt à ce que ce soit la vérité, dit-il en reposant la spatule.

– Pourquoi est-ce que je mentirais, dis-je doucement.

– Pourquoi est-ce que tu le faisais ? me répond-il.

*Ok, touché. Un point pour papa.* Au lycée, j'ai pas mal fait le mur avec Jude et je me suis souvent fait prendre à mentir.

L'histoire entre Jude et moi a commencé assez vite après notre discussion sur la musique devant la salle de répétition. Par un jour pluvieux d'octobre, il m'a proposé de me raccompagner en voiture.

Au lieu de me déposer chez moi, il m'a emmenée dans un café, dans le village d'à côté. Pendant trois heures, j'ai eu les mains moites d'angoisse pendant qu'il me racontait des histoires drôles sur la façon dont il avait appris à réparer les voitures. J'ai ri trop fort quand il a évoqué la fois où il avait oublié un démonte-pneu sur le toit de d'une voiture et qu'il avait dû sillonner le quartier pour retrouver la voiture en question et récupérer son matériel.

Je fixais son regard argenté, tout en essayant de me concentrer sur la conversation. Impossible de ne pas remarquer l'attention qu'il m'accordait, c'était puissant comme un rayon laser.

Au moment de partir, il a fallu traverser le parking en courant sous la pluie. Une fois les portières fermées, Jude a mis le contact.

– Il faut attendre une minute pour que la voiture chauffe, a-t-il dit. Qu'est-ce qu'on va bien pouvoir faire pendant ce temps-là ?

– Pouce chinois ? ai-je suggéré.

J'ai tendu la main vers lui. (Et je me souviens de m'être sentie *incroyablement* audacieuse d'avoir proposé ça.) Je n'avais aucune expérience avec les garçons, parce que personne ne s'était jamais risqué à tenter quoi que ce soit avec la fille coincée du chef de la police.

Donc, je ne l'ai pas vu venir. Il a attrapé ma main tendue, s'est penché par-dessus le levier de vitesse et a effleuré mes lèvres des siennes.

– T'es tellement mignonne, putain, a-t-il soufflé.

Puis il m'a embrassée à pleine bouche.

Encore sous le choc, j'ai laissé échapper le bruit le moins sexy du monde : quelque chose comme « errrfff ! ».

Apparemment, tous les moteurs avaient *vraiment* besoin de chauffer. Ma première réaction a été le choc. Je pouvais à peine croire que la bouche de Jude Nickel cherchait la mienne. Au premier baiser, j'ai senti le goût de menthe du thé qu'il avait commandé, et senti les poils drus de sa barbe contre mon visage. Mais ses lèvres étaient douces et quand il s'est pressé contre moi, je me suis abandonnée à lui. Quand il m'a encouragée à entrouvrir les lèvres, j'étais *perdue*. Notre premier baiser a duré une demi-heure.

Lorsque Jude m'a raccompagnée chez moi, mes lèvres étaient engourdies et bleutées. Je n'avais *jamais* embrassé comme ça avant. Quand il s'est arrêté devant la maison, j'ai quasiment titubé dans l'allée. J'étais en retard pour le dîner et mon père me guettait derrière le rideau alors que je claquai la portière.

J'étais bien contente qu'il pleuve, parce que ma culotte était si trempée que j'avais peur que ça se voie à travers mon jean. Mais tout le jean était trempé quand j'entrai dans la maison en courant.

– T'étais où ? beugla mon père quand j'entrai dans la cuisine.

– La répétition de la chorale s'est finie en retard.

C'était mon premier mensonge pour Jude, pas le dernier.

– Sophie !

Mon père me ramène au présent, me tirant à nouveau de ma rêverie. Je m'évade souvent de la sorte cette semaine.

– Tu es au courant que le punk est de retour ? Est-ce qu'il a essayé de te contacter ?

Je secoue la tête.

– Je l'ai appris par hasard. Si ça t'inquiète tellement, pourquoi tu ne m'as pas prévenue ? Sérieusement, j'aurais apprécié être au courant !

Mon père grogne.

– Parce que j'avais espéré qu'il ne reste pas.

– Je ne le verrai pas, dis-je en guise de promesse.

Pas que je doive quoi que ce soit à mon père. Mais il est plus commode à vivre quand il est persuadé que l'on est prêt à satisfaire ses quatre volontés. Et le silence de Jude a rendu parfaitement explicite le fait qu'on ne fait plus partie de la vie l'un de l'autre.

– Il est rusé, dit mon père, se servant de lasagnes, il va te chercher.

La jeune fille de dix-sept ans en moi a envie de lever les yeux au ciel. Dès le premier instant, papa a catalogué Jude comme le serpent dans le jardin. Quand c'est devenu évident que Jude et moi sortions ensemble, il m'a mise en garde. Mon frère a été son allié dans cette guerre, à me balancer dès qu'il nous voyait ensemble, Jude et moi.

– Qu'est-ce que t'as avec ce pauvre type, m'avait demandé mon frère. Ce petit connard tout maigrichon pense qu'il est le roi du monde, je pourrais le détruire d'une droite.

Je ne les ai jamais écoutés, ni l'un ni l'autre. Parce que même si Jude m'encourageait à faire tout un tas de trucs qui auraient rendu mon père fou, c'était un copain dévoué. Et Jude, lui, *m'écoutait*, ce que mes parents n'avaient jamais su faire.

Ma dernière année de lycée a été tourmentée à la maison, avec mon père en rage tout le temps. C'était la première fois de ma vie que je me fichais de ce que mon père pensait, et ça le rendait fou. Même si je savais que l'important, c'était de suivre mon cœur, la désapprobation de mon père n'était pas facile à vivre. Ça m'attristait qu'il me préfère toujours Gavin, parce que Gavin était champion de lacrosse. Mon frère n'était pas quelqu'un de sympathique, mais mon père le considérait quand même comme un fils parfait.

Et ça, c'était *avant* la mort de Gavin. Maintenant ? Mon père supporte à peine de se retrouver dans la même pièce que moi. En goûtant les lasagnes, il me jette un regard familier de mise en garde.

On frappe un coup à la porte. *Denny mon sauveur !*

– Il faut que je file, dis-je. (Mon père me suit jusqu'à la porte.) Sérieusement, papa ? J'ai bientôt vingt-trois ans !

En ignorant ma remarque, il ouvre la porte pour découvrir Denny planté là, en pantalon de toile et en pull à col en V. Il incarne en tout point le rendez-vous idéal.

Je bouscule mon père pour le rejoindre, ce qui me fait sans doute passer pour une brute. Mais quand ton père te traite comme une adolescente depuis toujours, voilà ce qui arrive.

– Salut papa ! dis-je à l'instant même où Denny ouvre la bouche pour saluer mon père.

J'attrape la main de Denny et je l'entraîne dehors.

– Tu es pressé ? me demande Denny en me dépassant au pas de course pour m'ouvrir la portière.

– Oui, merci.

Je rentre et je claque la portière.

Il s'installe sur le siège conducteur

– Ton père vient de me toiser non ? dit-il en riant. C'est mignon.

– Non, vraiment pas

– Bon, au moins il se sent concerné, dit Denny.

Je n'ai pas envie de discuter de ça avec Denny.

– J'imagine que oui.

Il me regarde, interrogateur :

– Tu ne crois pas ?

Je retiens un soupir. Puis j'explique :

– Je crois plutôt qu'il aime bien me rappeler que j'ai des goûts de merde. C'est moi qui ai introduit le diable dans notre cercle familial. Il ne me le pardonnera jamais. Tous les matins, je me demande pourquoi j'habite toujours sous son toit. Et puis, ma mère fait à nouveau un truc étrange et je me sens assez coupable pour rester un jour de plus.

La voix de Denny se fait plus grave.

– Je suis désolé.

C'est facile de lui parler et je suis contente d'avoir un ami au travail, mais il ne m'attire pas. Même pas un peu. Je n'aurais vraiment pas dû accepter de le voir ce soir.

On roule en silence une minute, je regarde par la fenêtre. Je guette Jude, évidemment. Ce n'est pas rationnel, mais un cœur brisé ne l'est jamais. C'est peut-être le signe qui me donnera la force de quitter cette ville. Quand l'hôpital confiera le poste à plein temps à Denny, il ne restera vraiment plus rien d'autre pour moi, dans cette ville, que la certitude que le seul homme que j'ai jamais aimé y vivait. Je vais rester sur le qui-vive chaque jour de ma vie.

Inévitablement, je finirai par l'apercevoir par hasard dans une voiture garée, embrassant à pleine bouche une fille quelconque. Et ça va faire mal.

Je n'ai pas envie de vivre comme ça – entre confusion et culpabilité permanente, et le cœur en mille morceaux à tant d'égards. Je ne *tiens* pas à être en quête de celui qui a détruit ma famille, qui est allé en prison et qui a refusé toutes mes lettres.

Mais le simple fait de l'apercevoir m'a donné des palpitations. Comme si mon inconscient avait reconnu un morceau de mon âme avant même que mon cerveau puisse réagir.

La nuit dernière, je suis restée allongée, maintenue éveillée par le simple fait de savoir qu'il était à moins d'un kilomètre. Il était certainement sur son vieux lit, où on avait l'habitude de se réfugier pour faire l'amour. Pendant ma première année d'université, il venait me chercher tous les vendredis à Burlington pour qu'on passe le week-end ensemble. On restait tout le samedi au lit, à s'épuiser. Ça me *fend le cœur*, les souvenirs de cette époque. La façon qu'il avait de me sourire, me surplombant de son corps. Il était si brûlant de désir qu'il lui suffisait de regarder dans ma direction, et je le sentais.

C'était la belle époque. Si je veux rester saine, il faut que je me souvienne aussi des mauvaises périodes. Les moments où il arrivait en retard. Où il m'emmenait dans une fête puis disparaissait, pour réapparaître plus tard, le regard nerveux.

Et la nuit où il n'est pas revenu du tout.

J'ignorais ce comportement chez lui, parce que j'étais incapable d'admettre que Jude avait aussi ce côté-là. Et j'étais si excitée à l'idée qu'une personne comme lui puisse m'aimer que je m'efforçais de ne pas voir cet aspect-là chez lui. Et puis, je ne voulais pas donner raison à mon père non plus. Mon père détestait mon copain parce que mon père est quelqu'un qui déteste les autres.

Mes convictions étaient solidement ancrées, inamovibles.

Et puis, par une nuit claire du mois de mai, Jude a proposé à mon frère de le conduire quelque part. Le reporter en charge de l'article dans le journal a été incapable de découvrir où ils se rendaient. Apparemment, ce soir-là, Jude était tellement défoncé qu'il ne se souvenait pas de l'accident. Un test sanguin a révélé un taux d'opiacé suffisant pour assommer un bœuf.

La voiture de Jude a percuté un arbre sur le bas-côté de la route à double sens sur laquelle ils circulaient. Mon frère a fait un vol à travers le pare-brise et s'est brisé la nuque. Il ne portait pas de ceinture de sécurité, mais on n'était pas censé s'attarder sur ce détail. Mes parents ont préféré se concentrer sur le seul fait que Jude avait un problème avec la drogue. Tout le monde cherchait à savoir comment j'avais pu être assez idiote pour sortir avec un type qui conduisait sous l'emprise de stupéfiants.

Trois ans plus tard, j'essaie toujours de comprendre.

– J'ai l'impression qu'un bon hamburger et une bière ne te feraient pas de mal, dit Denny.

Il vient de se garer sur un parking de la ville et il m'observe depuis le siège conducteur.

– Oh oui. J'ai eu une semaine d'enfer.

Son visage s'adoucit.

– Je suis désolé. Peut-être que tout ça est une mauvaise idée…

– Non, dis-je avec un peu trop de vigueur. Tu es quelqu'un de bien, Den, vraiment.

Je n'ai jamais vu le visage de Denny s'illuminer autant qu'à cet instant précis. Il sort de la voiture et en fait le tour en courant pour m'ouvrir la portière, je le laisse faire. En sortant, je lui demande :

– Hé, Denny ?

– Oui ?

Il se tient en face de moi, ce qui me rend la tâche plus simple pour lui dire ce que j'ai à dire.

– Je voulais te remercier de m'avoir remise dans le droit chemin hier.

À ces mots, son visage prend une expression étrange, intense. (Plus tard, je m'en voudrai d'avoir mal interprété cette expression.)

– Quand j'ai eu besoin de ton aide hier, tu…

Mes excuses sont interrompues par un baiser inattendu. Inattendu et très humide. Humide comme un lavage automatique.

*Putain…!*

Mon instinct de fuir est plus présent que jamais. Au lieu de repousser gentiment Denny, je fais un bond pour m'écarter de lui. Ce n'est qu'une fois une distance respectable rétablie que je retrouve mes manières.

– Désolée, dis-je, je…

– Oh mon Dieu, dit-il en se prenant la tête dans les mains. Je suis absolument désolé. Je pensais que tu disais que… (Il prend une grande inspiration.) Je suis un imbécile.

Il a pensé que je voulais dire *quoi* ?

– Tu me remerciais de t'avoir accompagnée à *la réunion*, dit-il d'une voix étranglée. Pas de t'avoir incitée à sortir avec moi ce soir.

– Oui, exactement…

Qu'est-ce que c'est gênant !

– Bon, dit-il en fixant ses chaussures. J'ai foiré des rencards par le passé. Mais d'habitude, c'est au bout de quelques heures, quand même !

Je suis trop gênée pour acquiescer. Il me semblait bien que je devais le dissuader de ressortir ensemble après cette soirée, mais j'imaginais pouvoir tenir jusqu'à ce week-end pour le lui dire. Maintenant un long silence s'installe entre nous. Je ne sais pas quoi faire.

– Je vais te raccompagner chez toi, dit-il en sortant ses clés de sa poche.

Il n'a pas encore osé me regarder de nouveau.

Même si je ne rêve que d'une chose – me téléporter dans ma chambre avec du thé et un livre –, ça n'arrangera rien pour demain. Je vois Denny tous les jours au travail. Je le vois même les mercredis soir à l'église.

– Bowling, dis-je.

– Tu n'es pas obligée, tu sais. Vraiment, j'ai compris. Je suis désolé, dit-il.

– Allez, viens ! dis-je en lui passant devant et en me dirigeant vers le trottoir. On va faire l'impasse sur le dîner, mais ça veut dire qu'on pourra se prendre des ailes de poulet au bowling.

– Tu aimes les ailes de poulet ? demande-t-il, comme soulagé.

– Parfois, ça fait l'affaire.

J'avance en direction du club de bowling.

Un instant plus tard, je l'entends qui me suit.

## SOPHIE ET JUDE,
*17 ans chacun*

*Sophie et Jude ne vont jamais l'un chez l'autre.*

*Elle connaît trop bien son propre père pour ramener Jude chez eux. Son père est une brute, il va essayer d'intimider Jude, et comme ça ne marchera pas (Jude semble ne se laisser intimider par personne), il va essayer de faire en sorte que Jude se sente comme une merde, d'une manière ou d'une autre. Il dira un truc désobligeant à propos de ses tatouages ou il demandera à Jude où est sa mère.*

*Mais ils ne vont jamais chez Jude non plus. Chaque fois que Jude parle de son père, il l'évoque comme « ce bordel ». Sophie est bien certaine qu'il ne tient pas à ce qu'elle rencontre le « bordel » en personne. Donc, elle n'insiste pas.*

*Un jour, sorti de nulle part, Jude lui dit :*

*– J'ai réussi à faire promettre quelque chose à mon père : l'an prochain, après le bac, je pourrai m'installer dans la chambre au-dessus du garage. Il faudra que je fasse des petits travaux pour l'arranger, mais je vais avoir un endroit à moi. Et tu pourras venir.*

*En voilà une idée excitante. Elle en a des frissons, rien qu'à l'idée de se retrouver seule pour de bon avec lui.*

*Pour l'instant, ils passent beaucoup de temps dans sa voiture, à écouter de la musique à la radio ou à parler. Ce soir, ils sont garés devant le* Colebury Diner, *où ils ont prévu de s'offrir des sundaes après avoir profité l'un de l'autre.*

*On est en décembre, et il fait terriblement froid, donc ils s'enlacent pour se tenir chaud.*

*Leurs baisers ont évolué : il ne se penche plus par-dessus le levier de vitesse, elle est assise sur ses genoux.*

*Les lèvres de Sophie effleurent son visage. Elle goûte sa tempe, délicatement, avant d'embrasser son front et de déposer des baisers à la naissance de ses cheveux.*

*Son décolleté est presque au niveau de son visage à lui. Elle aimerait qu'il la touche. Ses seins sont si gonflés et lourds quand ils sont ensemble.*

*Sophie en a assez d'attendre. Elle porte un tee-shirt avec un col en V en plus, putain. Il ne le remarque pas ? Elle renverse un peu la tête en arrière, elle se cambre.*

*Lentement, un son profond s'échappe des lèvres de Jude. Il se penche en avant, ses lèvres s'attardent à la base de sa gorge. Le désir l'envahit alors que Jude effleure cette nouvelle parcelle de peau, si sensible. Il lève une main et caresse ses côtes. Elle aimerait juste qu'il passe sa main sous son tee-shirt et qu'il la touche, putain !*

*Quel intérêt d'avoir le genre de copain tatoué qui empêche ton père de dormir la nuit si ce n'est pas pour la débarrasser une bonne fois pour toutes de cette foutue virginité ?*

*Jude grogne, puis attrape son menton pour l'embrasser. Sa langue glisse contre la sienne, son piercing la taquine. Elle oublie ses frustrations, parce que Jude est parfait. Il a les yeux ouverts pendant qu'ils s'embrassent, il la regarde, ne perd pas une miette. Elle se sent précieuse. Si elle disait ça à haute voix, ça ne sonnerait pas creux. Mais ses mains forcent le respect.*

*Un fracas violent se fait entendre sur la porte de la voiture et Sophie sursaute, pétrifiée.*

*Jude se contente de renverser la tête en arrière et de serrer les dents.*

*– Si ton enculé de frère a rayé ma bagnole, je vais lui casser la gueule.*

*Sophie attrape la poignée et ouvre la portière. Elle sort et fait face à son frère, qui rit bêtement avec ses amis du lacrosse. D'habitude, Gavin est occupé à faire le poirier chez ses copains, mais le petit con est en vacances pendant un mois pour Noël.*

*– C'est quoi ton problème, putain ? lui demande-t-elle.*

*N'y a-t-il pas un seul endroit sur cette foutue planète où elle et Jude peuvent être seuls ?*

*– Je me disais que vous aviez besoin d'une petite pause. Ne fais pas de connerie avec ton copain en carton.*

*Sans le regarder, elle sent que Jude se tend. Il est trop intelligent pour se lancer dans une embrouille avec le fils du chef de la police et sa bande de lèche-cul.*

*Gavin se penche pour jeter un œil à l'intérieur de la Porsche.*

*– T'as déjà pensé à me vendre cette voiture ?*

*Jude secoue la tête lentement.*

*– Je t'ai déjà dit. J'ai passé trop de temps sur cette merveille. Je ne la vendrai jamais.*

*– Peut-être que si tu me donnes un prix, je ne dirai pas à mon père ce que vous y faites, toi et ma sœur, dans cette voiture.*

*– Il n'y a rien à raconter, dit Jude, désinvolte. On allait se chercher une glace. (Il donne une tape sur la cuisse de Sophie.) Tu peux choisir le parfum.*

*Sophie lance un regard mauvais à son frère. Qui ne le remarque même pas.*

*Jude la pousse doucement sur le côté pour pouvoir sortir à son tour de la voiture. Il ne regarde pas Gavin dans les yeux, mais s'assure d'avoir bien fermé la voiture avant de mettre les clés dans sa poche.*

*C'est à moi, crie chacun de ses gestes quand il ferme le véhicule.*

*C'est à moi, crie sa main quand elle se pose dans le bas du dos de Sophie.*

*Ils entrent et se trouvent une table, mais son visage est fermé.*

*Sophie trouve son pied sous la table et l'effleure du sien jusqu'à finalement obtenir un sourire, mais de cinquante ou soixante watts seulement.*

# CHAPITRE 4

## JUDE

*Niveau de manque : 7, en hausse*

Quatre-vingt-seize heures à Colebury. Et chacune d'entre elles a été difficile. Comme je le craignais, les affaires ne vont pas fort au garage de mon père. Il n'y a pas grand monde qui a envie de confier sa voiture à un garagiste qui vacille quand il te donne son estimation.

Hier, j'ai mis mon plan à exécution. Ça m'a coûté soixante-dix dollars d'acheter une nouvelle pancarte flambant neuve pour la devanture. Une fois que j'y ai inséré le nouveau lettrage, en rangées bien ordonnées, on pouvait lire : LA NEIGE ARRIVE ! POSE DE PNEUS NEIGE 40 $.

– Ça pourrait marcher, a marmonné mon père derrière la télé qu'il garde dans le garage.

J'ai entendu à la radio que la neige est annoncée pour la semaine prochaine. Ça va *carrément* marcher.

J'ai eu mon premier client une heure après avoir sorti la pancarte. Une vieille dame s'est garée devant le garage et a donné un léger coup de klaxon. Je me suis précipité pour voir ce qu'elle voulait.

– J'ai bien besoin de passer aux pneus neige, a-t-elle dit en clignant des yeux à travers sa vitre baissée, mais j'ai peur de ne pas réussir à les hisser dans mon coffre. Ils sont stockés dans mon garage.

– C'est où ?

– Main et Alder, a-t-elle dit, évoquant un carrefour à l'autre bout de la ville.

Pas le choix.

– Je vous suis en voiture.

Elle fut la première d'un flot constant de clients.

Hier, j'ai changé les pneus de quatre voitures. Et ce matin, j'ai sorti la pancarte au saut du lit. À l'heure de fermeture, à dix-sept heures trente, j'avais eu une douzaine d'automobilistes intéressés. J'ai été si occupé que mon père est venu pour m'aider et s'assurer que tout l'argent rentrait bien dans sa caisse.

Il a sans doute l'intention de me payer comme quand j'avais dix-huit ans : douze dollars de l'heure. Ce n'est pas réglo du tout, mais je ne vais pas négocier tout de suite. Je vais me la boucler quelques semaines, le temps de relancer le garage et de remplir la caisse. Il faut que je me rende indispensable pendant plus d'une journée avant de pouvoir formuler des exigences.

En plus, je ne suis pas fâché de laisser mon père gérer le liquide. Je ne tiens pas à me balader avec les poches pleines de billets de vingt. Un gars qui a eu des problèmes de drogue s'en tire mieux en utilisant exclusivement sa carte de crédit. Je fais exprès de garder à peine dix balles dans mon portefeuille en ce moment, car les dealers n'acceptent pas la carte. J'érige toutes les barrières possibles entre moi et une dose de quoi que ce soit.

L'activité physique est très bonne aussi pour ce qui me tiraille. La seule astuce que je connaisse pour rester sobre, c'est d'être toujours occupé. Aujourd'hui, c'est assez simple. Épuisé, sale et puant le vieux caoutchouc, je monte prendre une douche. J'utilise le shampooing de Sophie, et l'odeur de pomme verte s'élève autour de moi comme une brume. Maintenant, je vais sentir la fille mais ça me convient, parce qu'en dehors d'un parfum, je ne risque pas avant longtemps d'avoir quelque chose d'autre provenant d'une fille.

N'ayant pas de cuisine, il faut que je quitte la maison chaque fois que j'ai faim. Donc je m'engouffre dans ma voiture pourrie et je me dirige vers le centre-ville. Pas question de manger du fast-food à chaque repas, donc je vais au *Max Tavern* et je commande un wrap au poulet à emporter. L'endroit est plein à craquer de types qui fêtent l'happy hour, toutes les tables sont prises par des groupes de gens souriants, sociables.

Je les envie.

À une époque, j'avais des amis, mais ils sont hors d'atteinte maintenant. Les amis que je me suis faits au lycée, c'est précisément le genre de mecs qui m'ont appris à écraser ma came et à la sniffer.

C'est pour ça que les taux de rechute sont si conséquents dans le milieu des junkies. C'est facile d'être le meilleur dans l'environnement aseptisé de la cure de désintoxication, et puis tu sors, et le monde est resté le même endroit de merde que c'était quand t'es rentré.

Quand mon sandwich est prêt, je paie et je sors. J'aurais adoré m'installer sur un des tabourets du bar et commander une bière comme quelqu'un de normal, sauf que je ne suis pas quelqu'un de normal. J'ai dû renoncer à ce qualificatif le jour où j'ai appris à calmer ma douleur avec la drogue.

Je retourne donc dans l'Avenger, en faisant bien attention d'étaler le papier qui entoure le sandwich sur mes genoux pour éviter les miettes.

Quand j'avais la Porsche, je n'aimais pas qu'on y mange. Sophie levait souvent les yeux au ciel quand je suggérais qu'on s'installe ailleurs pour manger.

– On fait l'amour dans ta voiture tout le temps, remarquait-elle. Mais attention, pas question de manger un biscuit.

Un autre truc amusant quand on s'en sort, c'est de ressasser toutes ses contradictions. J'ai toujours gardé ma voiture *impeccable*. Mais pendant ce temps-là, je m'appliquais à nourrir mon corps des substances les plus toxiques, dès que j'en avais les moyens.

La belle époque.

J'ai à peine avalé ma première bouchée qu'une berline toute lustrée se gare sur une des places de parking, à quelques rangées de moi. Un type avec un tee-shirt à col V et une gueule d'abruti en sort, et se précipite vers la portière passager pour l'ouvrir, ce qui me fait sourire. Un premier rencard, à coup sûr.

Quand la fille sort, je cesse de sourire.

*Sophie.* Mon cœur se serre. Qu'est-ce qu'elle *fout* dans le Vermont ?

Je balance mon sandwich sur le siège passager et je me penche en avant sur le volant pour observer dans l'obscurité.

Aucune importance que ses cheveux soient plus longs qu'avant ou qu'elle porte un manteau que je ne connais pas. Son allure confiante, c'est tout elle. Et la lumière des lampadaires se pose sur la courbe parfaite de ses pommettes quand elle se tourne vers le type.

Avant même que j'aille au bout de cette pensée, M. Col V s'avance vers elle, lui attrape le menton et plante un baiser sur sa bouche.

Mon cœur s'arrête de battre.

Mais il se reprend à l'instant où je vois les mains de Sophie s'écarter dans un élan de panique. Son corps fait un bond sur le côté, loin de lui.

La gorge serrée, je tâtonne maladroitement pour trouver la poignée de la portière dans cette voiture qui m'est encore peu familière.

Quand je sors de la voiture, Sophie et son assaillant ont repris leur discussion. Elle a croisé ses bras sur sa poitrine et lui s'est – heureusement – reculé d'un bon pas. Il a la tête baissée, comme quelqu'un plein de remords.

*Putain de merde.* Il n'y a personne sur terre auprès de qui je sois le moins bienvenu ! Sophie se porterait mieux si elle ne me croisait plus jusqu'à la fin de ses jours. Mais je ne vais pas rester là sans rien faire alors qu'un type la *malmène.*

Je prends une grande inspiration et j'essaie de me maîtriser.

Je suis trop loin d'eux pour entendre ce que Sophie raconte à ce connard, mais elle a l'air calme et elle part en marchant. Puis elle semble s'arrêter, comme pour s'assurer qu'il la rattrape.

Après cette courte pause et encore quelques échanges de mots, il lui emboîte le pas.

Une seconde plus tard, je suis de nouveau dans ma voiture, en train de mettre le contact. Je fais marche arrière en vitesse et contourne la rangée de voitures. Ils marchent côte à côte maintenant, même si Sophie garde les bras croisés, dans une attitude défensive. Une fois qu'ils ont avancé d'une cinquantaine de mètres sur le trottoir, je sors du parking, et je me mets à les suivre.

Je n'ai pas à les suivre très longtemps. Une minute plus tard, ils traversent le parking en direction du bowling, aussi étrange que ça puisse paraître. On y était allés ensemble une fois avec Sophie pour la fête d'anniversaire d'un ami de lycée.

Le type lui ouvre la porte et, un instant plus tard, ils disparaissent à l'intérieur. J'éteins le contact de la voiture. *Ne sors pas*, me dis-je.

Je ne sors pas, mais mon pouls s'emballe et mes nerfs sont à vif. Vraiment à vif. Rien ne va. Sophie n'est pas du tout censée être dans le Vermont. Elle est censée avoir refait sa vie à New York. En tout cas, elle n'est certainement pas censée fréquenter un connard qui ne sait même pas contrôler ses pulsions.

Je m'agrippe au volant, les poings serrés, et c'est à ce moment-là que la démangeaison reprend. J'entends l'écho de ma propre voix dans ma tête, en panique. *Je ne peux pas gérer ça dans l'immédiat. Il faut juste que je me détende une minute. Juste un peu.*

Avant même de comprendre ce que je suis en train de faire, je suis sur la route. Trois virages plus loin, je roule le long d'une rue sombre, à l'autre bout de la ville.

Hier, sur le chemin pour récupérer les pneus chez la vieille dame, j'ai repéré un dealer : un type en survêtement, assis dans son entrée malgré le froid. Quand j'étais je suis passé devant chez lui, lentement, il a suivi ma voiture des yeux.

Un dealer aux aguets. Il y en a partout si tu sais comment les repérer… et moi je sais.

Mon cœur bat encore la chamade, mon souffle est court. J'ai besoin d'être *soulagé*, et je me fiche de ce que ça va me coûter. Juste une petite dose, ça ferait l'affaire. Juste une. Avec dix dollars, j'aurai pas grand-chose de toute façon, donc pas de risque. *Juste pour cette fois-ci,* m'assure l'écho dans ma tête.

Mon cerveau est en quête, je roule doucement dans la rue, guettant l'entrée avec le type en survêtement. *T'es où ? T'es où ?* me hurlent mes tripes.

Rien.

J'arrête la voiture au bout de la rue, puis je fais demi-tour. Lentement, je remonte la rue. Je crois bien avoir reconnu la maison en question, et il y a de la lumière à l'intérieur. Si je fais un tour du quartier et que je repasse, il sera peut-être là.

Mais une autre voiture s'engage dans la rue et roule très lentement. Je n'aime pas trop ça, aussi j'accélère par instinct. S'il s'agit de flics en civil qui surveillent cette maison, et que je me fais prendre en train d'acheter un truc, c'en est fini pour moi. Une arrestation pour achat de stupéfiants m'enverrait directement de retour en prison sans passer par la case départ.

Ces petites coïncidences – le dealer qui n'est pas à son poste (peut-être juste parti pisser), et l'autre voiture –, c'est juste assez pour que je quitte le quartier, mais pas assez pour que le manque se taise. Rien n'est assez.

Encore tremblant, je traverse la ville. Quand j'arrive à l'entrée de l'autoroute, je m'y engage. Le volant est moite sous mes mains, mais j'avance.

Quinze bornes plus loin, je sors et je prends une route de campagne, puis une autre.

Peut-être que c'est le simple réflexe des cinq derniers mois passés ici, mais je me retrouve à tourner au niveau de la pancarte indiquant *Shipley Farm*, et à me garer dans leur allée de gravier. Les fenêtres de la ferme sont toutes allumées et je reconnais deux camions dans l'allée.

On est jeudi soir. Ce qui veut dire que c'est le dîner du jeudi, un événement social hebdomadaire sacré chez les Shipley : une semaine chacun, en alternance avec les voisins de la ferme un peu plus bas, une bonne douzaine de personnes, si ce n'est plus, se rassemblent pour dîner ensemble et jouer à des jeux de société.

Je ne suis absolument pas de bonne compagnie. Donc, après avoir fait taire mon moteur, je reste derrière le volant, à écouter le moteur refroidir. Je ne vais pas rentrer : rester là, assis, n'est pas une si mauvaise idée. Je suis protégé de mes propres pulsions ici. Pas de drogue dans les alentours, et puis je suis resté clean chaque jour que j'ai passé ici. Donc, ce petit point précis sur la carte prouve que j'en suis capable.

Peut-être que seul un fou roule une vingtaine de kilomètres pour rester assis dans sa voiture, dans une allée, mais à cet instant précis, ça a du sens pour moi. Je renverse la tête contre l'appuie-tête et j'essaie de me calmer.

Quelques minutes plus tard, la porte de la cuisine s'ouvre. Je pensais ne pas avoir été remarqué, mais il semblerait que ce ne soit pas le cas.

Les chaussures de May Shipley crissent le long de l'allée, en direction de ma voiture. Elle ouvre la portière côté passager et s'assoit, après avoir posé un sandwich intact sur ses genoux.

– Salut, Bourriquet.

– Salut, Winnie l'Ourson, je lui réponds en la libérant du sandwich.

Je le fourre dans mon sac que je balance sur la banquette arrière.

Je sens son regard me scruter. On a à peu près le même âge. De tous les Shipley, c'est elle dont je me suis senti le plus proche pendant la période que j'ai passée ici. May et moi on a fait pas mal de marchés de producteurs ensemble. En juillet, quand j'ai mentionné le fait que j'étais censé me présenter à une réunion d'un cercle de Narcotiques Anonymes, elle en a trouvé un pour moi, et m'y a accompagné en voiture deux fois par semaine, tuant le temps en tricotant sur la banquette arrière.

– Ça va ? me demande-t-elle.

Je hausse les épaules, parce que je ne veux pas mentir à May. Hausser les épaules, ce n'est pas un mensonge. Et je n'ai pas la moindre idée de comment cette nuit va se terminer.

– T'as oublié ta brosse à dents ? me taquine-t-elle.

Ma voix est morne.

– J'ai oublié comment survivre sans héroïne.

Ses yeux sont comme deux perles d'empathie.

– Tu en as pris ? demande-t-elle calmement.

Je secoue la tête.

– Nan. Mais je n'étais pas loin. Je te jure, si le dealer du coin n'était pas parti pisser, je serais déjà parti loin en ce moment même.

Elle se penche en avant et m'enserre l'épaule. Ce qu'elle ne fait pas, c'est me débiter un sermon plein de bonnes intentions. May est formidable.

Une autre portière de ma vieille bagnole s'ouvre et le frère de May, Griffin Shipley, grimpe sur la banquette arrière.

– C'est ici que ça se passe ? demande-t-il en claquant la portière pour ne pas laisser le froid entrer.

Je grogne.

– Donne-moi une seule bonne raison de ne pas entrer dans la maison ! dit-il en cognant l'arrière de mon siège de ses grandes jambes.

Griffin est bâti comme un géant. Travailler dans une ferme, ça donne des muscles, mais lui, même s'il travaillait derrière un bureau toute la journée, ce serait une armoire à glace.

– Je me suis juste échappé de la ville parce qu'il fallait que je m'éloigne pendant une heure ou deux. J'avais oublié que c'était le dîner du jeudi.

– T'as juste une horloge interne efficace dans ce cas, dit May en me donnant un petit coup de coude.

– Ouais, dis-je en riant. Je suis un pro du timing.

Faut vraiment être irréprochable sur le timing pour trouver le moyen de tuer le frère de ta petite amie la seule et unique fois de ta vie où tu te retrouves seul avec lui à bord d'un véhicule.

– C'est un sandwich ? demande Griffin.

J'entends un bruit de papier froissé, puis il lance :

– Mmmm, poulet Caesar.

– Ne mange pas le repas de Jude ! s'exclame May en se retournant pour dévisager son frère.

– Pourquoi pas ? Maman et Audrey sont en train de trancher un immense jambon en ce moment même. C'est juste pour s'ouvrir l'appétit ça. Tu veux croquer ?

Il tend le sandwich entre les deux sièges avant.

– Garde-le, dis-je.

La nourriture ne me dit rien quand je suis en manque.

– On ferait mieux de retourner à l'intérieur, dit May en tendant la main vers la poignée. Attention au drame si le dîner ne commence pas à l'heure.

– Je ferais mieux de rentrer, dis-je doucement.

Elle se tourne et me pince le bras.

– Hors de question, t'es déjà là.

– Je ne comptais pas m'inviter à dîner chez vous.

– Allez, sors de cette voiture, Jude. Il y a de la tarte aux pommes et aux canneberges en plus.

Elle sait que c'est ma préférée.

Mon estomac vide choisit cet instant précis pour émettre un gargouillis, qui la fait rire.

Allez hop, dehors !

Elle me pousse.

Je cède et je sors de la voiture pour les suivre tous les deux, en direction de la porte de la cuisine, conscient qu'il n'est vraiment pas raisonnable que je rentre à Colebury tout de suite. Mme Shipley est derrière le plan de travail, occupée à couper des tranches de jambon.

– Bonsoir Jude, quel plaisir de te voir, dit-elle.

*Quel plaisir de te voir arriver les mains vides pour le dîner.* Je ne suis qu'un con.

– Je suis vraiment désolé d'être venu à l'improviste, sans appeler.

Elle lève un sourcil.

– Je t'ai explicitement invité à revenir pour nos dîners du jeudi, c'est un dîner du jeudi *ce soir.* Tu peux, à la rigueur, t'excuser d'être un peu en retard. Maintenant, va te laver les mains et trouve-toi quelque chose à boire.

Puis, n'ayant pas plus de temps pour converser, elle pose son couteau et soupèse le plat de jambon.

Les Shipley ont un talent pour recueillir les âmes perdues, c'est évident. Je trouve un verre à eau dans l'un des placards et je me sers. Puis j'emporte mon précieux breuvage, passe les portes battantes et entre dans la salle à manger, déjà bien remplie.

Des bougies éclairent l'immense table, où quasiment tout le monde a déjà pris place. En bout de table se trouvent Isaac et Leah Abraham, leur chérubin sur les genoux, les voisins hippies qui vivent à quelques kilomètres de là. Les Abraham sont un couple étrange, proche de la trentaine. Ils ont fui une secte chrétienne, quelque part dans l'Ouest. Puis il y a les autres enfants de la famille Shipley, Daphné et Dylan : des jumeaux de dix-sept ans, le grand-père Shipley et un cousin, Kyle, qui ramassait les pommes avec nous cet été.

Tout le monde se retourne vers moi quand j'entre dans la pièce.

– Hey, dis-je bêtement.

Aussi remplie que puisse paraître la pièce, il reste une place sur le banc à côté de Zachariah, donc je contourne la table pour m'y installer. Zach n'est pas un grand bavard. Une âme perdue lui aussi. Il y a quelques années il s'est fait virer de la même secte d'où se sont échappés les voisins et Zach a fait du stop dans tout le pays pour les retrouver. Il a échoué sur leur perron pieds nus, à jeun depuis plusieurs jours.

Et le voilà assis ici, quatre-vingt-dix kilos de blondeur et de muscles. Si on googlise le terme « bien portant », on trouve probablement une photo de Zachariah.

Il en sait bien plus sur le travail à la ferme que moi, et c'est un excellent mécano à recruter.

Mme Shipley, Griffin, Audrey et May apportent le reste des plats depuis la cuisine. Pendant qu'ils s'installent à table, je baisse la tête, dans l'attente de la suite.

– Seigneur, commence Mme Shipley, merci pour ces offrandes que nous recevons. Merci d'envoyer des amis à notre table…

La prière se poursuit, et mes yeux font un rapide et discret tour d'horizon des visages autour de la table, éclairés par la lueur de la bougie. J'ai roulé dans cette direction pour une bonne raison, même si je ne m'en suis pas rendu compte pendant mon élan de panique.

*Bien joué, mon inconscient.*

Les mois que j'ai passés dans cette ferme sont probablement les plus difficiles pour quelqu'un d'addict. Tu es à nouveau seul face à toi-même, tu dois retrouver de nouvelles habitudes antérieures au crash, puisque les bonnes vieilles habitudes sont celles qui ont failli te tuer.

Cette ferme a été comme une maison de fortune providentielle pour moi. Aucune serrure sur les portes, contrairement à la cure de désintoxication. Mais la ferme est au milieu de nulle part, et je n'avais pas de voiture. Donc, impossible pour moi de me procurer des drogues facilement. Il aurait fallu que j'emprunte un véhicule et que je sillonne la région en posant des questions.

Mais je ne l'ai pas fait. Je suis resté sobre.

Et les Shipley étaient si sympathiques avec moi, un simple vaurien à peine sorti de prison et de cure de désintoxication. Je n'ai aucune idée de la raison pour laquelle ils m'avaient embauché, si ce n'est que le travail dans une ferme est plutôt intense en été et que le juge de mon affaire était un ami à eux.

De juillet à octobre, j'ai dormi dans leur dortoir. On était quatre, avec Griffin. Au début je m'étais raconté qu'il dormait dans le dortoir pour surveiller les saisonniers, mais ce n'était pas du tout ça. Il avait laissé sa chambre à son grand-père, et le corps de ferme était au complet. Le mois dernier, il a emménagé avec Audrey à deux minutes d'ici.

Cette famille ne m'a fait que du bien. Je travaillais dur le jour et je sombrais dans le sommeil la nuit.

Quand, inévitablement, je me réveillais dans la nuit (parce que les drogués en sevrage dorment très mal), je restais allongé dans mon lit, à écouter les autres respirer. Ils avaient l'air sereins, et ça m'apaisait à mon tour. Et au bout d'un moment, mon corps éreinté finissait par s'abandonner au sommeil à nouveau, jusqu'à l'heure du lever, à l'aube, quand il fallait se remettre au boulot.

J'aurais pu rester ici pour toujours.

– Amen, finit par dire Mme Shipley.

Une série de « Amen » se font entendre en écho à la suite du sien, et puis des mains s'affairent à soulever les plats et à les faire tourner autour de la table.

– Toujours pas de pot d'échappement silencieux ? me demande Zachariah en me passant le plat de jambon dont il s'est servi deux ou trois tranches.

– Je l'ai commandé, il devrait arriver lundi.

Il acquiesce. Zach m'avait accompagné à Montpelier pour voir la voiture, au moment où je cherchais un bon plan pas trop cher. Lui non plus n'avait pas de voiture. Mais Griffin nous avait laissés emprunter son camion pour nous y rendre.

Je voulais aussi y aller accompagné. Parce que je savais que si Zachariah était à côté de moi, je ne serais pas tenté de guetter un dealer dans les ruelles de Montpelier.

C'était il y a trois semaines, mais j'ai l'impression que ça fait bien plus. À ce moment-là, je m'étais bien imaginé que le retour à Colebury serait difficile.

Mais j'étais loin d'imaginer que j'allais me prendre une sacrée surprise en découvrant que Sophie était encore dans le coin à se faire malmener par un idiot en col V. Assis là, dans la salle à manger des Shipley, je réprime un frisson.

Zachariah me tend les pommes de terre sautées. Je me retrouve à me servir moins copieusement que quand j'étais leur employé et non un simple squatteur comme ce soir. Zach, lui, remplit son assiette avec la vigueur d'un type qui sait qu'il sera en train de pelleter de la bouse de vache dès demain matin, six heures. La vie en a fait voir de bien plus belles à Zach qu'à moi. Son entourage lui a scotché les mains dans le dos et l'a poussé du haut d'un camion plate-forme dès l'instant où il a remis en question leurs propos de charlatans. Pourtant, le type installé à côté de moi n'a jamais touché à la drogue de sa vie. (Ni à une femme. Mais ça, c'est une autre histoire.)

C'est difficile de ne pas comparer mes solutions merdiques avec la façon qu'il a eue, lui, de gérer. Les réunions au centre de désintoxication m'ont appris que l'addiction est une maladie, une maladie que j'ai et que Zach n'a pas. D'après eux, il ne faut pas que je me compare à Zachariah, parce que son corps à lui ne crie pas famine toute la journée pour un shoot d'héroïne.

Sur le papier, ça a l'air simple. Le problème, c'est que je me souviens exactement de l'instant précis où mes amis m'ont proposé un rail d'antidouleur à sniffer. J'ai dit oui au lieu de dire non, même si je savais pertinemment que c'était une énorme connerie. Le reste, c'est une autre histoire – et elle n'est pas belle.

Je m'appelle Jude Nickel, je suis un drogué. Et j'ajoute que je suis un immense imbécile.

***

Après le dîner, j'aide à débarrasser la table. Et pendant que May lave la vaisselle, je l'essuie.

– Alors, ça te fait quoi d'être de retour chez toi ? me demande May en me tendant un saladier ruisselant.

– C'est… horrible.

May rit.

– Désarmant de sincérité de ta part !

– N'est-ce pas ?

On poursuit notre tâche en silence pendant quelques minutes.

– Ce qui est difficile, c'est de se comporter différemment dans le même environnement. Chaque fois que j'entre dans mon ancienne chambre, je me *sens* comme le vieux drogué que j'étais à l'époque. Comme si l'air était complètement toxique.

Elle me jette un regard plein d'empathie.

– Tu ne peux pas aller ailleurs ?

– Je fais les comptes, en permanence, mais je ne peux pas trouver un emploi décent tant que ça ne fait pas un bon moment que je suis sorti de prison et que je suis clean. Et sans vrai boulot, impossible de partir. Et puis, en plus, même si je me trouvais une colocation pas trop chère, on ne sait jamais sur quel genre de colocataire je pourrais tomber.

Et qui voudrait d'un repris de justice comme coloc, en plus ?

*Merde !*

Elle secoue la tête.

– Si jamais t'as besoin de t'échapper pour un soir où deux, le dortoir est toujours là. Il n'y a que Zach qui y dort en ce moment.

Je n'ai vraiment pas envie d'avoir à accepter sa proposition. Mais putain. C'est quand même mieux qu'une rechute.

– C'est gentil, dis-je.

– Quand tu veux, mon grand, et maintenant, allons prendre du dessert.

## CHAPITRE 5

### JUDE

*Niveau de manque : 4*

Je me sens plus serein après cette soirée chez les Shipley. En rentrant à Colebury, après le dîner, j'avais bien mangé et je ne me sentais plus en manque. Et en prenant congé de chacun, ils m'ont fait clairement comprendre que je suis de nouveau attendu pour le dîner la semaine prochaine.

Ça change considérablement mes perspectives. Si je n'y vais pas la semaine prochaine, ils se demanderont pourquoi. Et si je rechute, je serai incapable de les affronter.

D'une certaine manière, leurs attentes suffisent à me faire survivre au week-end, que je passe à changer des pneus.

Les apparitions de mon père dans le garage se comptent en minutes ces derniers temps. Visiblement, mon retour a servi de bonne excuse pour qu'il se prenne une cuite. Je l'ai vu rentrer à la maison samedi soir avec une bouteille de liqueur à la main, pendant que moi je travaillais tard, les doigts engourdis par le froid. Je travaille en laissant la porte du garage ouverte pour que les gens voient de l'activité en passant.

Au moins, j'ai ma colère pour me tenir chaud.

Le dernier client de dimanche me paie en liquide, ce qui signifie que quand il démarre sa voiture et s'en va, me laissant épuisé et complètement seul dans le garage sombre, je me retrouve avec deux billets de vingt dans les mains.

Première pensée : je me demande combien d'héro je peux me payer avec ça.

*Merci les neurones dégénérés.* Pendant combien de temps est-ce que mon putain de cerveau intoxiqué va penser à ça *en premier* ? Un an ? Deux ? Dix ?

J'enfonce l'argent dans la poche de mon manteau et je file au supermarché où j'achète pour 38,29 $ de courses. C'est de la nourriture de loser, évidemment, parce que mes talents culinaires se limitent à des choses que je peux enfourner dans le petit micro-ondes pourri que je me suis acheté vendredi après-midi chez *Goodwill*.

Je choisis un plat surgelé pour mon dîner. Je n'en achète qu'un parce que je n'ai pas de congélateur. Donc le reste de mon caddie se résume à des soupes en boîte et des conserves. Pour me faire un petit plaisir, je prends un paquet de cookies et une brique de lait, que je peux garder au frais dehors sur le perron de ma porte, en haut de l'escalier.

Alors que je suis en train de régler ce festin, la fille de la caisse n'arrête pas de me jeter des regards par en dessous, sous sa frange trop longue. Soit c'est quelqu'un qui se souvient de moi depuis le lycée, et qui jette des petits regards au drogué qui a tué le frère de sa petite amie, soit elle admire mes tatouages.

Ça peut être soit l'un soit l'autre.

En sortant du *Kwikshop*, je vois un type sous l'auvent, la capuche de son sweat sur la tête, les mains dans les poches.

– T'as besoin d'un truc, j'ai ce qu'il faut, murmure-t-il au moment où je passe devant lui.

J'accélère le pas en direction de ma vieille caisse. *Super.* Comme si j'avais besoin de connaître un endroit de plus sur cette terre où me procurer de la drogue.

Je balance les sacs des courses sur le siège passager et je rentre dans ma petite chambre, taverne bien tranquille.

En désintox, ils disaient : « Sois clément avec toi-même. » C'est précisément ce que j'essaie de faire. Dans moins d'une demi-heure, je serai en train de manger un bon petit plat (passé au micro-ondes). J'ai de quoi manger, et des cookies en plus. Et je ne suis ni en prison ni en redescente.

*Il y a du progrès*, je chantonne dans ma tête.

Du progrès.

***

Une minute à la fois, une heure à la fois, un jour à la fois.

J'avance.

Le nouveau pot d'échappement silencieux arrive, et je l'installe. Enfin, ma voiture ne fait plus le boucan d'une Harley, et j'ai tenu jusqu'au dîner du jeudi suivant. Cette fois, c'est chez les Abraham, et cette fois j'apporte une bouteille de vin, même si je ne vais pas en boire. Ne pas arriver les mains vides, ça me fait me sentir moins nul.

Je m'assois à côté de May et je m'imprègne des bonnes ondes des gens qui m'entourent. May est pompette et me raconte une histoire drôle où elle s'est enfermée sans faire exprès dans le poulailler.

J'ai persévéré une semaine de plus.

Dans la colonne des mauvais points, je ne dors pas. Les pires heures de la nuit sont de quatre heures du matin à cinq heures et demie. À chaque fois, je m'endors une demi-heure avant que mon réveil sonne et je me lève d'une humeur massacrante. Pour surmonter ce problème (et pour éviter de me blesser comme un somnambule dès les premières heures de boulot), je me shoote au Pepsi, avant, pendant et après chaque changement de pneu.

Les affaires vont bon train, mais je dois essuyer un autre coup dur. Lundi, un flic s'arrête dans l'allée du garage et me décoche une amende de soixante-dix dollars pour avoir obstrué le trottoir avec ma nouvelle pancarte.

Mon plus grand exploit de la semaine est – de loin – d'avoir su rester calme pendant qu'il rédigeait sa prune. J'avais envie de lui hurler dessus et de lui expliquer que son propre véhicule obstruait présentement bien plus le trottoir que ma pauvre pancarte.

Mais je n'ai rien dit. Quiconque a un casier judiciaire ne peut pas répondre à un flic. C'est un fait, et ça va me suivre toute ma vie. Et les soixante-dix dollars ? *C'est le prix à payer pour faire des affaires*, je me suis dit. Le chef de la police a sans doute remarqué que j'étais de retour dans les parages et il a dû déclarer la chasse ouverte pour me harceler.

Une fois qu'il est reparti, je rentre la pancarte à l'intérieur du garage. Ce qui veut dire que je vais devoir travailler encore plusieurs jours la porte ouverte, dans l'espoir que les gens puissent au moins apercevoir cette foutue pancarte. À midi, chaque jour, mes mains sont déjà rougies et endolories par le froid.

À ajouter dans la colonne des moins : mes crises de manque sont assez lourdes. Je ne me suis pas rendu à une réunion des Narcotiques Anonymes depuis mon retour à Colebury.

Avant que je parte de la ferme, May m'a imprimé la liste des réunions qui se tiennent dans les alentours. La seule de Colebury a lieu le mercredi après-midi à seize heures.

C'est normalement un moment où je travaille et quand le mercredi suivant arrive, je suis en plein boulot, une tâche physique qui consiste à réparer une entaille sur le Highlander d'un type. Mais je me suis promis de fermer le garage à trois heures et demie. Mon père n'a pas donné signe de vie depuis plusieurs heures. Je ferme, puis je vais toquer à la porte de ma maison d'enfance, ce qui est étrange. Il vient sur le perron, les yeux vitreux.

– J'ai fermé, lui dis-je. J'ai un truc à faire.

– Et si quelqu'un vient ? demande-t-il.

Je le dévisage un instant, dans l'espoir que la réponse logique à sa question lui saute aux yeux. En d'autres termes : *qu'est-ce que tu foutrais sans ton petit larbin ?* Mais pas de réaction dans les yeux de mon vieux père.

– J'imagine qu'il faudra que tu t'en occupes ? dis-je enfin.

Puis je tourne les talons et je m'en vais, le laissant perplexe.

Après une petite douche rapide, je me rends à l'église à pied plutôt qu'en voiture. Ce n'est pas très loin et je me dis qu'un peu d'exercice ne me fera pas de mal. Mais au fond, la vraie raison, c'est que j'ai juste envie de marcher dans les premiers flocons de neige de l'année. Ils sont épais et humides, et se posent sur mon visage et dans mes cheveux.

Le trottoir vire au blanc, et mes pieds laissent des traces sur le pavé.

Devant moi, l'église en pierre complète ce joli tableau. C'est l'église catholique où les parents de Sophie l'ont traînée tous les dimanches pendant le lycée. Ce n'était pas une grande croyante, ma Sophie. Elle détestait venir à la messe, et dès qu'elle pouvait y échapper, elle le faisait.

Je sais que je ne devrais pas penser à elle en tant que *ma Sophie*. Mais, à l'époque, c'était la vérité.

La poignée de la porte est en fer forgé – d'un style qui ne se fait plus de nos jours. Je tire d'un coup sec. À l'intérieur, une pancarte rédigée à la main affiche des lettres rouges qui indiquent « arcotiques Anonymes réunion au sous-sol », le N manquant est peut-être une erreur ou une forme d'ironie. Quoi qu'il en soit, je me retrouve à descendre dans une partie du bâtiment bien moins charmante.

Il y a des lampes phosphorescentes contre des vieux murs décrépits.

J'ai la certitude d'être au bon endroit quand je vois le thermos de café et les gobelets en carton empilés à côté d'un pack de lait en poudre. (Il doit y avoir une loi inscrite quelque part selon laquelle il est interdit de rassembler un groupe d'addicts dans la même pièce sans leur offrir du très mauvais café.) Ils ont aussi les chaises réglementaires, en métal, pliables, alignées sur trois rangs.

Une petite réunion dans une petite ville.

Il y a déjà une demi-douzaine de personnes. Je m'installe sur une chaise en bout de rang, sur la seconde rangée, et j'attends. Les addicts viennent de tous bords et sous toutes les coutures. Le mec installé à côté de moi a l'air tout droit sorti d'une publicité pour Harley-Davidson. Mais la femme qui semble organiser la réunion ressemble plutôt à une bibliothécaire.

Une fois que la pièce est (un peu) pleine, la bibliothécaire commence la réunion.

– Bonjour. Je m'appelle Linda, je suis une addict. Merci d'être venus à la réunion des Narcotiques Anonymes de Colebury. Cet endroit est censé être un endroit neutre et sûr pour chacun d'entre nous, donc je me dois d'insister sur le fait que vous ne devez en aucun cas détenir de drogue. Si vous avez quelque chose sur vous, merci de le déposer à l'extérieur de cette pièce. Même si les drogues ne sont pas les bienvenues dans cette pièce, leurs usagers le sont. Devenir membre de cette communauté est gratuit, et vous devenez membre quand bon vous semble.

Elle fait une pause pour reprendre son souffle, puis demande à quelqu'un de lire le passage « Pourquoi nous sommes là » dans le manuel.

Le type Harley se propose. Il prend le livre écorné, trouve la bonne page et se met à lire.

Les mots sont apaisants, parce qu'ils sont familiers. Le message est simple, mais il est puissant quand on l'entend au sein d'un groupe. On est tous là, parce qu'on est incapables de se gérer face à l'emprise des drogues. On fait passer nos habitudes avant toute chose. Parce qu'on s'est fait du mal à nous-mêmes et à d'autres, et parce qu'il faut qu'on change nos habitudes pour pouvoir survivre.

Me retrouver dans ces réunions me rappelle toujours que le problème est plus vaste et ne se résume pas à quelques mauvaises décisions et à une volonté de merde. Ce n'est pas juste ma personne.

– Nous avons une prise de parole aujourd'hui, annonce la bibliothécaire Linda, Robby est venu accompagné de sa mère pour célébrer ses trois ans sans drogue.

Des applaudissements polis s'ensuivent. Je participe. *Trois ans.*

Je ne connais pas l'histoire de Robby, pas encore. Mais même dans le cas où il se serait sevré uniquement de joints et de Doritos, je serais quand même jaloux.

Robby semble avoir à peu près mon âge, ou peut-être quelques années de plus. Difficile à dire. Mais il a une coupe de cheveux soignée et l'air en bonne santé.

Il commence à raconter son histoire, semblable à celles que j'ai entendues maintes fois. Le gamin qui vole l'ordonnance d'antidouleur de son père. Les copains du gamin qui lui apprennent à les écraser et à les sniffer. Le gamin ne peut plus s'en passer et commence à voler ses parents.

Change un détail par-ci, par-là, et c'est mon histoire aussi. J'ai volé de la petite monnaie dans la caisse de mon père. J'ai commencé avec des cachetons moi aussi. Puis, quand mes habitudes sont devenues plus coûteuses, je me suis mis à voler des pièces détachées au propriétaire d'une décharge qui me faisait confiance. Je les revendais sur eBay et je sniffais les bénéfices.

Robby a touché le fond en faisant une overdose. Il a de la chance d'être encore en vie. Moi j'ai touché le fond en tuant quelqu'un et j'ai aussi de la chance d'être encore en vie.

– Je sais que je me battrai toujours contre cette maladie, dit-il mais je sais que je peux gagner et que ma famille est là pour m'aider.

*Ah !* Et voilà l'endroit où nos histoires divergent. La mère de Robby est assise là, resplendissante, les yeux pleins de larmes. Ma mère est partie avec un autre homme quand j'avais huit ans. Mon père s'est bourré la gueule le soir de son départ et n'a jamais vraiment été sobre depuis.

Parfois, ces histoires me tirent vraiment vers le haut. Mais ce n'est pas le cas aujourd'hui. La mère resplendissante de Robby m'irrite. Elle me rappelle les mamans artificielles que Sophie doit se coltiner. *Ma fille n'est-elle pas un petit génie ? Écoute comme elle sort bien les notes les plus aiguës de l'*Ave Maria *!*

Je n'ai pas de rancœur à l'égard du succès de Robby. Vraiment pas. Je donnerais un rein pour être sobre depuis trois ans.

Avant la fin de la réunion, on fait le tour du cercle. La plupart des gens font un petit bilan, expliquent comment s'est passée leur semaine.

– Est-ce que tu aimerais partager quelque chose ? demande la bibliothécaire.

Je secoue simplement la tête.

Une fois la réunion terminée, je me précipite dans les toilettes que j'avais repérées en entrant, pour éviter à tout prix d'avoir à discuter avec qui que ce soit. Je n'ai pas envie qu'on me salue, qu'on me fasse une accolade ou qu'on me demande si je vais revenir la semaine suivante.

Ma tactique fonctionne. La salle de réunion est vide quand je la traverse à nouveau pour sortir. Je remonte jusqu'en haut et c'est une fois que je me retrouve sur le trottoir sombre que je croise à nouveau un être humain. Il doit avoir au moins soixante-quinze ans et il est affairé à enlever à coups de pelletées les quelques centimètres de neige glissante amassés sur le trottoir. Mais il n'a pas l'habit adapté à l'emploi : des chaussures noires de ville, et je vois bien qu'il redouble d'efforts pour ne pas glisser.

– Attendez, laissez-moi faire, dis-je.

Ma voix est enrouée parce que je n'ai pas parlé depuis un bon moment.

Il lève les yeux vers moi et c'est à cet instant que je remarque le col de pasteur sous son manteau.

– Je suis si mauvais que ça ? demande-t-il, les yeux pétillants de malice.

Je désigne mes bottes de travail.

– Non… euh… Mon Père, mais je pense avoir plus d'adhérence au sol !

En souriant, il me tend sa pelle.

– Je te remercie, mon fils.

Il se tient à côté de moi et me regarde déblayer le trottoir à grands coups de pelle dans la neige.

– Évidemment, la neige s'est mise à tenir seulement une fois que la personne en charge de l'entretien est rentrée chez elle, dit-il sur le ton de la conversation.

– C'est souvent comme ça que ça se passe, dans la vie, dis-je.

– C'est vrai. Et en plus, nous attendons beaucoup de monde à dîner ce soir, donc je ne peux pas prendre le risque qu'ils glissent.

Ça ne va pas me prendre beaucoup de temps. Quelques minutes et ce sera fait.

– Inutile de rester dans le froid, dites-moi simplement où se range la pelle, et je la rangerai quand j'aurai terminé.

Ou peut-être voulait-il s'assurer que je ne vole pas la pelle. Ce n'est pas difficile de deviner que je sors tout juste de la réunion des Narcotiques Anonymes.

– Remets-la à l'intérieur quand tu auras terminé, l'un des paroissiens m'a offert une tarte aux pommes. Ça ne me paraît que justice de t'en couper une part pour te remercier de ton aide. Tu aimes la tarte aux pommes ?

J'adresse un sourire au trottoir.

– Il y a peu de choses que j'aime autant.

Les trois qui me viennent l'esprit sont l'héroïne, le sexe et le rock punk. Mais je m'abstiens de partager ça.

– Ah, je suis ravi. Parce que je ne suis pas sûr de pouvoir m'entendre avec quelqu'un qui n'aimerait pas la tarte aux pommes.

J'éclate de rire.

– Ce n'est pas une attitude très chrétienne, ça, Mon Père. Que dirait Jésus ?

– Il dirait : il y en aura plus moi. Mon bureau est au bout du couloir. Je te retrouve à l'intérieur.

– Dans cinq minutes, dis-je.

Le rez-de-chaussée de la paroisse est bien plus accueillant que le sous-sol. Une fois le trottoir dégagé, je dépose la pelle en appui derrière la porte d'entrée, à l'intérieur, et je descends un couloir aux murs de brique, donnant sur une porte en bois sculpté, entrouverte. Dans le bureau, un immense tapis oriental habille le sol, et il y a un volumineux bureau en bois massif.

Mais il n'y a personne.

– Te voilà, dit le prêtre en arrivant derrière moi.

Il tient entre ses mains un plateau en bois. J'entre dans la pièce où il me suit et dépose le plateau sur lequel se trouvent deux belles parts de tarte et deux tasses.

– Café ? me demande-t-il.

Je secoue la tête.

– Ça sent très bon, mais ça m'empêche de dormir.

– Ah ! dit-il avec lassitude. Je connais bien ce problème. Mais le mercredi, ma journée est longue, donc je m'accorde ce plaisir. Du lait, dans ce cas ?

Il soulève un pot à lait généreux au-dessus d'une des tasses, en attente de ma réponse.

Suis-je vraiment assis dans le bureau d'un prêtre pour prendre un en-cas de tarte aux pommes et de lait ? On dirait bien que oui.

– Oui, avec plaisir.

– Assieds-toi, dit-il en me servant.

J'approche une des chaises rembourrées et je m'assois, les mains croisées sur les genoux. Le vieil homme est assez sympathique, mais ça me donne quand même l'impression d'avoir été convoqué chez le proviseur. Il me tend une assiette et une fourchette et pose la tasse près de moi sur le bureau.

– Merci, dis-je, j'ignorais qu'il y aurait de la tarte aux pommes dans cette journée.

Il attrape sa tasse de café.

– À la tarte ! Puissions-nous en avoir chaque jour.

Je me penche jusqu'à ce que nos deux tasses se touchent.

– Amen.

En riant, il attrape sa fourchette.

– C'est une tarte aux pommes très spéciale, tu m'en diras des nouvelles.

– Je vois ça.

Il y a des canneberges et du crumble sur le dessus. Je coupe un morceau du coin de ma fourchette et je prends une bouchée. Une bouchée très *familière*.

En face de moi, le prêtre fait de même, puis émet un grognement peu digne d'un prêtre.

– Exquis, dit-il.

Mon sourire se fige.

– Puis-je vous poser une question folle ?

– Oui, et quelle qu'elle soit, je peux te garantir que ce bureau en a entendu de plus folles.

– D'accord, elle n'est pas si folle que ça. Je me demandais si, par hasard, c'était Ruthie Shipley qui avait fait cette tarte ?

Il lève les yeux, stupéfait.

– Un garçon d'un talent exceptionnel ! Il désigne le pâtissier par son nom après une seule bouchée ! Il devrait y avoir une émission télévisée pour un tel talent !

Je me mets à rire de bon cœur.

– C'est la seule pâtissière que je sais reconnaître. Je viens juste de passer plusieurs mois à travailler à la ferme des Shipley. On mangeait de la tarte presque tous les soirs après le dîner. C'est sans doute moi qui ai ramassé ces pommes.

– Tu es un homme chanceux, me dit-il avec un grand sourire. Un prêtre ne devrait jamais comparer les talents culinaires de ses paroissiens, mais je me permettrai néanmoins de dire que chaque fois que Ruthie Shipley ou l'une de ses filles arrivent une boîte à la main, je prends bien soin de la déposer directement dans mon bureau.

– Ce serait une folie de passer à côté.

– Comment m'as-tu dit que tu t'appelais, mon fils ?

Pendant une fraction de seconde, j'envisage de mentir. À un prêtre, rien de moins.

– Je… euh… Jude Nickel.

*Je viens de passer trois ans en tôle pour avoir tué un de tes anciens paroissiens.*

Soit il ne reconnaît pas le nom, pourtant étalé dans les journaux, soit c'est un hôte très diplomate.

– Ravi de faire ta connaissance, Jude. Tu peux m'appeler Père Peters.

– Merci pour la tarte, Père Peters. La cuisine de Mme Shipley me manque cruellement. La soupe en conserve que je mange depuis deux semaines n'a rien à voir.

Il me regarde avec attention, pensif.

– Comme je te le disais, les mercredis, il y a du monde ici, peut-être que tu devrais rester pour dîner.

J'ouvre la bouche pour inventer un prétexte. Je viens de passer les cinq minutes les plus agréables de ma semaine, mais je ne veux pas abuser.

Il lève une main, comme pour contrer mon argument

– Avant de refuser, écoute-moi jusqu'au bout. Nous recevons généralement environ cent vingt-cinq invités, et ils viennent tous pour des raisons bien différentes. Certains sont vieux et ont juste besoin d'un prétexte pour sortir de chez eux. D'autres n'ont pas toujours de quoi se nourrir. Non seulement je pense que tu devrais dîner avec nous ce soir mais, en plus, je suis sûr que mes amis en cuisine ont bien besoin d'un petit coup de main.

– Vous voulez dire que je pourrais éventuellement être bénévole ?

– C'est exactement ça. Est-ce que tu sais éplucher des pommes de terre ?

– Bien sûr.

– Tu as autre chose à faire dans l'immédiat ?

Je me figure un instant ma chambre vide et sombre au-dessus du garage. Mes soirées là-bas s'apparentent à de la torture.

– Non, Monsieur.

Il m'adresse à nouveau un grand sourire.

– Termine ta part de tarte. Les bénévoles ont besoin de toi.

Ma tasse de lait est froide et sucrée. Je la bois, je rassemble les dernières miettes de la tarte de Mme Shipley dans mon assiette pour les finir. Ça ne me ressemble pas vraiment de faire du bénévolat pour un dîner de charité. Je ne suis pas très sociable. Mais la nourriture est une excellente motivation. Et plus je passe de temps loin de mon ancienne vie, mieux je me porte.

Je suis assis là, traversé par des pensées plus positives qu'à l'accoutumée, quand quelqu'un toque à la porte.

– Père Peters ?

– Entre, ma chère.

En levant les yeux, j'ai le choc de ma vie. Là, dans l'embrasure de la porte – vêtue d'un tablier, les cheveux séparés en deux couettes – se trouve Sophie Haines. Mon ex-petite amie, et la seule personne au monde qui m'ait jamais aimé.

Le silence qui suit est assourdissant. Sophie me regarde, bouche bée. Elle se retient au chambranle de la porte pour ne pas perdre l'équilibre.

*Je suis désolé* est la seule pensée qui me traverse. Je ne pouvais pas imaginer qu'elle serait là par hasard, un mercredi soir comme un autre, à travailler en cuisine pour une église qu'elle n'a jamais voulu fréquenter quand on était ensemble.

– Sophie, dit le père Peters, brisant le vide laissé par notre silence, tu as besoin de moi en cuisine ?

Elle lui parle sans me quitter des yeux.

– Vous m'aviez… euh… demandé de venir vous prévenir si Mme Walters se présentait pour le bénévolat. Elle est là.

– Parfait ! s'exclame le prêtre en claquant des mains. Mme Walters a quatre-vingt-dix ans, et c'est la seule personne capable de faire tourner notre vieux lave-vaisselle, m'explique-t-il. Merci Sophie.

Une autre pause suit cet échange, et Sophie semble se reprendre.

Elle sort à reculons, se retourne puis s'en va rapidement.

– Je ferais mieux de rentrer chez moi, dis-je.

Mais Père Peters secoue la tête.

– Je ne pense pas que ce soit la meilleure solution. (Son regard bleu me traverse. J'ai la sensation que rien n'échappe à cet homme-là.) Mes paroissiens affamés vont avoir besoin de dîner, quelle que soit la nature de vos relations passées avec Mlle Haines.

Voilà. Rien ne lui échappe.

Je suis encore en train d'essayer de formuler une excuse quand il se lève brusquement.

– Allez, suis-moi, jeune homme. J'entends une pile de légumes crier ton nom.

# CHAPITRE 6

## SOPHIE

*Mood musical : Primal Scream*

Dans le meilleur des cas, coordonner le dîner de charité, c'est comme diriger la *Cinquième symphonie* de Beethoven avec un groupe de joueurs de mirliton : c'est le chaos. Mais ce soir ? Mon cerveau s'apparente à la bande-son d'un groupe de métal énervé : beaucoup de bruit et aucun ordre.

C'est déjà suffisamment choquant de trouver Jude dans le bureau de Père Peters, mais quand le prêtre accompagne mon ex-petit ami jusqu'au plan de travail dans un coin de la cuisine, je perds officiellement toute capacité de concentration.

On donne à Jude un grand tas de carottes à éplucher. Alors que je le fixe, il prend l'épluche-légumes et commence à les dévêtir de leur peau avec assurance, détachant des bandelettes orange régulières.

Durant toute l'heure qui suit, impossible de me concentrer sur ce que je veux. Il y a une montagne de choses à faire, et pourtant, je ne cesse de jeter des coups d'œil à Jude en train de préparer des légumes dans son coin, comme s'il était né pour ça. Avant ce soir, je n'avais jamais vu Jude toucher un légume ou laver un plat.

C'est la chose la plus étrange que j'ai jamais vue, vraiment. Il garde les mains près de la table et s'attaque à une montagne de carottes et de pommes de terre. Une fois épluchées, la vieille Mme Perkins lui apporte une planche à découper et un couteau de cuisine et il se met à couper les pommes de terre comme s'il s'agissait d'une mission de la plus haute importance.

– Sophie, dit Denny qui vient d'arriver et s'attelle à la tâche, tu as besoin de combien de plats pour le service ? Je compte quatre plats sur le menu, mais tu n'as préparé que trois plats.

– Ah !

– Donc, combien ?

– Euh… (Je regarde autour de moi, j'observe tous ces gens qui s'affairent dans la cuisine.) Quatre plats pour le service, dis-je doucement

– Tu vas bien ?

– Hhm Hhm, dis-je pour éviter de répondre, mais mon regard se perd à nouveau vers Jude.

Je n'arrête pas de remarquer des détails étranges. Il a remonté les manches de sa chemise en flanelle, exhibant des avant-bras musclés que je ne veux pas voir. Ils se contractent sous chaque pression du couteau.

– C'est qui, lui, d'ailleurs ? demande Denny.

Je concentre mon regard sur Denny.

– C'est Jude. (Rien qu'en prononçant ce nom, je sais que c'est une erreur, parce que je suis parfaitement incapable d'en parler maintenant.) Est-ce que Père Peters a ouvert les portes ? Ou pas encore ?

Mais Denny n'est pas du genre à laisser passer ça.

– Waouh. *C'est lui ?* Sérieusement ? (Denny dévisage Jude avec une fascination évidente.) Pourquoi est-ce qu'il est là ?

C'est précisément ce que je me demande.

– Denny, est-ce que tu peux t'occuper d'installer le plat de plus ?

*Parce que je suis en pleine dépression nerveuse.*

Il me regarde longuement, d'un regard interrogateur.

– Bien sûr.

Les choses s'arrangent un peu une fois que les convives commencent à arriver. Je me mets sur le poste de service, à l'endroit où c'est plus difficile de fixer le fantôme d'un Jude, étrangement musclé et serviable. J'essaie encore de trouver des explications à toutes les petites incohérences entre ma mémoire et l'homme que je vois à la table des préparatifs. Ses piercings ont disparu – la barre dans son sourcil et le clou dans le cartilage de l'oreille. Et quand Père Peters passe par là et dit quelque chose que je n'arrive pas à entendre, Jude lui répond « Oui

Monsieur » d'une voix calme, sans aucune trace de la tension que je lui connais si bien.

Je suis comme Dorothy dans *Le magicien d'Oz*, je vois quelque chose de familier transformé en quelque chose d'étrange. Mais dans cette comédie musicale, je suis de toute évidence sélectionnée pour un rôle d'épouvantail. Si seulement mon cerveau fonctionnait encore, je pourrais arrêter de le fixer et me mettre à servir le poulet.

– Denny, dis-je, en me concentrant à nouveau sur ce qui est en train de se passer, peux-tu t'occuper des biscuits ? Ne laisse pas les enfants se servir par poignées.

Je l'installe à l'autre bout de la table, à l'opposé de ma place, pour être sûre qu'il ne puisse pas me poser de questions.

Je sers le poulet pendant le premier service, bondé. Père Peters va et vient avec empressement dans la salle à manger, pour saluer tout le monde. Puis il se positionne dans la queue et, une fois qu'il arrive à mon niveau, il me demande deux assiettes :

– L'une d'elles est pour notre nouveau bénévole.

Je tressaille malgré moi, et Père Peters le remarque.

– Sophie, je suis navré de t'avoir causé cette surprise aujourd'hui. Mais l'église appartient à tous les enfants du Seigneur. Et nous sommes dans une petite ville, après tout, ma chère.

– Je sais. (Mais vraiment ? Est-ce que Jude a été une seule fois à l'église ? Et puis, il y a un problème.) Mon père serait hors de lui s'il apprenait ça.

Le prêtre soupire.

– Peut-être. Mais ton père est quand même le bienvenu s'il veut faire du bénévolat le mercredi soir.

Je lève les yeux vers Père Peters et plonge mon regard dans ses yeux bleus, rieurs ; je sais qu'il a raison. Après la mort de mon frère, les engagements de ma famille auprès de l'Église se sont tous volatilisés. Ces derniers temps, ma mère assistait aux messes du dimanche en transe et ne se portait plus bénévole pour aucune action de charité. Mon père n'a simplement jamais mis les pieds ici.

Et moi ? Dans la famille, je suis celle qui se rend à l'église. Ce n'est pas parce que j'ai découvert la religion. C'est parce que Père Peters est l'une des rares personnes de cette ville qui comprend ce qui est arrivé à ma famille après la tragédie. Trois ans plus tard, il continue à rendre visite à ma mère une fois par semaine à la maison.

Donc, quand il m'a demandé de venir prêter main-forte les mercredis soir, j'ai tout de suite accepté. Et j'ai recruté Denny pour qu'il vienne aider lui aussi. Père Peters soulève deux assiettes garnies de poulet et de légumes. Au bout de la rangée, Denny y ajoute des biscuits. Puis le prêtre disparaît à l'arrière, pour dîner en compagnie de mon ex-prisonnier ex-petit ami.

Si la soirée prenait un tour plus étrange encore, je me mettrais certainement à danser et à chanter des airs de Judy Garland.

– Vous préférez du blanc ou une cuisse ? dis-je à la personne suivante dans la file.

Je ne dis pas un mot à Jude ce soir-là.

Une fois tous les plats servis, il avait déjà nettoyé son coin de table et disparu dans la nuit.

***

Je ne dis pas à mes parents que Jude était à l'église ce soir-là. Je me convaincs que c'est un hasard et qu'il n'y a aucune chance que Jude Nickel se soit réellement tourné vers la religion. Et il n'y a pas plus de chance qu'il soit venu pour *moi.* Je retourne cette pensée dans mon cerveau, encore et encore, comme un hamster qui court dans sa roue.

Le mercredi suivant, je me rends à l'église vers quatre heures et demie, et il n'est pas là. Je mets les bénévoles au travail, ceux qui arrivent le plus tôt du moins : ils préparent un chili, avec du pain au maïs et de la salade.

Je passe furtivement devant le bureau de Père Peters, mais je n'entends aucune voix provenir de l'intérieur. Et quand il m'invite à entrer d'un geste de la main, je le trouve seul cette fois-ci. Je sens comme une pointe dans mon for intérieur. C'est du soulagement, n'est-ce pas ? Ça ne peut pas être de la déception.

– Bonsoir ma chère. Tu as trouvé les haricots et les épices ? Mme Perkins les a déposés, mais elle ne pouvait pas rester.

Je demande alors :

– On a donc un bénévole de moins ?

Ce qui nous laisse Denny, Père Peters et moi. Et Mme Walters en charge du lave-vaisselle.

Père Peters se lève.

– Ça ira très bien. On va servir le chili, mais le reste peut être installé en buffet.

Je passe devant lui pour retourner dans le hall. Juste avant de faire demi-tour pour entrer dans la cuisine, je vois une flopée de gens remonter depuis le sous-sol et sortir dans la rue. J'avais déjà vu la pancarte qui indique le sous-sol, mais je n'y avais jamais vraiment prêté attention avant. « Réunion NA ».

Jude apparaît au bout de cette file de gens, et c'est à cet instant que je comprends. Maintenant, je sais exactement ce qui a amené Jude dans ce bâtiment un mercredi soir. Les Narcotiques Anonymes.

Oh merde.

Je recule avec empressement et me précipite dans la cuisine où je titube jusqu'à la chambre froide, pour me retrouver seule un instant. Peut-être que je suis idiote, mais il y a quelque chose de choquant à imaginer Jude, assis dans une pièce pleine de gens, dire *j'ai un problème.*

Ce n'est pas quelque chose que mon Jude à moi aurait fait. Jamais.

C'est une bonne chose que Jude se fasse aider, n'est-ce pas ? Je ne devrais rien ressentir d'autre que du bonheur pour lui. Debout, là, dans la fraîcheur de la chambre froide, une vague de colère inexplicable me traverse. Parce que… c'est *maintenant* qu'il se fait aider ?

Quand on était ensemble, je n'avais qu'une envie, c'était de l'entendre dire : « Il faut que je me débarrasse de cette satanée mauvaise habitude que j'essaie de te cacher. Je vais m'en occuper. »

Mais il n'a jamais prononcé ces mots, et tout à coup, c'était trop tard.

Je me tiens là, les mains sur un plateau de viande hachée, à regretter que Jude n'ait pas choisi un autre endroit que Colebury pour se soigner. Mais il est ici, dans ce bâtiment, que je le veuille ou non. Donc je me ressaisis, je sors mon grand jeu et je retourne dans la cuisine. Quand je passe devant Jude, il est déjà affairé à émincer des oignons avec la précision d'un commis invité dans une émission de cuisine.

Sans un mot, Denny s'attelle à la tâche : il mélange de la viande hachée dans deux immenses saladiers en sifflotant. Deux semaines plus tôt, j'ai présumé que notre amitié avait été irrémédiablement endommagée par notre rencard catastrophique. En réalité, ça n'a pas été le cas. Il s'est contenté d'inviter une fille du département comptable à sortir avec lui. Et elle a dit oui. Ils vont sortir ensemble à nouveau pour la seconde fois demain.

Je suis heureuse pour Denny. Au moins l'un de nous va de l'avant.

– J'arrive, dis-je en versant une demi-tasse de poudre de chili dans le saladier.

Je me suis donné pour mission de mesurer les quantités d'épices. Une tâche simple, idéale pour quelqu'un dont le cerveau s'envole chaque fois que Jude est dans les parages.

Mais pas assez simple, de toute évidence.

J'ai oublié d'enlever le papier blanc de la boucherie, dans lequel était enveloppée la viande. Elle est restée sur le plan de travail avant d'être mise ainsi au four pendant que je finissais avec le cumin et la coriandre. Et quand je m'éloigne pour ranger les épices dans le placard, je ne fais pas attention à l'odeur légèrement acre qui s'élève dans les airs.

Dix secondes plus tard, j'entends Denny tousser, haletant. Je me retourne pour le voir s'éloigner précipitamment du four. Des flammes orange embrasent le papier de la boucherie. Mme Walters laisse échapper un cri depuis l'endroit où se trouve le lave-vaisselle.

Avant même que je puisse réagir ou faire quoi que ce soit, Jude se glisse vers le four avec la rapidité et l'agilité d'un chat. Il attrape la petite bande étroite de papier qui n'est pas encore touchée par les flammes et, d'un coup sec du poignet, jette le papier incandescent sur le sol carrelé. Puis il attrape une lavette trempée sur le plan de travail et la jette sur les flammes.

J'entends un grésillement, je vois de la vapeur puis de la fumée grise. Mais je suis toujours pétrifiée, immobile à ma place.

Jude attrape un autre torchon humide à côté du lave-vaisselle et le balance sur le papier au sol. Puis il le piétine à plusieurs reprises.

Avant même que je prenne conscience que le feu est éteint, il s'est déjà faufilé derrière sa table de préparation, où il a repris son couteau et s'est remis à couper les oignons.

Au-dessus de ma tête, le détecteur de fumée se met à hurler, et le cri perçant qu'il laisse échapper matérialise la panique que je ressens depuis la réapparition de Jude.

Père Peters accourt.

– Que se passe-t-il ?

À la vue des restes du feu sur le carrelage, il ne dit rien. Il se contente d'ouvrir la porte et de laisser la fumée s'échapper.

Si seulement mes problèmes pouvaient s'évaporer aussi facilement que cette fumée !

## CHAPITRE 7

### JUDE

*Niveau de manque : Un bon 6*

C'était une mauvaise idée de revenir ici ce soir.

Sophie est contrariée et je déteste savoir que je suis la cause de son énervement. Ça peut paraître absurde, mais je la connais par cœur. C'est le genre de personne qui peut monter sur scène devant une foule et offrir un solo des plus compliqués sans un trémolo dans la voix. C'est un roc.

Mais les deux fois où j'ai travaillé dans la cuisine, elle a craqué. Et avec un feu en cuisine en plus ? Je ne voudrais pas être responsable de la perte de matériel, ou pire encore d'une vie. Moi qui ai déjà causé assez de dégâts comme ça.

Mais il s'avère qu'il leur manquait des bénévoles pour ce soir, donc je ne pouvais pas tourner les talons. Et pour être parfaitement honnête, j'étais curieux de jeter à nouveau un œil sur le type qui reste collé à elle en permanence. C'est le même type que j'ai vu l'entreprendre sur le parking il y a deux semaines de ça. Ce soir, il a troqué son col V pour un col à pointes boutonnées.

Mon Dieu. Ce ne sont pas mes affaires. Mais si Sophie n'est pas en train de mener la vie dont elle a toujours rêvé, je veux savoir pourquoi. Et s'il y a des gens dans sa vie qui ne la traitent pas avec respect, je veux le savoir aussi.

Donc je prépare les légumes et je les observe tous les deux, même si je me rends bien compte que ma présence rend tout le monde nerveux. M. Col-à-pointes ne cesse de me toiser du coin de l'œil, donc quand il vient vers moi pour prendre tous les oignons que j'ai émincés, je ne peux pas m'en empêcher : au moment où il s'approche, je lève le couteau et l'abats d'un coup sec, avec une véhémence inattendue.

Le haut d'un oignon se retrouve séparé du reste avec la force d'une guillotine qui tranche une tête.

M. Col-à-pointes sursaute, et je dois me retenir de laisser échapper un gloussement. Il n'est pas loin de prendre ses jambes à son cou, mais il s'en remet, enfonce les mains dans ses poches et, d'un geste du menton, me demande les oignons.

Je le dévisage un instant. Après tout, à quoi bon être un assassin si tu ne peux pas faire peur à quelqu'un de temps en temps ? Il n'y a pas vraiment d'autres avantages à la chose.

À l'aide de la lame du grand couteau de cuisine, je pousse une pile d'oignons émincés dans sa direction.

– Tiens.

Sans un mot, il la rassemble du creux de la main et retire les oignons de la planche à découper pour les mettre dans le saladier. Puis il part à la hâte.

Je passe à l'ail, puis aux avocats. Demain, c'est Thanksgiving, donc j'imagine que le repas de charité ne sera pas bondé ce soir. Mais ce n'est pas le cas du tout. À l'ouverture des portes, j'ai une vue partielle sur la queue, au bout de laquelle Sophie sert des bols de chili. Ça sent divinement bon. Mon estomac gargouille pendant que je continue de travailler.

Quand Col-à-pointes se présente à nouveau, je fais en sorte d'être en train d'aiguiser mon couteau. Bon sang, je suis aussi subtil qu'un éléphant, mais il en tremble presque. Je suis peut-être un connard, mais je ne comprends toujours pas ce qui s'est passé ce soir-là sur le parking, et si ce type pense que personne ne fait attention à lui, je veux simplement qu'il sache que moi, si.

Mais je me suis fait prendre au piège. Apparemment, je ne suis pas aussi attentif que je le pense, parce que pendant que je lave les couteaux, je lève les yeux pour découvrir Sophie à côté de moi, ses yeux verts me brûlent de leur éclat.

Surpris, je laisse tomber un couteau dans l'évier, avec fracas.

– Jude, dit-elle. (Mon cœur se tord au simple son de mon nom sur ses lèvres.) Merci d'avoir éteint le feu, tout à l'heure.

Je jure que je prends un temps bien trop long pour lui répondre. Le simple fait qu'elle m'adresse la parole est un miracle. Je finis par dire :

– Je t'en prie. Pas de soucis.

J'attrape le couteau, je ferme le robinet et je tends la main vers un torchon.

Elle soupire, et j'entends le poids de centaines de questions sans réponse.

– Où as-tu appris à cuisiner ?

– À la cuisine de la prison.

Elle écarquille tellement les yeux que je ne peux pas m'empêcher de glousser.

Sophie encaisse.

– À question stupide…

– Oui.

J'attrape l'éponge au fond de l'évier et je me mets à le nettoyer, juste pour m'occuper. C'est ça où je vais simplement la dévisager.

– Jude, il faut que je te demande quelque chose.

Mon cœur s'emballe, et je suis incapable de la regarder. *Ne reviens plus ici.* C'est les mots que, j'imagine, elle s'apprête à prononcer.

– Laisse Denny tranquille, OK ?

– Quoi ?

Je suis tellement surpris que je lève les yeux. Puis je comprends que Denny doit être M. Col-à-pointes.

– Denny. Mon collègue.

– Ton collègue, je répète en essayant de comprendre.

Elle poursuit, un peu frustrée.

– Tu m'as bien entendue. Sois sympa.

*Sympa.*

– Est-ce que je suis quelqu'un de sympa ?

À part avec toi. Ça va sans dire. J'ai toujours été sympa avec Sophie, parce qu'elle me traite comme si j'avais une importance. Très peu de gens le font, et c'était déjà le cas *avant* que j'aille en prison.

Elle me fait son petit regard, en levant les yeux au ciel, celui qu'elle me sert chaque fois qu'elle veut me prouver qu'elle n'est pas dupe de mes conneries. Ça m'a manqué d'être rappelé à l'ordre par Sophie. Elle va droit au but et elle est deux fois plus intelligente que moi. L'ignorer, c'est risquer gros.

– Jude, va chercher un peu de chili.

– Oui, M'dame.

Elle secoue sa jolie petite tête. Puis elle s'éloigne en chantonnant quelque chose que je ne saisis pas. Mais ça ressemble bien à un air du *Magicien d'Oz*.

## CHAPITRE 8

### SOPHIE

*Mood musical : « Satisfaction » des Rolling Stones*

La soirée de Thanksgiving chez les Haines n'est pas une partie de plaisir.

Avant midi, je mets une petite dinde au four. Ma mère n'est pas dans les parages, évidemment, donc je me prépare à cuisiner un repas complet de Thanksgiving toute seule.

En posant la planche à découper sur le comptoir, je me rends compte que je ne sais même pas pourquoi je me donne tout ce mal. C'est une vaine comédie. Ma mère se fiche du dîner de Thanksgiving. Et mon père se fiche de tout.

Avant que Gavin ne meure, on en faisait une vraie fête familiale. Le matin, je regardais le *Macy's Thanksgiving Day Parade* pour voir quelles actrices de Broadway chantaient un solo. Mais mon père et mon frère finissaient par reconquérir la télécommande pour pouvoir regarder le football. Rien d'exceptionnel, mais c'était normal.

Ces derniers temps, c'est comme si je vivais dans une tombe.

En sortant les légumes du bac du réfrigérateur, j'entends des bribes d'annonces du présentateur qui me parviennent depuis l'antre de mon père. Il regarde toujours le football. Mais son fils – un athlète prometteur – n'est plus assis à ses côtés. Et il ne s'en remettra jamais.

Papa m'en veut encore. Ma pénitence est de devoir faire semblant de prendre plaisir à cuisiner un dîner de Thanksgiving. Et mon père fera semblant de prendre plaisir à le manger.

Je coupe du céleri pour la farce. Puis j'ouvre un sac de pommes de terre que je commence à éplucher. Cette tâche me fait instantanément penser à Jude – mon esprit est traître – et à la scène dans la cuisine hier soir. Bon sang de Jude ! Je n'en reviens pas d'avoir été assez stupide pour lui demander où il avait appris à cuisiner. *En prison* a été sa réponse. Puis les commissures de ses lèvres ont esquissé une moue, comme si j'étais une drôle d'enfant qui ne peut s'empêcher de poser des questions stupides.

Debout là, dans la cuisine, je laisse échapper un gémissement. Personne ne m'écoute de toute façon. Personne ne m'a jamais écoutée.

***

À cinq heures, tout est prêt.

Certes, j'ai pris quelques libertés. De la sauce aux airelles en conserve. Une tarte de la boulangerie. Mais un véritable dîner de Thanksgiving est sur la table. Je vais chercher ma mère dans le salon, là où elle est occupée à fixer le vide. Je vais chercher mon père devant son match de football. En prenant place à table, j'étouffe un soupir.

Mon père s'assoit en tête de table et découpe la dinde pour nous servir.

Pendant quelques minutes, on se contente de se passer les plats, et toute conversation est superflue. Mais une fois que le silence commence à peser, je cherche quelque chose à dire.

– J'ai un nouveau cas au travail. Une adorable petite fille qui est sourde. Par définition, elle ne peut pas entendre et, pourtant, elle adore quand sa mère chante. Elle met sa main juste là (je recouvre mon menton et ma bouche de ma main), c'est comme si elle savait pertinemment que sa mère est en train de produire un son. Je les ai rencontrées au bureau mardi dernier, c'était fascinant à observer.

– Pauvre enfant, dit mon père.

– Ça ne va pas durer. Les docteurs pensent que des implants cochléaires pourraient lui faire retrouver l'ouïe. Et elle n'a que dix-huit mois.

– Ils peuvent faire ça pour un enfant si jeune ? demande mon père en se servant copieusement de farce.

– C'est même *mieux* de le faire jeune. Des patients plus âgés peinent parfois à s'y habituer. Il faut simplement que l'on se renseigne pour voir comment cette famille va pouvoir en financer le coût. Ils ont une assurance maladie, mais la franchise reste de cinq mille dollars.

Mon père hoche doucement de la tête.

– C'est bien, ce que tu fais.

Un des très rares compliments venant de mon père. Qui sait ?…

– Et toi ? Quoi de neuf au travail ?

Il glousse et secoue la tête.

– Rien de plus que d'essayer de maintenir la paix, d'améliorer le quartier. Je n'arrive pas à croire que le fils Nickel arrive à faire des affaires dans le garage de son père. J'ai demandé à un de mes gars d'aller lui mettre une amende pour la pancarte qu'il a installée sur le trottoir.

Et en une seconde, la nourriture se transforme en ciment dans mon estomac.

– Je lui ai fichu une amende, dit mon père en plantant rageusement sa fourchette dans un morceau de viande, mais je compte bien faire fermer leur affaire pour de bon.

– Comment tu vas t'y prendre ? dis-je en haïssant le ton désinvolte que j'emploie.

Si j'ai l'air intéressée, ça va rendre mon père hors de lui.

– Ce garage est dans un quartier résidentiel. Il ne devrait pas y en avoir dans un quartier comme ça.

J'étale des pommes de terre dans mon assiette. On est sur un terrain dangereux. Mais la légitimité de l'affaire du père de Jude a déjà été remise en question par le passé.

– Vous n'aviez pas déjà essayé ça ? Ils avaient gagné, non ?

Mon père laisse échapper un rire.

– Ils ont gagné *avant* qu'un assassin drogué ne vive dans les lieux. Je peux les évincer. Un de mes officiers voudrait acheter ce complexe immobilier et y faire des duplex. Ça va les remettre à leur place.

Je pose ma fourchette.

– Ça ne te rendra pas Gavin !

Mon père pose lentement son verre de vin. Il aime me faire patienter et me mettre mal à l'aise avant de partir dans un des éclats que je lui connais.

– Vraiment, Sophie ? C'est lui que tu défends ? Espèce de petite *salope* déloyale !

Le mot reste suspendu en l'air, au-dessus de mon dîner fait maison. Ma mère se lève de sa chaise et titube hors de la pièce. En essayant tant bien que mal de garder mon calme, je la regarde sortir.

– Papa, j'aurais préféré que Jude ne revienne pas ici. Mais ce n'est pas pour autant que j'utiliserais la ruse pour évincer un vieil homme de chez lui.

Le silence plane, mon père me dévisage.

Je sais que j'aurais mieux fait de ne rien dire du tout. Le vieux Nickel m'a à peine adressé la parole trois fois en tout et pour tout pendant tout le temps où j'étais avec Jude. Je sais que ce n'est pas exactement ce qu'on peut appeler un membre actif dans la communauté. Mais je le défends, parce que je suis en colère contre mon père.

Mon Dieu, comme je suis hypocrite. Mais c'est l'effet que produit mon père sur moi.

– Je ne veux pas que tu aies un quelconque rapport avec cet homme ou avec son fils, assène mon père.

– Il n'y a pas de quoi t'inquiéter a priori, dis-je en mentant. J'avais écrit à Jude quand il était en prison et il ne m'a jamais répondu.

Le visage de mon père s'empourpre.

– Je t'avais dit de ne *jamais* faire ça !

– Tu m'as dit de ne *jamais* faire beaucoup de choses. Mais je voulais savoir ce que faisait Gavin dans cette voiture ce soir-là. Et personne ne *parle jamais* de ce qui s'est réellement passé.

Son visage a la couleur de la viande crue.

– Reste en dehors de ça. Tu n'écoutes jamais rien de ce qu'on te dit, putain !

Je garde une voix calme :

– Tu n'as *jamais* rien écouté de ce que je dis, on est quittes, comme ça.

– Il n'y a pas de QUITTE qui tienne ! hurle-t-il. Tu vis sous mon toit, tu fais ce que je te dis.

Je sais qu'il ne va pas apprécier ce que je m'apprête à dire, mais je ne peux pas m'en empêcher.

– Je ne vis pas ici pour ne pas avoir à payer de loyer. Je vis ici pour Maman. Elle est en miettes, et ça n'a pas l'air de t'affecter.

Mon père se recule de la table, les yeux pleins de violence, et tous mes muscles se tendent. Il attrape le bol de sauce et le balance contre le mur, où il se brise en morceaux, projetant de la sauce un peu partout.

Oh. Mon. Dieu.

Je me lève, les genoux qui flanchent, et je me précipite hors de la pièce, direction la cuisine. Je n'ai pas d'autre idée en tête que *partir*. Mon sac et mes clés sont à l'étage, merde. Mais mes chaussures et mon manteau sont à côté de la porte. Les mains tremblantes, je les enfile.

J'entends le bruit de chaises balancées contre le mur dans la salle à manger.

Merde.

J'ouvre la porte de la cuisine et je sors, pour me retrouver sous la pluie. Mon cœur sombre. Même un tour dans le quartier s'apparente à un supplice.

Génial. Mais j'y vais quand même, je sors du garage et je m'éloigne sur le trottoir détrempé. Il y a du vent, en plus. Je serre mon manteau contre moi, pour éviter que le vent ne s'engouffre dedans, et j'essaie de penser à un endroit où aller. Le jour de Thanksgiving, tout est fermé. Je pourrais essayer de récupérer les clés de ma voiture sans croiser mon père et puis rouler… jusqu'où ? Une aire de repos minable avec du mauvais café ?

La pluie qui coule sur mon visage est le cadet de mes soucis.

En m'enfonçant dans Colebury, je ne vois pas le moindre signe de vie. Les maisons sont éclairées de l'intérieur, mais il n'y a aucune circulation. Jusqu'à ce que je rejoigne la rue centrale, où une voiture qui ne m'est pas familière ralentit à mon niveau et s'arrête. La vitre se baisse.

– Hey, tout va bien ?

*Bon Sang de Dieu !* C'est Jude. C'est comme si je l'avais fait apparaître, tel un génie, en le mentionnant à mon père.

– Oui, c'est bon, dis-je en grommelant.

Je me remets à marcher.

Il avance au ralenti à côté de moi.

– Monte, Sophie.

Je m'arrête et je m'approche de la voiture.

– Pourquoi ?

– Comment ça pourquoi ? Mais parce qu'il pleut des cordes !

– Tu m'emmènes où ?

Je n'ai pas de destination en tête pour ma part.

Il cligne des yeux, avec son regard clair :

– C'est toi qui décides.

Je me rapproche, encore indécise. Sur le siège passager, il y a un sac blanc.

– Qu'est-ce que c'est ?

Il prend un air las.

– Je m'imagine bien ce qui se cache derrière cette question. (Il attrape le sac et le soulève pour que je puisse constater que c'est un sac de supermarché.)

Un gâteau au chocolat et à la citrouille. Tu ne sens pas l'odeur ?

Je la sens, en effet. Je mets ma main sur la portière, mais je ne suis pas complètement à l'aise.

– Tu es la dernière chose dont j'ai besoin aujourd'hui.

Il n'a pas l'air blessé. Même pas un peu.

– C'est vrai à peu près quatre-vingt-dix-neuf pour cent du temps. Mais on est jeudi, donc ce n'est pas vrai aujourd'hui.

J'ouvre la portière.

– Quoi, tu es une meilleure version de toi-même le jeudi ?

– Parfaitement.

Quand il se retourne et se contorsionne pour déposer le gâteau à plat sur la banquette arrière, j'aperçois ses abdominaux sous son tee-shirt. Je vois un centimètre de peau dorée et une fine ligne de poils blonds qui descendent dans son jean.

C'est sans doute ce détail qui me convainc de m'installer sur le siège passager. Mon ex-prisonnier ex-petit ami – un drogué inculpé pour homicide involontaire – me laisse entrevoir son chemin du bonheur et je monte dans sa voiture.

Et on se demande pourquoi mon père ne me fait pas confiance.

– Où va-t-on ? demande Jude en s'éloignant du trottoir. Tu es la bienvenue à dîner avec moi, mais je vais certainement rentrer un peu tard.

Encore une fois, je réfléchis à mes options. Et… wouah. Ces trois secondes de réflexion sont assez déprimantes. Je n'ai pas d'amis de ce genre, chez qui tu peux passer à l'improviste le soir de Thanksgiving. Il y a Denny, qui répond toujours si je l'appelle. Mais il voudrait savoir ce qui se passe et je n'ai pas envie d'en parler. J'ai des amis exceptionnels, de l'université, mais ils ont tous déménagé après avoir obtenu leur diplôme, il y a six mois.

– Tu peux venir avec moi, dit Jude doucement.

– Où ça ? dis-je d'un ton encore pincé.

J'entends la peste en moi que je n'ai pas entendue depuis mon adolescence. Mais mon attitude est ma seule arme face à l'océan des souvenirs qui m'envahissent et m'étouffent chaque fois que je regarde Jude.

– Chez des amis, mais c'est dans la cambrousse, après la sortie 3.

– Des amis gentils ?

Ce n'est pas de la suspicion, mais de la simple protection qui me fait poser cette question. Jude se droguait quand on était ensemble. J'avais choisi de ne pas voir certaines choses. Je ne vais pas recommencer la même erreur.

Il soupire à côté de moi.

– Je ne t'emmènerai jamais dans un endroit qui ne soit pas sympa.

– OK, dis-je doucement alors que la pluie s'abat sur le pare-brise, et j'ajoute un peu trop tard : Merci.

Il roule sous la pluie, et pendant un moment aucun de nous deux ne parle. Les essuie-glaces font leur va-et-vient furieux contre le pare-brise, il prend la direction de l'autoroute, vers le sud, et il conduit plus lentement que jamais. J'aurais bien fait une blague à ce propos, mais ça n'aurait pas été drôle. La dernière fois qu'un membre de ma famille était dans sa voiture, ça s'est soldé par un enterrement trois jours plus tard.

Finalement, la pluie se calme et se transforme en une simple bruine.

Il se détend sur son siège, tenant le volant dans une main, les muscles de l'avant-bras tendus. Assise sur le siège passager, je suis prisonnière d'une boucle temporelle. Regarder Jude conduire est une activité que j'ai passé trop de temps à faire pour être capable d'en tenir le compte. Une fois, je lui avais fait une fellation pendant qu'il conduisait sur ce tronçon de route précisément. On était en route pour un concert en plein air à Norwich. C'était par une chaude nuit d'été, et j'avais très envie de lui. Alors, je m'étais penchée en avant et j'avais baissé sa braguette.

Quand j'avais commencé, il avait pris la sortie suivante, pour se garer derrière une station essence fermée. Il ne m'avait pas laissée le finir : à la place, on avait baisé sur la banquette arrière.

Mon Dieu. Maintenant, mon visage s'*embrase* à l'évoca-tion de ce souvenir. Comment est-ce que les gens font pour passer à autre chose ? Les moments partagés avec Jude sont bien trop torrides pour ne jamais s'effacer de ma mémoire. Quand j'aurai cent dix ans, je me souviendrai encore du jour où j'ai perdu ma virginité avec lui. Je serai peut-être sourde et aveugle et fripée comme un vieux raisin, mais je serai toujours excitée à en mouiller ma culotte au seul souvenir de la façon dont il avait murmuré dans mon oreille, juste après s'être introduit en moi pour la première fois : « *Maintenant tu es vraiment à moi.* »

Je n'aurais jamais dû monter dans cette voiture.

– Tu te promènes souvent sous la pluie battante ? demande-t-il soudain.

– Non.

– T'avais juste… besoin ?

Je soupire.

– Non, Jude. Je ne voulais pas être à la maison ce soir, donc je suis partie.

Au moins, il ne me demande pas à nouveau. Mais j'ai coupé court à la conversation et, maintenant, il regrette sûrement de m'avoir emmenée. Tant bien que mal, j'arrive à lui demander :

– Quoi qu'il en soit, comment ça va, toi ?

Il adresse un étrange sourire à son volant.

– On est jeudi soir.

– T'as déjà dit ça.

– Donc, je vais très bien.

– Ce n'est pas très cohérent, ce que tu racontes.

Il hausse les épaules.

– Tu connais ce dicton qui dit de prendre la vie un jour après l'autre ? Moi, je n'arrive même pas à faire ça, c'est plutôt de l'ordre d'une minute après l'autre. Donc, je ne m'offre pas encore le luxe d'être très cohérent. Désolé.

Je ne sais pas quoi répondre à ça. Donc je ne dis rien.

Au bout d'un moment, il allume le vieux poste de radio et on écoute la radio publique du Vermont qui diffuse l'histoire d'une fermière dans le comté de Windsor qui vient de gagner un prix pour son fromage de chèvre.

L'histoire se termine et c'est la météo qui suit, donc j'éteins la radio.

– Je ne t'ai jamais entendu écouter la radio publique.

– Écoute, c'est assez utile en prison. Les radios sont autorisées, pas les ordinateurs. C'est la seule manière de rester au courant de ce qui se passe dehors, et ça me rappelait aussi que j'étais toujours dans le Vermont. Sinon, être ici, c'est comme être sur la lune.

Ça me cloue le bec d'un coup. Je n'ai jamais douté du fait que Jude devait être puni. Mais trois ans de prison, c'est pas quelque chose que j'aimerais avoir à vivre. La radio publique semble être une bonne solution pour tenir le coup. Avant de pouvoir penser à quoi que ce soit d'autre, je murmure :

– C'était comment ?

– Dégueulasse, répond-il immédiatement. Tout était sale tout le temps. Les toilettes. Les lits. Les gens. Personne n'a d'espoir là-bas.

– Pas même toi ?

En posant cette question, je me rends compte que je dois paraître encore plus naïve que je ne l'ai jamais été.

– Pas même moi. Encore moins moi.

Il quitte l'autoroute à Randolph et s'engage sur une route qui grimpe une colline.

– Mes amis ont une ferme de produits laitiers et un verger. Tu les connais peut-être de l'église. Les Shipley ?

– Bien sûr que je connais les Shipley. J'allais au catéchisme avec May et Griffin. Mais *toi*, tu les connais comment ?

– J'ai travaillé chez eux jusqu'à il y a environ trois semaines. Je vivais dans le dortoir.

– Ah bon !

C'est donc là que Jude était, une fois sorti de prison. Il était dans le Vermont tout ce temps-là ? Comme c'est étrange de se dire que j'ai vu Mme Shipley à l'église le dimanche, souvent avec une de ses filles.

– M. Shipley est mort il y a quelques années. À peu près au moment…

Je ne finis pas ma phrase. À peu près au moment où Gavin est mort.

– Oui, je ne l'ai jamais rencontré. Ça devait être un homme gentil. Ils le sont tous, dit Jude.

– C'était le cas, oui. Qui s'occupe de la ferme laitière ?

– Griffin. Il s'agrandit même. Plus de cidre et moins de produits laitiers. Son cidre a gagné une sorte de prix.

– Wouah. Griffin a à peine… quoi, vingt-six ans non ?

– Quelque chose comme ça, oui.

J'ai envie de poser d'autres questions. Je meurs d'envie de savoir comment Jude s'est retrouvé à faire ce boulot. Mais la voiture roule désormais sur une route poussiéreuse et on s'engage dans une allée. En face de nous, j'aperçois un vieux corps de ferme, des lumières allumées à chaque fenêtre.

Jude se gare derrière un camion cabossé sans âge et éteint le contact. Il se penche vers la banquette arrière pour attraper le gâteau (j'aperçois à nouveau ses abdos) et il sort de la voiture.

Je sors de mon côté, je me sens un peu comme Alice tombée dans le terrier du lapin. Le Jude que je connais n'apporte pas de gâteau pour un dîner de famille. Il ne travaille pas dans une ferme non plus.

Sans un mot, je le suis. On monte une volée de marches et on se retrouve directement dans la cuisine des Shipley. Il y a un monde incroyable dans cette cuisine embuée par les vapeurs du dîner. Plusieurs personnes l'accueillent dès l'instant où il entre.

– Jude est là, annonce une des sœurs Shipley. (C'est celle qui est adolescente, Daphné.) Et, oh ! C'est Sophie, c'est bien ça ?

Ses yeux sont remplis de curiosité.

– C'est ça.

Je me sens comme un intrus.

– Hé, qu'est-ce qu'il y a dans cette boîte ? demande son frère Dylan. (Il traverse la pièce à toute vitesse et prend le gâteau des mains de Jude.) En tout cas, ça sent bon !

– C'est…

Il n'a pas le temps de finir. Quelque chose de tout petit lui cogne le genou. Il se baisse pour regarder. Un « Areuh » s'échappe au niveau du sol.

Jude se penche et attrape ce qui s'avère être un petit bout.

– C'est rien, Maeve, ça va ? Tu te souviens de moi ? dit-il en tenant la petite fille à la hauteur de son visage.

– Vi, affirme la petite fille.

– C'est presque ça, dit-il en souriant, et je ne peux m'empêcher de le fixer.

Je n'ai pas vu un vrai sourire de Jude étincelant, genre mille volts, depuis une éternité, et je ne l'ai jamais vu prendre un enfant dans ses bras. Elle a l'air toute petite contre son torse. Les regarder tous les deux me fait fondre intérieurement. Il y a une époque où j'ai pensé qu'un jour je ferais des enfants avec Jude. Je ne lui ai jamais raconté ce fantasme, parce qu'on était tellement jeunes et c'était ridicule, et même dans mes rêveries les plus extravagantes, je ne portais pas cet enfant hypothétique avant que ma carrière à Broadway n'ait décollé pour de bon.

Mais j'avais voulu. J'avais voulu être cette fille qui apprivoise le type sauvage. J'imaginais son bras tatoué sur mon ventre arrondi, et puis lui, torse nu, avec notre enfant.

Mon cœur d'adolescente avait des fantasmes complètement fous.

– Où est ta maman, demande-t-il à cette petite personne, très poliment.

Elle pointe un doigt potelé vers ce qui doit être la salle à manger.

Jude me fait un signe de tête et je le suis. On a presque réussi à traverser la cuisine bondée quand finalement Mme Shipley nous rattrape.

– Jude ! (Elle l'embrasse sur la joue.) Joyeux Thanksgiving. Et Sophie Haines. C'est un plaisir de vous voir, tous les deux !

Elle me donne une tape affectueuse sur le bras.

– Ruth, dit Jude. Sophie ne savait pas trop quoi faire ce soir, donc…

Ruth lève une main pour l'arrêter.

– Ne commence même pas à te justifier, jeune homme. On a déjà eu cette conversation.

– Oui, M'dame.

Elle me pince le coude amicalement.

– C'est un plaisir de te voir, ma belle. Nous avons le nouveau cidre de cette année dans la salle à manger. Griffin va te donner un verre, et le dîner est bientôt prêt.

– Est-ce que je peux faire quoi que ce soit pour aider ?

Je me sens un peu penaude de venir à l'improviste à leur dîner de Thanksgiving.

– On est rodées niveau organisation ici, dit-elle en désignant ses filles d'un geste de la main. Prends un verre, ou si tu ne bois pas, il y a des sodas sous le porche, au frais.

– Merci.

– Le mieux qu'on puisse faire, c'est de ne pas rester dans le passage, dit Jude en attrapant ma main derrière lui.

La sensation de ses doigts qui se referment sur les miens amplifie la confusion qui s'empare de moi.

Jude m'entraîne vers l'embrasure d'une porte qui débouche sur une salle à manger spacieuse. Avant même d'entrer, je suis surprise par la clameur des voix ; les conversations battent leur plein.

C'est une vraie fête, ce qui est une bonne chose, ça fait moins de moi une intruse.

Dès l'instant où Jude passe le pas de la porte, d'autres voix fusent pour appeler son prénom. J'entre juste à temps pour voir May Shipley le prendre dans ses bras avec affection et le taquiner :

– T'es même à l'heure !

Son regard se pose sur moi. Puis ses yeux s'écarquillent.

Le brouhaha se dissipe un peu et je sens des yeux posés sur moi. Jude m'entoure les épaules de son bras :

– Je pense que vous connaissez tous Sophie, de l'église ?

May cligne des yeux et semble se remettre de sa surprise.

– Bien sûr. Quelle joie de te voir, Sophie ! Ça fait un bon bout de temps, depuis qu'on nous faisait porter ces ailes d'ange et cette auréole pour le spectacle de Noël.

– Je ne suis pas certaine qu'ils me laissent m'approcher des ailes d'ange à présent, et pour l'auréole, c'est sûr qu'on peut l'oublier !

Plusieurs convives se mettent à rire.

– Trouvons une chaise de plus pour Sophie, suggère May.

Jude tend la petite fille à un jeune couple, et il me présente aux membres de la famille Shipley que je ne connais pas. Griffin Shipley me présente sa copine, Audrey, deux cousins, une tante et un oncle et le vieux grand-père. Plus un saisonnier blond, costaud, Zach, et deux autres voisins.

– C'est bon ? Tu as retenu tous les noms ? me demande Jude en plaisantant, une fois la série des présentations terminée.

– Non, dis-je.

Et tout le monde rit à nouveau.

– Servons-lui du cidre, dit Griffin, avant d'ajouter : D'ailleurs, attrape-moi *deux* verres, Audrey. J'aimerais qu'elle goûte le Dooryard et notre grand gagnant.

– Oui, mon capitaine, plaisante sa chérie en ouvrant un grand placard plein de verres à pied.

– Tu sais qu'ils ont gagné des prix avec leur cidre ? me demande Jude. Et l'envers de la médaille, c'est qu'il doit parler comme un snob français amateur d'œnologie. Tu devrais les entendre parler de *terroir*, de notes fruitées et d'arômes boisés !

– Des arômes boisés ? dis-je en riant.

Griffin s'insurge.

– On dirait plutôt quelque chose qui émanerait du panier de linge sale après qu'on a nettoyé l'étable.

Jude me sourit alors que je prends le premier verre que me tend Griffin.

Dire que cette soirée prend un tour inattendu et plaisant est un doux euphémisme. Je goûte le cidre. Honnêtement il est merveilleux – un équilibre parfait entre douceur et acidité.

– Wouah, c'est délicieux.

– Dis-lui que la saveur est « pleine ». C'est le terme snob pour dire « délicieux ». Il a la trique dès qu'on dit « plein ».

– Arrête, dis-je en donnant un petit coup de coude à Jude. Il est excellent. Pas d'arômes boisés. Tiens !

Je passe mon verre à Jude.

Jude fait un petit geste du menton.

– Non merci. Ce n'est pas mon truc.

– Vraiment ? C'est délicieux.

Je tends toujours le verre dans sa direction, parce que ça ne lui ressemble pas de ne pas vouloir goûter quelque chose.

Jude ne dit rien, mais Griffin m'adresse une grimace qui me fait réaliser mon erreur. Jude ne goûte pas le cidre grand gagnant du concours, parce que c'est *alcoolisé*.

– Merde, je suis désolée, dis-je en murmurant.

– Ce n'est rien, dit-il, et il semble le penser. (Ses yeux sont amusés.) Griff et toi, vous pouvez boire ma part, je vais juste dire bonjour à Zach et me servir un soda.

Il s'éloigne.

Griffin et Audrey m'expliquent ce qui rend les deux cidres différents, et j'essaie d'écouter leurs explications. Mais je ne peux m'empêcher de suivre Jude du regard et de l'observer se mouvoir dans la pièce et saluer des gens. Il a l'air à l'aise et heureux. Mon cœur s'emballe chaque fois qu'il sourit.

Jude nous trouve deux places côte à côte. Deux grandes tables ont été rassemblées, nous sommes seize attablés. La lueur dorée des bougies éclaire les visages et fait ressortir les mèches blondies par le soleil dans la chevelure de Jude.

– Rendons grâce, dit Mme Shipley. Papa ? Tu nous ferais ce plaisir ?

Tout le monde autour de la table prend la main de son voisin. Dans ma main gauche, je prends la minuscule main de cette petite fille, à côté de moi. Et puis la paume de Jude se glisse dans la mienne à ma droite. Je ferme les yeux à cette sensation. Sa grande main est durcie par le travail, comme toujours. C'est la familiarité qui me submerge. C'est difficile d'être ici avec cette version étrangement aseptisée de Jude. Habillé de flanelle. Du Coca Light dans son verre. C'est un Jude venu d'un univers parallèle. Mais je sais que si je me glissais dans ses bras, il me serait si familier, large et fort, et tellement *mien.*

– Amen, conclut le grand-père Shipley.

Et Jude libère ma main.

# CHAPITRE 9

## JUDE

*Niveau de manque : 2*

La soirée de Thanksgiving chez les Shipley est sensiblement la même que celle des dîners du jeudi, à la différence près que les plats sont encore plus raffinés et qu'il y a plus de convives. Et que grand-père Shipley porte un nœud papillon.

Mais pour moi, cette soirée est spéciale, parce que c'est la première fois que je me rends à un dîner traditionnel de Thanksgiving. En tout cas, depuis l'école primaire. Quand j'étais enfant, avec mon père, on prenait des plats à emporter et on rentrait manger devant un match de football à la télé. Il s'achetait une bouteille d'un alcool ou d'un autre et finissait la nuit, avachi dans son fauteuil. Joyeuses fêtes !

Sophie aurait adoré m'inviter chez elle, mais son père lui faisait tellement payer mon existence que je la suppliais toujours de ne pas insister.

Donc, cette soirée est particulièrement agréable pour moi. Même si l'idée d'emmener Sophie était probablement stupide. Lui épargner une averse, il n'y avait rien de mal à cela. Elle avait l'air trempée et renfrognée et, maintenant, elle semble heureuse et détendue au milieu du clan Shipley, qui l'accueille comme l'une des leurs.

Mais c'est quand même un coup bas, parce que je sais pertinemment que je fais ça pour crâner. *Regarde-moi, j'ai des amis qui ne sont pas des drogués. Je suis génial.* Mais bien entendu, c'est qu'un putain de mensonge. Ce n'est pas parce que les gens qui sont dans cette pièce ne m'ont pas connu dans mes pires moments que je suis ici chez moi.

*Mon Dieu.* Je suis un opportuniste. Avec la drogue et maintenant avec les gens aussi. Sur cette sombre pensée, je me surprends à faire quelque chose d'étrange et d'instinctif, une sorte de réflexe que seul un addict aurait. Je regarde dans le verre que je tiens à la main et je me demande *comment ça se fait que ça ne monte pas encore à la tête ?*

Parce que c'est un verre de soda. Voilà. *Soupir.*

Le dîner est délicieux, comme chaque fois. J'aide à laver la vaisselle une fois qu'on est sortis de table.

– Qu'est-ce que je peux faire ? demande Sophie alors que je racle une planche à découper pour faire tomber quelques épluchures dans le compost.

La cuisine est assez bondée.

– Sers-toi un autre verre de cidre. Ou demande aux jumeaux s'ils ont besoin d'aide pour installer le dessert. Ils font certainement une chantilly maison, et ils sont toujours en quête de quelqu'un pour prendre la relève pendant les coups de fouet.

Sophie m'adresse un sourire curieux.

– Parfait. Je m'en occupe.

Je la regarde s'éloigner. Elle porte un joli haut couleur prune, très légèrement transparent. Mais je n'ai pas besoin de transparence pour me figurer la douceur de sa peau. Je garde le souvenir de Sophie comme une empreinte sur mon âme.

May surprend mon regard.

– C'est bien que Sophie et toi vous recolliez les pots cassés, dit-elle doucement.

Je me tourne et la regarde droit dans les yeux. Les drogués sont très bons à soutenir le regard de quelqu'un. C'est une bonne stratégie. *Je te regarde droit dans les yeux, donc je ne suis pas en train de te mentir.*

– Pas vraiment. C'était juste un hasard ce soir.

Elle me pince le poignet et attrape un torchon sur l'un des crochets.

– On ne sait jamais. Peut-être que vous avez besoin l'un de l'autre.

– Ne dis pas ça, dis-je en marmonnant, personne n'a besoin de ça.

Ce dont Sophie a besoin, c'est d'un billet de train pour New York. Je ne lui ai pas encore demandé pourquoi elle n'y est pas déjà. J'ai trop peur d'entendre la réponse : que d'une manière ou d'une autre, j'ai aussi réussi à foutre en l'air ce projet là. May me donne un coup de torchon sur les fesses.

– Voilà mon bourriquet. Toujours en train de voir le bon côté des choses !

– C'est ma spécialité.

– Active-toi avec la vaisselle, ils vont bientôt couper le gâteau.

***

On reste le temps d'une partie de *Qui Suis-Je* – ce jeu où quelqu'un colle un petit bout de papier sur ton front, avec le nom d'une personne connue inscrit dessus, et il faut poser des questions aux autres joueurs pour deviner qui tu es.

C'est le genre de jeu que je fuyais consciencieusement à l'époque où je vivais ici. Mais May et Sophie sont de mèche pour me convaincre.

Je finis par céder :

– D'accord, mais c'est moi qui choisis vos deux célébrités dans ce cas.

Je colle donc « Miley Cyrus » sur le front de Sophie et « Président Obama » sur celui de May.

May écrit le mien, mais c'est Sophie qui le colle sur mon front. Au moment où elle s'approche, je sens l'odeur de son shampooing pomme verte.

Je demande immédiatement

– Est-ce que je suis Bourriquet ?

May lève les yeux au ciel.

– Ce serait trop facile ! Essaie encore !

– Il me faut une autre part de gâteau pour pouvoir jouer à ce jeu. Est-ce que ça intéresse quelqu'un ? dis-je.

Elles affirment toutes les deux avoir assez mangé, donc je me ressers. Zach se trouve près de la table des desserts, un papier collé sur le front, sur lequel on peut lire : *Zac Efron.*

– Laisse-moi deviner. Ce sont les jumeaux qui ont fait le tien ?

Zach m'adresse un grand sourire. Il parle peu.

– Au moins, le tien est flatteur. Le mien est un gros con, n'est-ce pas ?

Il hausse les épaules. Ne demande pas d'aide à l'ancien membre d'une secte en ce qui concerne des précisions culturelles.

– Mais je suis quasiment certain que le tien n'est pas un type cool.

Il me suffit d'un tour dans la pièce pour en déduire que je suis Donald Trump. Et quand Sophie découvre le sien, elle se précipite vers moi et me jette le papier dessus.

– *Miley Cyrus ?* Tu as fait de moi la pire des chanteuses qui ait vendu un million de disques ? T'es *tellement* mauvais, Jude Nickel.

Elle me tape le bras.

– Je n'ai jamais dit le contraire !

À ces mots, May m'adresse un regard réprobateur.

– Voulez-vous un café avant de repartir ?

Je secoue la tête.

– On ferait mieux d'y aller.

May me serre dans ses bras, puis ajoute rapidement :

– Je vais chercher le manteau de Sophie. Reviens la semaine prochaine. Avec Sophie.

Ma réponse ne vaut pas engagement.

– Merci, Winnie l'ourson.

Après une série rapide d'au revoir, nous voilà en route pour Colebury. Sophie est silencieuse sur le siège passager. La pluie s'abat sur le pare-brise, et je conduis doucement. Une fois de plus, je suis repu de nourriture et comblé par la compagnie.

Si je devais décrire un jour cet instant à un psy, je sais qu'il me dirait de ne jamais l'oublier. « Même les vies les plus sombres ont leurs instants sublimes, il ne faut pas les rater », c'est ce que j'avais entendu dire par un drogué un jour.

– C'était sympa cette soirée, finit par dire Sophie, faisant écho à mes propres pensées.

– Ce sont des gens merveilleux.

Je ralentis pour sortir de l'autoroute.

– C'est vrai.

Un autre moment de silence suit cet échange.

– Pourquoi est-ce que May t'appelle Bourriquet ?

Je ris.

– Je n'en sais rien, c'est juste notre truc.

– Il se passe quelque chose entre vous ?

La question me surprend tellement que je me plaque contre mon siège.

– Pas du tout !

– Pourquoi ?

*Parce qu'on est tous les deux amoureux d'autres personnes.* Mais je ne peux pas dire ça.

– C'est une bonne amie. (Une des seules que j'ai.) Elle m'emmenait à mes réunions des Narcotiques Anonymes après les marchés de producteurs.

Les mots que Sophie prononce ensuite sont à peine audibles :

– Je suis contente que tu aies trouvé l'aide dont tu as besoin.

Les rues de Colebury sont désertes ce soir. Je m'arrête à un stop, à l'angle de la rue de chez Sophie. Il est inenvisageable que l'on me voie la déposer chez elle. Je coupe le contact. Le silence soudain nous enveloppe. On n'entend plus que le doux martèlement de la pluie sur la voiture, et l'on a conscience que c'est la première fois depuis des années que l'on se retrouve véritablement seuls.

Sophie est immobile. Ses yeux se tournent vers moi et mon cœur se serre d'une façon désagréable. Que ce soit sage ou pas, je suis navré que la soirée se termine. Je lui demande doucement :

– Et toi ? Tu as ce dont tu as besoin ?

Dans un petit hochement de tête, elle regarde par la fenêtre et dit doucement :

– Parfois.

– Comment ça se fait que tu sois encore dans le Vermont ? Je pensais que tu serais en train de faire de l'ombre à Miley Cyrus, dis-je.

– Je… (Elle soupire.) C'est une longue histoire…

– Tu n'es pas obligée de me raconter, dis-je avec empressement.

Sophie se tourne à nouveau vers moi.

– Merci de m'avoir sauvée ce soir.

Je vois tant que vulnérabilité dans son doux visage que j'ai du mal à formuler une réponse. Je me racle la gorge :

– Je sais que j'ai tout fait foirer, Soph. Mais si tu as besoin de mon aide un jour, il n'y a vraiment pas une seule chose au monde que je ne ferais pas pour toi.

Même en chuchotant, ma voix se brise.

Sophie a les larmes aux yeux. Elle met sa main sur la poignée de la portière.

– Bonne nuit, Jude.

Je ne me sens pas la force de lui répondre, donc je me contente de tendre la main pour dégager une mèche de cheveux de son visage.

C'est là l'erreur fatale. Parce que tout change à l'instant où je l'effleure. La joue soyeuse et fraîche de Sophie atterrit dans la paume de ma main. Je frissonne à son contact, et Sophie s'en aperçoit. Ses yeux plongent dans les miens. Ses lèvres roses s'entrouvrent et elle mord sa lèvre inférieure.

L'embrasser à ce moment-là ne relève pas d'une décision. C'était inévitable, comme le tonnerre succède à l'éclair. On se penche en même temps l'un vers l'autre. Je ferme les yeux pour ne pas voir le frisson de stupeur qui parcourt son visage. Mais mon aveuglement n'y change rien. *Sophie*. Nos lèvres se frôlent dans un soupir. Puis ma bouche fond sur la sienne. Je l'embrasse si lentement. Une fois. Puis une autre. Et même dans ce nuage de désir, je sais que je dois mémoriser chaque seconde qui passe.

– Mmmm, soupire-t-elle.

Ses doigts tendres se perdent dans mes cheveux.

Je sais que ce n'est pas permis, mais ça rend l'instant encore plus délicieux. Du bout de la langue, j'effleure la commissure de ses lèvres, pour demander la permission, et elle entrouvre la bouche. Quand nos langues se retrouvent, cela ne fait que confirmer ce que je sais déjà : elle a la saveur du plus beau cadeau que l'on m'ait jamais fait.

La toute première fois que j'ai embrassé Sophie, c'était dans une voiture sous la pluie. Ce baiser-là avait réveillé mes sens, au désir et à l'espoir. Mais celui-ci me torture comme la nostalgie d'un désir impossible.

Sophie se blottit plus encore contre moi et je sens mon pouls s'accélérer. Mais ça n'est plus censé avoir lieu maintenant. *On* n'est plus censés avoir lieu.

Ça m'est insupportable, mais je calme nos ardeurs. Comme je ne suis pas prêt à abandonner ce baiser pour autant, on se retrouve front contre front, nos yeux chargés de douleur se faisant face tels des miroirs.

– Bonne nuit, belle enfant, dis-je dans un souffle. Prends soin de toi.

Elle se contente de cligner des yeux une seconde avant de se redresser. Sans un mot, Sophie ouvre la portière de la voiture.

Et sort.

Le bruit de la portière qui claque me rappelle une cellule de prison que l'on ferme.

## CHAPITRE 10

### SOPHIE

*Mood musical :* ▶ *« Pompeii »*
*de Bastille*

Je cours sous la pluie, ravie de sentir les gouttes sur mon visage. J'ai besoin de leur caresse glacée pour que mon cœur cesse de battre la chamade. Mon esprit n'est qu'un morceau de danse : au volume maximum, gorgé d'énergie. Mais quand je me précipite au pas de course dans l'allée qui mène jusqu'à notre maison, le silence pesant qui l'enveloppe m'étouffe avant même que je gagne la porte.

La lumière du perron brille du même jaune chaleureux que chez les voisins. Les apparences mentent pourtant. Il n'y a rien de chaleureux ni d'accueillant chez nous. Rien que trois personnes qui nagent dans leur douleur. Quand je referme la porte derrière moi, j'éteins la lumière du perron.

J'accroche mon manteau ruisselant dans l'entrée et me débarrasse de mes chaussures.

Je traverse la cuisine obscure en courant et me précipite à l'étage. Dans ma chambre, je me prépare pour me coucher. En short de flanelle et en vieux tee-shirt, je me mets au lit dans l'obscurité. Le tee-shirt que j'ai attrapé est à Jude, évidemment. Je lui ai volé ce tee-shirt à l'effigie du groupe de rock du Vermont, Phish, il y a longtemps, quand on était encore au lycée. Mais ça me rappelle toujours Jude. *Tout* me rappelle Jude. Je reste là, allongée, le cœur qui tambourine, le goût de sa bouche encore frais dans ma mémoire.

C'est exactement comme le lycée. Je rentrais de nos rendez-vous tout excitée, la culotte humide, frustrée d'un désir inassouvi.

C'est une très mauvaise idée d'avoir embrassé Jude. C'est déjà suffisamment compliqué qu'il me manque. Je ressentais déjà de la culpabilité à me languir de celui qui avait tué mon frère. Maintenant, je me retrouve aussi à penser à sa main rugueuse sur la mienne et au picotement de sa barbe sur mon menton quand il m'embrasse. Je me retourne et enfonce ma tête dans l'oreiller. Le matelas est ferme sous mes hanches, j'aurais préféré qu'il s'agisse de Jude plutôt que de la mousse et du tissu.

## SOPHIE *(à 17 ans)*,
## JUDE *(à 18 ans)*

*Pour Sophie, l'année de première au lycée se résume à embrasser. Ils s'embrassent dans sa voiture, alors que les haut-parleurs crachent du punk rock. Ils s'embrassent jusqu'à ce qu'elle halète de désir, que ses cuisses se pressent contre lui et que ses doigts tirent sur son tee-shirt et s'agrippent à lui.*

*C'est l'année où elle réalise à quel point elle en a assez d'être une fille sage. Elle est prête à faire tout ce que Jude pourrait lui demander. La seule chose qui l'empêche de le déshabiller et de se jeter sur lui, c'est sa propre expérience. Elle n'a pas peur de faire l'amour, mais elle a peur de ne pas savoir faire.*

*C'est vraiment un miracle de surmonter ses années d'adolescence.*

*Après un hiver de frustrations, à s'embrasser dans la voiture, le printemps arrive. Ils relocalisent leurs sessions d'embrassade au sommet de la colline Tapps Hill. Une route de gravier sinueuse mène au sommet où un « point de vue » est indiqué par une pancarte et une table de pique-nique solitaire. De l'autre côté de la route se trouve une clairière délimitée par une rangée inégale de lilas. Jude a une nappe de pique-nique dans son coffre, et leurs sessions d'embrassade se passent désormais à l'horizontale.*

*C'est merveilleux.*

*Sophie adore la pression de ses hanches sur les siennes quand leurs corps roulent et qu'il passe au-dessus. À travers son jean, elle sent son sexe en érection, dur et long, et c'est à la fois excitant et terrifiant.*

*Ils passent des heures là, à s'embrasser jusqu'à ce que leurs lèvres soient bleues, à écouter les grenouilles voyeuses chanter en chœur dans les flaques printanières.*

*Mais les choses restent relativement civilisées jusqu'au jour où il s'avère qu'elle porte une jupe et non un jean. Ce changement de costume n'est pas intentionnel, mais si elle avait su que Jude poserait enfin la main sur elle, elle aurait adopté la tenue des majorettes des semaines plus tôt.*

*Sa main commence par se poser sur son genou, puis remonte lentement le long de sa cuisse pendant qu'ils s'embrassent. Il lui semble qu'une éternité se passe avant qu'il glisse sa main dans sa culotte et s'empare de ses fesses, en se frottant doucement à elle.*

*Sophie geint doucement pour l'encourager. Les doigts de Jude se baladent, taquins. Puis – merci mon Dieu – ils plongent entre ses fesses et s'aventurent dans la fente humide qui les attend. Elle est incroyablement, honteusement mouillée, et Jude laisse échapper un son qu'elle n'a jamais entendu avant, un soupir si profond et si lent que tout son corps à elle en tremble.*

*Jude geint et attire son corps plus près de lui, modifiant son emprise pour pouvoir la toucher plus facilement. Elle tremble dans ses bras alors qu'il explore de ses doigts les parties les plus douces de son anatomie. Elle s'agrippe à ses épaules et halète dans sa bouche, trop excitée pour être gênée.*

*Jude la touche plus bas encore, du bout des doigts, et elle enfonce sa langue dans sa bouche pour lui signifier à quel point elle aime ça. Son existence entière se résume à ce baiser sans fin et à sa main exploratrice. C'est exquis. Les mains tremblantes, elle tâtonne pour trouver le bouton de son jean et le défait. M. Modération semble perdre le contrôle de la situation pendant un instant. Ses baisers se font plus fougueux et maladroits alors qu'elle descend sa braguette et glisse ses doigts contre son sexe dur, dans son caleçon.*

*Cet instant sauvage la rend folle. Elle gémit dans sa bouche, puis se détache, approche ses lèvres de l'oreille de Jude et chuchote, parce que certaines choses se disent plus facilement sur le souffle :*

*– Fais-le, le supplie-t-elle. Je veux te sentir en moi.*

*Jude grogne, se mord la lèvre jusqu'au sang.*

*– On ne peut pas, pas encore, tu sais que j'en ai envie.*

*– Personne ne saura.*

*– Ce n'est pas le problème, lâche-t-il. Le chef s'imagine déjà le pire. Je veux pouvoir regarder ce con dans les yeux et savoir que je n'ai pas fait l'amour avec sa fille avant qu'elle ait dix-huit ans.*

*Il éloigne la main de Sophie de son érection et soupire.*

*Sophie est déçue, et plus que gênée d'être éconduite. Elle n'a jamais demandé avant, pas verbalement en tout cas.*

*– Je compte les jours jusqu'à mon anniversaire, dit-elle d'un ton boudeur.*

*– Je sais. (Il l'embrasse et la caresse de son pouce, dans un geste circulaire, lent et tortueux. Elle oublie sa gêne.) Je t'offre ma bite en cadeau. Je mettrai un nœud autour.*

*Elle est trop excitée pour rire.*

*– Dis-moi ce que tu vas me faire d'autre.*

*Il y réfléchit et l'embrasse jusqu'à ce qu'elle l'arrête en mordillant sa lèvre inférieure.*

*– Je vais commencer par t'étendre sous le clair de lune et t'embrasser partout.*

*Elle retient son souffle parce qu'elle a imaginé cette scène à des milliards de reprises.*

*Il susurre à nouveau :*

*– Je vais t'allumer d'abord avec ma langue. Puis je vais me glisser doucement en toi... (À cet instant, du bout du doigt, il exerce une pression à l'endroit précis où elle le veut.) Puis je vais te répéter encore et encore à quel point je t'aime jusqu'à ce que tu jouisses.*

*La bouche de Jude se plaque sur la sienne, et elle gémit.*

*Ses baisers sont fougueux et avides, et ses doigts audacieux. Elle s'abandonne à ses caresses, ondulant des hanches au rythme des battements de son cœur, jusqu'à ce qu'elle soit prise de tremblements et qu'elle murmure son nom.*

## CHAPITRE 11

### SOPHIE

*Mood musical bloqué sur :*
*« Helpless » de Hamilton*

Après m'être tournée et retournée pendant des heures dans mon lit, j'ai fini par m'endormir et je ne me suis réveillée que vers onze heures.

En descendant, je suis consternée de voir que personne n'a pris la peine de débarrasser le repas de la veille. Alors que ma journée ne fait que commencer, je dois donc jeter une dinde desséchée et tous les accompagnements. Très sympa pour quelqu'un qui coordonne une fois par semaine un dîner de charité où la moindre denrée est précieuse.

Ensuite, je mets des heures à nettoyer la cuisine. J'entends les émissions télévisées de ma mère dans l'autre pièce, mais je suis trop en colère pour aller la voir et me montrer gentille avec elle. En grattant de la purée de pommes de terre séchée dans un saladier, je me sens désespérée comme j'ai pu l'être dans les premiers jours les plus glauques après la mort de Gavin.

Trois années plus tard, ma famille est toujours un désastre. Non – trois ans *et demi.* La réapparition inattendue de Jude m'a stoppée net et fait prendre conscience à quel point la situation est catastrophique.

Une fois la cuisine propre, je me rends dans la salle à manger pour évaluer les dégâts de sauce sur le mur et sur le tapis, et les éclats de vaisselle près des plinthes. Mon sang ne fait qu'un tour quand je m'agenouille sur la moquette pour ramasser les tessons graisseux de la saucière de ma mère dans ce bordel. Je les jette dans la poubelle.

Puis je reste à genoux, me demandant comment nettoyer la sauce sur les murs peints et sur le tapis. Quand une voix me lance une question juste derrière moi, je suis si surprise que je bondis.

– Où étais-tu hier soir ? me demande mon père.

– Mon Dieu !

Je fais volte-face vers lui. Il est adossé au chambranle de la porte, un verre de whisky à la main. Mon père ne boit presque jamais. Mais à cet instant, il a l'air ivre. Ses yeux divaguent et ses épaules tanguent. Il marmonne :

– J't'ai posé une question ! Où étais-tu hier ?

– Sortie. Avec un ami

– Qui ?

Lasse, je me relève et je mens :

– Mon ami Denny.
– Tu le fréquentes ?
– Ça ne te regarde pas.

Un mensonge, une vérité. C'est cinquante pour cent d'honnêteté en plus de ce que je sers d'habitude à mon père. J'en ai tellement assez d'essayer de m'épargner sa rage. Sa haine me paraît tellement pathétique tout à coup. Des plats brisés et du whisky. Je m'entends dire :

– Pourquoi est-ce que tu ne nettoies pas tout ça ?

Que ce soit ma mère ou moi, on évite toujours soigneusement de lui demander quoi que ce soit. Jusqu'à cet instant, je ne me souvenais pas bien pourquoi.

Son visage se tord dans une expression immonde.

– Ne change pas de sujet, putain !

– C'est ça, le putain de sujet ! Je ne suis pas un de tes larbins, prêt à exécuter tes ordres. Et je ne suis pas Cendrillon. Tu veux faire un caprice dans ta salle à manger ? Très bien. Mais ne t'attends pas à ce que ce soit moi qui recolle les morceaux.

– Pute.

Il s'avance à une telle vitesse que je ne le vois pas venir. Une immense claque retentit sur mon visage et la douleur m'envahit.

Par réflexe, je plaque ma main contre ma joue et recule, me retrouvant plaquée contre le mur que je viens de lui demander de nettoyer. Le tapis est froid et humide sous mes pieds nus et je tombe presque à la renverse quand je me retourne pour sortir de la pièce. Je le pousse pour passer devant lui et je me précipite dans les escaliers, puis je claque la porte de ma chambre.

*Putain de merde.* Je n'ai pas claqué la porte de ma chambre depuis que je suis adolescente. Les engueulades de mon adolescence étaient toutes à propos de Jude, évidemment. Maintenant qu'il est de retour dans les parages, je me retrouve à nouveau à m'engueuler avec mon père.

Toujours la même histoire.

Cette prise de conscience déprimante m'envoie directement sur mon lit en désordre, où je me blottis, la main contre ma joue endolorie.

*Il faut que je parte d'ici.* C'est une évidence. Je suis à trois semaines de ma remise de diplôme, date à laquelle je n'aurai probablement pas de boulot. Quand l'hôpital va choisir Denny pour le poste à plein temps, il me faudra un plan de secours et un endroit où vivre. Je suis restée ici bien trop longtemps.

Après quelque temps, quelqu'un frappe doucement à la porte.

– Sophie ?

Je ne réponds pas tout de suite. Que ferait ma mère si je déménageais ? Est-ce qu'elle prendrait ne serait-ce que la peine de s'alimenter ?

– Quoi ?

Elle ouvre la porte et entre dans ma chambre, puis elle referme la porte derrière elle.

– Ne fais pas ça, dit-elle dans un murmure.

– Quoi ?

Je me redresse et m'assois sur le lit.

Elle secoue la tête. Les cernes sous ses yeux ressortent sur son visage comme deux lunes violettes.

– Ne provoque pas ton père. Je ne supporte pas le bruit.

Moi qui croyais ne pas pouvoir ressentir plus encore de chagrin et de révolte.

– *N'essaie même pas !* Je n'ai pas à supporter ses conneries, dis-je d'un ton sec.

*Ni les tiennes.*

– C'est ton père.

Oh je t'en prie !

– C'est mon *geôlier* plutôt.

Putain.

– Mam, tu sais ce que c'est qu'un catalyseur.

Elle me regarde avec des yeux éteints.

– Non ? Eh bien, renseigne-toi. Parce que je pense que je suis le tien.

Je me lève du lit.

– Je vais me doucher, merci de me laisser passer.

Elle ne bouge pas, et je sens encore une fois le sang battre dans mes tempes. *Je n'en peux plus.* Je pose deux mains sur ses épaules et la pousse sur le côté. Puis j'ouvre la porte de ma chambre et je sors.

Sous la douche, ma colère bout plus que l'eau. Il faut que quelque chose cède. Mais ce quelque chose, c'est toujours moi.

# CHAPITRE 12

## JUDE

*Niveau de manque : 4*

Pendant la nuit, toute cette pluie s'est transformée en neige. Et comme la neige tombe sur une surface qui est à moitié gelée, la route va devenir une vraie patinoire et il va y avoir des accidents de voiture. Aujourd'hui, les policiers et les camions remorques vont devoir s'affairer autour d'accrochages et de conducteurs furieux qui n'auront pas pris la météo en considération au moment d'appuyer sur l'accélérateur.

C'est moi qui dis ça. Moi qui me suis débrouillé pour envoyer ma Porsche dans un arbre à 80 kilomètres heure, par une belle soirée du mois de mai.

La neige nous fait faire des affaires au garage, même pendant ce week-end férié. Il n'est même pas dix heures et demie quand une pauvre femme affublée de bigoudis gare un vieux modèle de

Volvo dans l'allée. Il y a une belle bosse sur l'aile et quelques égratignures aussi.

– J'ai glissé contre le mur de pierre qui entoure notre propriété, dit-elle. Vous pouvez m'arranger ça ?

Je passe ma main sur la bosse dans la carrosserie. Ce n'est pas trop grave.

– Bien sûr, je peux redresser la taule et vous arranger la peinture. Mais si vous voulez un rendu parfait, comme neuf, il faudra remplacer l'aile entière. Ce qui veut dire que je dois commander des pièces.

Elle se tord les mains.

– Mon mari rentre demain d'une visite à sa mère, dit-elle. Est-ce que vous pensez pouvoir me faire ça aujourd'hui ?

Ses yeux bleus me supplient de lui dire oui. Soit son mari est un troll maléfique, soit elle est coutumière du fait et projette régulièrement des voitures luxueuses sur des objets à l'arrêt.

– Je vais faire de mon mieux, dis-je évasivement.

Au moins la peinture de la carrosserie est noire. Je devrais pouvoir m'en sortir avec ce que j'ai sous la main.

Je lui appelle un taxi, puis je me mets à travailler sur son véhicule, de bonne humeur. La malchance des autres est une aubaine pour moi, et être occupé est la seule chose qui me permet de garder l'esprit serein en ce moment. J'allume la radio du garage et je monte le volume, puis j'enfonce un cric sous la roue de cette Volvo. Les heures défilent alors que je m'affaire à la réparation.

Mon père ne se montre pas une seule fois dans le garage de toute la journée. Pas une. Je fais une petite pause pour me réchauffer un plat au micro-ondes, mais à part ça, je travaille sur cette carrosserie jusqu'en fin d'après-midi. Je fais un boulot d'enfer. Quand la dame revient chercher son véhicule, elle ne sourcille même pas quand je lui annonce le prix de mes cinq heures de labeur.

– C'est superbe, merci beaucoup, se réjouit-elle.

Je mets sa facture dans la caisse, puis je me rends en voiture jusqu'à un fast-food pour dîner. De retour dans ma chambre, la démangeaison habituelle revient. Ce n'est pas insupportable non plus ; peut-être un 3 sur une échelle de 1 à 10. Mais ce week-end de fête interminable s'étend devant moi, vide. Et le souvenir d'avoir embrassé Sophie hier dans la voiture me torture.

*Une bouteille de whisky ferait l'affaire*, me suggère mon cerveau abruti.

Je m'étends sur mon lit avec un vieil exemplaire de *Au cœur des ténèbres* de Joseph Conrad. Ce n'est pas vraiment léger comme lecture, mais ça m'est égal. J'arrive précisément aux passages les plus angoissants quand j'entends l'escalier craquer sous les pas de quelqu'un qui monte vers ma chambre.

Un frisson me parcourt l'échine, et je pose le livre. Je ne vois pas qui pourrait bien venir me voir ici. Et s'il s'avère que c'est un vieil ami du passé, il y a de fortes chances pour que je n'aie pas envie de le voir.

Quand j'entends toquer, c'est très léger.

– Jude ?

C'est la voix d'une femme.

*Sophie.*

Je saute hors du lit et j'ouvre la porte. Et elle se tient là, dans l'obscurité, les bras croisés, le regard levé vers moi, chargé de colère.

– Salut ? dis-je, confus.

Avant que je puisse réagir, elle passe le pas de la porte et entre dans ma chambre. Elle claque la porte derrière elle et s'y adosse.

– Est-ce que tu comptes rester à Colebury ? J'ai besoin de savoir.

– Euh.

*Merde.*

– J'ai pas vraiment le choix, aucun autre garage ne voudra m'employer.

Mon cerveau essaie d'anticiper. Mais mon corps en reste au fait que Sophie et moi nous nous tenons à moins d'un mètre l'un de l'autre, à une distance dangereuse du lit sur lequel nous avons passé plus de temps à faire l'amour qu'à dormir. Sa poitrine se soulève au rythme de son souffle et ses joues sont rouges.

– Attends. (Une de ses joues est bien plus rouge que l'autre. Est-ce que c'est une empreinte ? Je dégage une mèche de son visage pour mieux voir.

Je murmure.) Qu'est-ce que c'est que ça, putain ! Qui t'a fait ça ?

– À ton avis ?

Ses mots sont comme des paillettes de glace. *Mon Dieu !*

– *Ton père ?* (Du bout des doigts, j'effleure la trace de ce qui a dû être une terrible claque.) Tu lui as dit que tu étais avec…

– Non ! Je ne suis pas *idiote*.

Elle m'attrape le poignet et éloigne violemment ma main de son visage. Puis elle s'agrippe des deux mains à ma chemise en flanelle et me regarde droit dans les yeux. Son regard est intense et impitoyable.

– Peux-tu être la *seule* personne qui ne me fasse pas me sentir stupide aujourd'hui ?

Le temps s'arrête et je retiens mon souffle, les mains de Sophie sont appuyées contre mon corps, leur chaleur envahit mes pectoraux. On se dévisage un instant et la confusion me submerge. Et puis tout se complique un peu plus encore. Sophie se hisse sur la pointe des pieds et m'attire à elle dans un baiser.

Je n'ai jamais été aussi stupéfait. La sensation de la douceur de sa bouche contre la mienne et si inattendue et pourtant si familière que c'en est insupportable. Nos lèvres s'effleurent lentement, j'ai le souffle court. Mais je ne peux pas me reculer. *Encore un peu*, suggère mon cerveau abruti. J'appuie mes deux mains contre la porte derrière elle et je m'abandonne à ses tendres lèvres.

Elle entrouvre les lèvres immédiatement. Quand nos langues se frôlent, j'ai la sensation de tomber ou de dévaler une pente trop rapidement. Elle a la saveur de Sophie. Elle a la saveur de la meilleure chose qui me soit jamais arrivée.

Ses mains chaudes se plaquent contre mes biceps. Quand je mordille sa langue, elle gémit, et ma bite se dresse comme un chien affamé qui hume un banquet. J'enfonce ma langue dans sa bouche et elle geint dans la mienne. Ses mains s'aventurent sur les boutons de ma chemise.

C'est à cet instant que je me souviens qui je suis et que je mesure à quel point c'est une mauvaise idée.

Même si cela me coûte énormément, j'éloigne ma bouche de celle de Sophie. Je me détourne et appuie ma tête contre le métal froid de la porte. Nos corps sont encore appuyés l'un contre l'autre, mais tant que je ne l'embrasse pas, je suis peut-être encore capable d'avoir une ou deux pensées cohérentes.

Ses mains sont toujours sur ma cage thoracique, et je sens leur chaleur à travers ma chemise.

– Jude, chuchote-t-elle, tu n'avais pas dit que tu étais prêt à faire n'importe quoi pour moi ?

En m'adressant à la porte, je dis :

– C'est toujours le cas.

Ses doigts se promènent le long de mon torse et descendent plus bas encore. Elle essaie de me tuer, et je le mérite sûrement.

– Alors, pourquoi est-ce que tu t'arrêtes ?

Est-ce que ce n'est pas évident ? Il n'y a aucune chance que Sophie et moi puissions être ensemble. Peu importe que je sois encore amoureux d'elle, et peu importe que nous soyons incroyablement attirés l'un par l'autre, comme depuis toujours, unis par cette flamme que décrivent les chansons de rock.

– Pourquoi es-tu venue ? Sérieusement ?

Elle laisse échapper un grognement de colère.

– Pourquoi est-ce que je viens depuis *toujours* ? Parce qu'on se désire l'un l'autre !

– Mais ce qu'on veut n'est pas nécessairement bon pour nous.

– Sans blague ! Mais à qui est-ce que ça fait du mal ?

À moi. C'est ce que je pense immédiatement. L'avoir ici dans ma chambre, ça me fait tellement de mal. Je saigne des souvenirs. Avec le goût de son gloss à lèvres aux cerises sur ma langue. L'odeur de ses cheveux qui m'enveloppe. On a passé tant d'heures dans cette pièce à s'éreinter dans les draps.

– À qui est-ce que ça fait du mal ? demande-t-elle à nouveau. Pas à mon frère, il n'est plus là, et ils s'en foutent de moi maintenant.

Mon cœur se brise quand je l'entends prononcer ces mots.

Mais j'ai perdu le droit de juger son drame familial le jour où son frère est mort. Je me redresse et je la regarde droit dans les yeux.

– Soph, je suis prêt à te donner tout ce que j'ai, mais j'ai pas grand-chose à offrir.

C'est la simple vérité.

On est si proches l'un de l'autre – collés – qu'elle peut exprimer sa volonté dans le murmure le plus faible que j'aie jamais entendu :

– Je n'ai pas été baisée comme il se doit depuis trois ans, Jude, ne me pousse pas à te supplier.

Je jure que je deviens fou quand j'entends sa jolie bouche murmurer le mot *baiser.* Je concentre tous mes efforts pour garder mes mains contre cette porte. Je n'ai qu'une envie, c'est de lui arracher ses vêtements.

– Tu n'as pas été baisée depuis trois ans ? je lui redemande en chuchotant.

J'appuie mon front contre le sien et plonge mon regard dans ses yeux, tout près.

Elle cligne des yeux :

– J'ai dit *comme il se doit.*

*Mon Dieu.* Elle vient de me lancer un *défi* de baise. Elle me prend par les sentiments. Je ferais n'importe quoi pour elle.

Une petite voix dans ma tête nuance cette affirmation. *N'importe quoi, sauf ce dont elle aurait le plus besoin venant de toi. La sobriété.*

Mais ça m'est facile de me débarrasser de cette pensée immédiatement, parce que Sophie vient de convoquer en moi l'image des mains de quelqu'un d'autre sur sa peau. Dieu, que je hais cette idée ! Mais doigts me démangent, pressés de se réapproprier ce qui n'est qu'à moi. Je veux la recouvrir de mon corps tout entier. La toucher partout.

Je suis sur le point de perdre mon self-control. Comme ça m'est familier !

– Jude, murmure-t-elle, et ses mains coquines s'attardent sur mon bas-ventre, s'aventurent en haut de mon jean, puis plus bas, pour finalement couvrir ma bite, toute raide. Ce n'est rien que du sexe.

Mon cœur se brise à nouveau à ses mots. Il n'y a rien qui puisse être « rien que du sexe » avec elle. Pas pour moi.

Elle défait le bouton de mon jean, et je ferme les yeux. Si elle pense qu'une partie de jambes en l'air est la meilleure chose que j'ai à lui offrir, je ne peux pas me défendre sur ce point.

Et qui dit que je ne connais pas ma place dans le monde ?

Sophie défait ma braguette, et je la laisse faire. Mais, ensuite, j'attrape ses mains baladeuses entre les miennes et je l'embrasse à nouveau.

Elle gémit au premier contact de nos lèvres. Alors que nos langues se cherchent, je la prends par les hanches et l'attire dans la chambre avec moi. Elle essaie de me pousser en direction du lit, mais ça ne se passe pas comme ça. Ce serait trop comme autrefois. J'attrape son menton et plonge dans sa bouche pour un baiser profond. *Encore une fois* cette saveur. C'est tout ce que je m'autorise. Si c'est ce qu'elle veut, on va le faire à ma manière.

J'attrape sa veste et la jette au sol. Je l'agrippe par les hanches et la retourne, face à mon armoire. Sur le dessus, il y a deux tee-shirts propres que je jette par terre. Sophie comprend immédiatement. Elle s'accoude à l'armoire.

– C'est bien, tu es sage, dis-je dans un murmure en caressant ses fesses. (Elle m'adresse un gémissement en réponse. Elle porte une robe pull très douce sous mes doigts.) Je vais te baiser comme ça, dis-je en grondant et en remontant sa robe.

Elle porte un collant en dessous, dont j'attrape l'élastique que je baisse d'un coup sec. Pas de culotte. Il n'y a plus que de la peau, lisse et douce, et son cul parfait, rebondi, entre mes mains. J'enroule un bras autour de sa hanche et plaque la paume de ma main sur son bas-ventre, puis je descends vers sa toison. Elle geint quand mes doigts atteignent sa fente trempée. Et je grogne comme la bête folle d'excitation que je suis.

C'est fini. Mon esprit lucide cède dans la lutte et laisse le terrain à mon corps désespéré. Ma bouche cherche la nuque de Sophie, mes lèvres vénèrent sa peau si douce. Elle renverse la tête et soupire de plaisir alors que j'explore son corps de mes doigts. J'ondule dans sa moiteur, et le désir me monte aux tempes.

*Mienne, mienne, mienne,* me crie mon cerveau abruti.

De ma main libre, je défais mon jean et baisse mon caleçon, juste assez pour libérer ma bite endolorie. Sophie se cambre et me présente son cul, tout contre mon sexe. Elle essaie de se rapprocher. On n'est plus qu'un mélange inextricable d'habits, de peau et d'envie furieuse. Mais il reste un détail à clarifier.

Jusqu'à cet instant, j'ai évité de regarder dans le vieux miroir sur la commode, parce que je sais que regarder Sophie dans les yeux rendrait ça encore plus difficile pour moi. Mais je croise le reflet de Sophie.

– Tu as toujours…

Quand on était ensemble, elle s'était fait poser un stérilet.

– Oui, vas-y, dit-elle, haletante.

Dans le miroir trouble, ses yeux me supplient et emprisonnent les miens dans la lueur de leur désir. Donc, je la regarde droit dans les yeux au moment où je plie les genoux, où je m'ajuste et où je me mets à titiller son clitoris du bout de ma bite.

Ses yeux se ferment à moitié tant elle prend du plaisir, et ses lèvres se détendent et s'entrouvrent. C'est la chose la plus sexy que j'aie jamais vue, putain ! Mon cœur bat si fort que je le sens dans mes oreilles. Sophie se plaque contre moi, qui suis si plein de désir que je ne peux plus me retenir.

Pour la première fois depuis des années, je m'introduis dans une femme. *Ma* femme.

L'emprise de sa chatte, humide et soyeuse, c'est tout ce que je veux. Cet instant n'était plus jamais censé se reproduire, et je n'ai pas la moindre idée de la raison pour laquelle il se produit. Mais je m'abandonne à une nouvelle vague de désir qui m'envahit, je suis en sueur.

Je suis obligé de me ressaisir, de tendre chacun des muscles de mon abdomen pour réussir de justesse à retarder l'orgasme qui monte. Et pour détourner mon regard de Sophie, je renverse la tête. Je laisse mon regard inspecter le vieux plafond de plâtre au-dessus de ma tête.

En quelques respirations profondes, je retrouve mon calme.

Sophie s'immobilise. Et quand je baisse à nouveau le menton, je la vois qui me regarde.

– Ça va ? me demande-t-elle.

– Oui, oui, dis-je en mentant avant d'avancer le bassin d'un coup sec pour la pénétrer encore plus profond.

Le mouvement inattendu propulse Sophie contre la commode à laquelle elle s'agrippe pour se retenir. J'aime ça. Donc je recommence. C'est ce qu'elle veut après tout. *Ce n'est rien que du sexe.* C'est ce qu'elle a dit.

*Ce n'est rien que du sexe. Ce n'est rien que du sexe.*

Ce n'est qu'en me répétant ça comme un mantra que j'arrive à ne pas laisser les larmes monter.

– C'est ça que tu voulais ?

– Oui, dit-elle en haletant. (Ses poings sont blancs à l'endroit où elle s'agrippe à la commode et ses yeux fermés). Encore.

– Encore, d'accord.

À chaque coup de bassin, je m'entends émettre un râle rauque.

– Jude, dit-elle en gémissant.

Je serre les dents.

Voilà ! Je suis capable d'une partie de baise rageuse et sauvage avec l'amour de ma vie. Je ralentis les mouvements, je la tiens par les hanches et j'opère un mouvement de va-et-vient plus lent de ma bite glissante. *Ce n'est rien que du sexe.* Mais c'est tellement bon que je sens que je ne vais pas pouvoir me retenir encore longtemps.

– Tu veux que je te touche ? dis-je dans un murmure.

– Ouiiii, soupire-t-elle, et son regard chargé de désir cherche à nouveau le mien dans le miroir.

– Ah oui ? Où ça ? (Sophie gémit en m'offrant son cul, le plaquant contre moi.) Je ne t'entends pas, ma jolie, où est-ce que tu veux que je te touche ?

J'enfonce mes doigts dans la peau de ses hanches et je demande :

– Ici ?

Elle secoue la tête avec maladresse.

Sa robe pull me gêne. Je la remonte encore et Sophie lève les bras pour que je puisse enlever cette foutue robe ; je la fais passer au-dessus de sa tête. Elle ne porte qu'un petit soutien-gorge noir en dessous, que je lui enlève en une seconde et que je jette par terre. Il y a quelque chose d'agréable et de sale de l'avoir aussi nue alors que je suis encore habillé. Dans le miroir, ses seins se balancent au rythme de mes coups de reins et je râle de plaisir à les regarder.

– Touche-moi.

Sa voix est un râle de gorge, et je dois à nouveau serrer les dents pour éviter de jouir.

– Où ?

Mon corps est en feu. D'une main, je tire sur ma chemise et l'enlève pour éviter de me consumer complètement. Mais c'est une mauvaise idée, parce que maintenant il y a toute la peau de Sophie contre la mienne. Dans le miroir, je vois mon corps se tendre contre le sien.

*Merde.*

Sophie attrape l'une de mes mains et l'enfonce entre ses jambes jusqu'à ce que mes doigts effleurent son clitoris trempé. Je me mets à la toucher, à faire danser le bout de mes doigts sur ce bouton gonflé, et je plonge au plus profond pour m'entourer de son humidité avant de me remettre à la frôler.

– Plus fort, me supplie-t-elle.

– Oui, M'dame.

L'esclave que je suis est heureux de la satisfaire. Je suis tellement dur que ça me fait souffrir. Mes couilles endolories n'attendent que la libération. J'appuie une main sur la commode, à côté de la sienne, et m'enfonce encore plus en elle. Je rabats mon autre main sur son sexe, laissant mes doigts glisser sur ce qu'il reste de notre lien magique d'autrefois. Je sens la force de ma bite marteler mon chez-moi. Elle a été mienne par le passé et j'ai gâché ça.

Ne pouvant en supporter plus, j'atteins la fin de ma peine. Je m'approche du point de non-retour, et rien ne m'importe plus que d'être soulagé.

– Oh ! s'effondre Sophie, et je la sens trembler sous mon corps.

Elle s'affaisse contre la commode en gémissant.

Quelqu'un beugle, ça doit être moi. *Putain de Dieu !* Le soulagement me traverse et toute la pièce chavire de la puissance de cet orgasme.

Nous sommes tous les deux penchés sur la commode, à demi exténués et pantelants. J'utilise l'once d'énergie qui me reste pour enrouler mon bras autour de la taille de Sophie et l'attirer avec moi, trois pas en arrière vers le lit, sur lequel on s'effondre ensemble. Je me débarrasse de mon jean, j'ai trop chaud et je suis à fleur de peau, je ne supporte rien contre moi.

Dans un soupir, Sophie se tourne vers ce qui a été son côté du lit autrefois, son corps lové face à la porte. On atterrit exactement à l'endroit où je ne voulais pas qu'on se retrouve, enfermés dans le passé de ce lit et de ma mémoire.

Mais je suis trop exténué pour m'en faire vraiment. Je me remets à peine d'un orgasme très puissant, la drogue naturelle la plus efficace. Les endorphines font taire mes démons, me laissant complètement détendu et apaisé. Les jambes de Sophie sont entrelacées dans les miennes et, machinalement, je caresse la plante de son pied avec le mien. Une minute silencieuse passe, puis une autre.

Sombrer dans le sommeil est une possibilité sérieuse que je suis en train de contempler à l'instant où je remarque que le dos de Sophie se contracte. Je pose ma main contre elle, et je la sens se tendre à nouveau. Un sursaut. *Un sanglot.*

Elle pleure dans un silence total.

Je suis mon instinct, je rapproche mon corps du sien, je plaque ses hanches contre mon ventre et lui enlace la taille de mon bras. C'est la position habituelle pour la consoler. Dommage que j'aie complètement foutu en l'air nos deux vies il y a trois ans et demi, je n'ai plus vraiment de consolation valable à lui offrir.

Le sanglot qui suit n'est plus silencieux du tout. C'est un son primal et rauque.

Et qui me fend le cœur.

– Chhhhut, dis-je en lui embrassant l'épaule.

C'est tout ce que j'ai à lui dire : « Chhhut ». Dérisoire !

– Je suis désolée, dit-elle en sanglotant, je n'aurais pas dû venir.

Je ne peux pas vraiment la contredire. Elle ne devrait pas être là dans ma chambre ni dans ma vie. Pleurer est une réaction plutôt saine.

– Je sais que c'est difficile. Il y a des choses tristes et, malheureusement, on ne peut rien y faire.

Je sens l'échec dans ma poitrine comme un poignard.

– Je suis tellement en *colère* contre toi, dit-elle entre deux sanglots.

– Je sais ma puce. Je le mérite.

– Tu as refusé mes *lettres.*

*Merde.* J'appuie ma main contre son dos.

– Soph, je ne les ai pas refusées comme un malpropre, comme un chien en rage, d'accord ? J'étais en cure de désintoxication. J'étais en plein sevrage, en manque. Et je devais m'occuper de toutes ces choses – une liste de visiteurs et des formulaires à remplir.

Je dégage quelques mèches soyeuses de son cou et je masse doucement son épaule. Mon Dieu, que la vue de son corps étendu là m'est familière, c'en est douloureux. Mais la douleur est comme un muscle endolori après un effort, une courbature – nécessaire et pas insupportable.

– Je n'ai fait que vomir pendant trois semaines. Je n'ai pu m'occuper de rien comme j'aurais dû le faire.

Sophie semble se calmer assez pour m'écouter. Elle renifle en silence, et sa respiration s'apaise.

– En plus, personne ne m'a vraiment expliqué quoi que ce soit là-bas, dis-je doucement, je n'avais pas encore signé pour récupérer tes lettres et je n'étais pas certain que ce soit une bonne idée. Je ne pensais pas mériter quoi que ce soit venant de ta part. Et quand, finalement, je me suis senti assez fort pour demander où elles étaient, ils m'ont dit que c'était trop tard. Et je me suis dit que c'était peut-être mieux ainsi. Je ne te faisais pas de bien, quoi qu'il en soit.

Je l'entends essayer de se calmer. Elle prend une profonde inspiration, lentement.

– Mais personne *d'autre* ne me faisait de bien non plus. J'ai passé des semaines à me demander où tu étais et ce qui s'était réellement passé. Personne ne répondait jamais à mes questions. Et personne ne voulait reconnaître que j'avais du chagrin. Plus personne ne prononce ton nom à la maison.

Comment leur en vouloir ?

– Et tu ne voulais pas me parler. C'est si *cruel.*

Le poignard dans mon cœur s'enfonce un peu plus. Tout ce que je peux faire, c'est la serrer un peu plus encore contre moi et m'excuser encore une fois.

– Je suis désolé de t'avoir laissée seule. Mais j'avais choisi cette merde que je me fourrais dans le nez, c'était ma seule priorité. Je ne savais plus comment arrêter.

Sa voix est sèche quand elle prononce ces mots :

– Tu aurais pu me dire que tu avais besoin d'aide.

Comme si c'était possible ! Et maintenant je lui mens.

– Si j'avais été capable de l'admettre, c'est à toi que je l'aurais dit.

En vérité, c'est tout l'inverse.

Sophie aurait toujours été la *dernière* personne dans ma vie à savoir ça. Je l'aurais dit à tout le monde avant elle. Elle m'avait toujours placé sur un piédestal que je ne méritais pas. Mais mon projet avait été d'y rester. Je faisais tout ce qui était en mon pouvoir pour qu'elle ne voie pas la part d'ombre en moi.

Il s'avère que j'ai échoué.

– Je t'aimais tellement.

*Aimais.* Le mot me fait monter les larmes aux yeux. L'emploi du passé dans sa bouche n'est pas une surprise, mais c'est tout aussi douloureux.

Peut-être qu'elle attend une réponse de ma part. Mais je n'en ai pas à lui offrir, et maintenant je suis simplement à bout de forces, épuisé physiquement et moralement. Je reste étendu là, à la serrer dans mes bras et à lutter pour garder les yeux ouverts.

– Il faut que je rentre à la maison, finit-elle par dire. Mon père va encore faire une crise s'il rentre de son second service et que je ne suis pas là.

Elle soupire.

Ça me réveille à nouveau.

– Tu es en sécurité là-bas ?

Elle soupire encore.

– Oui. C'était juste une claque parce que je lui ai tenu tête.

Putain. Est-ce que ce n'est pas toujours comme ça que ça commence ?

– Pourquoi est-ce que tu vis toujours là-bas ?

Sa voix est sans entrain.

– Ma mère ne va pas bien. Après ma deuxième année d'université, je suis rentrée à la maison pour l'aider. C'est une longue histoire.

C'est tout ce qu'il nous reste, de longues histoires.

Sophie se dégage de mon étreinte, s'assoit et passe ses jambes au bord du lit. Puis elle attrape ses collants par terre et commence à les enfiler.

Je me lève en titubant et j'attrape sa robe, que je secoue pour lui redonner forme. Elle me la prend des mains sans croiser mon regard. J'enfile mon jean, sans rien en dessous, et je remonte ma braguette. *L'après*. Sophie et moi, on avait l'habitude de se blottir dans le lit et de s'endormir ensemble. Là, ça a l'air minable.

Après avoir enfilé son soutien-gorge et sa robe, elle reste assise au bord du lit une minute de plus, à se mordre la lèvre.

Je m'assois à côté d'elle.

– Désolée d'être venue avec mon grain de folie frapper à ta porte, dit-elle doucement, et ses yeux tristes trouvent à nouveau les miens.

– Mon grain de folie n'a rien à envier au tien, et je n'avais pas fait l'amour depuis plus de trois ans… donc.

Elle laisse échapper un rire, puis ses yeux se remplissent de larmes. Elle bondit sur ses pieds.

– Je vais y aller maintenant. Je te verrai peut-être à l'église.

Elle enfile ses chaussures et ramasse son manteau resté par terre.

Je me lève à l'instant où elle met la main sur la poignée de la porte. Elle hésite une seconde, donc je m'approche et l'embrasse sur le front.

– Prends soin de toi.

Son soupir pèse une tonne et demie.

– Toi aussi.

Et puis elle est partie.

Et je me retrouve avec un lit qui sent son odeur, et aucune raison d'espérer la revoir ici un jour.

# CHAPITRE 13

## JUDE

*Niveau de manque : 5-6*

– Qui a passé une bonne semaine ?

Quelques rares mains se lèvent dans la salle du sous-sol de l'église.

– Qui a passé une semaine éprouvante ?

Je me retrouve à lever la main, et c'est la toute première fois que je participe. Mais comment aurais-je pu ne pas lever la main ? Ça a été une des semaines les plus longues de ma vie.

Celui qui distribue le tour de parole acquiesce.

– C'est toujours comme ça la première semaine du mois de décembre, mes amis. La période des fêtes est éprouvante. Chaque année. Les attentes. Les réunions familiales.

Un type au premier rang ajoute :

– L'oncle alcoolique. Le lait de poule.

Sa tentative soulève quelques rires étouffés.

– Qui veut se livrer sur ce qui a rendu sa semaine difficile ?

Mme Bibliothécaire plonge son regard dans le mien.

– Voulez-vous nous dire quelque chose ? me demande-t-elle.

Et voilà ce que je gagne à avoir levé la main pour la toute première fois.

– Je m'appelle Jude, je suis un addict. J'ai commencé par des opiacés. En prison, je suis passé à l'héroïne. (Je me racle la gorge.) Le manque était violent cette semaine… (Pourtant, ça n'est pas une bonne explication à mon problème.) Ce que je veux dire, c'est que les crises de manque sont toujours aussi violentes. C'est simplement que, cette semaine, j'ai eu l'impression d'oublier pourquoi c'était si important. J'ai eu plus de mal à me rappeler pourquoi je me bats contre cet état.

*Merde.* C'est un peu plus honnête que ce que j'aurais aimé partager. C'est toujours le problème quand je participe. Je ne sais jamais où m'arrêter.

– Ok, dit-elle. Alors, *pourquoi est-ce que* tu te bats contre les crises de manque. Dis-nous ton objectif. Formuler les choses à haute voix, ça m'aide parfois.

– Je ne veux pas retourner en prison, dis-je.

C'est une raison valable pour n'importe qui.

– Bien. Mais que veux-tu à la place ?

– Euh… (Je regrette d'avoir levé la main.) Je voudrais que le manque cesse. Je voudrais un meilleur boulot, et un meilleur endroit où m'installer. *Putain,* et je pourrais demander une licorne multicolore tant que j'y suis.

Plusieurs personnes rient. Mais pas Linda Bibliothécaire.

– Il y a tellement de personnes dans cette ville qui ont toutes ces choses que tu décris. Pourquoi pas toi ?

– Parce que j'ai été condamné pour un crime.

Et je me retrouve à répondre sur la défensive à une dame plus âgée que moi, gentille. *Sympa.* Note à moi-même : ne participe pas. C'est là que se trouve l'abîme.

– Sois clément envers toi-même, dit-elle. Particulièrement ce mois-ci. Moi je me suis fait une liste. (Elle sort un bout de papier de sa poche arrière et se met à lire.) Regarder un vieux film. Manger un bon repas. Sortir. Me tenir à l'écart de substances toxiques ou de *personnes* toxiques.

– Amen, murmure quelqu'un.

J'arrête d'écouter. Parfois, j'arrive à prendre le train en marche et j'ai retrouvé un peu d'espoir quand je sors de cette pièce. Mais, aujourd'hui, ce n'est pas un de ces jours-là. La semaine n'a été qu'une longue succession d'heures passées au garage, chacune d'elles teintée par le manque, la démangeaison. Comme une mouche qui bourdonne dans mon oreille. Je l'éloigne d'un geste, croyant parfois pouvoir gagner. Mais quelques minutes plus tard, ça revient, et le bruit des petites ailes est une véritable torture.

Ce n'est pas seulement la visite de Sophie qui est responsable de cet état. Sa présence succincte, explosive, ne peut pas donner à mon corps plus encore envie de drogues qu'il n'en a déjà. Mais ça m'a déprimé. L'entendre pleurer m'a détruit. Ça m'a obligé à réaliser ce que je lui ai fait subir, à quel point je l'ai blessée. Je ne peux plus l'imaginer menant une vie heureuse dans une grande ville.

Je me suis toujours dit que *l'un* de nous deux finirait bien par avoir ce qu'il voulait. Mais même ça, ça semble être encore trop demander.

Au premier rang, quelqu'un bafouille quelque chose à propos de trouver un sens à sa vie. Je jette un œil à l'horloge contre le mur, et je compte les minutes jusqu'à la fin de la séance. La semaine a été exténuante, mais on est bientôt mercredi soir.

Avant de quitter ma chambre vendredi soir, Sophie a dit : « Je te verrai peut-être à l'église. »

J'avais imaginé qu'elle dirait plutôt : *Je t'en supplie, ne viens pas à l'église.* Mais ce n'était pas le cas.

Et, à présent, mon heure de bonne volonté, passée ici dans le sous-sol, touche à sa fin. Je me redresse sur ma chaise et j'attends qu'on me libère. Bonne idée ou pas, en sortant d'ici, je vais me rendre dans les cuisines de l'église. Je me dis que j'ai besoin de voir son visage et de savoir si elle va bien.

Mais, putain. En fait, j'ai tout simplement envie de la voir.

– Ne laissons pas le mois qui s'annonce venir à bout de tous nos efforts. On peut gérer ça. Nous sommes le 2 décembre. Nous devons survivre à trente jours de période de fêtes. La semaine prochaine, j'apporterai des cookies pour nous motiver. Mais pas des cookies *de Noël* ! Fuck ceux-là !

La meneuse glousse d'avoir placé le mot « fuck ». Mais il y a autre chose dans ce qu'elle vient de dire qui retient mon attention. On est le 2 décembre.

C'est l'anniversaire de Sophie.

Je suis planté là, installé sur ma chaise pliante, à me demander comment Sophie a prévu de célébrer son anniversaire. La toute première fois que je l'ai regardée souffler une bougie, c'était pour ses dix-sept ans. Il y a six ans de ça. Mais ça me paraît si loin ! On venait de commencer à sortir ensemble, et elle s'était arrangée pour que je sache que c'était son anniversaire. Je lui avais apporté un cupcake d'une pâtisserie fine au lycée, emballé dans une boîte en plastique pour éviter qu'il ne s'abîme. À l'heure du déjeuner, on s'était installés dans ma voiture pour que je puisse allumer une bougie sur le gâteau et goûter le glaçage sur ses lèvres.

On était incroyablement jeunes.

Par la suite, on a célébré son anniversaire ensemble par deux fois, et ça impliquait chaque fois un peu plus de nudité.

Alors que je me perds dans mes pensées, la réunion prend fin. Je range ma chaise pliante avec les autres et je suis le groupe pour remonter. Peut-être que Sophie ne sera même pas dans la cuisine, si elle a des projets pour le soir de son anniversaire.

En haut des marches, je me dirige vers le fond du couloir, là où se trouve la cuisine. Je jette un œil à travers la fenêtre oblongue et je la vois, une spatule à la main, face à la gazinière.

En la voyant, je ressens un soulagement inapproprié. C'est bête de ma part de me soucier de l'endroit où Sophie peut passer son anniversaire. En réalité, je devrais lui souhaiter de passer une soirée organisée quelque part avec des amis. Mais la voir ici me rend heureux. Je vis pour les mercredis et les jeudis. Aussi pathétique que cela puisse sembler, voir Sophie quelques heures par semaine (et passer un peu de temps avec les Shipley), c'est ce qui me permet de rester sain d'esprit.

Au lieu de pousser la porte de la cuisine et d'y entrer, je me retourne et je sors de l'église. Il est cinq heures cinq. Où est-ce que je peux trouver un gâteau d'anniversaire à cette heure-ci ?

Je n'ai pas ma voiture, donc je ne peux pas faire un aller-retour au supermarché, et comme Colebury fait la taille d'un timbre-poste, je n'ai en réalité qu'une seule solution.

Je traverse les deux blocks qui me séparent de Main Street, où se trouve la devanture que je cherche. *Crumbs* a l'air d'être une petite boulangerie haut de gamme. Je ne m'y suis jamais rendu avant d'être envoyé en prison, et je suis certain que ma quête est vaine. D'ailleurs, quand j'atteins la porte, le petit vestibule est plongé dans l'obscurité. La pancarte sur la vitrine annonce que la boutique ferme à cinq heures. Mais je distingue quand même une lueur dans l'arrière-boutique. Je toque à la porte vitrée. Comme personne ne vient, je toque à nouveau, plus fort.

Finalement, une femme apparaît, l'air pressée, portant un tablier et plissant les yeux en direction de l'entrée pour essayer de deviner qui peut bien tambouriner à sa porte de la sorte. Elle vient jusqu'à la porte mais ne l'ouvre pas.

– On est fermés, dit-elle.

– Il me faut absolument un gâteau d'anniversaire, dis-je à pleins poumons. S'il vous plaît !

Je lui adresse mon sourire le plus inoffensif et sincère, ce qui est un vrai défi pour moi. Je n'ai jamais l'air inoffensif.

La femme hésite. Je vois l'indécision dans son regard.

– Passez par-derrière, finit-elle par dire.

Pas besoin de me le dire deux fois. Je contourne le bâtiment au pas de course, pour me retrouver devant une porte métallique dans l'allée à l'arrière. Elle l'ouvre, un air inquiet flotte encore sur son visage.

– Je suis désolé, dis-je immédiatement, j'ai oublié l'anniversaire de quelqu'un, et c'est une des personnes les plus importantes pour moi.

La femme lève les yeux au ciel.

– Si c'est un piège, c'est l'excuse la plus minable que j'ai entendue de ma vie. Et, crois-moi, je sais de quoi je parle, mon deuxième prénom, c'est Karma.

– Le Karma et moi, ça fait deux, je vous assure !

Elle sourit.

– Quand je dis que je m'appelle Karma, je veux dire littéralement.

– Comment ça ?

Elle tapote le badge sur son tablier, sur lequel est inscrit K.K.

– C'est pour Katy Karma. Regarde.

Elle attrape son portefeuille sous le comptoir et l'ouvre.

Je regarde son permis de conduire. En effet, on peut y lire Kathryn Karma White.

– Incroyable !

– Étrange, n'est-ce pas ? Alors, quel gâteau vous faut-il ? (Elle m'invite à la suivre vers la vitrine réfrigérée.) J'ai une Forêt Noire, avec des cerises au cœur. Ou un gâteau au chocolat allemand. Ils sont à vingt-cinq dollars chacun. Vous avez du liquide ?

*Merde.*

– J'ai dix dollars en liquide et une carte de crédit.

Elle soupire.

– La caisse est déjà clôturée.

Je ne vais jamais y arriver. *Sophie, je te laisse encore tomber. L'histoire de ma vie.*

– OK. Je vous laisse ma carte et vous pourrez encaisser demain matin à l'ouverture. Et je vous laisse mes dix dollars aussi.

Elle laisse échapper un long soupir.

– Si je me fais renvoyer par votre faute…

– Je sais, Karma.

– Lequel voulez-vous ?

– La Forêt Noire. Elle aime les cerises.

– Je vais vous chercher une boîte.

Dix minutes plus tard, je suis de nouveau à l'église, Je me sens un peu stupide, Sophie a sans doute une fête d'anniversaire prévue quelque part. Mais bon, il n'y a jamais trop de gâteau. Les autres bénévoles en cuisine seront contents.

– Je vous en prie, dites-moi qu'il s'agit là d'un gâteau et que c'est Ruthie Shipley qui l'a fait.

Le Père Peters s'approche de moi dans le couloir, arborant un grand sourire.

– Pardon de vous décevoir. (Son sourire est contagieux.) C'est le deuxième meilleur. (Je jette un œil en direction de la cuisine.) C'est l'anniversaire de Sophie. Quand on rangera, si cela ne vous ennuie pas… (Je montre la boîte.) Ça pourrait être… euh… de notre part à tous.

Le Père Peters me prend la boîte des mains, l'air songeur.

– Je ne savais pas que c'était l'anniversaire de Sophie. J'étais en compagnie de sa mère il y a quelques heures de cela, et elle ne m'en a rien dit.

– Le 2 décembre, j'en suis certain.

Le vieil homme acquiesce doucement.

– Très bien, je vais trouver une bougie.

*Bougie ? Merde !*

– Merci, Monsieur.

Je me lave les mains dans les toilettes pour hommes, puis je m'engouffre dans la cuisine. Sophie ne le remarque même pas. Mais c'est mieux ainsi.

# CHAPITRE 14

## SOPHIE

*Mood musical : « Be OK »*
*de Ingrid Michaelson*

Ça n'a pas été facile pour moi d'entrer dans la cuisine de l'église ce soir. Mon visage est en feu avant même que je mette le four à préchauffer.

Je me suis rendue chez Jude et je l'ai supplié qu'on baise. Puis j'ai fondu en larmes.

Qui fait ce genre de chose ?

Voilà pour ce qui est de lui montrer ce qu'il a perdu. Tout ce qui j'ai réussi à lui montrer, c'est que je suis *folle.*

Pour compliquer un peu plus les choses, il a fallu que j'arrive plus tôt que d'habitude pour commencer les lasagnes. C'est un des plats préférés des dîners de charité, mais ça prend bien plus de temps à préparer que nos autres plats. Donc, j'ai encore plus de temps pour laisser mon embarras mariner.

À cinq heures, je suis en train de faire revenir des saucisses et je guette la porte.

Comme toujours, je redoute autant que j'attends le moment où Jude va passer le pas de la porte. Ces derniers temps, je suis pire encore que je ne l'étais au lycée, quand je ne vivais que pour les secondes où j'allais l'apercevoir. Plus tard – pendant ma première année d'université à Burlington –, je ne souhaitais qu'une chose, voir arriver la fin de ma semaine de cours pour pouvoir m'engouffrer dans sa voiture le vendredi soir et passer le week-end dans son lit.

C'était une période où je me sentais invincible. C'est Jude qui avait fini par me convaincre de parler de l'école de musique à mon père. « Tu peux continuer à faire exactement ce que tes parents veulent que tu fasses, ou tu peux devenir chanteuse. À un moment donné, il faudra bien choisir », m'avait-il fait remarquer.

Il n'avait pas tort. Alors, j'ai pris mon courage à deux mains et j'ai mentionné la Juilliard School à mon père. À ma grande surprise, il a conclu un pacte avec moi : si je validais deux années d'université dans le Vermont avec d'excellentes notes, il me paierait la Juilliard, tant que j'économisais de mon côté pour aider à assumer un loyer à New York.

J'étais *aux anges*. Soudain, une vie sur scène devenait envisageable. Les mois suivants étaient si excitants que j'ai mis quelque temps avant de me rendre compte que Jude n'allait pas si bien que ça.

Il semblait s'être replié sur lui-même, et puis j'ai fini par comprendre que quand il passait du temps avec ses amis rachitiques, cela n'impliquait pas que des bières bon marché et un bang occasionnel, mais aussi d'autres substances.

Une fois, je lui ai même demandé de but en blanc si ses amis prenaient des cachetons. J'avais vu des choses passer de main en main. Mais j'essayais encore d'accorder à Jude le bénéfice du doute. Il avait évincé ma question. « Ils prennent de trucs pour s'amuser. Pas de quoi s'inquiéter. »

Donc, je ne me suis pas inquiétée.

*Mon grain de folie n'a rien à envier au tien,* a-t-il dit l'autre soir. Mais mon expérience dans le travail social m'a appris que tout le monde peut être mis à l'épreuve dans la vie. Personne n'est invincible. Jude n'a pas su s'occuper de sa douleur d'une manière très fructueuse, mais il n'a pas eu d'aide non plus.

Pas même de ma part, moi qui l'avais aimé le plus.

Jude est un criminel maintenant. Ça ne le quittera jamais. Ça me rend malade de savoir que son casier judiciaire est une tache permanente qui vient ternir son tempérament, parce qu'il y a du bon chez Jude, beaucoup. Il dira sans doute de lui-même à quiconque veut l'entendre qu'il n'est pas quelqu'un de bien, mais ce n'est qu'une posture. Me voilà en train de faire des lasagnes, en pensant à Jude. *Encore une fois*. Grrr.

Au moins, là, je me concentre sur son *caractère*. J'ai passé pas mal de temps ces quatre derniers jours à penser à son corps nu. Lundi, je me suis surprise à regarder dans le vide au travail, distraite par le souvenir de ses bras musclés qui m'enserrent et me plaquent contre la commode. Quand il a enlevé sa chemise, j'ai été stupéfaite de voir tous ses muscles. Il ressemblait à Super-Jude, et dans le miroir, j'ai regardé son expression alors qu'il cherchait mon regard. Il a vite fermé les yeux et penché la tête sur le côté, comme quand on détourne son regard d'une lumière aveuglante. Mais sa belle bouche s'est entrouverte, abandonnée au plaisir, et sa poitrine s'est soulevée au rythme de son souffle.

Il était beau, et même si je regrette d'avoir agi comme une folle furieuse, je chérirai cette vision pendant longtemps.

Denny arrive pour aider en cuisine, ce qui me tire de ma rêverie un instant. Il a pris plusieurs jours de congé à l'hôpital pour pouvoir avancer sur du travail universitaire.

– Comment se passe, la rédaction de ta thèse ?

– Bien. Comment ça va, toi ? Tu es silencieuse cette semaine.

– Ça va bien. Je suis pas mal occupée.

*Occupée à penser au sexe, avec l'homme que je ne devrais pas vouloir. Et occupée à me sentir minable parce que ma famille a oublié mon anniversaire.*

Si je dis à Denny que c'est mon anniversaire, il va improviser quelque célébration spontanée, probablement avec une fanfare de majorettes et une piñata. Mais je ne veux pas être cette fille-là, et mes vingt-trois ans ne sont pas si importants que ça.

Mais, quoi qu'il en soit, les gens qui sont censés t'aimer devraient s'en souvenir.

J'ai passé la matinée à sourire à mon téléphone, parce que mes amis de l'université m'ont envoyé des blagues et des photos à hurler de rire. Mes meilleurs amis me demandent quand je vais venir leur rendre visite à Philadelphie, à Boston ou à L.A.

– Peut-être une fois que je serai officiellement diplômée, leur ai-je répondu.

Si je suis sans emploi, je n'aurais pas l'argent pour ce voyage, mais j'aurai le temps.

Ma remise de diplôme sera un autre événement dans ma vie que mes parents vont ignorer. Comme mon frère n'est jamais allé jusque-là, il leur serait trop douloureux de prendre la mienne en compte.

Denny m'aide avec les préparatifs. Il fait cuire les pâtes pendant que je termine de faire revenir la viande. Puis on se met à ouvrir d'immenses conserves de sauces tomate.

– Ça te va bien, dis-je à Denny pour le taquiner en désignant le tablier à froufrous qu'il a enfilé au-dessus de ses vêtements.

– La sauce, ça tache et c'est le seul tablier que j'ai trouvé.

Avec adresse, il étale une couche de pâte dans un immense plat pendant que je fais de même dans un autre.

– Qu'est-ce qu'on sert comme accompagnement ? demande Denny.

– Il y a des épinards. Un fermier nous a donné sa dernière récolte. Mais il faut encore les laver et les hacher.

– Tu veux que je demande…

Ses yeux se dirigent vers le fond de la pièce. J'ai vérifié au moins dix fois si Jude n'avait pas fait son apparition. En vain. Mais je tourne la tête, et le voilà. Jude se tient derrière le plan de travail, en train de s'attacher un bandana sur la tête. Il porte un tee-shirt qui lui colle au corps et sur lequel on peut lire « Norwich Farmers' Market, Est. 1977 ». Ses biceps se tendent pendant qu'il s'affaire à essayer de nouer le bandana derrière sa tête.

Une fine sueur perle dans mon dos.

*Merde.*

– Soph ?

– Très bien, oui, dis-je un peu trop vite. Oui, il n'a qu'à s'occuper… euh… des légumes. Les épinards sont dans la… euh… chambre froide.

Je pousse doucement Denny en direction de Jude.

Tout au long de l'heure suivante, j'essaie de me tenir à l'écart de Jude. Mais ça ne marche pas vraiment. Les œufs dont j'ai besoin pour les incorporer à la ricotta sont stockés sur le plan de travail de Jude. Quand je me dirige dans cette direction, mes yeux me trahissent et se fixent sur ses grandes mains, affairées à empiler les épinards hachés dans un grand saladier. Ces mains-là se sont promenées sur *chaque* parcelle de mon corps très récemment.

Aïe.

– Bonsoir, dit Jude d'une voix grave et sereine.

– Bonsoir, dis-je le plus naturellement possible.

*Non ! Je ne suis pas en train d'imaginer que tu me culbutes sur le moindre meuble en ce moment même. Non, Monsieur.*

J'attrape le pack d'œufs.

– Tu as de l'ail ?

– Quoi ?

Je lève les yeux.

Ses magnifiques yeux clignent doucement.

– De l'ail frais. Pour les épinards. Ce sera fade sinon.

– Euh, je vais voir.

En reposant les œufs à leur place, je me retourne et je file vers un placard à provisions. Seule devant ce placard, je prends une longue inspiration et j'inspecte l'armoire en quête d'ail. Il y a de l'ail *en poudre*, mais ça ne sera certainement pas aussi bon. Je mets beaucoup trop de temps à me rendre compte qu'à mes pieds, dans un cageot il y a – tenez-vous bien – une douzaine de têtes d'ail.

J'en attrape quelques-unes et je retourne dans la cuisine, fière de moi. Elles produisent un bruit sourd quand je les dépose sur le plan de travail.

Ce n'est qu'en revenant vers ma ricotta que je me rends compte que je n'ai pas les œufs. Ils sont toujours sur le plan de travail.

– Tu as oublié quelque chose ? me demande Jude quand je reviens les chercher.

– Hmm hmm.

Je le regarde lever la lame de son couteau et l'abattre d'un coup sec sur une grosse gousse d'ail. Je suis sur le point de lui demander pourquoi il fait ça quand il attrape la gousse et enlève d'un geste la peau. C'est une bonne technique. Ça me prend environ dix minutes et autant d'injures pour éplucher une gousse d'ail.

Et voilà que je le fixe.

Les œufs à la main, je retourne rapidement à mon poste. Je casse huit œufs dans un grand saladier. Mais les dieux de l'embarras n'en ont pas fini avec moi. J'ai besoin d'un fouet, et ils sont rangés dans l'un des tiroirs qui se trouvent sous le plan de travail. Évidemment.

Une fois encore, je contourne le plan de travail, où Jude est en train de hacher l'ail avec du sel pour en faire une sorte de purée. Je désigne un des tiroirs.

– Si tu pouvais te décaler d'un pas sur la droite…

Mon visage est en feu, effet secondaire de ma propre stupidité.

Jude se décale et j'ouvre le tiroir pour n'y trouver que des baguettes.

– Euh… dis-je en le refermant. (Je passe derrière lui pour atteindre l'autre côté.) Pardon…

Il se décale pour la seconde fois, les mains toujours affairées sur la planche à découper.

Je n'ai pas assez de place pour sortir le fouet du tiroir.

– Jude, encore quelques centimètres à peine.

Il me répond d'une voix si basse que je l'entends à peine.

– C'est pas ce que tu disais l'autre soir, bébé.

J'attrape le fouet dans le tiroir. Mais quand mon esprit affaibli saisit la blague ridicule qu'il vient de faire, *j'éclate* littéralement de rire. D'abord un éclat. Puis un rire étouffé.

Puis ? Un véritable fou rire.

Jude continue à hacher l'ail, mais je vois que le coin de sa bouche se tord dans un léger rictus.

Le problème, c'est que je n'arrive plus à m'arrêter. Tout le stress que j'ai contenu depuis deux semaines éclate au grand jour. Je hurle de rire, le ventre crispé malgré mes efforts pour me calmer, et je dois me retenir contre le plan de travail pour ne pas perdre l'équilibre. Il fallait bien que Jude fasse cette blague dans une église.

Pendant une minute, je n'arrive même plus à respirer. J'essaie de me calmer, je regarde Jude mettre l'ail dans un ramequin.

– Ça va aller ? chuchote-t-il.

Est-ce que ça va aller ? C'est sûrement encore trop tôt pour le dire. J'essuie des larmes sur mon visage et m'applique à me calmer. Mais alors même que je prends de profondes inspirations, des soubresauts d'hystérie menacent de repartir. Je m'accroche au fouet et m'éloigne du plan de travail.

Dans un petit élan de solidarité, j'effleure son bras en passant derrière lui.

À ce simple contact, je sens une douce chaleur se répandre dans mon corps. Mon Dieu, je suis vraiment perdue.

De retour à mon propre poste de travail, je bats les œufs dans le saladier et j'essaie de respirer doucement. Mais je sens toujours la menace d'un rire sourd qui monte en moi, quand je me retourne, je surprends Jude qui me regarde, les yeux pétillants, et je laisse échapper un gloussement.

– Qu'est-ce qu'il y a donc de si drôle ? demande Denny, le tablier à froufrous de travers.

Ça aussi, ça me donne envie de rire.

– Rien… Juste… n'oublions pas qu'un de ces plats doit être végétarien. Je pense qu'il y a des courgettes.

Je ne peux pas m'empêcher de me demander quelle blague salace Jude pourrait bien faire à propos de courgettes. Je réprime encore un rire alors que Denny verse la ricotta dans les œufs battus. Je me sens toute légère d'avoir tant ri, et complètement folle aussi. Mais vivante. C'est l'effet que Jude a toujours eu sur moi. Il fait du monde un endroit plus étrange, plus voyou, moins prévisible.

– Recouvrons ces merveilles de fromage râpé, dit Denny en pointant sa spatule telle une épée en direction du plat de lasagnes.

– Allons-y.

***

Si on m'avait demandé il y a cinq ans de ça où je me voyais passer mon vingt-troisième anniversaire, j'aurais dit dans une boîte de nuit de New York ou sur scène à Broadway. C'est là que j'ai toujours pensé que ma vie me mènerait. Il y a tout un tas de raisons compliquées qui font que ce n'est pas le cas.

À la place, je sers au moins deux cents parts de lasagnes. Tendre un plat chaud à quelqu'un qui en a réellement besoin, c'est très amusant. Peut-être que d'être bénévole à un dîner de charité n'est pas ce qu'il y a de plus sexy, mais je recommande vivement cela comme activité d'anniversaire pour quelqu'un qui est au bord de la dépression.

Il y a deux cents personnes heureuses à ma fête d'anniversaire, même si aucune d'entre elle ne sait que nous le célébrons.

Quand Mme Walters et moi avons presque terminé de gratter le fromage fondu des plats de lasagnes, je suis épuisée, mais pas malheureuse.

– Que personne ne parte encore, dit Père Peters en passant. Il faut que je vous montre quelque chose à tous. Donnez-moi cinq minutes.

Je suis en train de passer un coup d'éponge sur le plan de travail quand je sens une odeur de quelque chose qui s'apparente à des allumettes ou à du feu. Étant donné le désastre de la semaine précédente, je me retourne d'un coup. Mais la seule chose qui brûle est une bougie. Elle trône sur un superbe gâteau au chocolat décoré de cerises.

D'une voix de baryton, le Père Peters se met à chanter : « Joyeux anniversaire ».

Eh bien voilà. Mes yeux se remplissent de larmes immédiatement. Denny est stupéfait, puis tout en chantant en chœur, il se dirige vers l'évier pour m'attraper un mouchoir.

De plus en plus de voix se font entendre et, mon Dieu, une larme coule le long de ma joue. « Joyeux anniversaire, Sophie ! »

Père Peters pose le gâteau sur le comptoir.

– Fais un vœu, ma chère.

Un vœu ? Quel enjeu délicat ! Si on rassemblait toutes les choses que j'ai toujours souhaitées au-dessus d'une bougie d'anniversaire, la liste serait étrange. Des jouets. Un poney. (Ça n'a pas eu lieu.) Le premier rôle dans la comédie musicale de l'école. (Celui-là s'est réalisé.) Et *Jude.* (Encore un gagnant, puis un perdant.)

Le bon vieux vœu d'anniversaire est une suggestion risquée. Je ferme les yeux et je fais le vœu que ma vingt-quatrième année soit *juste un petit peu* moins compliquée que celles qui précèdent.

Mais, honnêtement, quelle est la probabilité ?

Je souffle la bougie, et mes quelques sympathisants applaudissent.

– C'est magnifique, servons-nous ! dis-je.

Denny sort quelques assiettes, et la vieille Mme Walters murmure quelque chose à propos de la vaisselle en plus. Donc je lui sers une part généreuse, qu'elle mange avec plaisir. Je coupe des parts pour tout le monde, sauf pour Jude qui a disparu juste après m'avoir vue souffler ma bougie.

Je suis déjà repue alors qu'il reste un quart du gâteau et que l'on se met à rassembler les assiettes et les fourchettes pour les laver à la main.

– Je vais chercher la boîte dans mon bureau, il faut que tu emportes ça chez toi, dit le Père Peters.

Quand il revient, je le remercie sincèrement pour le gâteau. Et j'ajoute :

– Vous me surprenez tellement parfois, cette semaine n'a pas été évidente et…

Il lève une main en l'air.

– Ma chère, je serais ravi de m'accorder tout le crédit de cette surprise. Mais je ne suis pas celui qui s'est souvenu de ton anniversaire, et je ne suis pas non plus celui qui est allé t'acheter un gâteau. Mais j'espère sincèrement que tu passes un bel anniversaire et que suivra une belle année, je te le souhaite.

Pendant une fraction de seconde, je ne peux me détacher de ses yeux bleus :

– Ce n'est pas vous ?

Il secoue la tête.

– On ne peut pas me faire confiance pour me souvenir des dates de tous les paroissiens. C'est Mme Charles qui envoie les cartes de vœux pour la paroisse.

– Mais alors, qui a fait ça ?

Je regarde la boîte en carton de la pâtisserie, dans mes mains.

Père Peters me sourit :

– Il semblerait qu'il préfère rester anonyme.

« Il ». Ça ne peut être Denny – il m'a servi le discours « pourquoi tu ne m'avais pas dit que c'était ton anniversaire ? ». Et Denny n'est pas assez bon acteur.

Il ne reste que Jude.

– Bonne nuit, mon Père, dis-je doucement.

– Bonne nuit, ma chère. Et encore, joyeux anniversaire !

Je laisse ma voiture garée derrière l'église et je marche jusqu'au garage *Nickel's Auto Body*. Pour la deuxième fois cette semaine, je grimpe les escaliers de bois à l'arrière du bâtiment. Je toque à la porte, puis je retiens mon souffle.

Quelques secondes plus tard, j'entends une voix rauque répondre :

– Ouais ?

J'hésite un instant, puis j'essaie de tourner la poignée, et la porte s'ouvre. Mis à part une unique lampe, allumée dans le coin, la pièce est plongée dans l'obscurité. J'entends le rythme lent d'une chanson de Citizen Cope. Mais je ne vois pas celui que je cherche.

– Jude ?

– Juste ici.

Je baisse les yeux pour le trouver sur le sol, torse nu, les pieds coincés sous le rebord de son lit, les bras croisés derrière la tête. Mes yeux s'attardent un instant sur la plaquette d'abdos inhabituelle qu'il se sculpte ces derniers temps. Jude contracte ses muscles et s'assied, et je me rends compte que c'est une série d'abdos qui est responsable de cet instant de désir.

– Quelque chose ne va pas ? me demande-t-il en penchant la tête pour me regarder.

Il me faut une seconde de plus pour réussir à arracher mon regard de son corps pour revenir à la boîte que je porte entre les mains.

– Euh… tu m'as acheté un gâteau d'anniversaire ?

Il laisse échapper un gloussement et se lève :

– Je plaide coupable.

– Pourquoi ? Je veux dire, tu n'es même pas resté pour en manger une part ?

Je pénètre dans la pièce et referme la porte derrière moi.

Jude s'assied sur le bord de son lit, son torse se soulève encore au rythme de sa respiration rendue saccadée par la séance de sport que je viens d'interrompre.

– Je ne sais pas. Je voulais que tu aies quelque chose de sympa. Sans m'accorder toute la gloire.

– Pourquoi ? dis-je à nouveau.

Je pose la boîte sur la commode. (*La* commode. Je ne regarderai plus jamais ce meuble de la même manière.) Puis, sans y être invitée, je vais m'asseoir à côté de lui sur le lit.

Il m'observe, avec sérieux.

– C'est juste un petit geste, Sophie. Même si je t'achetais un gâteau tous les jours de l'année pendant les trente ans à venir, je ne pourrais pas arranger les choses entre nous.

– Ça m'a beaucoup plu pourtant.

Son regard s'attendrit.

– Je suis content, alors.

– Tu en veux un morceau ? Il en reste beaucoup.

Pendant une fraction de seconde, son visage est inexpressif et je panique. *Je n'aurais pas dû venir. Il va me demander de partir. Je suis folle.* Mais il relève le menton et m'adresse un sourire. C'est comme un rayon de soleil sur mon visage. Un sourire complet de Jude, rien que pour moi.

– Avec plaisir, bébé. J'en veux bien un morceau.

*Avec plaisir, bébé.* Il disait toujours ça de la même voix, rauque et douce à la fois, comme un whisky. Je me lève pour attraper la boîte du gâteau et pour qu'il ne puisse pas voir mon visage. *Mourir ici même*, voilà ce que je pense en ouvrant la boîte. Me retrouver dans cette chambre avec Jude, c'est faire affleurer les souvenirs à mon esprit comme des vagues. Et à l'instant où j'arrive à en chasser un, un autre s'infiltre et m'assaille.

Il y a une pile de fourchettes en plastique et de serviettes en papier sur l'étagère dans le coin de la pièce, donc j'en attrape avant de venir me réinstaller sur le lit à côté de lui, avec le gâteau. Il regarde dans la boîte.

– C'est bien trop gros pour une seule part.

Je lui tends une fourchette.

– Fais de ton mieux. Je ne tiens pas particulièrement à rapporter ce gâteau chez mes parents.

Jude plante la fourchette dans le gâteau, un air coquin au coin de l'œil. Il prend une bouchée. Une seconde plus tard, il lève les yeux au ciel de plaisir.

– Je sais, dis-je. Il est excellent.

– Ils appellent ça une forêt-noire, dit-il en se léchant les lèvres. On n'a qu'à appeler ça forêt-extraordinaire.

Il prend une seconde bouchée. Puis il en prépare une troisième et me l'offre.

Le rouge me monte aux joues quand j'ouvre la bouche pour manger cette bouchée.

Quand Jude met le gâteau avec délicatesse dans ma bouche, nos regards se croisent. Je sens la chair de poule se former sur mon bras. À la dernière seconde, Jude dévie à peine la fourchette pour étaler le glaçage sur mes lèvres.

– Quel crétin ! dis-je en faisant semblant de me plaindre, et il rit.

Le son de son rire – profond et moqueur – pince mon cœur un peu plus encore. C'était si simple entre nous. Quand on était ensemble, Jude et moi, le reste du monde n'existait plus.

C'est que je pensais en tout cas. Jusqu'à ce que notre propre petit univers se fende en deux.

Jude se redresse, comme pour remettre une légère distance entre nous. Peut-être qu'il ressent la même chose, lui aussi – la corde invisible qui nous rapproche et nous enserre.

– Alors, dis-moi, qu'est-ce que tu as eu pour ton anniversaire ?

Je ne suis pas tout à fait préparée à cette question.

– Eh bien, dis-je en chuchotant, alors que je sens la tristesse monter en moi à nouveau, pour mon anniversaire, j'ai eu une forêt-extraordinaire.

Il pose sa fourchette dans la boîte en carton et pose la boîte sur lit, curieux d'entendre la suite, mais comme il n'y en a pas, inquiet, il fronce les sourcils et mes yeux stupides se remplissent de larmes.

Je jure que pendant toute la période où Jude et moi nous étions ensemble, je ne pleurais que devant des films tristes. Mais, maintenant, je ne peux plus me retrouver dans ses parages sans verser une larme.

Jude s'approche de moi. Il me prend par les hanches et m'attire sur ses genoux, comme si j'étais une petite fille, et je cache mon visage dans son cou comme si j'en étais une. Il sent la flanelle propre et l'assouplissant.

– C'est dur en ce moment, ma chérie, me susurre-t-il à l'oreille. Je suis désolé.

– C'est rien, dis-je en essayant de faire machine arrière. Les anniversaires ne sont pas si importants quand on a vingt-trois ans. Mais ça m'épuise parfois, toutes ces conneries, ces mesquineries et ces ratages.

*Et je n'ai personne à qui en parler parce que tu m'as laissée toute seule.*

Je suis encore en colère contre Jude, et je le serai sans doute pour toujours. Mais les bras robustes qui m'enserrent ont raison de ma colère. D'une main contre moi, Jude commence à me frotter le dos. Sa main dégage une mèche de cheveux à la naissance de ma nuque et, quand ses doigts effleurent ma peau à cet endroit, je frissonne.

Je ne veux plus penser à mon anniversaire. Je veux simplement me prélasser dans les bras de Jude. La peau mal rasée dans son cou chatouille mon nez, et c'est trop tentant pour moi de déposer un baiser à cet endroit précis. Donc je le fais, et puis je recommence.

Jude s'immobilise complètement.

Alors que mes lèvres célèbrent son cou, il laisse échapper le râle de celui qui se rend – mi-soupir, mi-gémissement. Ses bras se resserrent autour de mon corps. Mais il ne fait toujours pas un geste.

Je veux qu'il le fasse pourtant. *Un cadeau d'anniversaire de plus, s'il te plaît.* Du bout des lèvres, je dessine une ligne de baisers le long du cou de Jude. Puis j'entrouvre la bouche et suce délicatement sa peau. Sous mon corps, sa respiration devient plus saccadée.

C'est à cet instant que je sais que j'ai gagné.

Déportant mon poids sur le côté, je pivote pour le chevaucher. Des yeux chargés de désir se posent sur moi, et j'y lis une question.

Je me penche en avant et pose mes lèvres contre les siennes, en espérant effacer cette question d'un baiser.

Jude laisse échapper un gémissement contre ma bouche. Il m'embrasse une fois. Puis une autre.

– Sophie. *Un baiser.* Tu ne devrais pas être ici. *Un baiser.*

– Merci, Monsieur Perspicace. *Un baiser. Un baiser. Un baiser.*

Je frotte mes mains de haut en bas contre ses biceps dessinés au scalpel. Mon Dieu, comme il est sculpté !

– Où est ta voiture ? demande-t-il entre deux baisers.

Mais ensuite il me renverse sur le lit, s'étirant au-dessus de mon corps.

Le poids de ses hanches sur les miennes me rend folle.

– Sur le parking derrière l'église, dis-je dans un souffle.

Il fléchit son corps contre le mien.

– Mais si quelqu'un… ?

– Mais si tu te taisais ?

Je tends les bras vers ses épaules mais il m'évite, se soulevant au-dessus de moi.

Quelque chose qui ressemble à de l'inquiétude se lit sur ses traits.

– Tu me rends fou, Sophie.

Je passe ma main sur son torse nu, et ses yeux se ferment.

– Ah oui. Eh bien, je te renvoie le compliment. On a tous les deux des tickets de première dans le train de la folie. Mais c'est mon anniversaire, et tu es le seul à t'en être souvenu.

Mon raisonnement est fragile. Jude frissonne à mon contact et il finit par se laisser retomber contre moi. Sa bouche trouve la mienne, brûlante, déterminée. J'entrouvre les lèvres immédiatement.

Et puis nous sommes *perdus*. Des longs baisers et des mains partout. Je ne peux me rassasier de son sublime torse. Je dessine chaque nouveau muscle du bout de mes doigts. La main de Jude s'aventure dans la fente entre mes jambes et je serre les cuisses pour lui signifier à quel point j'ai envie de lui.

On s'extirpe de nos vêtements respectifs, d'une façon parfaitement ridicule, parce qu'on ne peut cesser de s'embrasser. Mon tee-shirt reste coincé parce que je ne veux pas lâcher la bouche de Jude. À la place, il se concentre sur la braguette de mon jean. Il la descend, puis me soulève par les hanches pour pouvoir m'arracher mon jean.

Le contact de ses doigts se faufilant dans ma culotte nous fait haleter ensemble.

– C'est si glissant et mouillé, dit-il, je te sens, tu es *mienne.*

Je ne peux lui répondre, car je suis trop occupée à le plaquer contre moi pour l'embrasser encore. Une addiction, c'est quand on ne peut se tenir à distance de quelque chose qui est mauvais pour nous. Peut-être que Jude est un addict aux drogues. Mais moi, je suis une addict à Jude.

Il finit par se débarrasser du reste de mes vêtements. On se retrouve peau contre peau, Jude au-dessus de moi. On se regarde dans les yeux, et je pourrais mourir de bonheur. Je laisse ma main remonter le long de son bras musclé, jusqu'à son épaule :

– Tu t'es tellement musclé en prison.

Il m'embrasse à nouveau et rit dans ma bouche :

– Ça fait vraiment bad boy, ce que tu dis, Soph. Mais c'est chez les Shipley, à la ferme, que je me suis musclé en portant des cageots de pommes.

J'enroule mes jambes autour de sa taille.

– Prends-moi, Monsieur le fermier.

– À votre service.

Il se redresse en arrière et attrape ma cheville derrière lui. Il caresse mon tibia de sa grande main, et je frissonne. Puis il m'embrasse, fougueux. Je tremble littéralement d'impatience quand il donne un coup de reins et me remplit.

– Ah ! s'écrie-t-on en même temps, et la grimace sexy qui se dessine sur son visage est magnifique.

On fond l'un dans l'autre, et Jude commence à se déhancher. Il adopte un rythme lent, lancinant, qui me serait insupportable s'il n'avait pas sa bouche plaquée sur la mienne. Je passe ma main dans ses cheveux épais et bouclés, et je soupire.

Et puis, il me *sourit* entre deux baisers. Et j'entrevois l'ancien Jude une fraction de seconde – mauvais, mais doux. Ce sourire m'affecte plus encore que sa peau chaude qui glisse contre la mienne. Mon pouls accélère d'un cran et je me plaque contre lui. Je croise mes chevilles contre ses reins et l'enserre de toutes mes forces.

Jude gémit en accélérant la cadence.

– Putain, Sophie. Je ne peux pas prendre mon temps avec toi. Je n'ai jamais pu.

Il n'est pas le seul. J'ai le souffle court, je laisse échapper des gémissements de bonheur alors qu'il me prend de plus en plus vite. Je sens le plaisir monter. Je balance mes jambes sur le côté, je me cambre d'un coup pour venir avec lui.

En gémissant son nom, je me cambre une dernière fois. Jude gémit dans ma bouche et s'abandonne en moi, au plus profond. Nos cœurs battent en rythme, agrippés l'un à l'autre comme si quelque chose allait nous séparer.

Parce que quelque chose finit toujours par nous séparer.

***

Je flotte doucement vers un retour à la réalité. La dernière fois que je suis entrée dans la chambre de Jude, je lui ai dit : « Ce n'est rien que du sexe. » Quel mensonge ! Il est tout ce que j'ai. C'est simplement que je n'ai le droit d'avoir tout ce que j'ai que pendant une heure avant que ça ne disparaisse à nouveau.

Mais, aujourd'hui, c'est mon anniversaire, et ce soir je vois le verre à moitié plein.

Jude se déplace et roule sur le côté. Mais il m'attire contre lui, et je me blottis contre son épaule.

Peut-être qu'il s'attend à ce que je fonde en larmes à nouveau, mais ce n'est pas le cas. Il y aura sûrement encore des larmes versées à propos de Jude. Mais je les garde pour plus tard. Ce soir, c'est trop doux pour des larmes.

On reste allongés là en silence pendant quelques minutes, dans les bras l'un de l'autre. Et puis, finalement, mon cerveau préoccupé reprend le dessus et je pose à Jude une question qui me brûle les lèvres.

– Comment es-tu devenu addict aux drogues ?

Il laisse échapper un grognement.

– Vraiment ? Tu veux parler de ça maintenant ?

Je l'embrasse sur la poitrine.

– Je voudrais comprendre.

Il grommelle :

– Tu te souviens quand je me suis fait une entorse à la fin de la première ?

– Oui.

– Ils m'ont donné des antidouleur à l'infirmerie.

J'essaie de rembobiner ma mémoire pour remonter jusque-là.

– Mais ça s'est soigné rapidement. Je pensais que tu n'avais pas besoin de ces cachets.

– J'en avais pas besoin, non, mais ils étaient sur mon bureau. Et Gibby et Dex m'ont dit un truc du genre « laisse-nous te montrer à quoi ça sert vraiment ces trucs-là ». (Il soupire à nouveau.) Ils m'ont appris à écraser et à sniffer des antidouleur.

*Mon Dieu.*

– C'est tout ? Boum ? Juste comme ça ?

Sa voix et basse et douce.

– Oui et non. Quand tu commences à peine, c'est juste drôle. Cette merde te donne la sensation d'être invincible. Et un seul cachet dure jusqu'à deux jours. Mais assez vite, ton corps s'adapte, et il t'en faut plus. J'ai commencé à les acheter. Je me disais que ce n'était pas bien grave.

Je l'embrasse à nouveau sur la poitrine, pour le remercier de m'avoir répondu. Mais il n'a pas fini.

– C'est toujours comme ça. J'ai assisté à un sacré paquet de réunions depuis, et toutes les histoires se ressemblent. Tu crois avoir gardé le contrôle. Tu continues à te rendre là où tu dois être. Et personne ne réalise vraiment que tu files aux toilettes te prendre une ligne de temps en temps. Et c'est plus facile de finir la journée, parce que quand t'es défoncé, ce qui te fait peur d'habitude te paraît moins grave.

Je lui demande immédiatement :

– Et qu'est-ce qui te faisait peur ?

Mais Jude secoue la tête.

J'en ai déjà assez demandé comme ça pour ce soir, donc je n'insiste pas.

– Et maintenant ? Je sais que tu te rends aux réunions dans le sous-sol de l'église.

– Mmmm, dit-il en m'embrassant l'épaule. Dans une semaine ils me décerneront un badge des six mois. En plastique. Rien de fabuleux, vraiment.

– Six mois, ce n'est pas négligeable !

– Merci. (Il a l'air las.) J'ai l'impression que ça fait six ans…

– Pourquoi ?

Il soulève mes cheveux et m'embrasse dans le cou.

– Tu ne veux pas entendre ces conneries ?

Je me redresse sur un coude, abandonnant pour la première fois de ma vie un baiser de Jude :

– Si, je t'assure.

Jude se passe la langue sur les lèvres.

– Mon corps ne me laisse pas oublier la merde que je lui filais avant.

– Donc, tu as des crises de manque ?

Je connais la bonne terminologie. On ne peut pas travailler dans le service social d'un hôpital sans connaître ces choses-là.

– Chaque putain de jour.

– Ça te fait quoi ?

– C'est lancinant. Comme un tic. Ou une étiquette agaçante à l'intérieur de ton pull. Et tu *sais* qu'une simple dose t'en débarrasserait. Il y a des jours où j'oublie pourquoi c'est si important de ne pas le faire. C'est pour ça que je vais aux réunions dans le sous-sol de l'église. Ce n'est pas pour leur café dégueulasse. C'est pour qu'ils me rappellent pourquoi j'ai arrêté.

Je me blottis à nouveau contre lui.

– Tu as déjà essayé le Suboxone ? Les gens disent que c'est très efficace.

Jude me pince les hanches :

– Qu'est-ce que tu y connais, toi, au Suboxone ?

– Je travaille à l'hôpital, au Bureau des affaires sociales.

– Vraiment ?

– Vraiment.

– Ça a l'air déprimant comme boulot.

– Ça ne l'est pas. Bon si, ça peut l'être. Mais dans l'ensemble, c'est super. Les gens qui viennent nous trouver traversent des crises, et on les aide à s'en sortir. Je ne rentre jamais le soir en me demandant à quoi bon.

– Au moins un de nous deux…

Je frotte son dos.

– Je peux te trouver quelqu'un qui peut te faire une ordonnance pour du Suboxone.

Il reste parfaitement silencieux un instant, ce qui signifie certainement que je suis allée trop loin.

– Je n'en veux pas, finit-il par dire. Je ne veux pas me soigner d'une addiction aux drogues avec une autre drogue.

– C'est pas faux.

J'élude, parce que je ne suis pas venue ici pour me mêler des affaires de Jude.

– C'est pas simplement sur le principe, ajoute-t-il doucement, je ne veux pas avoir à penser à doser mes prises. Est-ce qu'il est l'heure de prendre mon cachet ? Et si je le prenais un peu plus tôt, juste cette fois-ci ? Je ne veux pas m'attacher comme ça.

Je laisse ma main se promener le long de son torse parfait.

– C'est cohérent. Je suis sûre que tu sais très bien que tu fais.

Il rit.

– Pas le moins du monde. Mais ça va. Je viens juste de me faire une sublime… part de gâteau chocolat.

Je le pince à nouveau et il roule sur moi pour m'embrasser.

Et on sourit tous les deux.

# CHAPITRE 15

## JUDE

*Niveau de manque : 3*

Quand j'ouvre les yeux le matin suivant, le soleil rayonne par la fenêtre.

Ça n'est jamais arrivé. J'ai dormi toute la nuit sans me réveiller. En souriant au plafond, je laisse échapper un rire pour moi tout seul. Le sexe a provoqué un déclic et m'a envoyé directement au pays de Morphée.

Je m'assieds et me frotte les yeux. La Cure Sophie ne sera que temporaire, pourtant. S'il y a quelque chose que je comprends à propos de mon corps, c'est que les crises de manque finissent toujours par revenir. Mais, au moins pour l'instant, je me sens mieux que depuis bien longtemps. Ce que j'ai appris en cure, c'est aussi à apprécier les instants faciles. Parce qu'ils ne sont pas fréquents.

Et encore mieux : aujourd'hui, on est jeudi. J'ai de quoi me réjouir puisque je dîne chez les Shipley.

Ce soir, j'apporterai quelque chose de la pâtisserie dans laquelle j'ai acheté le gâteau de Sophie. Il faut que j'y passe, quoi qu'il en soit, pour récupérer ma carte de crédit.

Après une douche rapide, j'enfile ma tenue de travail et je dévale l'escalier. Dans l'allée, je m'arrête un instant, parce que cette putain d'épave de bagnole est encore là. J'ai appris à passer devant sans y prêter attention. Mais c'est déjà la deuxième fois que Sophie emprunte cette allée. Elle a dû tomber sur la voiture qui a tué son frère. En dehors de la faible chance qu'elle revienne un jour ici, il faut quand même que je m'occupe de cette merde.

Je contourne la Porsche comme on toise un ennemi. D'un coup de fil seulement, je pourrais envoyer l'intégralité de cette voiture à la casse. Mais en tant que passionné de voitures vintage, je ne peux vraiment pas faire ça. Quel gâchis ! Donc je commence à l'arrière du véhicule, parce que c'est la partie qui n'est pas endommagée. Je soulève la bâche, les deux feux arrière sont encore en parfait état.

Je me rends dans le garage, j'allume l'ancien ordinateur de mon père et je regarde la liste des feux arrière de Porsche vintage sur eBay. On dirait bien que les simples feux valent déjà cinquante balles chacun. Je lance une vente aux enchères pour les miens et je ferme l'ordinateur.

J'avance pas à pas.

Si les feux se vendent, il faudra que je trouve quoi faire de l'argent. Je ne veux plus rien avoir à faire avec cette voiture, mais je pourrais donner l'argent à Sophie. Elle pourrait combler ses économies pour son école de musique.

En attendant, je suis confronté à une nouvelle journée, bien longue et sans trop de clients. Mon entreprise de changement de pneus s'est épuisée. Après quelques chutes de neige, la plupart des gens qui comptaient s'équiper pour l'hiver l'ont déjà fait, et ceux qui croient encore que les pneus « toutes saisons » sont suffisants n'ont pas encore abîmé leur carrosserie.

Mon père a daigné travailler hier, pour terminer de décabosser une voiture, et comme deux jours de travail d'affilée semblent être trop à attendre de sa part, je doute qu'il fasse une apparition ce matin.

Ce n'est pas plus mal comme ça, parce que je ne tiens pas à avoir son avis sur mon prochain projet.

Hier, j'ai acheté de la peinture extérieure chez *Home Depot*, avec un couteau de peintre, une brosse convenable et quelques rouleaux. Le garage n'a pas été repeint depuis des années. Si je veux que les gens nous confient leur carrosserie, je sais que je dois redonner vie à cet endroit.

D'abord, je sors la ponceuse électrique et je l'allume. Même affublé de lunettes de sécurité et d'un masque facial, ce n'est pas une mince affaire que d'enlever la vieille peinture écaillée. Mais en une heure et demie, j'ai déjà attaqué une belle surface. C'est à ce moment-là que la vieille Mme Walters – la dame qui est en charge du lave-vaisselle à l'église – se gare dans l'allée avec des pneus à neige, pour faire l'échange.

– J'en ai pour quarante-cinq minutes environ, dis-je en cachant ma surprise.

Elle agite une main noueuse.

– Je vais déjeuner avec mes filles. On en a pour au moins deux heures. Plus si les ragots sont bons.

– À tout à l'heure, alors.

En sifflotant, je place sa voiture sur la plate-forme et je me mets au travail. Parfois, j'essaie de deviner quel type de voiture une personne conduit, et je n'aurais jamais deviné pour celle-ci. Ça m'amuse de savoir que Mme Walters conduit une Subaru Baja, une sorte de mini-pick-up étrange que j'ai toujours admiré. Subaru ne fait plus de modèles comme celui-là, et c'est bien dommage.

La Baja, c'est ce genre de voitures dans lesquelles les adolescents se pavanent en ville, leur snowboard à l'arrière.

Je suis occupé à resserrer l'écrou d'une des roues quand j'entends quelqu'un entrer.

– Vous êtes en avance, Mme Walters.

– Pas en avance. En retard.

La voix est masculine, et rocailleuse. Je m'efforce de me redresser très lentement. Pas la peine de laisser transparaître de la peur quand on ne sait même pas s'il y a une raison.

– Je peux vous aider ?

Je pose la question à l'homme aux yeux sombres, vêtu d'une veste en jean et d'un béret, qui se trouve en face de moi. La seule chose qui le distingue d'un millier d'autres types comme lui dans le Vermont, c'est une méchante cicatrice en travers de la joue.

– Il me manque quelque chose, et je pense que tu sais très bien où ça se trouve.

Je tourne la tête en faisant le numéro de celui qui vérifie qu'il n'y a personne d'autre derrière lui.

– Il ne peut pas s'agir de moi. Je ne vous connais pas. Et je sors de trois ans de prison.

– Ah ouais ? Eh bien, juste avant ça, ton nouveau dealer t'avait donné des trucs. On cherche sa planque.

*Merde.* Je laisse tomber mes mains pour prétendre l'indifférence. Je bous intérieurement.

– D'abord, je n'avais pas de nouveau dealer.

Le type lève les yeux au ciel, le regard mauvais.

– Gavin Haines, connard ! Ne me prends pas pour un imbécile.

– Pas du tout. Gavin n'était pas mon dealer. Il me haïssait. La nuit où il est mort, c'est la seule fois de ma vie que j'ai traîné avec ce type. Il m'a filé un échantillon gratuit parce qu'il voulait que je lui présente des amis à moi, des drogués, et tu dois savoir comment ça s'est fini. Si j'avais eu sa came dans ma voiture, les flics l'auraient trouvée. Et j'aurais été envoyé en taule pour recel.

– Il avait bien plus de came que ce qu'ils ont trouvé, c'est où ? insiste le visiteur.

Je hausse les épaules en exagérant le mouvement.

– Aucune idée. Pourquoi demander ça trois ans plus tard ? Si ce n'est pas remonté depuis, ça remontera pas.

Ce monstre lève le menton vers moi et me toise.

– Il traînait où ?

*Bon sang*. C'est pas une conversation que j'ai envie d'avoir.

– Je suis le dernier au courant de ce genre d'information. Il avait un appartement dans Burlington avec ses amis de la fraternité, mais je ne suis jamais allé plus loin que l'entrée. Tu veux savoir ce que je pense ? Il pouvait très bien avoir une unité de stockage quelque part. Ou peut-être qu'il gardait ça dans ses casiers de sport, c'est toujours là qu'ils cherchent à la télé.

Le connard me toise à nouveau, et je sens les secondes s'écouler. J'ai réussi à contenir mon agacement jusque-là. Mais tout le monde à ses limites, et je commence à atteindre les miennes.

– Peut-être qu'il gardait ça chez lui.

Je ris, mais ça sonne faux.

– Dans la maison du chef de la police ? Pas la moindre chance.

– Peut-être que le chef était de mèche ?

Je secoue la tête.

– Je n'y croirai jamais. Ce mec est un con, mais il n'est pas malhonnête. Il a un vrai balai dans le cul.

Mon enquêteur lève un sourcil.

– Donc, le fils veut faire son propre chemin, il sait que son père ne peut pas te voir, du coup, t'es un bon choix pour lui venir en aide.

– T'es plein de théories, n'est-ce pas ? Et peut-être que si son association avec ma personne avait duré plus deux heures, tu tiendrais quelque chose.

Je répéterai cette histoire jusqu'à ma mort. Et c'est facile parce que je ne dis que la vérité.

Mais s'il ne sort pas de mon garage rapidement, je ne sais pas ce que je vais faire.

Mon sang se glace.

– Impossible. Ils n'étaient pas proches.

– Mais toi et elle, oui.

Mon cœur se serre dans ma poitrine.

– Bien sûr que nous étions proches. Mais je passais mon temps à lui mentir à l'époque. C'est ce qu'on fait quand on est drogué.

Les quinze secondes qui suivent suffisent sans doute à réduire mon espérance de vie de quinze ans. Il me regarde, les yeux mauvais. Je mesure la distance qui me sépare de la clé anglaise, et j'attends de voir si je vais devoir bondir pour l'attraper.

– Si tu trouves, tu m'appelles, finit-il par dire.

Il sort une carte de sa poche et la dépose sur le pneu arrière du véhicule de Mme Walters.

Mon cœur bat la chamade, mais je suis soulagé. Lentement, comme si tout ça m'était parfaitement égal, je me retourne vers mon écrou.

– Je ne vais rien trouver du tout. Je ne quitte jamais cet endroit, sauf pour me nourrir ou pour aller à des réunions dans le sous-sol de l'église.

– Ah ouais ? Ça a intérêt d'être vrai ! Parce que, sinon, ce serait vraiment un jeu d'enfant de planquer un truc dans ton garage et de dire aux flics où le trouver. J'ai entendu dire qu'ils voulaient te virer de cette ville pour de bon, de toute façon.

– Ne gaspille pas tes réserves. J'ai *jamais* rien acheté à ce type. Comme je l'ai dit : il voulait que je lui présente des amis, mais on n'est même pas arrivés jusque-là. J'aurais préféré qu'il ne me donne pas cet échantillon. Je ne retoucherai plus jamais à cette merde.

– C'est ce qu'ils disent tous, dit-il en riant.

J'attrape la clé, et mon poing se raidit contre le métal. J'ai envie de bondir et j'ai de plus en plus de mal à me contenir. Merde. Si j'étais futé, je demanderais à ce connard de passer me rendre visite chaque jour pour que je me rappelle pourquoi je reste sobre. Les mauvaises décisions, ça ressemble à ça : à un dealer qui te prend la tête pour un stock de drogue d'il y a trois ans. Je me suis attiré ce genre de chose tout seul.

Je baisse les yeux en priant qu'il s'en aille enfin. Son regard me cloue sur place encore un instant. Puis il finit par sortir sans un mot.

Je jette sa carte dans la poubelle et je reprends mon travail.

Une fois que j'en ai fini avec les pneus de Mme Walters, je me remets à la peinture. Mais, cette fois, les dents serrées et avec la première crise de manque de la journée. Il n'est que onze heures du matin.

À cinq heures, je suis en sueur et fébrile, couvert d'une épaisse couche de poussière et de débris de peinture. Je range mes outils, impatient de prendre une douche et de me rendre chez les Shipley.

– Perte de temps, dit mon père, tout à coup.

Je me retourne sur-le-champ, laisse presque tomber le couteau de peintre que j'ai à la main. Je ne l'ai pas entendu entrer, et je suis un peu nerveux suite à la visite du cinglé de ce matin. Je prends une grande inspiration et j'essaie de me calmer.

– Cet endroit a besoin d'un coup de peinture.

– Pas s'il va être démoli.

– Quoi ?

Mon père tend le bras, il tient un courrier dans la main.

Je le prends et je lis. Il s'agit d'une lettre de mise en demeure qui nous vient du conseil municipal de la ville de Colebury. « L'entreprise automobile qui se trouve au 2371 Granite Road n'est pas en règle avec la désignation de la zone sur laquelle se trouve la propriété : Zone à faible densité résidentielle. »

Quand je lève de nouveau les yeux, le visage de mon père est inexpressif. Peut-être qu'il a noyé sa peine dans le whisky avant de venir me montrer ça. Ou peut-être qu'il boit depuis tant d'années que je ne peux pas discerner de nouvelles expressions sur son visage.

Je tends la lettre vers lui :

– C'est déjà arrivé, n'est-ce pas ? Quand j'étais au collège. Cette fois-là, tu avais réussi à leur faire admettre une exception pour un « usage mixte », c'est bien ça ?

Il hausse les épaules.

– Bien sûr. Mais les revoilà. Il faut de l'argent et un cerveau disponible pour s'attaquer à eux, et je n'ai plus vraiment ni l'un ni l'autre.

C'est ce que mon père a dit de plus lucide depuis plusieurs années. Comme c'est déprimant.

– Tu connais quelqu'un à qui demander conseil ?

Mais je connais déjà la réponse. Ce n'est pas que mon père ait déjà joué toutes ses cartes. C'est simplement qu'il les a gaspillées, les unes après les autres. La torpeur et la négligence sont ses alliées.

Après une série de groupes de parole en cure de désintoxication, je suis devenu très fort à faire le diagnostic des problèmes des autres.

– Peut-être, dit-il.

Puis il s'approche pour fermer le registre. Je me demande s'il s'est donné la peine de répondre à la lettre ou s'il s'est contenté d'augmenter le volume de la télévision en attendant que la ville se présente avec un bulldozer.

Demain, je suis censé repeindre cet endroit et, maintenant, je ne sais même plus pourquoi. Mes épaules sont crispées et mes mains sales forment deux poings serrés. À cet instant, je pourrais bien fumer, boire, inhaler ou injecter tout ce que je trouve.

Mais au lieu de faire ça, je monte dans ma chambre me doucher, parce qu'il est temps de me rendre chez les Shipley pour dîner.

*Dieu merci.*

## JUDE ET SOPHIE
*ont 18 ans*

*L'anniversaire de Sophie est passé et Jude est penché sur le capot de sa voiture, affairé avec des câbles. Mais tout ce à quoi il pense, c'est au sexe.*

*Quand il a commencé son histoire avec Sophie il y a un an, il a arrêté de fréquenter d'autres filles, et donc il a arrêté de baiser.*

*Il sait dans quoi il s'engouffre. (Ou plutôt dans quoi il ne s'engouffre pas.) Il sait que Sophie n'a pas eu de copain avant, et il ne veut pas la presser, l'attente en vaut parfaitement la chandelle. La règle qu'il s'était fixée à propos de son dix-huitième anniversaire, c'était pour rester fort – pour que le moment choisi soit moins arbitraire aussi. Sans cette limite imposée, ils se seraient laissé emporter à n'importe laquelle des mille et une occasions où ils se sont retrouvés, excités et fébriles, dans sa voiture ou sous un arbre dans les bois.*

*Mais maintenant la date est passée, et chaque minute des dix derniers jours est teintée d'un désir puissant.*

*Son téléphone vibre dans sa poche.*

*Jude laisse échapper un soupir fébrile. Il est traversé par l'impatience alors qu'il sort le téléphone de sa poche pour lire le message. « On est chez Tracy. Rejoins-nous. »*

*Il se lave les mains avec précaution, s'assurant d'en faire disparaître toute trace d'huile de vidange. Il tâte son autre poche pour s'assurer que son portefeuille s'y trouve bien. Dedans, il y a deux préservatifs, tout neufs.*

*Bon sang. Il se sent quand même un peu nerveux, ce qui est ridicule. Ce n'est pas lui qui est vierge dans cette situation.*

*Plus tard, il ne se souviendra pas de son trajet jusque chez Tracy. Ses parents sont partis pour le week-end, ce que le père de Sophie ne sait pas, mais elle s'est arrangée pour aller dormir là-bas.*

*Quand il arrive devant la jolie bâtisse aux abords de la ville, Sophie est seule dans le salon.*

*– Salut, dit-elle, d'un air timide, avant de refermer la porte derrière lui.*

*– Salut toi-même. Où est… ?*

*Il n'a pas le temps de finir sa question, car il est interrompu par un bruit rythmique et sourd juste au-dessus de leur tête. C'est le bruit d'une tête de lit cognant contre un mur*

*– Oh.*

*– Ouais, dit Sophie, les joues rouges.*

*– Han... han... han... hannng ! TRACE ! hurle une voix d'homme.*

*Jude et Sophie se fixent l'un l'autre un instant avant d'éclater de rire. Jude la prend dans ses bras et leurs ventres sont agités de soubresauts, l'un contre l'autre.*

*– Allons dans notre antre, dit Sophie entre deux rires.*

*Il la suit, ensemble ils traversent la cuisine et entrent dans une pièce au plafond bas, accueillante, avec des canapés et une télévision. C'est le genre de pièce que l'on trouve chez les familles heureuses. Les jeux vidéo du jeune frère de Tracy sont rangés dans des paniers et les télécommandes sont alignées comme des petits soldats sur la table de salon. Un sapin de Noël est illuminé dans un coin, à côté d'une cheminée de brique.*

*– Il faut que tu voies ça, dit Sophie en attrapant une des télécommandes sur la table. (Elle la pointe en direction de la cheminée. Avec un bruit de gaz qui s'enflamme, un feu à gaz apparaît derrière le pare-feu.) C'est débile non ?*

*– Ouais.*

*Mais ces flammes réconfortantes qui dansent sont à la fois magnifiques et faciles à faire naître. Une maison de famille bien équipée, c'est comme un pays étranger auquel Jude se confronte de temps à autre. Il en connaît la langue, mais tout lui semble étranger.*

*Sophie est assise dans le coin du canapé et il se laisse tomber à côté d'elle.*

*– On se regarde un film ? suggère-t-il.*

*Ils ne se sont pas retrouvés seuls de la sorte depuis une semaine à peu près. Mais il ne compte pas se jeter sur elle comme un animal.*

*– Tu as envie ? demande Sophie délicatement.*

*Tout est tout à coup si étrange entre eux, ils ne sont jamais mal à l'aise d'habitude.*

*– Bébé, on peut faire exactement ce que tu veux. Vraiment. Ce n'est pas parce que Tracy et son copain s'envoient en l'air que...*

*Elle le fait taire d'une main sur la poitrine.*

*– Jude. (Sa voix est grave et sérieuse. Elle se tourne vers lui, le regard vif.) J'ai écouté les gémissements de mes amis pendant vingt minutes avant que tu arrives, parce que j'avais peur de quitter le salon et de ne pas t'entendre toquer, et ça fait déjà longtemps que j'attends que tu fasses l'amour avec moi. Si tu ne t'y mets pas immédiatement, je ne réponds pas de mes actes.*

*Jude en avale presque sa langue.*

*– Eh bien, ma belle. (C'est un miracle que sa voix ne tremble pas.) Je crois qu'il vaut mieux fermer cette porte alors.*

*Sophie bondit vers la porte.*

*Le cœur de Jude bat la chamade quand il change de position et s'appuie contre les coussins. Quand elle revient, il l'attire à lui pour l'embrasser.*

*Timidement, Sophie s'étend le long de son corps, la main sur la ceinture de son jean. Ils se sont déjà retrouvés en position horizontale, mais l'opportunité et l'intimité de ce moment rendent la chose nouvelle.*

*– Salut... susurre-t-elle.*

*Jude se penche en avant pour trouver ses douces lèvres. Il ne peut pas trop penser à tout cela pour ne pas être intimidé. Il n'a jamais été la première fois de quelqu'un. C'est trop pour ses nerfs. Mais quand il prend la tête de Sophie entre ses mains, son instinct lui revient.*

*Sophie gémit en lui accordant sa bouche. Le son lui en fait oublier ses craintes. Ses deux bras l'entourent et il plonge.*

*Je t'aime, dit sa langue à lui contre la sienne.*

*J'ai besoin de toi, disent ses hanches à elle contre les siennes.*

*Ils s'embrassent jusqu'à ce qu'elle soit haletante et que sa bite soit plus raide que les clés à molette du garage. Les doigts de Sophie tirent sur son tee-shirt. Elle essaie de le déshabiller tout en l'embrassant. Ça ne marchera jamais.*

*– Assieds-toi un instant, la supplie-t-il.*

*Quand elle se redresse, elle a les joues rouges, et ses lèvres sont lourdes, gonflées, comme piquées par une guêpe. Mince. Elle est tellement belle. Il lui enlève son tee-shirt et le laisse tomber par terre.*

*Elle passe elle-même une main dans son dos et défait son soutien-gorge. Quand elle l'enlève, il n'arrive même plus à respirer. Sophie est toujours parfaitement emmitouflée dans des cardigans avec sa queue-de-cheval parfaite. Il l'a touchée un nombre incommensurable de fois, mais c'est vraiment la première fois qu'il la voit seins nus. Ses seins sont ronds et bombés, avec des tétons roses, généreux.*

*– Quoi ? dit-elle, gênée.*

*Ses mains viennent cacher ses seins. Ses testicules se contractent quand il la voit se toucher de la sorte.*

*Il n'y a pas de mots pour la décrire à cet instant – toute douce et innocente et excitée en même temps.*

*– Tu es tellement belle, putain, laisse-t-il échapper. Enlève ton jean.*

*Elle relève le menton.*

*– Toi d'abord.*

*Jude n'a pas besoin qu'on le lui demande deux fois. Il se débarrasse de son tee-shirt puis défait le bouton de son jean sous le regard de Sophie. Il s'en dégage en se déhanchant, enlevant au passage ses chaussettes.*

*– Encore, dit-elle, la voix tremblante.*

*C'est amusant de la désarmer à ce point, exactement comme elle le désarme lui. Alors, il descend sa main vers sa bite impatiente et fait une lente caresse à travers son caleçon noir. Quand il croise le regard de Sophie, elle avale difficilement, l'air un peu nerveuse.*

*– Hey, dit-il en mettant une main sur sa tête. Pas besoin que ce soit tout ou rien. On peut juste s'amuser un peu.*

*Elle secoue la tête.*

*– C'est maintenant.*

*Elle se lève et se défait de son jean et d'une petite culotte blanche, alors que Jude meurt en silence. Entrevoir la courbe de sa hanche lui donne envie d'éjaculer immédiatement. Il enlève son caleçon, le repoussant du pied. Puis il s'allonge sur le dos.*

*– Viens là.*

*– Attends, dit-elle, j'ai des préservatifs.*

*Jude, quel abruti ! Il ne voulait pas que ce soit elle qui s'inquiète de ça.*

*– Moi aussi. (Il tâtonne pour attraper son jean et sort un préservatif.) Mais on n'en a pas besoin tout de suite. On prend le temps. Viens là et embrasse-moi.*

*Elle se penche sur lui, ses seins au-dessus de son visage. S'il mourait à cet instant, il trouverait sa vie parfaite.*

*– Putain.*

*Il la repousse un peu, avec maladresse, pour pouvoir lécher ses tétons roses. Ils sont plus grands qu'il n'avait imaginé, et ça lui semble scandaleux. Il referme ses lèvres sur son sein et suce.*

*Sophie attrape ses épaules, haletante, impuissante. Il laisse sa main s'aventurer sur ses hanches nues alors qu'il lèche ses tétons. Elle se plaque contre sa bouche et gémit. Il glisse une main entre ses jambes et sent à quel point elle est déjà mouillée, sa bite suinte d'envie.*

*Ils ont attendu tellement de temps et, maintenant, il n'est même pas certain de pouvoir la pénétrer sans s'abandonner immédiatement en elle à cause des préliminaires.*

*Il libère son téton dans un bruit de succion et attrape le préservatif. Sophie essaie de reprendre son souffle. Elle est au-dessus de lui, les bras contre le canapé derrière lui, son corps nu exposé.*

*Jude ferme les yeux en ouvrant le préservatif, s'offrant une courte pause face à la vision la plus érotique de sa vie. Calme-toi, se dit-il. Il déroule le latex, et l'emprise du préservatif le calme.*

*– Allonge-toi, bébé, dit-il en se décalant.*

*– Ok, dit-elle en prenant sa place sur le canapé.*

*Jude s'agenouille entre ses cuisses et écarte doucement ses genoux. Puis il baisse la tête vers sa somptueuse chatte et l'embrasse.*

*– Oh ! gémit-elle.*

*Il s'appuie sur son coude et laisse ses lèvres effleurer sa douceur. Elle est incroyablement douce. Il n'a jamais fait ça à aucune autre fille avant, et c'est encore plus agréable que ce qu'il imaginait.*

*L'odeur musquée de son désir l'enveloppe, et il s'essaie à un premier coup de langue.*

*Résultat : une emprise ferme de ses cheveux et le plus beau des soupirs de Sophie.*

*– Oh mon Dieu, Jude ! laisse-t-elle échapper.*

*Il est immédiatement accro. Plus il goûte, plus il en veut. Elle écarte ses jambes pour lui. L'air d'incertitude s'est effacé de son visage béat. Alors, il continue, entre baisers petits et grands, coups de langue et quelques succions délicates. Sophie jure et geint, s'agrippant à sa tête et ses cheveux.*

*Puis elle se met à le supplier.*

*– S'il te plaît, Jude, s'il te p... plaît.*

*Elle est proche. Il l'a déjà fait jouir à plusieurs reprises avec ses doigts, et il reconnaît tous les signes. Il avait prévu de la rendre folle avant de passer aux choses sérieuses, donc c'est maintenant ou jamais. Il se redresse un peu et s'essuie le visage d'une main. Puis il attrape la base de son sexe et s'allonge contre elle. Il ferme les yeux.*

*Un coup de reins, doucement, et il rentre en elle. Sa chaleur l'enserre comme un poing, et il se contracte pour écarter l'orgasme qui monte depuis qu'il l'a vue enlever son soutien-gorge.*

*Quand il l'entend haleter, il rouvre les yeux. Elle le regarde fixement, comme choquée.*

*– Ça va ? demande-t-il immédiatement.*

*– Oui, juste...*

*– Ça te fait mal ?*

*Sa libido redescend rapidement de quelques crans.*

*– Oui, ça m'a fait mal, admet-elle, mais là, c'est déjà mieux.*

*– Tu veux arrêter ?*

*Il se penche pour lui embrasser le nez.*

*Elle secoue la tête.*

*– Jamais.*

*Son cœur bondit de joie. Il roule doucement du bassin, et ses yeux à elle s'écarquillent. Il s'arrête à nouveau.*

*– Hey. (Il lui caresse la joue.) Dis-moi comment t'aider à te détendre.*

*– Embrasse-moi.*

*– Bien, M'dame.*

*Leurs bouches se confondent. Il penche la tête pour que chaque baiser soit mieux que le précédent. Elle soupire en dessous de lui, et se détend au rythme de leurs baisers. Ils sont déjà champions à ce jeu-là. Ils s'embrassent encore et encore, et le bassin de Jude ne peut résister. Sa bouche est si douce et elle est si ferme sous son corps, exactement comme dans tous ses rêves érotiques.*

*Les genoux de Sophie enserrent ses hanches et elle se met à l'accompagner dans chaque coup de bassin, lentement. Son souffle s'accélère. Elle se tend contre lui comme pour atteindre quelque chose qui serait hors de portée.*

*Il ne va pas tenir longtemps encore. Putain, c'est un miracle qu'il ait déjà tenu tout ce temps. Il se redresse un tout petit peu pour libérer un espace entre eux. Puis il plonge la main pour atteindre son clitoris et le titiller, exactement comme elle aime.*

*– Oh, gémit-elle, ah !*

*En sueur, Jude donne des coups de bassin en se mordant les lèvres. Mais la vue de son corps soyeux et nu qui ondule sous lui est presque insupportable. Il ferme les yeux dans l'espoir de trouver cinq secondes de patience en plus. Il veut que sa première fois soit parfaite.*

*Et puis il l'entend, le gémissement aigu de la victoire. Elle gémit son nom alors que tout son corps s'agrippe autour de sa bite.*

*Mon Dieu ! Il se laisse retomber pour un dernier baiser et s'abandonne complètement, s'enfonçant en elle. Ses boules se contractent et ses muscles se raidissent, puis il laisse échapper un cri de joie sur ses lèvres. Il jouit avec une telle puissance qu'il voit des taches devant ses yeux.*

*Ivre de satisfaction et de victoire, il laisse tomber son visage dans son cou et susurre toutes les choses les plus douces, les plus romantiques qu'il puisse imaginer.*

*Et elles sont toutes vraies.*

## CHAPITRE 16

### SOPHIE

*Mood musical : « Pressure »*
*de Billy Joel*

Il m'est difficile de croire que les derniers examens de fin d'année se profilent déjà. Mon cours principal sur la santé publique se valide avec un devoir maison, mais c'est quelque chose de monstrueux, et mon cours de statistiques n'est pas une mince affaire non plus.

Deux cours seulement à valider, cela ne paraît pas insurmontable, mais j'ai travaillé vingt-cinq heures par semaine à l'hôpital. Il me reste donc les week-ends pour faire mes devoirs et m'occuper de la maison. Pas étonnant que je n'aie pas de vie.

Il faudra que ça change l'année prochaine. Beaucoup de choses vont changer : il me faudra un boulot à plein temps et il faudra que je trouve le moyen de partir de chez mes parents d'une manière ou d'une autre. Passer encore un an ici, ça ne va pas être possible.

Mais d'abord : les examens.

Pour survivre aux prochains jours, j'emploie deux techniques. La première : une consommation record de café. La seconde : m'empêcher de penser à Jude.

Chaque fois qu'un problème un peu difficile me donne du fil à retordre, je suis tentée de fermer les yeux et de m'abandonner au souvenir de sa barbe contre ma peau et de ses hanches contre les miennes. Une fille pourrait se perdre dans ce genre de souvenirs.

Mais j'ai du travail, et je décide de m'y atteler dans des endroits qui ne lui sont pas associés, comme le centre universitaire, la bibliothèque universitaire et, plus près de la maison, *Crumbs*. Jude et moi n'y sommes jamais allés ensemble, parce que l'endroit a ouvert pendant qu'il était en prison.

Le temps passe, qu'on le remarque ou pas. Difficile de réaliser que mon diplôme est à portée de main. Après la mort de Gavin, il y a eu des moments où je ne pensais jamais arriver au bout. Les amis et les colocataires avaient défilé, pour la plupart ils étaient obnubilés par la fête et par les cours, parfaitement inconscients du fait que ta famille, puis ta vie entière peut basculer et s'effondrer alors que tu n'as que dix-neuf ans.

Ces années difficiles sont derrière moi à présent, et j'aurai bientôt un diplôme pour en attester.

Je me suis arrangée pour ne pas travailler à l'hôpital le mercredi suivant pour pouvoir réviser et me rendre à une séance de révision en statistiques, organisée par le chargé de cours. Mais je n'ai pas annulé le dîner de charité. Le soir venu, je range mes livres et je me dirige vers l'église.

Une fois encore, j'entre dans la cuisine de l'église, la peur au ventre. Mais cette fois-ci, je n'ai pas peur que Jude soit là. J'ai peur *qu'il ne soit pas là*. Il n'y a aucune promesse entre nous. On ne pourra jamais avoir une véritable relation à nouveau. Tout ce que je sais, c'est que Jude peut décrocher un meilleur emploi et disparaître à tout moment.

D'une certaine manière, je me suis donc mise à mesurer le temps au rythme des mercredis qui passent. Ce n'est pas très bon signe. Mais c'est ainsi.

– Comment se passent les examens ? me demande Denny quand j'entre dans la pièce.

– Ça va, merci. J'en ai passé un, il m'en reste encore un.

Mon regard se perd derrière l'épaule de Denny, en direction de son coin de cuisine favori. Et le voilà, dans toute la gloire de son tee-shirt apprêté, ses avant-bras musclés contractés au-dessus du plan de travail où il est affairé à émincer quelque chose de vert et de feuillu.

– Sophie ?

– Ouais. (Mon regard se concentre à nouveau sur Denny. J'étais en train de fixer littéralement Jude comme une amoureuse transie, une groupie.) C'est quoi, euh… le truc vert ? J'ai la tête pleine de… euh… statistiques, et là, j'ai du mal à me souvenir du menu.

Je vois à l'expression de Denny qu'il ne me croit pas. Mais il répond à ma question quand même.

– C'est tacos ce soir. (Il désigne Jude du pouce.) Coriandre pour le pico de gallo. Je lui ai demandé de s'occuper de l'ail ensuite.

– Très bien, dis-je d'un ton joyeux, je vais chercher la viande hachée.

En pleine ébullition, je me dirige vers le garde-manger et j'ouvre la porte de la chambre froide. L'air frais qui s'en dégage m'apaise. Porter vingt-cinq kilos de viande hachée en une seule fois, ça ne relève pas de mes compétences, donc je me contente de prendre le carton du dessus et je sors de la chambre froide à reculons.

Mon cul rencontre Jude.

– Hey, dit-il en me rattrapant moi d'abord, puis le carton de viande. Attention !

*Attention*. J'ai déjà tellement cessé de faire attention que ce n'est même pas drôle. L'odeur boisée de son after-shave m'enveloppe. Je prends une grande bouffée de Jude.

– Salut toi, chuchote-t-il.

– Salut. (Ma voix est voilée. *Reprends-toi, Sophie.* Je me retourne pour lui faire face.) Comment s'est passée ta semaine ?

– Mal, dit-il en souriant.

– Pourquoi ?

Il secoue la tête.

– Pas de quoi t'inquiéter. Ça s'arrange maintenant : le mercredi et le jeudi sont les meilleurs jours de la semaine.

– Ah oui ?

Jude dépose le carton sur un tabouret, et avant que je comprenne ce qui est en train de se passer, il me repousse contre la porte de la chambre froide. Ses yeux d'argent sont tout près.

– Ouais.

Puis il m'embrasse.

*Oh*, doux Jésus. Sa bouche s'incline contre la mienne, et la pression légèrement autoritaire est délicieuse. Un chœur d'anges chante un alléluia quand ses hanches se pressent contre les miennes. Quand j'entrouvre les lèvres, son baiser se fait plus profond. Puis sa langue attire doucement, langoureusement, la mienne. J'oublie où nous sommes. J'oublie mon propre nom. Mes mains s'agrippent au torse de Jude et je m'abandonne totalement à lui.

Inutile de prétendre le contraire : je suis perdue avec lui. Il enfonce sa langue dans ma bouche une fois encore, puis se recule en souriant. L'intégralité de l'épisode dure peut-être trente secondes avant qu'il ne s'écarte.

Je me tiens là, haletante. Le chœur d'anges dans ma tête a laissé place à un titre plus sale, plus rythmé. J'en veux plus et je peine à le cacher.

Jude m'embrasse sur le nez.

– Je laisse ma porte ouverte ce soir si jamais il te prend l'envie de passer…

– OK.

J'ai les genoux qui flanchent. Mais je sais qu'ils me porteront en flanchant jusque chez Jude, dès que le service sera terminé.

Jude se penche en avant et attrape quelques têtes d'ail dans leur cageot.

– Tu veux que je porte la viande ?

– Quoi ?

Je suis trop occupée à admirer les muscles de son avant-bras au moment où il referme son poing sur l'ail.

Avec un regard amusé dans ma direction, il me montre la viande hachée dans le carton que j'ai sorti.

– La viande. Tu veux que j'en porte une partie ?

– Oui, s'il te plaît. Merci.

Jude attrape le carton et sort de la pièce.

Je retourne dans la chambre froide pour prendre un autre carton de viande hachée et pour rafraîchir mon corps en chaleur.

***

On sert énormément de tacos ce soir. Des centaines. À huit heures, je suis éreintée par des allers et retours constants entre le poste de service et les tables de préparation.

– Qu'est-ce qu'on fait des restes de haricots ? demande Denny. Il en reste assez pour les déposer aux Restos du cœur demain ?

– Non, on les met au compost ou tu peux les remporter chez toi.

– Youhou ! Des nachos pour demain ! dit Denny en blaguant.

Mes yeux scannent la pièce en direction de Jude, qui est en train d'enfiler son manteau. Je le regarde partir. Puis je continue à ranger pendant une petite demi-heure. À ce moment-là, je décide que je ne crains plus rien et que je peux le rejoindre chez lui. Je range les dernières assiettes propres dans le placard que je referme.

De retour dans la cuisine, je trouve Denny qui m'attend, mon manteau à la main.

*Merde.* C'est ce que je me dis immédiatement, avant de me sentir coupable de l'avoir pensé. Parfois, Denny me raccompagne jusqu'à ma voiture, simplement pour être sympa. Au pire, je pourrais faire le tour du quartier en voiture et revenir me garer.

Ça me rappelle le lycée, mais ce n'est pas un bon souvenir. Sortir avec Jude m'obligeait à faire le mur comme une adolescente.

Denny me tend mon manteau.

– Merci, dis-je en glissant mon bras gauche dans la manche, puis le droit.

Il l'ajuste sur mes épaules, puis me donne une tape dans le dos. Les mots qui sortent ensuite de sa bouche sont prononcés si bas que je peine à les entendre :

– Je t'en prie, fais attention, Sophie !

– Quoi ? Pourquoi ?

Au moment où je me retourne pour voir son expression, son visage est sérieux. C'est à cet instant que je comprends qu'il a vu clair dans mon jeu. Comment est-ce que… ?

Il fait un geste du menton vers le placard, et je sens mon visage s'empourprer. Il a dû nous voir nous chauffer contre la porte. *Calme-toi, Sophie.*

– Je m'inquiète pour toi, c'est tout, dit-il en sortant une paire de gants de sa poche. Tu connais le taux de rechute chez les drogués ?

Je secoue la tête, tout à coup trop contrariée pour parler. Comment ose-t-il insinuer que Jude puisse se remettre à consommer des drogues ? *Rien* de tout ça ne le regarde. Non seulement c'est extrêmement insultant pour Jude mais ça implique aussi que je suis une idiote. Je sais pertinemment que le projet de Jude est compliqué. Mais quand un homme se donne tant de mal pour rester clean, c'est parfaitement cruel de verbaliser qu'il ne va peut-être pas y arriver.

– Plus de cinquante pour cent, dit-il.

Je recule et sors mes gants de la poche de mon manteau.

– Si jamais un jour j'ai un problème d'addiction, rappelle-moi de ne jamais venir te trouver pour les encouragements.

Denny reste bouche bée, une expression stupéfaite sur le visage comme s'il venait d'être giflé.

– Bonne nuit, dis-je, les dents serrées.

Puis je me retourne et quitte la pièce rapidement. Mes chaussures résonnent sur les dalles alors que je pousse la lourde porte en bois de l'église.

D'un pas rapide, je m'engage sur le trottoir en direction de la rue de Jude. L'air frais sur mon visage me fait du bien et apaise ma colère. Je sais que Denny est un type bien, *d'habitude.* Et ça a toujours été un ami loyal. *Et il est jaloux*, ajoute mon inconscient. Mais la seule raison qui me permette de passer à autre chose, c'est que Denny ne connaît pas Jude. Il n'a jamais été témoin de la manière dont Jude prend soin de moi. Il a su m'apaiser des millions de fois quand j'étais stressée pour les cours ou en colère contre mon père qui m'infantilisait.

Jude m'a soutenue à tant d'égards. Je peux au moins lui témoigner un peu de confiance.

En plus, il m'a toujours dit que je pouvais braver tous les obstacles. Quand j'ai voulu faire de la musique ma carrière, il n'a jamais dit : « Tu sais que le taux d'échec chez les chanteurs est de cinquante pour cent. »

*La vie* est risquée. Toute la vie. N'importe quelle vie. Je ne suis pas prête à abandonner Jude au prétexte qu'un chercheur en médecine ne croit pas en sa capacité à rester clean.

Mes pas me rapprochent de lui.

Les rues de Colebury sont silencieuses le soir. Des lampes d'ornement qui imitent les bougies illuminent de nombreuses fenêtres dans les vieilles bâtisses en bois devant lesquelles je passe. C'est une tradition dans le Vermont. On les laisse tout l'hiver, pas simplement pour Noël. Maintenant, c'est des modèles à énergie solaire, même pas besoin de penser à les allumer. J'en ai acheté une série au supermarché l'an dernier, pour qu'en voyant la maison du chef de la police on puisse penser que quelqu'un se soucie des lumières de Noël.

Quand je m'engage dans la rue de chez Jude, les maisons deviennent plus petites et les porches plus affaissés, mais on voit des bougies derrière de nombreuses fenêtres.

Pas les siennes pourtant.

Je grimpe les marches aussi discrètement que possible. Après un léger coup frappé à la porte, je tourne la poignée. La porte s'ouvre.

– Jude ?

Le seul son que je perçois émane de la douche.

Dix secondes plus tard, j'abandonne mon manteau et tous mes vêtements sur la chaise de son bureau. Complètement nue, je me rends dans la salle de bains. Sans prévenir, je tire le rideau de douche.

Jude laisse échapper un cri de surprise, mais il se remet rapidement. Ses grandes mains m'attirent sous le jet. Puis je me retrouve compressée contre un corps dur et mouillé, alors que ses mains enserrent mes fesses.

– Bébé, laisse-t-il échapper.

Je me hisse sur la pointe des pieds pour plaquer ma bouche contre la sienne, et mes efforts sont accueillis par un gémissement de joie. Puis ce ne sont que des lèvres mouillées et des langues mouillées. De la vapeur et de la peau qui glisse sur la peau. Le monde n'est plus qu'un minuscule endroit où il pleut de l'eau chaude et des baisers.

La bite en érection qui se presse contre mon ventre ne demande qu'à être touchée. Je baisse la main pour le caresser. Jude gémit.

– J'ai tellement envie de toi, dit-il.

– Mais qu'est-ce que tu attends ?

– Accroche-toi à moi, m'ordonne-t-il.

Quand je me hisse pour attraper ses épaules, Jude me soulève. J'appuie le haut de mon dos contre le mur de la douche, il ajuste sa posture et me pénètre. Une fois de plus, Jude me remplit. Je renverse la tête contre les carreaux et je soupire. Pendant quelques instants, il ne se passe rien de plus, mais cela me convient. En musique, le silence qui s'installe entre les chansons peut être tout aussi éloquent que le plus puissant des crescendos. Cet instant est similaire. J'ouvre les yeux pour découvrir Jude en train de me regarder.

Ses hanches ondulent : c'est l'ouverture de la ligne de basse de notre hymne. Je frémis contre lui, ajoutant mon rythme à notre mélodie. Il donne des coups de bassin. J'ondule des hanches. On ne fait plus qu'un à ce moment précis. Pas de médisance. Pas de passé et certainement pas de futur.

En écoutant le rythme de plus en plus saccadé du souffle de Jude, je m'abandonne à cet instant. Notre hymne s'élève dans des tonalités fiévreuses et j'en savoure chaque note, tant qu'il dure.

***

Ensuite, on n'est plus que deux être humides aux désirs assouvis, étendus sur le lit côte à côte. Sa main se promène, insouciante, de haut en bas sur mon dos.

– Jude ?

– Mmm ?

– Pourquoi est-ce que mon frère était dans ta voiture ce soir-là ?

Je m'attends à ce qu'il proteste et ne réponde pas à cette question, mais ce n'est pas le cas.

– Je ne me souviens pas. J'imagine qu'il devait se rendre quelque part, c'est tout.

– Vraiment ? Mais vous n'étiez pas vraiment amis tous les deux.

– Non.

– Alors, pourquoi est-ce qu'il t'aurait demandé ?

– Je sais pas, dit-il avec empressement. (*Trop* d'empressement.) Et de toute façon, on ne peut plus le lui demander.

Je discerne dans sa voix quelque chose de tendu qui me contrarie.

– Après l'accident, j'ai posé beaucoup de questions auxquelles personne ne m'a répondu.

– Je suis désolé. (Jude se retourne à plat ventre et love son menton dans le creux de son coude.) Je suis désolé pour tout ce qu'il t'est arrivé après que j'ai merdé.

– Je sais. Mais ça m'ennuie de ne pas vraiment comprendre ce qui s'est passé cette nuit-là.

Jude soupire.

– Le problème, c'est que je ne comprends pas non plus. Je ne me souviens plus du tout de l'accident. Je ne me souviens pas d'être monté dans la voiture, je ne me souviens pas qu'ils m'aient sorti le premier. La première chose dont je me souviens, c'est de me faire tabasser dans une salle d'interrogatoire.

Attends.

– Ils t'ont *frappé* ?

Il laisse échapper un petit soupir de mécontentement.

– J'avais tué le fils du *chef de la police.* Pas un flic de la ville ne se verrait inquiété s'il me cognait. Donc, évidemment qu'ils m'ont frappé.

– Pourquoi est-ce qu'ils t'ont interrogé, au fait ?

Ses yeux gris se radoucissent.

– Pour la même raison que toi, bébé. Tu as des questions restées sans réponse.

Mais quand même. J'avais toujours pensé que Jude avait été emmené à l'hôpital après l'accident, parce que c'est là qu'on emmène les gens qui ont un accident, non ?

– Qui t'a frappé ?

Jude se pince la base du nez. J'ai vraiment plombé l'ambiance, ça c'est sûr.

– Je ne sais pas comment il s'appelle. Le même type qui nous avait épinglés une fois parce qu'on s'embrassait dans ma voiture, près de l'étang aux Pigeons. Un jeune type avec le crâne dégarni.

– Newcombe. Je me souviens de lui. Il a déménagé dans l'Arizona, ou je ne sais où.

– Bon vent. (Jude se tourne sur le côté et m'attire dans ses bras.) Et pourquoi est-ce qu'il n'y a que toi qui poses les questions ? J'en ai une pour toi.

– Vas-y.

– Pourquoi est-ce que t'es pas à la Juilliard School ?

*Ah.*

– J'ai changé d'avis, c'est tout.

– Quoi ? *Défi !* Tu pratiquais chaque jour pendant deux heures, Soph. Je suis peut-être le plus grand des imbéciles que tu aies jamais fréquentés, mais il va falloir trouver un peu mieux que « j'ai changé d'avis ».

Je tends le cou pour le regarder.

– T'es pas le plus grand des imbéciles. Loin de là.

– C'est gentil de dire ça, bébé. Mais t'as pas répondu à ma question. Tu chantes toujours ?

– Dans la voiture en allant au boulot. (Je pose ma tête sur le torse nu de Jude.) À la fac, j'ai commencé à apprendre à jouer de la guitare et à m'accompagner. Mais je n'ai plus trop eu le temps de pratiquer dernièrement.

Jude gronde et je sens la vibration sous mon oreille.

– Quel gâchis !

Peut-être. Mais ce n'est pas tout à fait la tragédie qu'il pense que c'est.

– Tu te souviens que je te faisais écouter l'enregistrement original de « Flying For You » ?

Jude glousse et son torse se soulève.

– Même trois ans après, je crois que je serais en mesure de chanter l'intégralité du morceau, là, maintenant.

– La chanteuse soprano s'appelait Penny Lovejoy, et je la vénérais.

– Je me souviens.

– Tu sais ce qu'elle fait maintenant ? Elle est agent immobilier pour demeures de luxe dans le New Jersey.

Sa grande paume chaude atterrit sur ma nuque.

– Très bien. Et c'est ça la raison pour laquelle tu n'es pas allée à la Juilliard ?

– En partie. Il y avait mille raisons. Mais je n'ai pas changé de plans sur un coup de tête. J'y ai beaucoup réfléchi. Ma prof de chant m'a présenté à quelques-uns de ses anciens élèves à New York, et je leur ai rendu visite. C'était un peu terrifiant.

– Pourquoi ?

– Ces filles avaient indéniablement réussi : elles avaient des petits rôles à Broadway ou en tournée.

Elles travaillaient en tant que chanteuses, ce qui est incroyable. Mais pas une d'entre elles n'avait l'air sûre d'elle, même pas un peu, et elles passaient leur temps à courir les auditions comme des folles. Une de ces filles m'a dit : « Un chanteur professionnel, c'est un passeur d'audition professionnel, si ça ne t'attire pas, fais autre chose de ta vie. »

Jude reste silencieux un instant.

– Tu détestes les auditions.

– Oui. Vraiment.

– Mais peut-être qu'elle se trompe.

Je secoue la tête.

– Elle ne se trompe pas. Je l'ai suivie pour une audition ouverte pour une comédie musicale off-Broadway, et il y avait la queue jusqu'au pâté de maisons suivant. Elles faisaient des vocalises pour rester échauffées, et elles avaient toutes des timbres incroyables. En voyant ça, j'ai commencé à me demander si c'était vraiment ce que je voulais. J'aime la musique. Mais je n'ai pas envie de me présenter en troupeau à une audition ni de m'enthousiasmer simplement parce qu'un metteur en scène s'est frôlé l'oreille ou a griffonné quelque chose sur son calepin pendant que je chante.

– La Juilliard, ç'aurait été sympa quand même.

– Ouais. (Je soupire.) C'est sûr. Mais là, je m'apprête à obtenir un diplôme dans une branche où il y a du boulot. En plus, ça m'a permis de rester ici dans le Vermont à un moment où ma mère avait besoin de moi.

– Qu'est-ce que tu vas faire quand elle n'aura plus besoin de toi ?

*Comme si ça allait arriver un jour.*

– Je trouverai bien quelque chose.

Jude et moi, on se blottit et on s'embrasse jusqu'à ce que je sois vraiment obligée de partir. C'est une torture de devoir m'extirper de ses bras chaleureux pour enfiler mes vêtements.

– Je compte les jours jusqu'à mercredi, chuchote-t-il. Ça me permet de garder l'esprit clair, de savoir que si je reste fort toute la semaine, je vais te voir.

Je me penche sur le lit et je l'embrasse une fois de plus pour ne pas avoir à répondre. Les six prochains jours, je passerai mon temps à guetter Jude à chaque coin de rue, dans l'espoir de l'apercevoir. Il ne me permet pas de garder l'esprit clair, il me rend folle. Jusqu'à ce qu'il réapparaisse dans ma vie, je ne m'étais pas rendu compte de la solitude dans laquelle j'étais. Ma vie m'est plus insupportable encore aujourd'hui que pendant les trois ans qui viennent de s'écouler.

Ses doigts caressent mon dos quand je me penche pour enfiler mes chaussettes.

– Passe une bonne semaine. Je penserai à toi.

– Je penserai à toi aussi, chaque jour, je lui avoue.

*Chaque heure, alors que je suis censée rédiger mon dernier devoir et essayer de trouver les moyens de financer les traitements contre la surdité d'une enfant.*

Encore un baiser de plus. Encore une tendre étreinte contre sa poitrine musclée.

Puis je m'échappe de là en vitesse et dévale les marches de l'escalier pour partir en courant dans la nuit solitaire.

# CHAPITRE 17

## SOPHIE

*Mood musical : « Blue Christmas », dans la version d'Elvis*

– Entrez, la cuisine est par ici, dis-je au traiteur en maintenant notre porte ouverte.

– C'est bon, dit la femme, les bras chargés d'un plateau. Je m'en souviens, de l'an dernier.

Évidemment qu'elle s'en souvient. La fête de fin d'année de mon père n'est qu'un indice de plus que ma vie s'est enlisée dans une routine depuis un bon bout de temps. *L'an prochain*, je me fais cette promesse, *ce ne sera plus ma vie.*

Il faut que je parte d'ici.

Mais, pour ce soir, je suis piégée. Je tiens la porte ouverte à trois reprises pour le traiteur et ses assistants, puis pour mon père.

– Bonsoir, grommelle-t-il en me passant devant.

On se parle à peine ces derniers temps.

– Les plats sont livrés hein ? Qu'est-ce que ta mère a commandé cette fois-ci ?

*Aïe.* C'est moi qui ai passé commande bien entendu. Parce que passer commande d'un menu, cela demande dix minutes de concentration, et c'est trop lui en demander.

– Des roulés aux saucisses, bien sûr, sans quoi c'était l'émeute assurée. Du porc braisé. De la salade de pommes de terre. Une quiche au fromage pour ceux qui ne mangent pas de viande.

Avec un peu de chance, aucun vegan n'a intégré les forces de police depuis Noël, sinon il risque de mourir de faim.

Mon père ne fait aucun commentaire. Il continue à inspecter la maison, à traverser les pièces que j'ai passé la journée à nettoyer. Chaque année, il organise cette grande fiesta pour les policiers qui travaillent pour lui, et leurs compagnes. Comme le budget départemental est restreint, on fait ça à la maison. Donc je passe des heures entières à nettoyer et à essayer de donner un air festif à l'endroit.

Aujourd'hui, au lieu de me plonger dans mes livres, j'ai choisi le sapin de Noël et j'en ai fait la décoration. J'ai disposé une couronne sur la porte d'entrée et des bougies et des branches de pin sur la cheminée. À cinq heures, je suis épuisée, pleine de poussière et de sève de pin.

Pendant tout ce temps je me demande pourquoi. Ma sempiternelle attitude de jeune fille sage y est pour quelque chose. Mais si je n'assiste pas à la fête, mon père va certainement hurler sur ma mère et probablement contre moi aussi, et il y aura des invités. Ils ne sont pas responsables de nos dysfonctionnements, et ça ne les regarde pas.

Je laisse les traiteurs à leur travail et je grimpe les escaliers.

– M'man ?

Je la trouve dans la chambre, en train de regarder fixement la télévision qui est suspendue au mur. Elle regarde une émission de cuisine. Quelle ironie ! Il fut un temps où cette femme était tellement occupée à cuisiner qu'elle n'avait pas le temps de regarder la télévision.

– M'man ? Allons-y. Il faut que tu te changes pour la fête.

Elle coupe le son.

– Qu'est-ce que je vais mettre ?

Je ne retiens pas un soupir. Ma mère reste juste assez fonctionnelle pour faire semblant. Si elle se bavait dessus ou qu'elle insultait tout le monde, ce serait plus simple de l'obliger à demander de l'aide à un professionnel.

– Ton pull de Noël vert et un pantalon noir ? (Je vais dans son armoire et trouve le pull en question.) Tu as une demi-heure.

Je lui fourre le pull entre les mains et je la laisse seule.

Le temps de prendre une douche, il ne reste plus que quinze minutes avant que les invités n'arrivent. Mon plus grand acte de rébellion consiste donc à enfiler mon jean préféré. D'habitude, je mets des collants et une robe, mais ce soir je ne suis vraiment pas d'humeur. En guise de compromis, j'enfile un joli pull et des boucles d'oreilles scintillantes. Puis j'ajoute une touche de gloss rouge sur mes lèvres et une couche généreuse de mascara sur mes cils.

Ça fera l'affaire.

En bas, dans la salle à manger, les traiteurs s'affairent et font des allées et venues depuis la cuisine. Mon père boit un verre de whisky, un scotch, en plein milieu de l'agitation, indifférent à l'activité frénétique qui l'entoure. Il me toise quand j'entre dans la pièce.

– C'est ce que tu comptes porter ?

Je suis bouche bée.

– Tu es sérieux ? Depuis quand est-ce que ça t'intéresse ?

Il mélange les glaçons dans son verre, du bout du doigt.

– Je ne pense pas que tu aies déjà rencontré Nelligan, si ?

Je secoue la tête. Mais je connais ce nom : il s'agit du plus jeune officier de mon père.

– Je pense qu'il pourrait te plaire. Il est célibataire.

– Euh… c'est sympa.

On sonne à la porte, ce qui met fin à notre conversation. J'attrape un verre de vin sur une des tables et un roulé aux saucisses sur une autre. Mon père veut m'arranger un rencard avec un flic ? En voilà une nouveauté. Je n'ai qu'une hâte, c'est de rencontrer ce type maintenant. Si mon père pense qu'il est respectable, je parie que c'est un type au teint terreux, avec du scotch sur les lunettes et un bégaiement.

***

L'officier Nelligan n'est pas si mal. Certes, il porte un gilet. Je ne connais personne qui porte encore ce genre de chose, et il ne cesse de m'appeler « Mlle Sophie », ce qui me donne le sentiment d'être piégée dans un vieux film. Mais il est amical et sans prétention. Il est comme Denny, mais avec un accent du Sud et un flingue sur la hanche.

– Puis-je te servir un autre verre, Mlle Sophie ? demande-t-il, ses grands yeux bleus écarquillés au-dessus de son nez plein de taches de rousseur.

– Avec plaisir. Merci.

J'ai déjà fait ma tournée et salué tout le monde. J'ai mangé mon propre poids en petits fours. Il ne reste plus qu'à supporter les dernières heures de la soirée.

Pendant que Nelligan s'éloigne pour me resservir du cabernet, je me résous à lui poser une question. Jusque-là, on s'en est tenus aux sujets les moins audacieux. Je lui ai assuré que même un type du Sud pouvait apprendre à faire du snowboard.

Il m'a assuré à son tour que même quelqu'un du Nord pouvait apprendre à apprécier le gruau de maïs.

– Bon, dis-je quand il revient avec un nouveau verre de la piquette bas de gamme que mon père sert aux femmes de ses officiers. (Les flics boivent de la bière parce qu'un flic ne se ferait jamais pincer à boire du cabernet !) J'imagine que tu as entendu toutes sortes de rumeurs à mon sujet ?

Il écarquille un peu les yeux :

– Je n'écoute pas trop les rumeurs.

– Je suis sûre que tu es un mec bien, dis-je en inclinant la tête, me la jouant séductrice. Mais tu ne peux pas vivre dans la région, travailler pour mon père et *ne pas* savoir tout le merdier qu'on a traversé ici.

– J'ai entendu dire que vous aviez traversé des choses difficiles, dit-il, diplomate.

– C'est vrai. (J'effleure sa bouteille de bière avec mon verre de vin.) Et j'adorerais passer à autre chose, mais c'est difficile.

Je soutiens son regard en prononçant ces mots. Il s'éclaire. Si je ne m'abuse, Nelligan aime bien l'idée de me voir passer à autre chose.

– Eh bien (il m'adresse un sourire timide), si je peux faire quoi que ce soit, tu me diras, éventuellement.

– Maintenant que tu le dis (je lui rends son sourire, tout en ayant l'impression d'être un lutin maléfique), il y a quelque chose que je voulais demander, et je pense que tu peux m'aider.

– Ce que tu veux.

– J'aimerais lire le rapport de police rédigé la nuit de l'accident de mon frère. Personne ne me l'a jamais montré.

Je comprends pourquoi, vraiment. On était tous à fleur de peau et dévastés de chagrin à l'époque. Mais j'avais imaginé qu'un jour on se ressaisirait et on aurait une discussion sincère à propos de ce qui s'est passé ce soir-là. Mais encore maintenant, les rares questions que je pose sont écartées.

De toute évidence, Nelligan ne s'attend pas à ma requête.

– Euh… bafouille-t-il, je ne devrais pas faire ça sans la permission de ton père.

– Ah vraiment ? dis-je, en jouant avec mes cheveux sans grande subtilité. C'est un document public. Si je dépose une demande, je peux y accéder dans tous les cas. Tu tiens vraiment à ce que j'aie à faire cette démarche ?

Il prend un air penaud.

– J'imagine que non.

– Comme ça, je pourrais le lire sans le contrarier.

Il se gratte la tête, l'air encore un peu mal à l'aise.

– On s'y prendrait comment exactement ?

– On pourrait se voir pour prendre un café. Tu apportes le rapport. C'est simple non ?

Il sourit.

– Très bien, Mlle Sophie.

## CHAPITRE 18

## JUDE

*Niveau de manque : 4, en hausse*

L'hiver est magnifique dans le Vermont. J'avais oublié à quel point notre ville est ravissante dès que les porches se couvrent d'un peu de neige et que les lumières de Noël scintillent dans les arbres. Je dispose des couronnes sur les deux portes du garage, de vraies couronnes de houx avec un nœud rouge. Ça fait partie de mon projet : rafraîchir ce garage pour attirer plus de clients.

J'ai fini de repeindre un des murs intérieurs du garage. Sans que je ne m'en rende vraiment compte, une autre semaine s'est écoulée – sept jours d'affilée –, sobre.

Sur eBay, j'ai vendu plusieurs pièces de la Porsche. Préparer les colis et les envoyer m'a occupé *au moins* une heure entière. Sur mon compte Paypal s'accumule l'argent teinté de sang, et il faut que j'en parle à Sophie. Mais je ne cesse de remettre ça à plus tard. Le temps que je passe en sa compagnie m'est si précieux que je l'emploie à des fins plus utiles.

Le mercredi suivant se déroule sensiblement comme celui de la semaine précédente. Une fois le dîner de charité servi à l'église, je rentre chez moi, je prends une douche et je ne ferme pas la porte à clé. Cette fois-ci, quand Sophie arrive, je suis déjà allongé sur le dos, sur mon lit. Quand je distingue le bruit de ses pas qui gravissent l'escalier, je croise les bras derrière la tête, enfoncés sous l'oreiller.

Elle ouvre la porte et me voit là, étendu, la poitrine exposée, le drap surélevé par mon érection. Elle fronce les sourcils.

– Tu as commencé sans moi ?

– Peut-être. (Je plonge une main vers ma bite et me caresse du bout des doigts, à travers le drap.) J'étais pas certain que tu me rejoindrais.

C'est pour la taquiner que je dis ça, bien entendu. On a échangé plus d'un regard explicite pendant la préparation des divers plats.

Je doute qu'on ait été très subtils d'ailleurs. On n'a pas dû l'être, parce que son compagnon Denny a été bougon comme jamais ce soir.

Sophie se débarrasse de sa veste et la suspend à la poignée de ma porte. Elle enlève ses chaussures, puis reste plantée là un instant, à m'observer.

– Baisse le drap, exige-t-elle.

Pendant que je repousse le drap, elle s'agenouille sur le lit. Une seconde plus tard, ses lèvres se referment sur ma bite. Je passe mes doigts dans ses cheveux, oubliant instantanément les histoires de pièces détachées vendues sur eBay.

***

Après encore une heure bien agréable passée ensemble, elle est entre mes bras et somnole un peu.

– Tu es fatiguée ce soir ? dis-je en lui embrassant le front pour l'aider à se maintenir éveillée.

– Tellement fatiguée.

– J'aimerais pouvoir te border et te laisser t'endormir.

Elle soupire.

– Moi aussi.

Mais on ne peut pas faire ça, et on le sait très bien tous les deux.

– Le mercredi est le meilleur jour de la semaine, dit-elle en chuchotant alors qu'elle laisse ses doigts se promener sur mon visage.

– C'est pas pour rien qu'on appelle ça le jour de la baise !

Elle rit, puis m'adresse un sourire.

– On pourrait peut-être se voir pendant le week-end ?

– Comment ?

Il faut que l'on soit tellement vigilants. Son père serait fou s'il savait qu'on passe du temps ensemble, et je ne veux pas rendre la vie de Sophie plus compliquée encore qu'elle ne l'est déjà. Même nos rendez-vous secrets du mercredi soir me font culpabiliser.

– La station de ski de Stowe est déjà ouverte à quatre-vingt-dix pour cent… Tu veux qu'on aille faire du snowboard ?

Oh oui. Mais les pass pour les remontées sont déjà à plus de cent dollars probablement, et puis il y a un autre problème.

– Je ne peux pas, je n'ai ni snow ni chaussures.

– Ils sont où ?

J'attire Sophie contre moi, et ça m'est insupportable de lui répondre avec honnêteté, mais je le fais :

– Je les ai vendus pour une misère parce que j'avais besoin d'une dose.

Sophie inspire d'un coup sec. Elle a le souffle court de quelqu'un qui comprend plus de choses qu'il n'aurait voulu. Mais il faut absolument que l'on ait cette conversation. Un des aspects de la guérison, c'est d'être capable d'enlever ce poids sur ta poitrine et d'admettre auprès des gens que tu aimes que tu les as blessés, et comment.

– J'ai fait beaucoup de conneries dont je ne suis pas fier. Je déteste avoir à t'en faire part. Mais il faut que tu saches.

– Quoi d'autre ? demande-t-elle, la voix légèrement brisée par la gêne.

Elle n'est peut-être pas capable de tout entendre, mais Sophie a parfaitement raison de vouloir savoir de quoi je suis capable.

Rien que dans l'hypothèse où, comme moi, elle s'abandonne aux mêmes fantaisies romantiques improbables qui me traversent parfois l'esprit, il faut qu'elle sache véritablement ce à quoi elle se confronte.

Pendant la réunion des Narcotiques Anonymes d'hier, on a évoqué tous nos « jamais ». Du genre toutes les conneries qu'un addict dit qu'il ne fera jamais et qu'il finit par faire quand même. On en a tous.

– Avant d'aller en prison, je prenais des antidouleur, n'est-ce pas. Je les sniffais. Mais en prison, ces merdes sont devenues trop chères pour moi. Tout ce que je pouvais me payer, c'était l'héroïne.

Elle se raidit dans mes bras.

– Mais avec les aiguilles ?

– Exactement. Je me piquais entre les doigts pour éviter de garder des marques, et entre les orteils aussi. Partout où je me disais que ça ne se verrait pas. Je pensais que c'était la dernière chose que je ferais. Mais j'essayais de la cacher quand même.

Sophie reste silencieuse un instant.

– Tu peux te procurer de l'héroïne comme ça en prison ?

– Ouais. J'achetais des cigarettes et de la nourriture avec mon salaire et je les échangeais contre de l'héroïne. Le docteur de la prison nous fournissait des aiguilles stérilisées. C'est une économie parfaitement efficace qu'ils ont développée.

– Arg. Je hais l'idée de t'imaginer faire ça, dit-elle dans le creux de ma poitrine.

– Moi aussi, dis-je très vite.

*Et pourtant si tu me donnais une aiguille maintenant, je le referais peut-être.*

La première fois que j'ai pris de l'héroïne, ça m'a envoyé dans un monde de douceur et d'oubli. Mais ensuite, je me suis simplement retrouvé à en vouloir encore, et la montée n'a jamais été aussi bonne.

Je haïssais cette merde de tout mon corps, et pourtant je l'aimais.

À quel point est-ce que j'étais foutu ?

Sophie ne me pose pas plus de questions. En vérité, j'ai été plus honnête avec elle ces dernières semaines que je ne l'avais jamais été auparavant. Aussi étrange que ça puisse paraître, notre relation est plus saine que jamais.

*Ce n'est pas une relation,* je me corrige. Simplement deux personnes qui s'abandonnent à une tension sexuelle le mercredi soir. C'est tout ce à quoi on peut prétendre, et même si j'en veux plus encore, cet arrangement m'empêche de trop compter sur la compagnie de Sophie.

Un de ces jours, ça va forcément se terminer pour de bon. Sophie a bientôt fini les cours. Elle a mentionné le fait qu'elle va devoir trouver un nouveau boulot, et il faudra bien que je finisse par quitter Colebury un jour ou l'autre. Tant que son père restera chef de la police, cette ville sera mon ennemie. J'ai été arrêté, et ma voiture a été fouillée par deux fois ce mois-ci. Une fois, le flic a prétendu que je n'avais pas mis mon clignotant avant de tourner. Mais il m'a laissé repartir avec un « simple avertissement amical », parce qu'on savait pertinemment tous les deux que c'était des conneries.

La deuxième fois, le flic ne s'est même pas embarrassé de prétexte, il ne m'a donné aucune raison. « Sortez du véhicule, Monsieur. » C'est tout ce qu'il a dit. Je me suis exécuté, bien entendu. Dernièrement, les seuls endroits où je me rends en voiture, c'est chez les Shipley ou au supermarché. Tout le reste, je le fais à pied. Les flics ont fait de moi le plus écoresponsable des habitants de Colebury. Griff Shipley serait tellement fier de moi.

– Tu pourrais louer un snowboard, suggère tout à coup Sophie, interrompant le fil morose de mes pensées.

– Bien sûr. Mais qu'est-ce qu'on fait si un des employés de ton père se rend à la montagne pendant son jour de congé ? Tu sais que c'est une mauvaise idée qu'on nous voie ensemble ? Je ne tiens pas à te compliquer la vie.

– Putain, lâche-t-elle entre ses dents, frustrée. Il doit bien y avoir un endroit où on peut aller.

Je passe mes doigts dans ses cheveux, sans entrer dans le débat. Il faut qu'elle s'en rende compte par elle-même : il n'y a pas d'option réjouissante pour nous. On est foutus, et c'est impossible de s'en défaire.

Avant que Sophie ne parte, je l'étreins une fois encore pour un baiser langoureux. Je retiens l'arrière de sa tête, m'assurant d'avoir un vrai baiser avant son départ. Il va devoir me tenir longtemps.

– Salut, dis-je au lieu de *Je t'aime.*

Mais le dire à haute voix ne serait que plus déprimant encore, parce que je ne peux pas l'avoir. Pas pour de bon.

– Salut, dit-elle au lieu de *Moi aussi, je t'aime.*

Le bruit de la porte qui se referme derrière elle me fait tressaillir. Je m'endors triste et me réveille d'une humeur pire encore.

Heureusement, on est jeudi, et je peux me réjouir toute la journée à la perspective d'aller ce soir chez les Shipley. Je prends une douche et me dirige vers le garage, il est 8h du matin. À l'instant où je mets la main sur la poignée, la porte cède dans un grincement.

Étrange.

Un frisson me parcourt l'échine. Au lieu d'entrer, je reste planté là un instant. Je n'ai pas laissé le garage ouvert hier soir. Je ne le laisse jamais ouvert. On a trop de matériel coûteux à l'intérieur. Le drogué en rémission que je suis est bien placé pour savoir que tout ce qui a de la valeur peut être volé si quelqu'un pense pouvoir en tirer quelques dollars.

– Bonjour ? dis-je dans l'obscurité.

J'entrevois une chance infinitésimale que papa soit déjà au garage.

Silence.

J'entre et j'allume immédiatement la lumière. Rien ne semble avoir bougé, tout est en ordre et il n'y a personne. Donc je cesse d'être sur mes gardes et je vais me préparer un café dans la cafetière que je garde ici. Puis je me mets au travail, je m'affaire à ranger notre collection de peintures et de vernis.

Mes efforts paient en fin d'après-midi, quand un client se gare pour prendre des renseignements pour un revêtement personnalisé. C'est la première fois que ça arrive.

Le jeune homme est arrivé en Prius. Quand il sort, je fais le tour de son véhicule, à la recherche d'une quelconque rayure. Mais il n'y en a pas. Il veut une peinture criarde vert citron.

– Je suis à la tête d'une entreprise d'installation de panneaux solaires, la voiture sera comme une campagne publicitaire sur roues. Je mettrai aussi des autocollants.

– Je vois, dis-je en l'invitant à entrer pour consulter notre catalogue de peinture. (Je veux faire ce boulot. Repeindre une voiture, ça a un coût.) Montrez-moi votre logo, et voyons ce qui s'accorderait bien avec, en termes de couleurs.

Le logo est noir, et il choisit la plus improbable, la plus criarde des teintes de vert sur le catalogue.

– Personne ne va vous rater avec cette couleur, dis-je.

– Je sais que c'est un peu osé, mais je veux qu'on me voie.

*Aucun problème.*

– Vous savez, si vous ajoutez une bande blanche au bas de la porte, juste là, votre logo ressortira de façon plus flagrante encore.

Le type se frotte la barbe.

– C'est pas une mauvaise idée. Je veux que ce soit lisible.

– Exactement.

Il claque dans ses mains et s'exclame :

– Très bien. Allons-y. Qu'est-ce que je dois faire ?

– Me laisser une caution, et je commande la peinture. Je peux m'occuper de ça la semaine prochaine.

*Ou n'importe quand.*

– Très bien, dit-il, et on échange une poignée de mains.

Mon père arrive peu après, sans doute attiré par l'odeur de l'argent.

– Tu as fait un devis correct ? demande-t-il quand je lui parle de la peinture à faire.

– Bien sûr.

*Imbécile.* Je lui souffle :

– N'oublie pas, demain c'est jour de paye.

Il se contente de grommeler en guise de réponse, mais ma piqûre de rappel fera sans doute l'affaire. Parfois, il oublie tout bonnement de me payer jusqu'à ce que je le lui demande. Quand j'étais derrière les barreaux, je parie qu'il ne faisait même plus les comptes. Il se contentait sans doute de dépenser ce qui tombait dans la caisse. Mais je ne vais pas me démener gratuitement. Chaque virement de son compte au mien est un pas de plus vers la liberté.

Enfin, se termine la journée.

– Je file, dis-je. Je dîne chez des amis.

Je me suis mis à arriver assez tôt le jeudi chez les Shipley. Ça me permet d'aider en cuisine et d'échanger les derniers potins avec May.

Mais il faut d'abord que je me prépare. Je me débarbouille et je me rends à pied chez *Crumbs*. Je suis devenu un habitué. Leurs gâteaux sont loin d'être donnés, mais ils sont excellents, et K.K. est ma nouvelle meilleure amie. Elle m'offre souvent un cookie pour la route.

La cloche retentit quand je passe la porte. C'est presque l'heure de fermeture, mais pourtant quelques personnes sont encore assises à l'intérieur, à savourer le dernier expresso de la journée, j'imagine. Je suis distrait par les décorations de Noël que K.K. a disposées au-dessus du comptoir. Je manque presque Sophie, assise à l'une des petites tables. Mais elle relève son ravissant visage, et ce simple petit mouvement attire mon regard vers elle.

Quand nos regards se croisent, ses yeux s'écarquillent, puis elle baisse la tête, le regard plongé dans sa tasse de café comme si elle pouvait lui révéler quelque secret impénétrable sur la vie.

En face d'elle, à la même table, est installé un type.

Merde. Mon estomac se tord et je m'empresse de détourner les yeux.

Je sais que Sophie et moi, on n'est pas censés être en couple. Il faut que personne ne découvre nos rencards du mercredi soir. Mais on n'est jamais tombés l'un sur l'autre comme ça par hasard, et la voir m'ignorer me brise le cœur. Je prends la réalité de la situation en pleine face : je n'aurai jamais droit qu'à quelques moments volés. Rien de plus.

– Salut, beau gosse, me taquine K.K., qu'est-ce qui te ferait plaisir cette semaine ?

– Qu'est-ce que tu as de bon ?

– Si ça te dit d'avoir un gâteau qui ressemble à une bûche (ses yeux sont pleins de suggestion), je te conseille la bûche de Noël. C'est un truc franco-canadien.

Le gâteau ressemble en effet à une bûche, agrémenté d'un peu de lichen sur les bords pour la touche réaliste. Ce truc vaut tout de même quarante dollars.

– Ces fous de Canadiens ! Je pense que je vais m'en tenir à un cheesecake pour ce soir, dis-je en le désignant.

Puis je pose ma carte de crédit sur le comptoir.

– Une valeur sûre, dit-elle avant de s'éloigner pour emballer le gâteau.

Je me tiens là debout, dos à Sophie, je me sens comme une merde, et je tends l'oreille.

– Merci encore, dit Sophie. Ça m'aide vraiment.

– Avec plaisir, Mlle Sophie. Revoyons-nous à l'occasion.

– Absolument.

Si j'avais pu m'enfoncer le stylo Bic qui traîne sur le comptoir dans le cœur, je l'aurais fait.

– Bien, Officier Nelligan, il vaudrait mieux que je file rapidement.

*Merde.* La base de ma nuque se raidit. Pas étonnant qu'elle ait flippé quand je suis entré. C'est un *flic* avec qui elle est installée.

Le type bosse pour son père.

– Je pensais que tu m'appellerais Rob.

Je récupère mon cheesecake et je m'empresse de sortir de là.

Au moment où je m'engage dans l'allée pour monter dans mon Avenger et prendre la route pour aller chez les Shipley, j'entends le téléphone sonner dans le garage.

Merde. Le téléphone du garage est le seul moyen que les gens ont pour me joindre, puisque je n'ai pas les moyens de m'acheter un portable. J'entends la sonnerie s'arrêter, mais elle reprend une fraction de seconde plus tard.

Bon. J'ouvre le garage et me précipite vers le téléphone pour répondre avant que le répondeur ne s'enclenche à nouveau.

– Allô ?

– Je suis tellement désolée, dit Sophie immédiatement. C'était horrible. Je me sens nulle. Mais le type avec qui j'étais travaille pour…

– J'ai compris.

Ma voix est sèche, toutefois j'ai vraiment compris.

– Si l'un des employés de mon père soupçonne qu'on se fréquente… (elle se racle la gorge), ils vont te harceler.

Elle a raison. Ils me harcèlent déjà, mais je ne vais pas l'inquiéter avec ça.

– Quoi qu'il en soit, il m'aide sur un dossier. C'était pas un rencard.

Ça y ressemblait à s'y méprendre. Je réussis tant bien que mal à ne pas dire ça à haute voix. Ça passerait pour de la jalousie. Je prends une grande inspiration.

– Soph, tu devrais aller à autant de rencards que tu veux. Avec des gens que tu n'es pas obligée de faire semblant de ne pas reconnaître.

Il y a un long silence.

– Je ne veux sortir avec personne, Jude.

– Tu ne veux pas être avec quelqu'un de sympa, de normal ? C'est pas possible.

– J'emmerde le normal. Le normal, c'est chiant. C'est ce que tu me rabâchais quand on avait dix-sept ans.

– Ah ouais ? J'étais débile quand j'avais dix-sept ans. (*Je le suis toujours.*) N'essaie pas d'enjoliver les choses, OK ? Je ne peux pas être celui qui s'installe en face de toi dans cette boulangerie. On ne peut pas aller au ciné ou sortir prendre un verre. Donc, c'est de la pure torture, ce qui se passe entre nous en ce moment. On baise le mercredi et on fait semblant de ne pas savoir que tout ça va mal finir.

– Jude !

– Quoi ? Tu connais la fin, toi ?

– Je ne veux pas de fin. Point.

– Ah vraiment ? Tu veux passer le reste de ta vie à me retrouver le mercredi soir pour passer quatre-vingt-dix minutes ensemble ? C'est pas une vie.

– Les choses peuvent s'arranger.

– Comment, Soph ? Comment est-ce que ce serait possible ?

– Je ne sais pas encore.

Je laisse échapper un grondement.

– On est foutus, et rien que tu puisses dire ne me fera croire le contraire.

Un ange passe entre nous, et je sais que je viens d'être un gros con. Mais c'est pour son propre bien. Le silence s'installe. Plus tard, je me rendrai compte que c'est le silence qui règne entre nous qui me permet de distinguer ce qui se passe au-dessus.

Au-dessus de ma tête, j'entends un grincement. Ce qui veut dire qu'il y a quelqu'un *dans ma chambre.*

– Sophie, où es-tu, là, tout de suite ? je chuchote.

– Je suis assise dans ma voiture derrière la boulangerie, pourquoi ?

– Il faut que je te laisse, dis-je très vite. On se parle demain, d'accord ?

– Ah bon ? Comment ?

Un autre grincement se fait entendre au-dessus de moi.

– Faut que je te laisse, là, bébé.

Je raccroche puis j'attrape une clé à écrou.

Immobile, j'écoute. J'entends un autre craquement et un bruit sourd, puis le bruit de pas qui dévalent les escaliers en bois miteux.

Là, je me mets en mouvement. Je sors du garage et me glisse derrière juste à temps pour apercevoir quelqu'un en sweat à capuche noir courir dans l'allée et s'éloigner de moi. Je lève le menton et je regarde la porte de ma chambre : elle est restée ouverte, mais personne d'autre n'apparaît.

Le cœur dans la gorge, je grimpe les marches et j'allume la lumière. Ma chambre est sens dessus dessous. Encore une fois. Elle a été fouillée dans la précipitation. Mes tiroirs sont vides : leur contenu jonche le sol.

La rage s'empare de moi, elle fait battre mes tempes. Putain, sérieusement ? C'est les flics qui ont fait ça ? Ou les connards qui sont venus au garage me demander où était la came de Gavin ?

Mes mains sont agitées de tics nerveux et, soudain, je suis en proie à une crise de manque si puissante que je ne peux rien faire d'autre que me tenir là, debout, les poings serrés et les yeux fermés.

Putain. En sortant de prison, les gens me disaient de « me tenir à l'écart des embrouilles ». Mais t'es censé faire quoi, putain, quand les embrouilles te tombent dessus ?

Je ne range pas ma chambre. Je ferme la porte à clé. La personne qui a fouillé ma chambre semble pouvoir y circuler librement. Je descends l'escalier et je monte dans l'Avenger, puis je file directement vers la ferme des Shipley, hors de la ville.

Ne passe pas par la case départ. Ne remporte pas le pactole.

## CHAPITRE 19

### SOPHIE

*Mood musical : « Breakdown more » de Eric Hutchinson*

À la suite de cette horrible conversation avec Jude, j'ai le plus grand mal à me ressaisir et à prendre sur moi pour rentrer à la maison. Le rapport de police que l'officier Nelligan m'a confié est dans mon sac à dos, entre les livres. Même si mes parents n'ont pas fouillé mes affaires depuis le lycée, je prends soin de monter le sac et de le déposer dans ma chambre avant de me lancer dans la préparation d'une soupe aux nouilles chinoises pour le dîner.

Le fait d'émincer des oignons sur le plan de travail dans la cuisine me fait penser à Jude. Bon sang, tout me fait penser à lui. Il avait l'air si furieux au téléphone, et si découragé.

La nature secrète de notre liaison ne m'ennuie pas tant que ça, parce que de toute façon, les gens qui m'entourent ne sont pas très honnêtes envers moi ni envers eux-mêmes. Mon père noie son chagrin dans la colère et fait porter sa culpabilité au mauvais endroit. Ma mère est accablée par le poids de la sienne et refuse d'en parler, même à des gens dont c'est le métier.

Mon honnêteté est un bien précieux, que je décide de conserver pour les gens qui le méritent. Dernièrement, Jude est l'un de ceux qui entrent dans cette catégorie.

Mais j'ai remarqué son regard meurtri au moment où il m'a vue dans la boulangerie. Jusqu'à aujourd'hui, je crois que je ne mesurais pas bien à quel point c'est difficile pour Jude. Parfois, je suis irritée par cette étiquette de « La Fille Qui Sort avec le Drogué ». Mais pour lui, le jugement est bien plus sévère. Il se promène chaque jour avec le poids de la culpabilité d'avoir tué un homme.

À la boulangerie, il a été blessé que je fasse semblant de ne pas le reconnaître. Mais si je n'avais pas été assise en face d'un flic, je ne l'aurais pas ignoré.

Sans doute pas. Si mon père soupçonnait que Jude et moi nous voyons, il deviendrait fou. Il me faut un peu plus de temps encore pour trouver le moyen de sortir du collimateur de mon père sans pour autant abandonner maman.

Mes lamelles d'oignons ne sont pas aussi précises et régulières que celles de Jude, merde. J'ai envie de me tenir à côté de lui, quelque part dans une cuisine, et de le regarder travailler, sans avoir à dissimuler ma curiosité. J'ai envie qu'on se retrouve ensemble dans *notre* cuisine. Si cet endroit mythique existe quelque part dans ce monde.

J'ai un peu le cafard. Je fais revenir les oignons avec des carottes et du céleri, puis je mets le bouillon de poulet, du brocoli, les nouilles et de l'eau. Je laisse bouillir un moment avant d'ajouter les restes de poulet, parce que mon père se plaint à chaque fois que je ne mets pas de viande dans un plat.

Comme Cendrillon, j'apporte son repas à mon père dans son antre. Pas que j'aime le servir. Mais je n'ai pas envie de m'infliger un dîner de famille à table.

Il a l'air surpris quand je dépose le plateau.

– J'ai la migraine et il faut que je révise un examen, dis-je en guise d'explication. Je serai dans ma chambre.

– Ta mère ? demande-t-il en prenant le plateau.

– Je l'ai installée dans la cuisine. Elle lit un magazine.

*Elle ne nous adresse jamais la parole de toute façon.*

Une fois que j'ai satisfait tout le monde du mieux que je peux, je monte à l'étage avec mon propre bol de soupe. Je débarrasse mon bureau de tous mes cours et je ferme la porte. Je sors le rapport de police et je dîne en observant le dossier fermé.

L'attache mentionne une date – il y a trois ans et demi – et, tout simplement, *Haines Gavin.*

J'éloigne mon bol vide, je prends une grande inspiration et j'ouvre le dossier. J'ai peur d'y trouver des photos.

Mais je n'en vois aucune. La première page est un résumé succinct et précis. *Rapport : Enquête accident fatal.*

On ne m'a jamais vraiment raconté comment ça s'est déroulé. Mais maintenant, l'ordre des événements est sous mes yeux, aussi précis que les plans détaillés que mes professeurs me demandent de fournir pour mes travaux de recherche. À 7h53, un motard compose le 911 depuis la nationale à double voie qui permet de quitter la ville, au nord. À 7h55, deux des employés de mon père sont envoyés sur place, accompagnés d'un véhicule d'urgence (le SAMU) de chez les pompiers.

Les premiers intervenants arrivent à peu près tous en même temps. Ils découvrent Gavin Haines, face contre terre dans le fossé. Il a été expulsé du véhicule et ne respire plus.

Un certain Jude Nickel est coincé dans le véhicule. Il est inconscient.

À 8h10, dix-sept minutes après le premier appel au 911, une seconde ambulance est envoyée.

Dix minutes plus tard, la première ambulance quitte la scène en direction de l'unité des traumas de l'hôpital de Montpelier, avec à son bord Gavin Haines. Il sera déclaré mort à l'arrivée.

Le rapport n'est pas très détaillé quant à l'heure suivante. La porte d'une Porsche 911 est « retirée de force » et Jude Nickel est extrait du véhicule. Il est embarqué en détention par la police à 9h12. Il n'y a aucune mention de l'état de Jude ni de soins médicaux qu'il aurait pu recevoir.

Je tourne la page.

*Enregistrement de l'interrogatoire : Jude Nickel.* À 9h14, on lit à M. Nickel ses droits légaux et il décline verbalement son droit au silence et son droit à un avocat.

Je frissonne à la lecture de ces éléments. Jude m'a raconté qu'il s'est retrouvé dans une salle d'interrogatoire où Newcombe l'a tabassé. Donc, sur la deuxième page, ce que je lis n'est déjà que mensonges. Jude avait aussi précisé que pas un seul flic dans le Vermont ne se montrerait clément avec le type qui avait tué le fils du chef de la police.

Si Jude lisait le rapport incomplet de cette nuit d'horreur, en serait-il vraiment surpris ?

Je reprends ma lecture. Il y a un rapport médical « prélevé sur la scène ». Le résultat est positif pour « opiacés sur prescription ». Il y a une déclaration écrite sous serment par le responsable de la Brigade des stupéfiants, qui témoigne qu'il a testé Jude au centre de détention et que les résultats prouvaient d'une « intoxication lourde ».

Pourtant, à la lecture de ses droits, il avait décliné ces tests… Comment est-ce possible ?

Je me lève et m'éloigne du dossier, comme si la distance qui me sépare des pages pouvait m'aider à réfléchir. J'ai remarqué qu'il n'est fait mention de mon père absolument nulle part dans ces notes. Mais il a été sur place ce soir-là – il s'est rendu à la station de police quelque temps après le terrible coup frappé à notre porte. Il a attendu que Père Peters arrive, et puis il a pris son revolver et quitté la maison. Je ne l'ai pas revu jusqu'au jour suivant.

Le simple fait de repenser à cette nuit-là me donne des frissons. J'ai composé le numéro de Jude encore et encore. J'ai sans doute essayé de le joindre plus de cent fois. L'officier qui était venu nous annoncer que Gavin était décédé n'avait pas dit un mot concernant Jude. Donc j'ai appelé la station, mais mon père a raccroché alors que je le questionnais.

J'ai passé la nuit à pleurer en tremblant, dans cette même chambre.

Seule.

Maintenant, je me retrouve à fixer la rue obscure à travers la fenêtre. Mais ce n'est pas ça qui va apporter la moindre réponse aux questions que je me pose. Je retourne au dossier et j'examine chacune des pages scrupuleusement. Il n'y a aucune photo, c'est étrange. Peut-être que Nelligan les a enlevées exprès pour me préserver. Il faut que je sache si c'est le cas, donc je me précipite sur mon ordinateur pour lui envoyer un mail. Mais avant d'appuyer sur

« envoyer », je me rends compte que je ne tiens pas spécialement à ce que mes questions atterrissent dans une boîte mail interne de l'antenne de police et que je n'ai pas l'adresse mail privée de Nelligan.

Mais j'ai son numéro de téléphone.

Je m'assieds par terre entre mon lit et le mur. C'est l'endroit où je me suis toujours installée quand je devais avoir des conversations privées avec Jude.

Nelligan décroche après deux sonneries.

– Salut, toi, dis-je.

– Salut, Mlle Sophie ! Comment te portes-tu en cette belle soirée ?

Je rigole quand j'entends ces salutations mielleuses.

– Bien, merci. Et j'appelais pour te dire combien j'apprécie que tu m'aies apporté ce dossier.

– J'espère que ce n'est pas trop dur à lire pour toi, dit-il.

– C'est pas facile, je l'avoue. (Il faut que j'avance avec précaution.) Je sais que Gavin n'est plus là, et maintenant j'en sais un peu plus sur cette terrible nuit. Et c'est important pour moi de savoir.

– Bien.

– Je me demandais simplement si tu avais pris le parti d'enlever les photos pour me rendre la tâche moins difficile ?

– Je l'aurais sans doute fait, mais en réalité il n'y avait aucune photo.

Ma nuque se raidit.

– Aucune ?

– J'imagine qu'elles doivent être archivées ailleurs, par déférence pour le chef.

C'est pas bon signe à mes yeux. Le dossier précise que mon frère a été évacué immédiatement vers l'hôpital, où il a été déclaré mort. Donc des photos prises sur les lieux n'auraient rien eu de graphique ou de sanguinolent, a priori.

– Peut-être, dis-je. (Demander à Nelligan de fouiner n'est pas une bonne idée. C'est un inconnu, et je ne peux pas lui demander de fouiller en douce dans le dos de mon père.) Merci encore, Nelligan.

– Avec plaisir, Mlle Sophie.

Après avoir raccroché, je retourne au dossier. Je relis chaque annotation gribouillée dans la marge et chaque ligne du rapport. Je trouve encore deux éléments qui ne semblent pas correspondre. Quelqu'un a griffonné « toxémie pour Haines et Nickel » dans la marge de l'index, au dos du dossier. Mais le dossier ne comprend les résultats que d'un seul test sanguin, celui de Jude. Qui testerait un passager déclaré mort ? C'est peut-être une erreur.

L'autre élément qui me semble étrange, c'est que le rapport mentionne une « portière forcée pour évacuer le passager ». Il aurait dû y avoir écrit le *conducteur*. Mon frère a été projeté par le pare-brise et Jude est resté bloqué dans le véhicule. Mais dans une des lignes du rapport, c'est inversé.

Me sentant l'âme de Encyclopédie Brown[2], je commence à lister sur une nouvelle page de mon bloc-notes tous les éléments qui n'ont pas de sens à mes yeux.

1. Jude refuse ses droits, mais Jude est défoncé.
2. Où se rendaient-ils cette nuit-là ?
3. Pas de photo de la voiture ? Pourquoi ?
4. Pas de mention de drogues retrouvées sur la scène. Pourtant, Jude est accusé de possession de stupéfiants.
5. Deux toxémies ?
6. Mauvaise porte dans les notes.

Je relis la liste, persuadée que ce rapport est douteux. C'est peut-être simplement du boulot mal fait. Mais quand même ! Quel employé de mon père se risquerait à faire un boulot médiocre pour le rapport de police concernant le cas le plus important de l'année.

À l'aide de mon téléphone et de mon application de scan, je prends des photos de chacune des pages du dossier et je me les envoie par mail.

Puis je range le dossier interdit dans mon sac, que je referme soigneusement.

---

2. *Encyclopedia Brown* est une série de romans pour enfants dont le héros, Leroy Brown, est un jeune apprenti détective qui résout toutes les énigmes en un éclair.

## CHAPITRE 20

## JUDE

*Niveau de manque : 4, état stable*

Le mercredi après-midi suivant, après m'être enfilé rapidement un sandwich, je me remets à travailler sur la Prius de mon client.

Sa peinture vert flashy est arrivée, donc je lui ai demandé de déposer sa voiture hier soir pour faire le travail de préparation.

– Est-ce que je peux vous demander de mettre les autocollants une fois que vous aurez terminé la peinture ?

– Pourquoi pas ? Je n'ai aucune expérience de ces choses-là, mais si je trouve des précisions sur la procédure, je le ferai pour vous.

Le type hoche la tête.

– Le premier type dans les alentours qui vend des autocollants personnalisés comme ceux-là est à cinquante miles d'ici. J'ai rien pu trouver plus près, donc je vais certainement avoir besoin de votre aide.

– D'accord, ça marche.

Il va falloir que je me renseigne là-dessus. Ça ne me ferait pas de mal de pouvoir ajouter une compétence à mon business. Un autre savoir-faire. Une autre manière de m'éloigner de cette Dodge.

Le premier matin, j'ai préparé les panneaux de sa voiture. Maintenant, à l'aide d'un bloc de papier de verre bien épais, je ponce le tout. Le travail de carrosserie est un aspect étrange du marché des réparations automobiles.

Au lieu de rendre la voiture plus performante, on se contente de la rendre plus jolie de l'extérieur. Quand j'étais ado, ça me paraissait tellement vain. Réparer une rayure dans la carrosserie d'un pot de yaourt ? Ça n'en reste pas moins un pot de yaourt. Je préférais encore remonter des moteurs pour qu'ils rugissent comme des bêtes.

Ces derniers temps, je suis un peu plus patient en ce qui concerne la carrosserie. J'aime bien l'idée que l'on puisse polir des irrégularités et que des bosses puissent être aplanies. Si ce n'est pas possible pour ma vie, va pour une voiture au moins. Je me suis installé près d'une fenêtre, avec une lampe au-dessus de mon épaule. Les deux sources de lumière me permettent de repérer la moindre imperfection sur la surface du véhicule.

Le CD de Green Day que j'écoute depuis notre vieux poste stéréo se termine, me laissant dans le silence. Je n'entends plus que le frottement du papier de verre et ma propre respiration.

Et un bruit sourd contre le mur du fond.

Je m'immobilise, le bloc de papier de verre suspendu au-dessus de mon boulot. Ce bruit, ce n'est peut-être rien du tout, mais je suis un peu parano ces derniers temps. Non seulement les flics sont derrière moi mais je suis surtout inquiet à cause de ce dealer qui est passé me rendre visite. Mes tripes me disent que je n'en ai pas encore fini avec lui.

En silence, je repose le bloc de ponçage sur le panneau et me glisse hors de mon poste de travail. Je retire mes lunettes et les pose.

J'entends un autre coup, plus léger cette fois. Il est fort probable que je sois sur le point d'épingler un chat de gouttière ou un gamin avec son ballon de foot. Mais méfiance est mère de sûreté.

Je sors du garage par la porte d'entrée et me faufile rapidement dans l'allée qui sépare la maison de mon père du garage. Quand je jette un œil méfiant au coin du bâtiment vers le fond de l'allée, la première chose que je vois, c'est le coin de la bâche qui couvre la Porsche légèrement relevé.

Quelqu'un touche à l'épave de ma Porsche, putain !

– Ho ! dis-je très fort en m'engageant dans l'allée.

Un cri de surprise accompagne le bond de géant que fait le coupable pour s'éloigner de ma voiture.

C'est… *Sophie* ?

Le cœur qui bat la chamade, je jure entre mes dents.

– Qu'est-ce que tu *fabriques* là derrière ?

– Oh mon Dieu ! (Elle porte la main à son cœur.) Tu apparais souvent comme ça entre deux bâtiments ?

– Je suis désolé, dis-je immédiatement. Je pensais que c'était… *Un dealer à la recherche de sa came.* Un voyou.

Sophie croise les bras, l'air coupable.

– Qu'est que tu *faisais* en fait ?

– Je ne faisais que regarder… s'empresse-t-elle de dire… la voiture.

– Mais pourquoi ? J'essaie précisément de me débarrasser de cette chose pour que tu *n'aies pas* à la regarder. (Merde. La dernière fois qu'on s'est parlé, ce n'était pas une conversation facile, et là, je suis quasiment en train de l'engueuler.) Tu veux entrer ?

Elle jette un regard en biais sur la voiture, puis rabat la bâche sur le capot en l'aplatissant sur l'avant.

– D'accord. (Elle me suit dans le garage.) Joyeux Noël, dit-elle avec un sourire timide.

C'est vrai, j'ai presque survécu à la période des fêtes.

– Toi de même, bébé.

– Tu ne vas pas te débarrasser de la voiture dans l'immédiat, si ?

– Euh… (Je ne comprends pas pourquoi elle s'en soucie.) Ça va me prendre un peu de temps. Je vends des pièces détachées sur eBay. Ça va faire un peu d'argent qui t'est destiné.

– De l'argent ?

– Oui. Peut-être dans les deux mille balles si on a de la chance. Mais peut-être moins. Ça dépend combien de pièces je peux récupérer. Tu pourras l'utiliser pour tes économies pour l'école de musique.

– Je ne fais pas d'économies pour une école de musique.

– Tu devrais.

Sophie soupire.

– Tu changes le sujet, là.

– Quel *est* le sujet ?

– Ça ne t'ennuie pas si je jette un œil à la voiture ? Si ? J'ai des questions. Il y a quelque chose que je ne comprends pas à propos de comment les choses se sont déroulées cette nuit-là.

*Putain.*

– Je ne vois pas en quoi ça peut t'être utile de ressasser cette histoire.

Il y a trop de gens dans ma vie qui me posent les mauvaises questions. Il y a des choses qu'on gagne à ne pas déterrer.

– Jude.

Elle croise les bras et appuie une hanche contre le comptoir crasseux.

– Quoi ?

– Tu as été honnête avec moi ?

J'inspire avec force.

– Non, Sophie. Quand on était ensemble, je me défonçais chaque putain de jour qui passait, dans ton dos. C'est pas très honnête, si ?

– C'est *pas* ce que je voulais dire, et tu le sais très bien ! Quand je t'ai demandé où vous vous rendiez, Gavin et toi, tu m'as dit ne pas t'en souvenir. Mais il doit bien y avoir *quelque chose* qui te revient. Gavin était un vrai con avec toi dès qu'il en avait la moindre occasion. Pourquoi est-ce qu'il t'aurait demandé de le conduire quelque part alors qu'il avait toute sa clique de copains pour le faire ?

*Oh mon Dieu.*

– Tu sais quoi ? (Je désigne la Prius en pièces.) Je suis en plein boulot. C'est pas le bon moment, là.

– Est-ce qu'il y aura un jour un bon moment ? Parce que j'ai comme l'impression que tu te dérobes. Et ça fait de toi une personne de plus dans ma vie qui refuse de me dire la vérité. Tu es censé être de ceux qui me la disent, Jude. *Toi.*

J'ai les mains moites, et je sens une démangeaison familière dans mes membres.

– Sophie, je te verrai à l'église ce soir, d'accord. Laisse-moi finir ça.

Je voulais dire, en fait, la crise de manque qui, soudainement, plaque mon tee-shirt contre mon dos, et non pas le chantier de peinture qui est devant moi. Avec un peu de chance, elle ne fait pas la différence.

Elle lève les yeux vers moi, et j'y vois un jugement. Je suis certain de le mériter.

– OK. À plus tard.

Elle soupire.

– À plus tard, lui dis-je, mais je ne résiste pas à l'envie de réduire la distance entre nous, et je l'embrasse sur le front.

En soupirant, elle pose une main sur mon épaule et presse doucement. Je n'ai jamais voulu qu'il y ait de problème entre nous. Mais la vie est tellement compliquée, putain.

Merde.

Elle part, et je fais les cent pas dans le garage pendant quelques minutes, agité. Je m'approche d'une barre de traction que j'ai installée quand j'avais quatorze ans et je fais une petite série de dix. Une légère fatigue musculaire suffirait à apaiser la tension qui se noue en moi.

Je me penche en avant pour étirer mes jambes et compte lentement jusqu'à dix. Dans ma tête, je m'imagine le refuge qui se trouve au sommet du Mount Mansfield, là où j'aimais bien aller faire du snowboard. Quand j'étais en seconde, le sommet de cette piste de ski était mon endroit préféré. Il ne se passait jamais rien de mal là-haut, et on pouvait voir toute la vallée, jusqu'à New York d'un côté et le New Hampshire de l'autre.

*Respire profondément.* Je m'encourage. Ça aussi, ça va passer.

En cure de désintoxication, ils nous ont donné quelques techniques de méditation. Je suis assez nul en méditation, mais un des trucs que le psychologue avait dits m'a marqué : « Le but de la méditation n'est pas de vous transformer en surhumain. Le but est de rappeler à son cerveau que la concentration est un *choix*. Qu'un havre de paix vous attend toujours, si vous le recherchez. »

J'espère qu'il a raison.

Après une demi-heure de plus de boulot, je me mets à ranger. J'éteins la lumière au-dessus de la table et j'essuie la poussière sur les panneaux de la Prius.

Je suis encore en proie au manque. C'est peut-être pour ça que je sens les intrus avant même de les voir.

Une silhouette projette une ombre dans la lumière qui traverse la fenêtre. Puis elle disparaît à nouveau.

*Des flics,* me souffle mon inconscient. L'inquiétude se loge dans mon bas-ventre. J'espère que Sophie n'a pas été aperçue ici par son père.

Qui que ce soit, les gens qui sont devant chez moi essaient d'être silencieux et furtifs. Je me raidis, en me demandant ce qui m'attend. Doucement, je pose le bloc à poncer. Il me faut quelque chose de plus lourd à la main. Malheureusement, j'ai à peine le temps de faire un pas, la porte s'ouvre avec fracas.

Je fais un bond vers les outils accrochés au mur, au fond, et je les atteins presque.

Presque.

Je vais m'emparer de la clé à molette quand quelqu'un me fait une balayette par-derrière. J'ai à peine le temps de relever les bras pour me protéger la tête avant de tomber sur le sol en béton.

Instinctivement, je me recroqueville en boule, et donc le premier coup me touche dans le dos. Il est donné avec une telle force que j'en vois des étoiles. J'essaie d'inspirer, je ne peux pas.

– Ça fait mal ? Dis-nous où est cachée cette merde ou on en finit avec toi.

Pas des flics.

Merde.

La douleur que provoque le coup de pied du dealer est si intense qu'il me faut un moment avant de pouvoir prononcer péniblement ces mots :

– Je sais pas. J'ai jamais su.

Le coup suivant atterrit dans mes reins, et le suivant encore me fait hurler de douleur.

– OÙ ? hurle l'imbécile. Vérifie dans ses poches, dit-il à quelqu'un. Et dans la caisse. Cette merde doit bien être quelque part !

*Ce n'est que de la douleur.* Voilà ce que je me dis. Je compte jusqu'à trois pour me ressaisir, puis je roule au sol pour m'éloigner de mes assaillants. Je dois parcourir à peu près trois mètres avant que quelqu'un n'arrive de l'autre côté. Merde, ils sont trois. Je vois un démonte-pneu, mais il est juste hors d'atteinte.

Et là, je prends un coup dans la tête, et tout devient noir.

# CHAPITRE 21

## SOPHIE

*Mood musical : « Blue Christmas » de Jewel version*

Le dîner de charité est aussi animé que d'habitude. Tout le monde est d'une humeur festive de Noël, sauf moi. Même Mme Walters chante « Jingle Bells » en rythme avec le cliquetis du lave-vaisselle.

Jude n'est pas à son poste de préparation.

Je mets deux douzaines de cuisses de poulet dans un plat et je les saupoudre de mon mélange secret d'épices. J'essaie de ne pas m'inquiéter. Il est sûrement énervé contre moi, c'est tout. Ou alors un boulot très urgent le retient au garage.

Aucun moyen de lui envoyer un texto pour m'assurer de la validité de l'une ou l'autre de ces théories. Je déteste que ce soit si compliqué de le joindre, donc je lui ai acheté un téléphone avec un crédit prépayé pour Noël. J'avais prévu de le lui donner ce soir, après une bonne partie de jambes en l'air pour se réconcilier.

Mais où est-il ?

– Les exams sont tous finis ? me demande Denny en attrapant les plats de poulet pour les mettre au four.

– Ouais. J'ai rendu le devoir maison lundi.

Je jette à nouveau un œil vers le plan de travail. Toujours vide.

– Comment ça se profile, ton dossier de pédiatrie ? me demande-t-il, en ouvrant un autre paquet de poulet.

Je dépose une poêle vide en face de lui.

– Eh bien, on va bientôt pouvoir placer l'implant cochléaire à la petite, mais ils n'ont pas encore trouvé de solution financière. Je les aide à monter des dossiers pour trois fondations, pour obtenir des aides, dis-je en attrapant les épices. Je pense qu'on a de bonnes chances d'obtenir une donation pour couvrir les frais de traitement. J'aimerais qu'elle soit équipée avant d'avoir deux ans.

– Super.

– Mmmm, dis-je, distraite à nouveau.

Je ne peux pas m'empêcher de me repasser la conversation que nous avons eue avec Jude. Je l'ai tout simplement traité de menteur. Est-ce qu'il était vraiment fâché au point de nous laisser en plan pour le dîner ?

– Tout va bien ? demande Denny.

– Oui, pourquoi ?

– Parce que tu fixes la porte du four depuis un moment.

Je me tourne et laisse échapper un soupir.

– Désolée. Qu'est-ce qu'on fait ensuite ?

– Est-ce qu'on fait de la purée ? Ou est-ce qu'on fait des pommes de terre bouillies avec du beurre ?

– Euh… bouillie. Le mixer est en panne, il me semble.

– On peut les écraser à la fourchette, suggère Denny.

– OK.

Mes yeux se dirigent une fois encore, involontairement, vers le plan de travail. Toujours vide.

– Quelque chose ne va pas avec Jude ? demande Denny à voix basse.

La question m'agace.

– Si je te disais que oui, tu me ferais une autre leçon de morale ?

– Oh ! soupire-t-il. Écoute, je suis navré de ce que j'ai dit…

Je lève la main.

– Oublions ça. On a des pommes de terre à écraser.

Je contourne Denny et retourne à mon poste de travail, où j'enlève tous les emballages de poulet qui traînent. M'inquiéter pour Jude me fait me sentir déloyale envers lui parce que je ne cesse de me demander s'il lui est arrivé quelque chose. Mon cerveau fomente un scénario dans lequel il a eu une semaine très stressante… et a fini par faire quelque chose de stupide pour se détendre.

La vérité, c'est que je ne suis plus capable de regarder Jude avec les mêmes yeux pleins de naïveté de l'adolescente que j'étais. Même si lui et moi, on avait été capables d'être un couple normal, je serais toujours inquiète qu'il se tourne à nouveau vers les drogues.

S'il venait à être en retard pour rentrer à la maison, ou s'il était absent plus de deux heures, je me demanderais pourquoi. Ce serait un peu comme sortir avec quelqu'un qui aurait un passif d'adultère.

Maintenant, je me déteste de penser toutes ces choses déloyales. Et pire encore ? On s'engueulerait. Si Jude retombait dans le panneau en ce moment même, je serais la première à me sentir responsable.

– Il nous manque une personne ? demande Père Peters en scrutant la cuisine, un poing sur la hanche.

– On dirait bien, dit Denny.

– C'est fou à quel point on dépend de chaque bénévole, dit le prêtre en fronçant les sourcils. Que puis-je faire ? Les portes ouvrent dans quarante-cinq minutes.

– Éplucher des pommes de terre ? suggère Denny. Je vais vous aider aussi.

– Allons-y.

Je regarde la table de service qui est déjà prête. Puis le chronomètre du four sonne, donc j'enfile une manique pour vérifier la cuisson de la première fournée de cuisses de poulet. La première nuit où

Jude est apparu, on servait le même menu. J'avais été drôlement distraite par sa présence, et maintenant je suis distraite par son absence. J'ai l'étrange sensation que ce sera toujours comme ça entre nous. Torturé.

*Tu fais chier, Jude.*

## CHAPITRE 22

### JUDE

*Niveau de manque : 0*

*Des bips*. C'est la première chose que j'entends, pourtant je n'ai rien dans ma chambre qui fasse ce genre de bip. Donc, où suis-je ?

Pendant quelques minutes, je cesse de m'en préoccuper. Je suis tellement sonné et c'est agréable de me laisser flotter. Même si je ressens une certaine douleur sur le côté, elle est diffuse, pas exactement identifiable. *Moi-même,* je ne suis pas exactement identifiable. Tout est liquide.

Sauf ce bip incessant, et les voix au loin.

Des voix ?

J'ouvre les yeux et je découvre un motif de carreaux au plafond qui ne m'est pas familier. Les murs que je vois du coin de l'œil sur les côtés sont blancs. J'essaie d'identifier les voix au loin, mais elles sont indistinctes. Puis j'entends une voix amplifiée qui émane d'une sorte de haut-parleur. « On demande le docteur Weaver. Le docteur Weaver est demandé au pôle des données au quatrième étage, merci. »

*Un hôpital.* Je suis dans un putain d'hôpital !

Cette information suffit à me réveiller suffisamment pour que je me souvienne en partie de ce qui s'est passé. Ces connards m'ont cassé la gueule au garage, et maintenant je me retrouve aux urgences.

*Merde.*

Je ferme les yeux et j'essaie de faire le point. Je n'ai pas les idées claires. J'ai mal à certains endroits. Mon bras droit, déjà. Il est retenu par quelque chose pour que je ne puisse pas le bouger. J'ai aussi mal au côté gauche. Je ne porte pas mes propres vêtements. J'ai les jambes nues sous le drap qui me recouvre. Et quelque chose est collé à ma main gauche.

J'ouvre les yeux et je tourne la tête avec précaution vers ma gauche. En effet, il y a un morceau de scotch sur le dos de ma main. Je repère un tuyau, très fin, qui sort de l'endroit où il est scotché sur mon poignet et remonte le long de mon bras. En tendant le cou, je découvre que le tube est relié à un sac à perfusion intraveineuse, suspendu à une perche. Dans le sac, il y a un liquide transparent. Des fluides.

Quelque chose me dérange à propos de ce sac, mais j'ai du mal à identifier quoi. Pour l'instant, c'est flou, je n'arrive pas à concentrer mon attention sur ce problème. Je referme les yeux et me laisse envahir par la somnolence. Je me sens apaisé.

Je me sens *drogué.*

Je rouvre les yeux immédiatement. Je tourne la tête brusquement et je scrute à nouveau ce sac à perfusion. Il y a une étiquette, mais je n'arrive pas à la déchiffrer. Peu importe, de toute façon, je sais déjà ce qu'il y a dans le sac.

– Putain !

Ma voix est enrouée, parce que je n'ai pas parlé depuis un moment. J'essaie de bouger le bras droit pour atteindre le tube sur mon bras gauche. Mais mon bras droit est retenu fermement contre mon corps par une écharpe. La simple tentative de mouvement me provoque une douleur lancinante dans l'avant-bras.

– Ah !

Je laisse échapper un cri tant je suis surpris par l'intensité de la douleur.

Mon cœur s'emballe, et j'ai un goût de bile dans la gorge. *Putain d'antidouleur !* J'ai tenu six mois . Six putains de mois complets, et un putain de connard de docteur vient de tout foutre en l'air. J'ai la gorge qui se met à brûler.

Je me concentre sur mon poignet gauche et je tire un bon coup. Mais le scotch tient. J'essaie encore, mais ça ne produit pas l'effet escompté. La perche à intraveineuse vacille vers moi, butte contre le lit et tombe au sol avec fracas.

Une femme en tenue d'infirmière entre en courant, alertée par le bruit. Elle me regarde et fronce les sourcils.

– M. Nickel. Vous êtes réveillé. Que s'est-il passé ?

Je lève le poignet gauche.

– Enlevez-moi ça. Je ne peux pas prendre d'antidouleur.

Elle se penche pour redresser la perche rapidement.

– Vous avez été opéré, M. Nickel. Les médecins ont dû procéder à une ablation de votre rate qui avait éclaté. (Elle pose sa main sur le scotch.) Je sais que ça fait beaucoup.

Je dégage mon poignet.

– Vous ne comprenez pas. Je ne peux pas prendre de narcotiques. Je suis drogué.

Je commence à ressentir l'effet de cette merde dans mes veines, en plus.

– Quel est le problème ?

Un jeune homme propre sur lui entre dans la chambre, affublé d'une blouse blanche où figure son nom, cousu sur la poche : *Dr Flemming.* Vraiment ? Ce docteur prépubère va nous venir en aide ?

Putain.

– Je suis clean depuis six mois. (Ma voix tremble alors que j'essaie de leur expliquer.) Et maintenant, vous me fourrez de l'héroïne dans le bras.

Les sourcils du docteur prépubère font un bon.

– Comment ça ?

J'ai les yeux qui brûlent, de colère, de frustration ou de Dieu sait quoi.

– Enlevez-moi ça ! dis-je en relevant la tête. (Si je m'assieds, ils m'écouteront peut-être.) Pas de narcotiques pour moi. Je suis un drogué.

Combien de fois faut-il le répéter ? J'essaie de me redresser.

Mais l'infirmière fait un bond en avant pour me maintenir par les épaules et me repousser vers le matelas.

– Ne faites pas ça, vous avez des points de suture.

Et comment ! Une pointe de douleur se réveille dans mon abdomen, et je refoule des larmes qui montent.

– S'il vous plaît, enlevez-moi ça, je les supplie. *Je vous en prie.*

Je sais pertinemment ce qui va se passer. Qu'on me débarrasse de la drogue immédiatement, ou demain ou n'importe quand, de toute façon j'aurai les syndromes du manque. D'abord, je me mettrai à trembler et à sentir monter la panique en moi. C'est presque le pire, la panique. Puis il y aura la nausée. Mon estomac va se rebeller, et je serai incapable de dormir. Quand bien même je résisterais aux heures de tremblement et de vomissements, je me retrouverais avec des crises de manque bien pires que ce que j'ai pu ressentir dans les derniers mois.

À nouveau. Je me suis mis dans cette situation tout seul, en commençant à prendre des drogues. J'ai appris à mon corps à en être dépendant, et maintenant, je suis enchaîné à ce problème pour le restant de mes jours.

– Euh, dit Docteur Prépubère, la main dans la nuque. Il vous faut quelque chose pour soulager la douleur.

– Je peux prendre de l'Ibuprofène, dis-je en essayant de rester calme.

Mais je ne suis pas calme. Je suis *maudit*.

– Laissez-moi voir ce que je peux faire, dit-il en griffonnant quelque chose à côté de mes résultats. (Traduction : *J'ai pas la moindre idée de ce que je peux faire pour vous.*) Je vais évaluer les options.

– Bien, enlevez cette merde de mon bras pendant que vous évaluez.

Personne ne bouge.

C'est à cet instant que je trouve comment régler le problème tout seul. Je lève la main reliée à la perfusion vers ma bouche, je coince le petit tuyau entre mes dents et…

– Hé ! dit l'infirmière en m'attrapant la main. Je vais vous l'enlever.

Et, Dieu merci, elle l'enlève alors que l'adolescent qui me sert de docteur quitte la pièce.

L'infirmière met un pansement à l'endroit où se trouvait la perfusion et m'adresse ensuite un regard interrogateur :

– En termes de douleur, c'est comment pour l'instant ? C'est tolérable ?

– Ouais.

La douleur est le cadet de mes soucis.

– Je vais vous apporter un verre d'eau.

Merci.

– Qui peut-on contacter ? demande-t-elle. Vous étiez seul quand vous avez été admis à l'hôpital.

– Comment est-ce que je me suis retrouvé ici ?

Je lui pose cette question soudainement.

– Vous êtes arrivé en ambulance. Je crois avoir compris que votre père a appelé les urgences.

– Il a fait ça ? Eh bien…

*Impressionnant !*

– Souhaitez-vous qu'on le contacte ?

– Non, dis-je rapidement. Il ne conduit pas parce qu'il est tout le temps saoul.

Elle fronce les sourcils.

– Qui appelle-t-on alors ?

– Personne.

Elle insiste :

– Un ami ? Sauf s'il y a des complications suite à votre opération, vous devriez être sorti d'ici quelques jours. Votre bras est cassé et vous vous remettez d'une opération lourde. Il vous faudra quelqu'un pour vous accompagner à la sortie.

Je ferme les yeux et réprime un frisson.

– Et je serai en désintoxication, n'oubliez pas ce détail.

Elle serre ma main indemne entre les siennes.

– Il doit bien y avoir quelqu'un.

*Évidemment, Madame. Puisque les drogués ont tellement d'amis.* Je ne peux même pas demander à Sophie, qui voudrait certainement m'aider si elle savait. Mais elle ne pourrait pas. Et ce n'est le boulot de personne de prendre soin d'imbéciles comme moi…

J'ouvre les yeux brusquement. En fait si, il y a quelqu'un dont c'est le boulot.

– Père Peters, de l'église catholique, dis-je.

– Très bien, mon grand. Vous voulez dire de St Augustine ?

Non, c'est pas ça.

– L'église de Colebury.

Putain, je ne sais même pas où je suis. Sans doute à l'hôpital dans la banlieue de Montpelier.

– Très bien, dit-elle d'une voix rassurante. D'abord de l'eau, puis j'appelle Père Peters.

Elle sort de la chambre et je ferme les yeux. Quand est-ce que j'arrêterai d'être surpris par ce qui m'arrive ? Au fond de moi, dans mon esprit qui divague, en proie à la colère, je sais que la perfusion et le bras cassé sont loin d'être mes pires problèmes. Les connards qui m'ont tabassé sont encore en liberté, en quête de leur came, et je vais certainement avoir droit à la visite d'un officier de police pour couronner le tout.

Vie de merde.

## CHAPITRE 23

### JUDE

*Niveau de manque : Plutôt mourir*

Sophie met un jour entier avant de me trouver.

Ce n'est pas assez long. Quand j'entends son cri de surprise à la porte de ma chambre d'hôpital, je suis en train de suer à grosses gouttes, de trembler de tout mon corps et de maudire Dieu de m'avoir laissé vivre. Contre les indications de Docteur Prépubère, j'ai refusé les antidouleur par intraveineuse. Mon plan, c'est de finir la phase de désintox avant qu'on me vire de l'hôpital. Je sais que ça va être dur, mais j'ai le désir pervers de montrer à ceux qui m'ont fait ça combien je souffre.

Et puis, ici, il y a des infirmières prêtes à m'apporter des glaçons et à me calmer quand je me mets à hurler. On a déjà menacé plusieurs fois de me mettre sous sédatif contre mon gré. On me dit que si mes symptômes de manque ne cessent pas bientôt, ça va compromettre ma guérison et fatiguer mon cœur.

Mais le père Peters arrive et demande calmement à Docteur Prépubère de m'écouter.

– Il dit qu'il n'a pas besoin de narcotiques. Redonnez-lui plutôt de l'Ibuprofène.

– On va respecter votre choix pour le moment, dit le docteur. Mais si vos signes vitaux ne s'améliorent pas vite, on va devoir vous donner quelque chose de plus fort.

Jamais de la vie. Personne ne choisirait de subir la phase de désintox *deux fois* dans la même semaine.

Pourtant, avec chaque nouvelle vague de nausée, ma détermination faiblit. *J'ai vraiment besoin d'un petit quelque chose pour la douleur*, suggère mon cerveau idiot. Alors que j'ai déjà de l'Ibuprofène 1000 dans le sang. Mon corps ne veut qu'une chose : retrouver la sensation divine que j'ai ressentie au réveil. Je veux m'abandonner à nouveau à ce délicieux engourdissement.

Mais je ne peux pas.

Quand Sophie se précipite à mon chevet, je suis au summum du calvaire. Du moins, c'est ce que j'espère. Je suis allongé sur le dos, trempé de sueur, mon bras cassé me lance, la plaie sur mon côté brûle. J'essaie de ne pas geindre, mais c'est pas facile. Je claque des dents et j'ai l'impression que des insectes grouillent le long de mon corps.

– Oh mon Dieu, gémit-elle, et sa main délicate se pose sur mon coude.

Instinctivement, je détourne le regard.

– Pas maintenant, dis-je, la mâchoire serrée.

– Qui a fait ça ? s'exclame-t-elle.

*Moi.*

– S'il te plaît. Dis-moi ce que je peux faire.

Elle passe sa main dans mes cheveux moites et répugnants.

*Nom de Dieu* ! Je repousse sa main.

– S'il te plaît, laisse-moi, dis-je d'une voix rauque.

Je sais que je suis un vrai salaud. Mais je *refuse* qu'elle me voie dans cet état. C'est justement pour ça que je lui ai caché mon problème tout ce temps. Elle est la seule personne dans ma vie qui pense que je suis quelqu'un de bien. Je ne veux pas qu'elle découvre la triste vérité.

Une nouvelle vague de nausée me prend au cœur. Une bile chaude et amère me monte à la gorge. Je la ravale péniblement, et Sophie me touche le visage.

– Jude ?

J'ai un haut-le-cœur.

– VA-T'EN, dis-je en hurlant.

Puis je me sers de ma main libre pour la repousser loin de mon lit. Je saisis la petite bassine en plastique que l'infirmière m'a laissée et je vomis dedans.

– Oh, dit Sophie, surprise. Mon pauvre chéri.

L'infirmière – elle s'appelle Angela – arrive dans ma chambre en courant et actionne la pédale qui rehausse mon lit.

– Vous vous étouffez ? me demande-t-elle, et je secoue la tête. (On a déjà eu cet échange à plusieurs reprises. Elle jette un regard derrière elle.) Allez attendre dans le couloir, Mademoiselle, dit-elle à Sophie.

Je crache dans la petite bassine.

– Ne la laissez pas rentrer dans la chambre, dis-je d'une voix cinglante.

Angela me regarde d'un air inquiet. Puis elle me tend un verre d'eau.

– Rincez-vous la bouche.

Je crache à nouveau. Elle prend la bassine et part la laver.

À son retour, elle m'éponge le visage avec un linge humide. Je commence à trembler de froid.

– Ça ne peut pas continuer comme ça, murmure-t-elle. Je m'inquiète pour vos points de suture.

– Les points de suture n'ont pas bougé, je bougonne.

Elle soulève mon drap pour examiner mon pansement.

– OK. Comment est la douleur ?

– Je me demande !

Angela soupire.

– Je n'aime pas ça. Vous êtes beaucoup trop agité.

– C'est pas votre problème, dis-je, laissant ma tête retomber sur l'oreiller.

– Bah si, c'est mon métier. Essayez de dormir, suggère-t-elle. Est-ce que je ferme les volets ?

– Ça ne changera rien.

Rien ne peut m'aider à présent. Je parle mal à Angela, parce que je suis en colère contre l'hôpital. Ce qui n'a aucun sens.

Mais rien n'a de sens.

Je ferme les yeux pour essayer de faire un somme. Même si je n'arrive à dormir qu'une quinzaine de minutes, ce sera une bénédiction.

***

Comme toujours, mon sommeil est agité. La sensation de fourmillement ne cesse de revenir, ce qui me fait gigoter dans tous les sens. Mais je garde les paupières vissées et j'essaie de dormir. Plus que tout, je veux me mettre en chien de fusil, mais je ne peux pas me retourner sur le côté droit à cause de mon bras cassé. Et je ne peux pas me tourner sur le côté gauche non plus à cause de ma plaie chirurgicale.

Je suis en enfer.

Quand j'ouvre à nouveau les yeux, quelqu'un est assis dans la pénombre. *Sophie ?* Je lève la tête pour voir son visage.

Mon visiteur s'éclaircit la voix. Ce n'est pas Sophie. C'est Denny, le mec de l'église qui travaille avec elle.

Je laisse ma tête retomber à nouveau sur l'oreiller. J'ai dit à Sophie de partir et je voulais vraiment qu'elle parte. Mais je suis quand même déçu.

Le cœur a ses raisons. Et le mien veut Sophie… et des opiacés. Une combinaison impossible.

Denny se lève et vient se placer près de moi.

– Salut. Je sais que je ne suis pas la personne que tu espérais voir.

– Je n'espère voir personne, dis-je, la bouche sèche.

Je ne veux pas que Sophie me pense sorti de l'auberge. Parce que je ne serai jamais sorti de l'auberge.

Denny prend le verre en polystyrène qui est posé sur ma table de chevet et approche la paille de ma bouche. Je meurs de soif, donc je consens à boire une gorgée, même si je n'ai pas la moindre idée de ce qu'il fait là.

– Sophie t'aime, dit-il.

– Vraiment ? dis-je d'une voix éraillée. T'es là pour me reprocher de l'avoir chassée d'ici tout à l'heure ?

Il secoue la tête.

– Non, même si ce serait assez agréable pour moi. (Il repose le verre.) Je suis là parce que c'est mon boulot.

– Oh !

Je me sens con. Il est assistant social pour cet hôpital. Sophie aussi. Maintenant, je comprends comment elle a su que j'étais là.

– Ouais. J'ai pris en charge ton dossier.

– T'en as de la chance.

Il secoue la tête.

J'avais dit à Sophie que tu allais rechuter.

– C'est le cas, non ?

– Non, ce n'est pas de ta faute. (Son ton est virulent.) Je comprends que tu te sentes découragé. Mais je crois que tu es la personne la plus courageuse que j'ai jamais rencontrée. Un cas sans espoir aurait laissé l'hôpital lui donner des narcotiques. C'est un médecin qui les prescrit, après tout.

– C'est un médecin qui m'a donné mes premières pilules.

Denny hausse les épaules.

– Quand bien même. Les placards de cet hôpital sont pleins d'opiacés, et tu as tout refusé. T'es un PDC.

– Un quoi ?

– Un… (il baisse la voix)… un putain de champion.

Je ris dans ma barbe, mais les secousses tirent sur ma plaie.

Tout à coup, je suis frigorifié. Je sais que les frissons annoncent une nouvelle vague de nausée. Je repère la bassine en plastique sur la table, jaugeant la distance entre elle et moi.

– J'apprécie ta visite, mais pourquoi es-tu là ?

Il met son poids sur son autre jambe.

– Deux choses. Sophie est en train de passer des coups de fil pour essayer de voir comment tu peux te sortir de cette situation.

Je hais l'idée que Sophie doive me sortir du pétrin, et je ne sais même pas s'il existe une solution. Rien que l'idée de bouger me donne envie de vomir.

– Ruth Shipley veut que tu reviennes vivre chez elle quand tu sortiras d'ici.

Je ferme les yeux et j'essaie de m'imaginer chez les Shipley. Quand je suis arrivé chez eux en juillet dernier, je sortais de trente jours de désintox. J'avais déjà surmonté le pire, et puis j'ai géré mon addiction en faisant dix ou douze heures de travail physique tous les jours.

Cette fois-ci, je serai en sueur, cloué au lit dans un dortoir, à essayer de ne pas grimper aux murs, et la plaie dans mes tripes me rendra impuissant.

– Je ne peux pas retourner là-bas, dis-je.

– Tu n'as pas beaucoup de choix, dit-il doucement. Tu n'as pas d'assurance médicale, ce qui est illégal, soit dit en passant.

– Merci pour l'info.

– Tu pourrais aller dans une clinique de désintox, mais elles ne sont pas très agréables.

– Je ne veux pas vomir sur Ruthie Shipley, dis-je honnêtement.

Rien qu'à dire ces mots, je sens la nausée remonter. Mes pieds sont brûlants et mes mains glacées. Je me dégoûte moi-même. Je préfère être seul.

– C'est pour ça que je veux te parler d'une deuxième option, dit Denny. Tu pourrais essayer le Suboxone, dit-il, me prenant de court. Sophie dit que tu n'aimes pas trop cette idée, mais elle s'est renseignée. Elle a trouvé un médecin qui est prêt à t'en prescrire à ta sortie de l'hôpital. Il peut faire une consultation tout de suite. Tu pourrais avoir ta première dose aujourd'hui.

– Personne ici ne m'a parlé de Suboxone.

Et tous ces gens qui s'affairaient avec leurs ordonnances ! J'avais cru comprendre que le Suboxone n'était pas envisageable à cause de l'opération.

Denny secoue la tête.

– Cet hôpital est tout neuf, et c'est une solution controversée. Mais Sophie et le médecin qu'elle a contacté pensent que ça pourrait vraiment t'aider.

– D'accord, dis-je.

Denny écarquille les yeux, surpris.

– D'accord ? Tu veux dire que tu es prêt à essayer ?

– Je voulais m'en sortir sans médicament. Mais je n'en peux plus.

J'essaie de réprimer une autre vague de nausée. J'ai besoin d'arrêter de vomir et de commencer à guérir.

– Tu *as* réussi à t'en sortir, idiot. Cette rechute n'est pas de ta faute. Sophie m'a prévenu que tu étais têtu comme une mule.

– C'est vrai.

– Laisse le médecin aider la tête de mule, d'accord ? Je vais passer un coup de fil, dit Denny en se dirigeant vers la porte. Reste là.

Comme si je pouvais aller où que ce soit !

***

Un peu plus tard, Docteur Prépubère et Angela l'infirmière m'apportent une étrange petite pastille que je dois laisser dissoudre sur ma langue. Elle laisse un goût amer dans ma bouche et je manque tout dégobiller.

Rien ne change. Le calvaire continue.

Quinze minutes plus tard, ils décident de m'en redonner une autre.

– Ça ne marche pas, je grommelle.

Bien sûr que ça n'allait pas marcher !

– Un peu de patience, dit Angela l'infirmière quand elle me voit faire la grimace.

Et puis, une demi-heure plus tard, tous mes symptômes… disparaissent. C'est comme si le vrombissement d'un moteur d'avion était coupé et me laissait dans un silence paisible. J'ai encore une sensation de vide dans mon estomac, mais les vagues de nausées s'apaisent. Mes mains ne tremblent plus, la sensation de fourmillement disparaît, et pourtant je ne suis *pas* défoncé. Pas du tout.

Le Suboxone est une sacrée potion magique.

C'est très étrange de se retrouver soudain en état de sobriété, alors que c'est normalement les narcotiques qui me donnent cette sensation de libération.

J'inspire profondément, parce que tout à coup, je peux respirer.

– C’est en train de faire son effet, n’est-ce pas ? (Angela s’est approchée de mon lit.) Vous avez l’air plus calme.

Elle glisse un tensiomètre sur mon bras et ajuste son stéthoscope. Après une minute de silence, elle détache le velcro.

– C’est impressionnant.

C’est aussi ce que je me dis.

– Vous savez ce qui est étrange ? J’ai soudain très faim.

Elle sourit.

– Ils vont probablement vous autoriser à manger quelque chose. Je vais me renseigner.

Malheureusement, ce n’est pas l’heure du repas. J’ai perdu toute notion de temps, mais apparemment le déjeuner est terminé et le dîner n’est pas prévu avant plusieurs heures. Angela m’apporte un jus de fruit, et quand Denny revient, il me tend un sachet de bretzels qu’il a acheté dans un distributeur.

– Merci, dis-je, en les regardant goulûment.

Je suis trop faible pour me servir seul, et de toute façon je ne peux pas ouvrir le sachet avec une seule main.

Denny m’observe un instant. Puis il reprend le sachet, l’ouvre lui-même et le repose sur la table.

– Sophie a besoin de te parler.

*Merde.*

– J’ai été un tel salaud ce matin. Ou hier soir. Je ne sais plus quand c’était.

Denny est perché sur le tabouret du médecin.

– Tu sais, elle comprend. Et elle ne va pas revenir ici sans ta permission.

Je ne suis pas prêt. Je suis encore dans un état déplorable, et je ne suis même pas sûr que cette accalmie persiste. Si ça se trouve, je vais me remettre à suer et vomir dans une demi-heure. C'est ça, mon vrai problème. Rien n'est jamais terminé. Il faut que Sophie comprenne ça. Elle est intelligente. Elle devrait rester à mille lieues de moi.

Je reprends un bretzel et le mets dans ma bouche. C'est le meilleur truc que j'ai jamais mangé de ma vie. Sérieusement. Le nectar des dieux. Est-ce qu'on peut se défoncer au bretzel ?

– Merci de m'avoir apporté à manger.

– C'est rien. Tu as besoin d'autre chose ?

Malheureusement oui. Maintenant que j'arrive à mettre mes idées en ordre, je me rappelle qu'il faut que je parle à la police.

– Je veux porter plainte.

Denny hoche la tête.

– D'accord, je peux t'aider à faire ça. Tu veux que je les appelle ?

– Oui, dis-je doucement. Si c'est toi qui passes l'appel, il y a plus de chance pour qu'ils te prennent au sérieux.

Le père de Sophie sortirait probablement le champagne si on arrivait à me tuer. Je ne suis pas surpris que personne ne soit venu me demander de décrire les faits, et je ne m'attends pas à ce qu'ils m'aident à obtenir justice.

Mais le dealer qui m'a attaqué pourrait s'en prendre à Sophie, et je ne peux pas courir ce risque.

– D'accord. Je le ferai avant de partir ce soir. As-tu besoin d'un avocat ?

– Pourquoi ?

Denny m'observe.

– Si tu es mêlé à ce genre d'embrouille…

Je suis pris de court. Je suis sur le point d'ouvrir la bouche pour rétorquer que je n'ai jamais été mêlé à des affaires illégales. Mais la vérité est que je volais des pièces de voitures à un vieil homme pour les revendre sur eBay. En y repensant, mon sentiment d'injustice s'estompe assez rapidement.

– Je répare des voitures, c'est tout, dis-je à la place. Mais je dois signaler à la police que les connards qui m'ont tabassé ont mentionné Sophie.

Denny devient blême.

– Vraiment ? Pourquoi ?

– Pour me narguer. Ils voulaient quelque chose que je n'ai pas. C'était leur façon de me motiver, même si ça ne marchera jamais. Donc, ils ont parlé d'elle. Et c'est pour ça que son père doit être mis au courant, même s'il aimerait me voir mort.

– Mon Dieu. Tu vas mettre Sophie en danger, s'exclame-t-il.

– Pas si je fais attention. Personne n'a besoin de savoir que…

Je soupire.

Denny a l'air abattu.

– Est-ce que tu peux appeler Sophie ? Quand je vais lui dire que le Suboxone t'a aidé, elle va attendre ton appel.

C'est probablement vrai. Mais je viens de prouver que je ne suis pas digne d'elle.

– Je l'appellerai plus tard… peut-être.

Je l'ai laissée tomber, encore une fois, et pas juste parce que je lui ai crié dessus quand elle est venue me voir. Mon vrai crime, c'est de l'avoir fréquentée ces dernières semaines. *C'est juste du sexe, rien d'autre.* C'est ce qu'elle avait dit. Mais ce n'est pas vrai. Si je peux la garder auprès de moi, elle n'ira pas trouver quelqu'un d'autre, quelqu'un de mieux. Quelqu'un qui n'est pas à un jour près de rechuter et de finir à nouveau en désintox.

Denny me regarde, silencieux.

– Elle a quelque chose à te dire.

– Mais je croyais que c'était *toi* qui étais chargé de mon dossier ?

Et voilà que je suis à nouveau un salaud.

Denny lève les yeux au ciel.

– Oui. Mais Sophie veut te dire quelque chose de personnel.

*Formidable.*

– Je l'appellerai dans quelques jours…

Il me jette un regard frustré.

– Fais-le maintenant. (Il glisse une main dans sa poche et en retire une carte de visite.) C'est le numéro de notre bureau. Appelle-la. Ou appelle son portable. Elle a dit que tu avais son numéro.

Il jette la carte sur la table et s'en va. Je finis les bretzels. Mais je n'appelle pas Sophie.

Ce serait mieux pour elle que je ne l'appelle jamais.

## CHAPITRE 24

### SOPHIE

*Mood musical : Une version endiablée de Jingle Bells*

Lorsque Denny revient vers six heures, je suis encore assise à mon bureau. Je suis en train de faire semblant de travailler. La veille de Noël. Je suis sûre que c'est très convaincant.

Il se tient debout devant moi, les bras croisés, un air pensif sur le visage.

Je retiens mon souffle. J'espère qu'il va me dire que Jude va bien. Je suis une boule de nerfs depuis ce matin. J'étais passée au bureau pour dépanner mon patron qui est en déplacement. Je devais juste vérifier la liste des patients, pour voir si de nouveaux admis avaient besoin d'aide de l'assistance sociale.

Quand j'ai vu le nom de Jude sur la liste, mon souffle a été coupé.

Denny est là aujourd'hui, parce que je l'ai appelé. Une assistante sociale ne peut pas prendre un dossier en charge si elle a une relation personnelle avec le patient. Quand j'ai trouvé Jude et que j'ai appris qu'on lui avait donné des narcotiques contre son gré, j'ai appelé Denny en panique.

– Le Suboxone marche, dit Denny. C'est assez miraculeux.

– C'est vrai ? (Je sens mes épaules se relâcher.) Il a meilleure mine ?

Il hoche la tête, l'air sérieux.

– Il semble revenu à lui-même.

– C'est incroyable.

Soudain, j'ai envie de pleurer. Quand j'ai vu ce que l'hôpital avait fait, qu'ils lui avaient administré une substance qu'il a passé six mois à purger de son corps, j'ai eu envie de casser quelque chose.

– Il sait tout ce que tu es en train de faire pour lui.

Denny fronce les sourcils et se mord la lèvre. Il a l'air de se retenir de dire quelque chose de désagréable. *Quelle surprise !* Jude et Denny sont si différents.

Je devine le reste :

– … Il s'est comporté comme un salaud envers toi ? Tu peux me le dire. Je ne suis pas surprise.

Denny secoue la tête.

– Il est resté poli.

– Alors, pourquoi cette tronche ? On dirait que tu viens d'avaler une tarte au vomi ?

Une expression de dégoût s'affiche sur son visage.

– Ça existe, ça ?

– Qu'est-ce que tu essaies de me dire ?

Il hausse les épaules.

– Je lui ai demandé de t'appeler et il a dit qu'il le ferait… peut-être.

*Dur.*

– Jude est probablement encore très malade, dis-je pour cacher ma réaction.

– Je n'en doute pas, répond Denny rapidement. Il ne veut pas que tu le voies dans cet état.

Son visage se détend.

– Honnêtement, si j'avais passé la journée à vomir, je ne voudrais pas que tu me voies non plus.

*Adorable.* Je vais devoir mettre ma déception de côté une nuit de plus. Je décide de changer le sujet.

– Est-ce qu'il t'a dit qui l'a tabassé ?

Denny sursaute.

– Allons dîner quelque part et on pourra en parler. Il est tard et je meurs de faim.

C'est la veille de Noël. Mes parents sont probablement à la maison, en train de se demander quand je vais rentrer faire la cuisine. Sauver les apparences une nuit de plus. Mais ce soir, je n'ai pas le courage.

– D'accord, dis-je. Allons-y.

***

On retourne à Colebury pour dîner. On gare nos voitures dans la rue près de l'église, puis on se retrouve sur le trottoir pour décider où manger.

Ni Denny ni moi ne suggérons *La Taverne de Pete*, parce que c'était là où nous devions aller le soir de notre rencard. On finit par s'installer au resto mexicain de la ville. Tout le monde sait que ce n'est pas vraiment de la nourriture mexicaine ; il est impossible de trouver quelque chose d'authentique dans le Vermont. D'ailleurs, Denny finit par commander un wrap thaï.

Une fois le repas terminé, Denny essaie de payer, mais j'ai déjà donné ma carte de crédit à la serveuse.

– Comment t'as fait ça ? demande-t-il. Elle n'a même pas encore apporté l'addition.

Je fais un geste de la main.

– Je suis sournoise. Maintenant dis-moi : qui a tabassé Jude ?

Denny s'essuie lentement la bouche avec sa serviette, puis soupire.

– C'est pas très clair. Les gars qui ont fait ça cherchent un stock de drogues qui reste introuvable depuis trois ans. Jude ne les connaît pas, mais ce n'est pas la première fois qu'il leur dit qu'il ne sait rien.

– Et ils l'ont tabassé quand même ?

– Ils n'ont pas dû le croire. (Il s'éclaircit la gorge.) Jude va porter plainte à la police. Les gars qui l'ont envoyé à l'hôpital veulent quelque chose qu'il n'a pas. Mais le problème, c'est que toi aussi tu es en danger.

Ah, ça, ça me fout la trouille.

– C’est idiot. Je n’ai rien qui puisse appartenir à ces types.

– Une personne intelligente comprendrait ça. Mais, apparemment, ils ne sont pas très intelligents. Il faut que tu sois un peu parano, OK ?

– D’accord.

– Reste sur tes gardes, et si j’insiste pour te raccompagner à ta voiture, laisse-moi le faire.

– D’accord. Tu es un type bien, Denny. Le père Noël ne t’oubliera pas cette année.

Il sourit tristement.

## CHAPITRE 25

### JUDE

*Niveau de manque : 1*

– Comment vous vous sentez ?

Aujourd'hui, ce n'est pas Angela. Cette infirmière est plus âgée et a l'air sévère, mais les apparences sont trompeuses, car elle vérifie mon pansement avec beaucoup de douceur.

Je râle.

– J'ai… encore mal. Je suis prêt à avaler la prochaine dose d'Ibuprofène dès que possible.

– Je n'en doute pas, mais pour le moment, mettez ça sous votre langue.

Elle retire d'une enveloppe à mon nom le Suboxone qui ressemble à une petite bande.

Je dépose la pastille dans ma bouche où elle fond immédiatement. On ne peut pas dire que ça ait bon goût, mais c'est bien le cadet de mes soucis. Presque vingt-quatre heures après ces premières prises, je ne ressens pas le besoin de me droguer, je n'ai pas de tremblements et je n'ai pas envie de vomir.

Si j'étais croyant, je serais déjà à genoux en train de remercier le Seigneur pour ce miracle.

– Je peux vous poser une question ?

– Bien sûr.

– Quand est-ce que je pourrai prendre une douche ?

Cette dame me sourit.

– Vous devez vous sentir mieux. Le seul problème, c'est qu'on ne veut pas que votre plaie soit mouillée.

– Et je ne peux pas scotcher un sac plastique tout autour pour la protéger ? Je vous assure, je n'en peux plus.

Je suis imprégné des odeurs de la détox, de la transpiration et pire encore.

– On va passer un marché, si vous mangez tout ce qu'on vous apporte au déjeuner, alors je verrai ce que je peux faire.

– Merci.

Elle sort, et mes yeux se posent sur la télévision, j'aimerais tellement trouver un programme qui me permette de ne plus penser à tous les problèmes que j'ai et que je n'arrive pas à résoudre. Maintenant que les symptômes de manque ont disparu, les problèmes à gérer m'arrivent en rafale. D'abord, je m'inquiète pour Sophie, ensuite il y a les angoisses de boulot. Je vais certainement perdre cette commande sur la voiture de cet homme qui dirige l'entreprise d'énergie solaire, car je ne sais pas combien de temps ça va prendre avant que mon bras droit puisse tenir un pistolet à peinture. Ah, et pour finir, je vais avoir une facture faramineuse à l'hôpital pile au moment où je ne peux pas travailler.

C'est la merde, et pourtant je ne me suis pas senti aussi bien depuis des mois, car je ne ressens pas le manque.

Étrange.

***

C'est la première fois que je suis hospitalisé et je dois dire que je trouve l'expérience à peine moins humiliante que la prison.

Pour me doucher, je dois me déshabiller devant mon infirmière. Elle colle un large pansement imperméable sur ma blessure pour que je puisse prendre une douche rapide tout en maintenant mon bras droit hors du rideau. Heureusement, le shampoing est dans un distributeur accroché au mur et j'arrive tant bien que mal à mettre quelques pressions dans le creux de ma main et à l'étaler sur ma tête.

L'eau chaude est délicieuse et j'aimerais pouvoir rester des heures sous la douche, mais l'infirmière m'attend et, de toute façon, mes genoux tremblent. Je me shampouine et me savonne tout le corps, puis je me rince avant de me casser de cette douche.

Ce n'est pas facile, quand on n'a qu'un bras, d'enrouler une serviette autour de sa taille. Elle se décide donc à sortir pour que je puisse me sécher et revient glisser une blouse d'hôpital propre sur mes épaules. Je sors de la salle de bains et remarque que quelqu'un a déjà changé mes draps.

Ça commence à ressembler à quelque chose.

Je mets un temps infini pour atteindre le lit, comme tous les patients atteints d'une splénectomie j'imagine, et je m'assieds. Tandis que l'infirmière me borde, un policier en civil entre dans la chambre. Je le reconnais, c'est le flic qui a pris un café avec Sophie à la boulangerie.

*Ne lui en tiens pas rigueur, abruti !* Voilà ce que je me répète en boucle car, après tout, qui ne sauterait pas sur l'occasion de s'attarder avec Sophie autour d'une tasse de café ?

– Jude Nickel ? Je suis l'agent Nelligan.

Je vais être poli, même si ça me tue.

– Bonjour, M'sieur l'agent, je suis navré de vous faire déplacer jusqu'ici à Noël.

– Vraiment ? Oh, vous savez, faut pas vous inquiéter, de toute manière moi, je suis tout en bas de l'échelle, donc c'était prévu que je travaille. L'assistant social nous a dit que vous souhaitiez faire une déposition ?

Et là, il me regarde comme s'il venait de sentir une odeur nauséabonde.

Pas de respect pour les junkies de la ville… Ça ne m'étonne qu'à moitié.

– Ouais. C'était un guet-apens, je me suis fait avoir. J'ai vu ces mecs pour la première fois il y a quelques semaines.

L'agent Nelligan ne peut s'empêcher d'être cynique.

– Vous ne connaissez pas ces types ? Si vous saviez combien de fois on entend ça par jour !

– Je veux bien vous croire, mais dans mon cas, c'est différent. Vous devez savoir que j'ai été en prison pendant trois ans et, à ma sortie, j'ai passé six mois loin de la ville. Moins d'un mois après mon retour en ville, un de ces mecs s'est pointé dans mon garage, soi-disant à la recherche de drogues qui avaient disparu il y a trois ans, mais chez moi il n'y a pas de drogues. C'est ce que je leur ai dit.

– Vous connaissez leurs noms ?

– Non, mais je peux vous décrire leur chef. Il a une grosse balafre sur la joue.

Je la dessine du bout du doigt sur mon visage en même temps que je lui parle.

– OK.

Il ne note rien.

Il n'a visiblement pas compris le message.

– Je sais que vous n'en avez rien à foutre que je me fasse massacrer, et je vous comprends, mais il faut que vous alliez dire à votre boss qu'il y a deux types qui posent beaucoup de questions sur cette fameuse nuit d'il y a trois ans et demi. Et dites-lui aussi qu'ils n'hésitent pas à citer Sophie Haines comme la prochaine personne qu'ils pourraient vouloir interroger…

Voilà qui retient son attention. L'agent Nelligan tourne sa chaise pour me faire face et se laisse tomber de tout son poids.

– J'espère que vous n'êtes pas en train de vous foutre de moi. Vous n'oseriez quand même pas utiliser la fille du chef pour qu'on s'intéresse aux balèzes qui vont ont mis une raclée ?

– Putain, non. Jamais de la vie ! (Doux Jésus !)

– M'sieur l'agent, je sais que pour vous je suis juste un détenu décérébré de plus, mais il se trouve que je ne suis pas débile au point de mentir à un officier de police pour le plaisir.

Il fronce les sourcils.

– Vous êtes juste inquiet pour Mademoiselle Sophie ?

– Oui. Bien sûr que je le suis. Ces mecs veulent récupérer ce qu'ils cherchent à tout prix et ils sont prêts à casser quelques gueules pour l'obtenir.

Il ouvre enfin son bloc-notes.

– Est-ce que vous avez été en contact avec Mademoiselle Sophie ces derniers jours ?

Et meeeerde ! Le flic me fixe de ses yeux bleus et je suis sûr qu'il a senti mon hésitation.

– OK, je vais vous avouer quelque chose, mais n'essayez de pas mettre Sophie dans le pétrin.

Il acquiesce.

– Mercredi, je suis allé à une réunion des Narcotiques Anonymes à l'église et il se trouve que Sophie s'occupe du dîner organisé par la communauté qui a lieu après les réunions. Je l'ai vue plusieurs fois à l'église.

Il soulève un sourcil.

– C'est tout ?

– Oui. Il vous appartient de le dire au chef Haines, mais s'il pète les plombs, le père Peters pourrait perdre sa meilleure bénévole, et moi, je pourrais voir ma séance de thérapie disparaître.

Nellingan pose son pouce et son index entre ses deux yeux comme pour gérer un cas de conscience.

– Très bien, c'est d'accord. Je ne dirai rien. Maintenant, décrivez-moi ces voyous avec précision.

***

Un peu plus tard, Denny se pointe dans ma chambre alors que je viens d'éteindre la télé. Je crois qu'il n'y a rien de plus déprimant que le programme télé de l'après-midi.

– Hey, me dit-il en gage de bonjour.

– Hey. Joyeux Noël.

Il s'installe sur la même chaise que celle utilisée par Nelligan.

– Tu sors demain.

– Demain ?

*Merde*. Pas que j'adore être ici, mais le fait est que je ne peux même pas prendre une douche tout seul.

Denny fait oui de la tête.

– Je pense que tu devrais aller chez les Shipley.

– Je ne les ai pas appelés, lui dis-je, confus. Je sais bien que si je leur demande de rester chez eux quelque temps, ils vont être d'accord, mais je ne veux pas devenir leur boulet.

– Sophie les a appelés pour toi. C'est Griffin Shipley qui va venir te chercher à ta sortie demain.

– Oh.

*Merde*. C'est pas ce que je voulais, mais je crois que je n'ai pas vraiment d'autre choix. Mon père ne s'est pas manifesté, ne serait-ce que pour savoir si je suis vivant. Sophie pourrait probablement s'occuper de moi si je lui demande, mais je ne veux pas que son père puisse s'en rendre compte.

– Très bien. Dis merci à Sophie de ma part.

Il lève les yeux au ciel.

– Bon Dieu. C'est toi qui vas la remercier, Jude.

– D'accord, je le ferai. Aujourd'hui.

Je l'ai tenue à distance pendant toute la période où j'ai vomi et transpiré. Maintenant que c'est fini, ça va me paralyser de la revoir. Les récents événements ont fait que je me sens responsable d'elle. C'est à cause de moi que les voyous connaissent son nom et ce séjour à l'hôpital m'a mis sur le carreau. J'ai à nouveau des problèmes d'argent.

On ne va pas pouvoir rester ensemble, et ça me désole d'avoir à lui dire ça.

Denny s'apprête à partir.

Je le retiens.

– Hey, mec…

Il se retourne à peine vers moi.

– Merci pour tout ce que tu as fait pour moi. Ça me touche. Vraiment.

Il me fusille du regard.

– Je fais que mon boulot.

Il disparaît et, à peine deux minutes plus tard, le père Peters entre dans ma chambre.

– Joyeux Noël, me dit-il avec son large et généreux sourire habituel.

– Vous ne devriez pas être en train de dire la messe ?

Il s'assied sur la chaise des visiteurs.

– Déjà faite. Deux fois. Sans compter la messe de minuit d'hier. C'est la pleine saison pour moi, il me tarde d'être au 26 décembre. Je n'aurai rien d'autre à faire que de manger les restes.

– Bon programme.

J'ai vraiment retrouvé l'appétit.

– J'ai entendu dire que les Shipley vous enlèvent demain.

– Ouais.

Sur le moment, j'ai eu envie de refuser jusqu'à ce que je m'imagine me battant avec une boîte de conserve de soupe pour la réchauffer au micro-ondes. Le tout en veillant à ne pas rouvrir ma cicatrice.

– Je suis vraiment un boulet.

Père Peters fait non de la tête.

– Un boulet, c'est quelqu'un qui n'essaie même pas de se prendre en main. Comme ton père, par exemple.

Oh, purée !

– Vous êtes allé voir mon père ?

Il hoche la tête.

– Au départ, il n'a pas très bien géré ce contretemps.

– Quelle surprise ! dis-je en riant.

– Pardonne-moi, mais je ne trouve pas ça drôle. Quand je regarde ton père, je vois un homme qui a peur de vivre et qui est effrayé par les disparitions.

– Il n'a pas peur. Il est juste complètement mou.

En m'entendant, je réalise que je suis plus agressif à son égard en paroles que ce que je pense vraiment.

Le prêtre frotte doucement ses mains l'une contre l'autre.

– Je sais bien que c'est l'image qu'il renvoie, mais tu sais, il faut beaucoup de courage pour assumer ses désirs et pour chercher à les atteindre. On n'est jamais déçu quand on vit dans un état léthargique.

Malheureusement, je sais ça mieux que personne…

– J'ai raconté à ton père à quel point tu vas bien, que tu vas à des réunions et que tu nous apportes ton aide le mercredi soir. Je me suis permis, car j'ai eu le sentiment que tu ne l'avais pas tenu au courant de tes progrès.

– C'est possible

Après tout, pourquoi je le ferais ? Il ne s'est jamais intéressé à moi.

– Il était très impressionné, Jude.

– Mais pas assez impressionné pour venir me voir et me raccompagner à la maison. Donc je pense que je vais aller chez les Shipley, au moins pour quelques jours.

– C'est bien, mon garçon. Tu vas pouvoir en profiter pour remettre de l'ordre dans ta vie.

Il sort une petite boîte de sa poche.

– C'est un téléphone ? (Je n'en suis pas sûr, car il y a un papier cadeau de Noël tout autour.) Est-ce que c'est Sophie qui vous l'a donné ?

Il me le tend.

– Elle m'a dit de te dire que c'est un cadeau. Elle se fait du souci pour toi.

Cette phrase me fend le cœur.

– Oui je sais. J'aimerais tellement qu'elle ne s'inquiète pas pour moi. Je vais aller bien, et puis, si ce n'est pas le cas, après tout…

Il y a tellement de chances que ma vie parte en couilles. Je ne veux pas qu'elle assiste à ça.

– Tu penses que tu n'es pas assez bien pour elle.

– Mais *évidemment* que je ne suis pas assez bien pour elle.

C'est une évidence.

Le prêtre me fait un sourire.

– Peut-être que tu n'as pas *toujours* été la bonne personne pour elle, mais ce n'est pas une fatalité. Saint Augustin disait : « C'est la fierté qui a changé les anges en démons ; c'est l'humilité qui transforme les hommes en anges. »

Je ne comprends pas ce qu'il essaie de me dire, donc je ne réagis pas.

– Si tu aimes Sophie, laisse-la se faire son idée sur toi.

Bien sûr j'aime Sophie, c'est juste que je n'ai pas confiance en moi.

Le père Peters se lève et serre mon coude encore valide.

– Dès que tu seras remis sur pied, je t'attends les mercredis soir ! Joyeux Noël, Jude.

Si seulement !

## CHAPITRE 26

## JUDE

*Niveau de manque : Inconscient*

Le séjour chez les Shipley s'annonce plus difficile que ce que j'imaginais.

Je m'installe sur le siège passager du truck de Griffin et serre la mâchoire chaque fois que la route en graviers devient irrégulière.

– Désolé, mec, me dit Griff en me jetant un coup d'œil, tout en se cramponnant au volant.

– T'inquiète, lui dis-je, les dents serrées.

Je cicatrise très bien d'après le médecin qui m'a examiné avant ma sortie de l'hôpital. Seulement, j'ai toutes les courbatures d'un mec qui a été frappé, il y a trois jours, jusqu'à tomber dans les pommes.

Griff se gare plus près du corps de ferme que d'habitude, comme s'il transportait une grand-mère.

– Si tu arrives jusqu'à la maison, il y a une part de tarte qui t'attend.

Je me tourne vers lui :

– Tu sais me parler. Je ne te remercierai jamais assez. Ça me rend dingue que vous soyez obligés de m'accueillir.

Griffin fronce les sourcils.

– Je peux te poser une question ? Si je débarquais sur le pas de ta porte après que quelqu'un m'avait défoncé la gueule, est-ce que tu me laisserais entrer ?

– Bien sûr que je te ferais entrer.

Il hausse les épaules.

– Bien. Donc, arrête de t'angoisser. Allez viens, on va manger de la tarte.

Je ne peux pas utiliser mon bras droit pour ouvrir la portière, je me tourne donc très lentement pour que ma main gauche dépasse mon torse endolori.

Malgré tous mes efforts, Griff arrive le premier. La porte s'ouvre avant que je l'aie attente, mais au moins Griff s'arrête et me laisse le temps de trouver comment utiliser ma main gauche pour sortir du truck sans me tuer.

***

J'imagine que les Shipley vont m'installer dans le dortoir. C'est là que j'ai dormi cet été. Sauf que Ruth Shipley a d'autres plans pour moi. Après que j'ai passé une douloureuse demi-heure assis à leur table de salle à manger autour d'une tarte et d'un café, elle me caresse la main.

– Tu as l'air épuisé, chéri. Viens avec moi.

Je la suis et, une fois dans le salon télé des Shipley, je découvre qu'elle a déjà fait mon lit. La simple vue des draps, de la couverture et des deux oreillers me donne envie de dormir.

– Tu ne veux pas faire une petite sieste ?

Je crois que je me suis endormi à la seconde où mon visage a touché l'oreiller, pour me réveiller trois jours plus tard, ou presque. C'est tellement bizarre. Cela dit, je n'ai pas beaucoup dormi ces dernières années. J'ouvre les yeux de temps en temps. Une première fois, Audrey me tend un délicieux bol de soupe épicée, une autre fois c'est May qui me tend un cookie, mais la plupart du temps, c'est Ruth Shipley qui se tient au-dessus de mon lit pour me donner mes doses de Suboxone et d'aspirine.

Il arrive que Griff veuille qu'on regarde un film mais, chaque fois, je tombe de fatigue après la première heure. Mes rêves sont embrouillés et incohérents. J'erre à pied en périphérie de la ville, soit pour suivre Sophie, soit pour essayer de la semer.

Puis son frère sort de derrière un arbre, le visage et le cou en sang, et me dit : « Non, ne fais pas ça. » Alors, Gavin bascule, je l'esquive de justesse et tente de lui envoyer un coup de poing, mais je n'y arrive pas…

Je me réveille en sursaut avec le visage inquiet de May Shipley au-dessus de ma tête.

– Putain !

C'est plus fort que moi, le juron est sorti tout seul.

– Pardon ! (Elle recule d'un pas.) Tu as fait un cauchemar ?

– Ouais. (Je suis en nage.) Doux Jésus.

Je pousse la couverture et prends une minute pour reprendre mon souffle.

– Tout va bien ? Tu dors depuis tellement longtemps, on commençait à s'inquiéter.

Je lutte pour m'asseoir, mais je remarque que ma plaie me fait moins mal qu'il y a quelques jours.

– Je crois que j'en avais besoin, ça fait trois ans et demi que je ne dors pas beaucoup.

– Ooh, me dit-elle avec un adorable sourire.

Et je réalise avec émerveillement à quel point je me sens bien dans cette famille.

Soudain, je demande à May :

– Tu vas me prendre pour un chieur si je me douche ?

Dieu sait à quel point j'en ai besoin.

– Jamais de la vie, j'allais justement te le proposer. Tu vas avoir besoin des pansements waterproof. Attends, ils nous en ont donné trois à ton départ de l'hôpital.

Je reste assis là, une minute de plus, à me demander comment je vais bien pouvoir faire pour prendre une douche. Je ne peux pas mettre le pansement tout seul sur mon ventre. Avec mon bras cassé, j'ai une dextérité quasi inexistante.

May fait alors son entrée dans la pièce et vient s'asseoir sur l'étroite parcelle encore disponible, à côté de moi sur le divan.

– Soulève ton tee-shirt, dit-elle.

D'une main, j'arrive à le relever au-dessus de ma cicatrice. Elle retire le sparadrap et la bande de gaze de mon torse. Maintenant, j'ai deux nouvelles marques de bagarre sur mon corps, une à quelques centimètres sous mon cœur et une au milieu.

– Tes points ont bien meilleure mine, dit-elle en enroulant l'ancien bandage et en le laissant tomber par terre.

J'acquiesce tout en regardant ma plaie. Ce qui est bizarre, c'est que je n'ai pas le souvenir qu'elle ait déjà vu ma cicatrice. J'ai été vraiment dans les vapes ces derniers jours.

May pose le pansement waterproof et se lève.

– Viens, je vais te préparer la douche du bas.

La maison est plongée dans le silence.

– Où sont-ils passés ? dis-je en la suivant.

– Ils sont allés au cinéma à Montpelier. Les séances sont à moitié prix aujourd'hui.

– Mon Dieu, on est jeudi ?

May rigole.

– Incroyable, mais vrai !

Elle fait couler l'eau de la douche pour moi et disparaît. Je me déshabille maladroitement et me mets sous le jet d'eau en gardant mon bras hors du rideau. Immédiatement, mon épaule me fait souffrir.

– Tout va bien ?

– Ouais. C'est juste que…

– Quoi ?

Sa voix se rapproche.

– Est-ce que je peux te passer le shampoing pour que tu m'en verses dans la main ?

– Bien sûr. Allez, passe-moi ça, mon manchot.

– Franchement, tu ne trouves pas que c'est plus sympa que d'aller au cinéma ? dis-je tandis qu'elle presse le shampoing dans ma main gauche.

– Ils sont allés voir *The Revenant* et je n'ai vraiment pas envie de voir qui que ce soit se faire malmener par un ours.

– Ne me raconte rien !

Je me passe du shampoing partout où je peux.

May rigole.

– Lave-toi les cheveux, je vais faire du café. Laisse l'eau couler quand tu as fini et appelle-moi. Je t'ai posé des serviettes juste à côté de la douche.

– Merci, lui dis-je pour la centième fois.

– De rien !

Et elle disparaît.

Je fais ce que j'ai à faire, mon bras cassé tombe un peu plus à mesure que je fatigue, mais l'eau est bien trop bonne pour que j'aie envie de sortir maintenant.

La porte de la salle de bains s'ouvre à nouveau et je sens une main toute douce se poser sous mon coude pour soutenir mon bras. Ça me fait du bien. Je marmonne un « merci » tout en essayant de me rincer partout.

– J'ai fini dans une seconde.

Malgré les consignes de May, je tourne maladroitement le robinet avec ma main gauche pour le fermer.

Alors que je suis encore trempé et nu, je suis surpris d'entendre le rideau de douche s'entrouvrir. Et je le suis encore plus quand je découvre Sophie dans la salle de bains.

– Salut, me dit-elle timidement.

– Salut.

Je fixe son beau visage, elle me fascine.

– Tu ne m'as pas appelé, dit-elle en attrapant une serviette.

Ses yeux scintillent.

– Ouais, tu sais, j'ai…

– Dormi pendant trois jours, dit-elle avec un sourire. Je sais, je me moque de toi. May m'a dit, tu t'es presque transformé en Rip Van Winkle. Comment tu te sens ?

– Mieux, dis-je en réalisant que c'est la vérité.

Sophie passe la serviette sur mon visage.

– Tu m'as manqué.

Elle pose une main sur ma taille et m'embrasse le menton.

Putain. C'est tellement bon de sentir ses lèvres si douces sur ma peau. Elle enroule la serviette sur mon corps mouillé et me serre dans ses bras.

– Humm.

Je la serre un peu plus et m'enivre de son odeur de pomme. Sophie. On reste là, enlacés un moment.

Puis elle commence à m'essuyer et je la laisse faire. Elle passe la serviette sur mon torse et je me retourne pour qu'elle puisse m'essuyer le dos. Ses mains descendent sur mes fesses et elle pose un baiser sur mon dos.

– Sors de là, que je puisse te sécher les cheveux.

Je sors de la douche avec précaution et noue la serviette autour de ma taille. Disons plutôt que je continue à la tenir, car je n'y arrive pas bien avec une seule main. Sophie attrape une autre serviette et me sèche les cheveux, puis elle utilise ses doigts pour me recoiffer. Je ne bouge pas et la laisse faire. Il y a eu beaucoup de problèmes entre nous et on a encore beaucoup de choses à se dire, mais je ne veux pas y penser pendant les dix minutes qui suivent.

– Je t'ai apporté des vêtements, dit-elle.

– Vraiment ? Mais où tu les as trouvés ?

– Dans ta chambre. Ton père m'a donné les clés, elles sont dans le salon télé.

Elle pointe son pouce par-dessus son épaule.

– Tu es sérieuse ?

J'essaie d'imaginer une discussion entre Sophie et mon père.

– Oui. Enfin, il portait sa tenue pour peindre, donc il n'a pas pu me les passer, mais il m'a décrit avec précision où elles se trouvaient, au crochet de la cuisine.

– Il était en train de… peindre une voiture ?

Elle me regarde, perplexe.

– Ben, bien sûr, une voiture. Une Prius vert citron avec une bande blanche sur la portière. Trop belle.

Waouh. Je n'aurais jamais cru que mon père aurait un jour la détermination pour s'y remettre et finir ce boulot.

Une fois de retour dans le salon télé, je remarque que May a changé les draps et il y a un mot posé sur l'oreiller. *Je suis montée lire dans ma chambre. Crie si tu as besoin de quoi que ce soit.*

On dirait que May a eu la délicatesse de s'éclipser…

Sophie sort mon tee-shirt de fermier d'un sac de courses et le passe tout doucement au-dessus de ma tête.

– Merci, dis-je calmement tandis que de ses mains douces, elle fait glisser le coton frais et propre sur mon torse. Elle n'est qu'à quelques centimètres de moi et sa proximité me bouleverse. Je n'ai qu'une seule envie, l'allonger sur la banquette, l'envelopper de mon corps tout entier et ne plus jamais la laisser partir.

Elle cligne des yeux et prend un air sérieux.

– Je pourrais faire n'importe quoi pour toi, chuchote-t-elle.

C'est tellement beau, et ça fait écho à ce que je lui ai dit à Thanksgiving, seulement je ne suis pas prêt à l'entendre. Pas que je ne veuille pas de Sophie dans ma vie. Bien au contraire. Je veux juste être un peu mieux pour avoir quelque chose à lui offrir en retour. Je ne veux pas qu'elle soit avec un mec qui se fait tabasser par des dealers et qui se retrouve à squatter le canapé de son seul ami.

C'est ça.

Je vais fermer la porte de la salle de télé, pour ne pas m'exhiber devant May en me déshabillant et aussi, et surtout, pour m'éloigner un peu de Sophie et reprendre mes esprits.

Elle fait alors glisser la serviette de mes mains.

– Assieds-toi, dit-elle.

– Ça, c'est de mon ressort, dis-je en m'asseyant au bord, sur les draps tout propres de la banquette.

À ma grande surprise, elle s'agenouille, pose ses coudes sur mes cuisses et commence à déposer des baisers entre mon aine et ma jambe.

– Oh putain, dis-je dans un souffle, et tous mes poils se dressent. Sophie…

Je veux la retenir.

– La porte est fermée. Tu es devenu prude, ou je rêve ?

Je gémis alors quand elle embrasse mon bas-ventre, les lèvres à demi ouvertes. Je comprends tout de suite que mon pénis est sorti indemne de cette série de malchances. Plus Sophie s'en approche, plus mon sang afflue à la vitesse de l'éclair. Elle enveloppe mon corps de ses bras et pose sa joue contre ma grosse queue. Sa respiration sur ma peau est profonde et douce. Elle tourne légèrement la tête et baise l'extrémité de mon sexe, doucement.

– Recule, m'ordonne-t-elle. Laisse-moi te détendre.

Et c'est ainsi que je me fais sucer, un jeudi après-midi plutôt frais, sur la banquette des Shipley.

Le vent tape aux fenêtres, pendant que sa langue diabolique caresse ma queue.

– Oh merde, je batouille.

Ses lèvres s'écartent et elle me prend tout entier dans sa bouche. Mon corps se met à frissonner de partout comme des bûches fraîches jetées au feu.

Wouhouu. Je me sens partir.

– Mmm…

Comme si ça ne suffisait pas, Sophie gémit en me suçant. Elle me fait une fellation bonne à en perdre la tête.

– J'aime tellement te manger, chuchote-t-elle en levant les yeux vers moi avant de me reprendre à nouveau dans sa bouche.

La vision de sa tête bougeant sur mon sexe me rend fou. De ma main valide, j'attrape ses cheveux entre mes doigts.

– Oh oui !

Je pousse un gémissement tandis que sa main descend entre mes jambes pour caresser mes testicules. Je fais descendre mes hanches un peu plus près de son visage et je laisse échapper un léger râle. Je chuchote un « tu vas me tuer… viens ici… je veux ta bouche ». Je l'attire vers moi.

Sophie se redresse, et nos lèvres se rejoignent. Dès cet instant, je sors la langue pour pouvoir la goûter, la posséder. Peu importe le nombre d'heures incalculables que j'ai passées à convaincre mon cœur que Sophie n'est pas pour moi, mon corps finit toujours par me donner tort.

*Elle est à moi*, me dit mon bras valide en la rapprochant de mon corps.

*Elle est à moi*, me dit ma bouche tandis que je la laisse m'embrasser.

*Elle est à moi*, me dit la main de Sophie en me masturbant comme une reine.

Je suis à deux doigts de jouir.

– Chevauche-moi, lui dis-je, sachant que mes blessures vont m'empêcher de l'honorer.

Au lieu de ça, elle sourit contre mes lèvres et agite son pouce tout autour de ma fente. Sophie joue avec moi comme avec un des pianos de la salle de répétition où elle avait l'habitude d'aller après l'école. Sa voix s'élève pour me tuer chaque fois que je l'entends. C'est irrésistible, j'enroule mon bassin dans un mouvement de va-et-vient contre sa main comme si c'était cette dernière que je baisais.

– Fais attention, lui dis-je en suffoquant.

Au lieu de s'écarter, Sophie se baisse très vite et me reprend tout entier dans sa bouche. Le choc délicieux que ça provoque en moi m'anéantit et je pousse un gémissement si fort que même les vaches dans la grange ont dû m'entendre. Puis je jouis, balance des jurons et lui caresse les cheveux d'une main.

Une fois le feu d'artifice passé, je reprends mon souffle, appuyé contre le dossier du canapé. Sophie embrasse doucement mon ventre et se repose contre ma hanche.

– Tu m'as trop gâté, lui dis-je calmement.

– Il le fallait bien.

Elle se lève et prend mon caleçon et un des sweats qu'elle m'a apportés. Elle les pose sur mes genoux, attrape un verre de cidre que May m'avait servi plus tôt dans la journée et le vide cul sec.

J'enfile mes habits et m'allonge sur le canapé.

– Viens ici. Je veux te serrer dans mes bras.

Elle me regarde et fronce les sourcils.

– Je ne veux pas te faire mal.

– Oh, *je t'en prie.* Je suis bien trop mauvais pour mourir. Viens près de moi.

Elle se recroqueville doucement contre moi, son dos contre mon torse. J'embrasse l'arrière de sa tête et la serre avec mes genoux.

– On n'a eu droit qu'à des moments volés, dis-je, même si c'est un constat un peu trop triste pour la situation. J'aimerais tellement te garder dans mes bras toute la nuit.

– Ça va arriver, me dit-elle immédiatement.

– C'est peu probable.

Sophie me fixe par-dessus son épaule.

– Pourquoi tu dis ça ? Moi, je perdrais la boule si je regardais le monde comme tu le fais. Et puis, tu ne devrais pas être pessimiste, tu as plein d'alternatives qui s'offrent à toi… J'ai tiré le même numéro que toi, tu sais.

Je secoue la tête et commence à argumenter, mais elle se retourne et attrape mon menton.

– Tu verras quand tu seras à nouveau sur pied. Je sais que tu as été en enfer, mais ça va aller mieux, fais-moi confiance.

Lui répondre encore me ferait juste passer pour une tête de mule, donc je l'embrasse sur le bout du nez et je profite de ce moment. Elle se blottit contre moi et c'est comme si le monde s'était arrêté de tourner… Si seulement ça pouvait durer une éternité.

– Est-ce que je peux faire quelque chose pour toi ?

Je m'apprête à lui dire non, jusqu'à ce que je me souvienne d'un truc.

– En fait, est-ce que tu pourrais vérifier mon compte eBay pour moi ? J'ai peut-être vendu quelques pièces détachées de Porsche.

– Bien sûr ! Donne-moi juste ton mot de passe.

Hey, merde ! *La main dans le sac.*

– C'est « Sophie2010 ».

Elle me regarde, surprise.

– L'année où je t'ai embrassée pour la première fois. Oui je sais, je suis un canard.

– J'adore les canards.

– Ça, c'est une bonne chose.

Je la serre un peu plus fort contre moi.

# CHAPITRE 27

## SOPHIE

*Mood musical : « Auld Lang Syne »*
*dans la version des Barenaked ladies*

Jude s'endort un moment et je reste couchée à ses côtés, heureuse d'être près de lui. Peut-être qu'il est encore trop faible pour s'en rendre compte, mais la roue est en train de tourner pour nous. Puis j'entends May dans la cuisine. Je me lève pour aller lui parler.

– Comment il va ? me demande-t-elle en remuant un ragoût de bœuf sur le feu.

– Bien, je crois. Avec moi, il ne s'est pas plaint en tout cas.

– C'est une bonne nouvelle, n'est-ce pas ? dit-elle en me regardant derrière sa frange.

– Oui et non. Je pense qu'il s'inquiète, mais il ne l'avouera pas. Il ne l'avouera *jamais*. (C'est en le disant que je constate à quel point ça me pèse.)

Avant, il préférait se droguer plutôt que de me dire qu'il avait peur.

– Comme tous les mecs, pas vrai ? Ils pensent qu'ils n'ont pas le droit d'exprimer leurs émotions.

– C'est vrai. En plus, Jude a grandi sans personne pour lui apprendre à se confier. Sa mère a divorcé quand il était jeune et son père s'est noyé dans l'alcool pour oublier.

May grimace.

– Bonjour les parents modèles !

– Ouais.

– Tu restes pour le dîner ? me demande May. Tout le reste de la famille nous a manifestement abandonnés. Je crois qu'ils ont dit qu'ils iraient manger une pizza.

– Oui, bien sûr. Merci ! Qu'est-ce que je peux faire pour t'aider ?

– Rien du tout. Audrey a fait ce ragoût hier et il est incroyable. Si tu veux, tu peux réveiller Jude ? On pourrait essayer de le faire dîner à table comme un humain.

– Bonne idée.

– Je fais réchauffer des petits pains au four. Je pense qu'il y en a pour dix minutes, donc prends ton temps.

Je retourne dans la salle télé et me penche sur le rebord du lit. Je pose une main sur le torse de Jude et, sans ouvrir les yeux, il pose sa main valide sur la mienne.

– Bonjour, dit-il.

Le son de sa voix cassée résonne en moi comme la corde d'une guitare. Il m'a manqué. Il m'a *terriblement* manqué.

– May fait réchauffer un ragoût pour le dîner. Si tu arrives à te lever, dans dix minutes, tu pourras manger en position assise, à la verticale.

Il ouvre les yeux et me sourit.

– Ça me paraît pas mal comme programme.

– T'as vu ça !

Mes doigts s'entrecroisent aux siens.

– Alors, raconte-moi, qu'est-ce que j'ai raté ces derniers jours pendant que je faisais mon imitation de Rip Van Winkle ?

– Ah, eh bien… (Je n'ai aucune idée de la manière dont Jude va réagir à la question que je m'apprête à lui poser.) J'ai fait quelques recherches.

– C'est-à-dire ?

Je me confesse en serrant sa main.

– J'ai lu le rapport de police de ton accident, il y a trois ans.

– Quoi ? (Jude enlève sa main de la mienne et se redresse avec son bras valide.) Pourquoi ?

– Parce que je me pose encore des questions. Je pense qu'il faut qu'on engage un détective, Jude. Je suis très sérieuse.

Il soupire, contrarié.

– C'est une très mauvaise idée, Soph. Tout ce qu'on va y gagner, c'est de faire enrager ton père.

– Je l'emmerde.

– Euh, vaut mieux pas, dit-il, les dents serrées.

– OK, mais ce n'est plus à lui de décider des questions que je me pose. Je l'ai laissé prendre bien trop de pouvoir sur moi.

– Ah oui, tu penses ? Attends, je vais te rafraîchir la mémoire, me dit Jude, soudain sérieux. La dernière fois que mon nom est arrivé dans une de vos conversations, il t'a mis une gifle en pleine *figure*. Il a menacé de s'en prendre à mon garage, qui est le seul endroit où je peux gagner ma vie. Et pour finir, ses gars m'arrêtent aussi souvent qu'ils le souhaitent. Et toi, tu veux aller réveiller l'ours qui, par miracle, dort dans sa tanière ?

– Oui ! Je trouve qu'il y a quelque chose de louche dans la manière dont ton affaire a été traitée. Écoute bien : hier, j'ai appris que ton avocat – commis d'office ? – a été exclu du barreau l'année dernière pour *négligence*…

Jude grimace.

– Je ne suis pas étonné, mais je ne vois toujours pas pourquoi ça aurait de l'importance. Gavin est mort, bébé, et même si mon avocat s'est endormi sur ce procès, on ne peut rien y faire. La finalité reste la même. J'ai purgé ma peine et je suis sorti. La seule chose qui va nous rendre la vie plus facile, c'est que je gagne assez d'argent pour quitter cette ville et qu'ils ne puissent plus me harceler.

Mon sang ne fait qu'un tour.

– Jude Thomas Nickel, ce n'est pas comme ça que ça marche, ni pour toi ni pour moi. On ne laisse jamais les salauds gagner.

Je regrette déjà ces mots. Je nous imagine encore comme deux personnes unies contre le reste du monde, seulement, en voyant Jude détourner son visage si parfait, je perds confiance.

Je chuchote :

– Et s'il y avait une chance, même infime, pour qu'un juge soit d'accord avec moi ? Il pourrait rouvrir ton dossier s'il considère qu'il a été mal traité. Imagine que tu n'aies plus à être considéré comme un criminel.

Jude ferme les yeux.

– C'est marrant, je viens de passer trois ans à m'habituer à en être un.

Là, c'est pile le moment où, après avoir lancé une piste, la meilleure chose à faire serait de ne plus en parler et de laisser l'idée germer, mais je ne m'arrête pas, car j'ai l'intime conviction que, pour une fois, il y a de l'espoir à l'horizon pour nous, et on ne va pas me contredire.

– Si ton procès est révisé et que ta condamnation est rejetée, tu vas pouvoir travailler n'importe où.

Il renifle.

– Je ne serai plus un criminel, mais je serai toujours un camé avec une ardoise à l'hôpital et un trou de trois ans sur son CV. Dis-moi, en réalité, combien de procès sont révisés chaque année ? Un ? Deux ?

– Jude, je l'implore calmement. Ne fais pas ça.

– Ne fais pas quoi ?

– Ce que je dis, c’est que moi je veux croire en notre avenir et que tu me fais comprendre de ne pas m’en occuper.

Ses yeux magnifiques se lèvent sur moi avec la même intensité que d’habitude, seulement cette fois je me sens battue. Il finit par me dire :

– J’y tiens énormément, c’est pour ça que je ne *vois* pas d’avenir pour nous deux.

– Je… (Les mots restent coincés dans ma gorge. Jude vient de me faire bien plus mal que mon père avec sa gifle.) J’essaie de te dire que je t’aime et tu me réponds que je suis folle.

– Ce que je veux te dire, c’est juste que même si ton père m’a piégé, ce qui me paraît aberrant, je reste un drogué, pour qui une seule mauvaise journée suffit à replonger. On ne peut pas en vouloir à ton père. J’ai fait tout ce qu’il y a de plus dangereux et d’idiot. (Il pose une main sur mon ventre.) Quand je t’ai rencontrée, tu étais une fille bien, mais j’ai voulu que tu deviennes une garce et regarde où ça nous a menés.

Mon sang ne fait qu’un tour.

– Je ne suis ni la gentille petite fille de mes parents ni ta garce, dis-je, la voix tremblante. Tout ça, c’est juste des appellations à la con. Et puis, depuis quand tu t’intéresses au jugement des autres ?

Il encaisse.

– Excuse-moi. Tu as raison, je n’aurais pas dû dire ça, c’était bête. Tu as toujours été libre.

Ses yeux me fixent avec beaucoup de tendresse et son pouce caresse mes côtes, mais ça n'a aucun impact, car il n'est pas revenu sur la partie qui m'ennuie le plus.

*Je ne vois pas d'avenir pour nous deux.*

– Tu penses que tu t'es bien comporté, dis-je, mais mes yeux commencent à me brûler. Je sais qu'en ce moment tu détestes que les gens prennent soin de toi. Je sais que c'est une situation difficile à avaler et que tu préférerais ne t'occuper que de toi, mais je t'en supplie, ne réfléchis pas à court terme parce qu'un jour je pourrais avoir besoin de *ton* aide. Tu y as pensé à ça ? Quand j'aurai des problèmes, qui sera là pour me relever ?

Il expire lentement.

– Quelqu'un de plus fort que moi, j'espère. Quelqu'un qui n'a pas eu pour habitude de régler ses problèmes avec une seringue.

Je ne sais pas comment j'ai pu laisser cette conversation aller si loin et prendre une tournure aussi affreuse. Je voudrais pouvoir faire marche arrière et avoir cette discussion à un autre moment. Jude retire sa main de mon ventre et la pose sur son torse. Puis il prend à nouveau une profonde inspiration comme s'il se préparait à faire quelque chose de difficile.

– Je ne veux plus que tu penses à l'accident. Ne rentre pas en conflit avec ton père à mon sujet. Et c'est plus prudent si tu arrêtes de venir me voir un moment.

– Tu… tu me mets à la porte ?

J'en bafouille.

– On… il jure dans sa barbe. Je suis désolé, Sophie. Je n'aurai pas dû reprendre avec toi. On en avait fini tous les deux du jour où ton frère est décédé. Ce serait injuste de ma part de prétendre le contraire.

– *Prétendre*, je l'engueule. Tu avais dit que tu ferais n'importe quoi pour moi.

– Ah ouais ? (Sa voix se durcit, ses yeux deviennent tout rouges.) Eh ben, faut croire que je t'ai menti. Ça m'arrive de temps en temps.

Je pense que je n'ai jamais eu aussi mal de toute ma vie. Il vient de me briser le cœur. C'est pire encore que cette nuit affreuse, il y a trois ans et demi, où je ne savais pas s'il était vivant ou mort, parce qu'au moins à ce moment-là j'avais encore de l'espoir.

Sentant les premiers sanglots monter, je saute hors de la banquette et quitte vite la pièce.

J'attrape mon manteau et mes bottines dans la cuisine. Je murmure quelques excuses à la sympathique May et chancelle jusqu'à ma voiture.

Je conduis avec des larmes qui coulent sur mon visage jusque chez moi. Cette fois, mon mood musical intérieur est silencieux, il n'y a pas de chanson assez triste pour illustrer la manière dont il vient de me rejeter.

Ni REM avec « Everybody Hurts ». Ni Pearl Jam avec « Black ».

Ni même la version de Jeff Buckley de la chanson de Leonard Cohen, « Hallelujah ».

J'étais prête à faire n'importe quoi pour Jude, et plus rien n'a d'importance s'il ne me laisse pas faire.

# CHAPITRE 28

## JUDE

*Niveau de manque :*
*1 pour les drogues, 9 pour Sophie*

Je suis resté chez les Shipley quelques jours de plus. Un médecin m'a donné la permission d'utiliser mon bras et m'a prescrit un plâtre plus souple, je demande donc à Griff de me ramener chez moi.

– Tu es sûr, mec ? Tu peux rester plus longtemps, tu ne nous déranges pas.

C'était des conneries bien sûr.

– Ça va me faire du bien de retourner au garage, lui dis-je, et c'est presque vrai.

Comme toujours, j'ai besoin d'avoir les mains prises. Mais encore plus cette fois pour m'éviter de penser à Sophie.

Le quotidien me demande déjà beaucoup d'efforts. Avec un bras en mousse et des douleurs sur tout le corps, avaler mon petit déjeuner ou me doucher, par exemple, me prend quatre fois plus de temps. J'ai passé quelques heures dans le garage, essentiellement pour laisser la lumière allumée et que les gens continuent à venir nous voir avec leurs carrosseries bosselées et cabossées.

Aussi bizarre que cela puisse paraître, mon père relève le défi. Son modus operandi a toujours été de faire le moins d'efforts possible, mais avec mon bras droit dans le plâtre, il a placé la barre un peu plus haut en travaillant un peu plus que d'habitude. Je ne sais pas ce que Père Peters lui a dit, mais chaque fois que je viens lui demander de l'aide, il éteint la télé et sort pour tenir soit une tige soit le démonte-roue quand je ne peux pas le faire moi-même.

Un jour, alors qu'on est tous les deux silencieux, il me dit :

– On m'a fait une offre.

– Quel genre ?

– Une offre pour la propriété. Un gars me propose six cent mille dollars pour racheter la maison et le garage.

– Putain ! (J'en perds la clé à molette que j'avais dans les mains, qui tombe et claque sur le sol en béton.) C'est beaucoup d'argent. Qui peut bien vouloir mettre cette somme ?

– Le mec qui tient la garderie pour chiens de Montpelier. Il veut s'agrandir. Apparemment, les gens dépensent beaucoup d'argent dans ces conneries.

Je ris, pour ne pas pleurer. S'il vend le garage, je n'ai vraiment plus nulle part où aller.

– Je ne dirai pas oui tant que tu n'auras pas trouvé un plan pour toi.

Je me surprends à regarder mon père dans les yeux pour la première fois de la journée. En général, on évite autant que possible de se regarder dans les yeux.

– C'est ta propriété, dis-je. Tu peux en faire ce que tu veux.

Il est gêné et détourne les yeux.

– Peut-être, mais ces derniers temps c'est toi qui as maintenu la baraque à flot.

C'est pas faux.

– Tu penses que ce serait bien pour toi d'être… euh… à la retraite ?

Six cent mille balles, ça fait beaucoup de binouzes. Il se peut qu'il fasse un coma éthylique avant que ça ne le tue.

– Je dois y réfléchir, dit-il calmement. J'ai l'impression qu'il faut tout de même que j'aie un endroit où aller chaque matin. Peut-être que je prendrai un mi-temps quelque part, juste pour m'obliger à sortir de la maison.

Quel plan de dingue ! Moi aussi, j'en prendrais un si seulement quelqu'un voulait m'embaucher.

Le téléphone sonne et je traverse le garage pour répondre, car c'est un bon travail de répondre au téléphone quand on est un réparateur à une main.

– Garage *Nickel's Auto Body*, dis-je en décrochant.

Cet endroit ne s'appellera donc jamais *Nickel et Fils*.

***

Le reste de la semaine passe lentement. On est en janvier et il fait un froid glacial. Ma chambre, au-dessus du garage, ne dépasse jamais les dix-huit degrés et le garage est encore plus froid.

Pour rester occupé, je trie toute notre collection de peintures d'extérieur. Je jette celles qui sont trop vieilles pour être utilisées et j'étiquette celles qui sont encore bonnes. Le mois dernier, je pensais que tous les ménages et rangements que je faisais serviraient le potentiel commercial de la boîte. Maintenant, tout ça ne sert plus à rien et c'est déprimant à en mourir.

Chaque minute où je ne m'inquiète pas pour mon avenir, je la passe à m'inquiéter pour Sophie. Je me demande où elle est et ce qu'elle fait.

Ce mercredi, je décide de me rendre à la réunion des Narcotiques Anonymes à l'église. Les autres me tombent dans les bras et me demandent où j'étais passé. Je leur épargne les détails épineux et leur dis que je me suis fait agresser. Ils ont des réactions bienveillantes quand je leur raconte le fix qu'ils m'ont fait à l'hôpital à mon insu et à quel point le sevrage a été affreux.

– Et en plus, j'étais clean depuis sept mois.

– Mais tu l'es encore, me répond le gars à la Harley. Tant que c'est pas toi qui le fais, ça ne compte pas.

J'ajoute :

– Le point positif, c'est que je suis sous Suboxone et que cette cochonnerie fonctionne du feu de Dieu.

Certains parmi eux en ont déjà pris, donc j'ai droit à quelques conseils.

– Et quand ils commenceront à te sevrer, surtout tu nous appelles à l'aide, insiste mon pote à la Harley.

– Je le ferai, lui dis-je.

Et ce ne sont pas des paroles en l'air. Je me sens soutenu par ce groupe, même si j'aurais préféré vivre toute ma vie sans rien savoir de ces réunions. J'aime autant que je déteste les réunions, ce qui est drôle puisque j'aime autant que je déteste l'héroïne. Seulement, un des deux m'empêche de me retrouver à la rue et sans dents au cours des dix prochaines années, donc je pense sans me tromper que ce sont les réunions qui me conviennent le mieux.

Pourtant, à la fin, je file en douce et je rentre à la maison, seul. C'est déprimant. Je mange un plat à emporter et j'écoute la radio juste pour entendre d'autres voix.

Et je m'efforce de ne pas penser à ce qu'ils peuvent être en train de servir et s'ils ont besoin d'aide au dîner communautaire. Maintenant que j'ai fait ce qu'il y a de plus sage et que je me suis éloigné de Sophie, je sais que je ne peux plus retourner là-bas.

C'était bien d'avoir quelque part où aller les mercredis soir, au moins le temps que ça a duré.

Le lendemain, May vient me chercher jusqu'à Colebury et m'accompagne pour le dîner du jeudi. Je ne voulais pas qu'elle prenne cette peine, mais si je n'y vais pas, ils vont s'inquiéter. J'ai apporté un énorme et beau cheesecake et je fais de mon mieux pour avoir l'air gai et en bonne santé. Je laisse la petite Maeve Abraham écrire sur mon plâtre avec ses crayons.

Vendredi après-midi, j'ai un rendez-vous chez le médecin à quelques miles de la maison. Je prends l'Avenger pour la première fois depuis des semaines et conduis très prudemment jusqu'au centre médical. C'est un peu compliqué de changer les vitesses avec mon bras cassé, mais disons que je m'en sortirai mieux une fois dans le parking.

C'est une clinique que je ne connaissais pas, un centre de désintoxication où ils vont me prescrire le Suboxone de manière continue. Toutes les deux semaines, je dois me soumettre à un test d'urine et me présenter pour une séance de thérapie, sans quoi ils ne me remettent pas la suite de mon traitement.

Ça me rend heureux de faire pipi dans un bocal, si ça signifie que je peux continuer à me sentir quasi normal.

Le petit bâtiment n'a rien d'exceptionnel, rien qui annoncerait ATTENTION AUX TOXICOS.

Le réceptionniste me tend un bloc-notes et m'indique une chaise en plastique vide. Il y a six ou sept personnes dans la salle d'attente. Hormis une femme qui porte un bébé endormi, tous les patients sont des hommes, tous en dessous de trente ans.

Les gens pensent savoir à quoi ressemble un drogué. Ils pensent qu'il tremble dans un caniveau et qu'il lui manque toutes ses dents. C'est possible bien sûr de finir comme ça, mais les drogués que j'ai rencontrés ressemblent aux gars qui sont dans cette salle d'attente, quelconques. On peut voir à leur tee-shirt ou à leurs chaussures qu'ils ont un problème. Peut-être aussi que le ratio de tatouages et de piercings est un peu plus élevé que dans la population classique, car les junkies n'ont pas peur de faire n'importe quoi avec leur corps, mais c'est une théorie qui n'appartient qu'à moi.

On ne peut pas détecter la dépendance de quelqu'un, ça ne se voit pas de l'extérieur. Le mec à côté de moi a sûrement pris du crank, de la kétamine ou de la Vicodin[3], mais il ne le porte pas sur son visage. Peut-être que si je me rapproche et que je regarde dans chaque paire d'yeux, je vais y retrouver quelque chose de familier. De la honte, de la défiance, le souvenir d'une perte ou d'un déchirement qui auraient été anesthésiés par des substances chimiques plutôt que par des relations humaines.

Je prends le stylo et commence à remplir mes renseignements. Nom. Adresse. Malheureusement,

---

3. Médicaments ou psychotropes utilisés entre autres pour leurs effets analgésiques ou sédatifs.

le formulaire demande : « Est-ce que vous avez une adresse permanente ? »

*Oui, j'en ai une, mais peut-être pas pour longtemps.*

La suite est un questionnaire classique sur mes antécédents médicaux, incluant une longue liste des pathologies que je pourrais avoir. Les seules cases que je coche sont celles de la dépendance aux drogues et des antécédents d'alcoolisme dans la famille.

– Nickel ?

Je lève la tête sur une femme à la mâchoire carrée, les cheveux rasés teints en bleu, qui scanne la pièce. Elle me fait signe de la suivre. On emprunte un long couloir avant de se retrouver dans une petite pièce qui ne comporte qu'une table et deux chaises.

– Bonjour, me dit-elle. Je suis Delilah, votre conseillère. Je vais juste avoir besoin de votre pièce d'identité avant de commencer.

– Bien sûr.

Je sors mon portefeuille. Ils doivent être sûrs de délivrer les traitements à la bonne personne.

Elle louche sur mon passeport pour relever les numéros et les ajouter à mon dossier.

– Merci, Jude. Je vous en prie, asseyez-vous.

En s'installant, elle m'explique que Denny l'a briefée sur ma prise involontaire d'opiacés à l'hôpital.

– Et j'ai cru comprendre qu'on vous a également prescrit du Suboxone. Est-ce que vous en aviez déjà pris auparavant ?

Je fais non de la tête.

– Est-ce que vous prenez d'autres comprimés, quels qu'ils soient ?

– Je prenais de l'Advil quand mon bras cicatrisait, mais seulement quand ça me lançait.

– Très bien. (Elle fronce les sourcils.) Maintenant, je vais vous demander d'être très précis en répondant à cette question, car votre santé en dépend. Avant que l'hôpital ne vous injecte des opiacés pendant l'opération, quand est-ce que vous vous étiez drogué pour la dernière fois ?

– Euh… (Je prends un temps pour calculer le temps exact.) Je suis allé en cure de désintox à ma libération de prison et j'en suis sorti il y a sept mois.

Elle ouvre grand les yeux, visiblement surprise.

– Et… ? (Elle tousse comme pour se concentrer.) Quelles substances avez-vous prises *après* votre séjour en cure ?

– Aucune. Enfin de la caféine et du sucre. Et j'ai aussi une réelle addiction au Pepsi.

Elle tape des ongles sur le bloc-notes, et je remarque qu'ils sont bleu marine.

– Mais vous ressentez encore le manque ?

– Tous les jours. En revanche, le Suboxone que j'ai commencé le jour de Noël me calme instantanément.

D'accord. Et avant le Suboxone, comment est-ce que vous avez géré ces crises ?

Elle ne me lâche pas du regard.

C'est une question piège ?

– Je ne savais pas que je pouvais faire quelque chose pour les empêcher. C'est pour ça que je suis ici.

En fait, je ne suis plus tout à fait sûr de la raison pour laquelle je suis ici.

– Vous êtes un patient intéressant, dit-elle. En général, à la première consultation, quand je demande aux patients à quand remonte leur dernière prise, j'ai plutôt le droit à sept heures qu'à sept mois.

– Ça n'a pas été une partie de plaisir pour autant.

*Je vais repartir avec un trophée ou quoi ? Tout ça me donne de l'urticaire, pour être honnête. J'en ai marre, je veux me débarrasser de son regard qui me fixe.*

– Très impressionnant, Monsieur. Bien, maintenant, abordons les détails de votre traitement, car ça m'étonnerait que l'hôpital vous ait donné toutes les bonnes informations.

Elle m'explique le test anti-drogue bihebdomadaire et le dosage.

– Dans quelques mois, on commencera à réduire vos doses afin qu'un jour vous n'en ayez plus besoin. En attendant, sachez que c'est un médicament un peu particulier. Dans la majorité des cas, il atténue les envies et ceux qui craquent et qui en prennent souvent réalisent qu'ils ne peuvent plus planer.

On m'a déjà expliqué tout ça, aussi je fais oui de la tête poliment.

– Est-ce que vous avez pris un petit déjeuner et un déjeuner aujourd'hui ?

– Bien sûr.

Elle me sourit de l'autre côté de la table.

– Pouvez-vous être plus précis ?

– Oh, euh, j'ai pris du pain avec de la confiture au petit déjeuner.

Ruthie Shipley m'a raccompagné à la maison après notre dîner d'hier avec ce qu'elle appelle « les restes », mais ça ressemble étrangement à un grand sac de courses plein de provisions. Son pain fait maison est délicieux.

– Et une salade avec des œufs pour le déjeuner.

J'avais posé le Tupperware sur ma marche la plus haute pour tout garder au frais, heureusement aucun raton laveur n'a trouvé la cachette Shipley.

– Très bien. Si vous mangez régulièrement et que vous ne sautez pas de repas, vous mettez toutes les chances de votre côté pour que le Suboxone fonctionne au mieux. Continuez comme ça. Beaucoup de ceux qui sont passés par ce bureau vous diront que ce traitement est la seule chose qui les a aidés à remettre de l'ordre dans leur vie.

– C'est super, dis-je, mais il n'y a aucun traitement au monde qui pourra réparer toutes les conneries que j'ai pu faire. Ça a fait disparaître tous mes épisodes de manque. Je ne les ressens que quand je suis stressé maintenant.

Racontez-moi ça. Qu'est-ce qui vous a stressé ces dernières semaines ?

– Oh, à peu près tout. Mon bras cassé m'empêche de faire mon travail, mon père va peut-être vendre notre garage, et… (À quel point ai-je envie de lui dire toute la vérité ?) Je me suis séparé de ma compagne.

– J'en suis désolée, me dit-elle tout de suite.

– C'est mieux comme ça.

Elle a l'air de réfléchir à cette idée.

– Disons que, quand vous essayez de rester clean, c'est important de s'éloigner des relations toxiques qui sont dans votre vie. Est-ce que votre petite amie prend de la drogue ?

J'éclate de rire.

– Mon Dieu non !

– Ah, dit-elle gentiment. Alors, est-ce qu'elle vous reprochait d'en avoir pris ? La culpabilité est tout aussi handicapante, surtout si vous essayez de vous pardonner et d'avancer.

– Oh non. (Sophie est parfaite. C'est moi le problème.) On est juste pas très compatibles.

Delilah m'observe à nouveau avec son sourire apaisant.

– Les ruptures sont toujours difficiles, mais elles sont particulièrement douloureuses pour quelqu'un qui veut guérir de ses addictions. Vous vous sentez triste ?

Je l'admets.

– Oui. Bien sûr.

– Déprimé ?

– Je ne sais pas. Il n'y a rien que je n'ai pas été capable de faire, si c'est votre question.

Elle pousse sa carte de visite vers moi sur le bureau.

– Voilà notre numéro principal ainsi que la ligne d'urgence. Si vous pensez que vous allez faire quelque chose que vous pourriez regretter, j'aimerais que vous nous appeliez avant. Vous pouvez faire ça ?

– Bien sûr, dis-je calmement.

Pourtant, en approchant la carte vers moi, un point important m'apparaît.

Je me suis retiré de la vie de Sophie, car j'étais convaincue que mon abstinence tenait à un fil et que la moindre journée compliquée pouvait me faire replonger, que je n'étais pas quelqu'un de confiance. Pourtant, cette semaine était à chier, elle m'a terriblement manqué et je n'ai jamais été réellement tenté d'en prendre. Pas une seule fois.

Ce que je veux dire, c'est que perdre Sophie est plus ou moins la pire chose qui puisse m'arriver et, pour autant, je ne rôde pas dans les rues de Colebury à la recherche d'un shoot. Je gère ma rancœur de la même manière que tout le monde. En étant essentiellement un connard grincheux.

– Soyez tendre avec vous, d'accord ? me dit ma conseillère. Faites un peu d'exercice et faites une activité qui vous fasse vous sentir bien. Tant que ça n'induit pas de substance chimique bien sûr !

– OK.

– Ce que je veux dire, c'est que pour les peines de cœur, rester scotché des heures devant Netflix peut être un bon début.

Je n'ai pas Netflix ni aucun moyen pour le regarder, mais je ne veux pas faire pitié, alors je garde ça pour moi.

Une fois que Delilah m'a posé quelques questions de plus et qu'elle s'est assurée que je connaissais les réunions de Narcotiques Anonymes dans un rayon de trente kilomètres à la ronde, il est temps pour moi d'aller pisser dans un bocal.

Elle me guide jusqu'à la salle de prélèvements. Il n'y a pas de lavabo et l'eau des toilettes est teinte en bleu, au cas où quelqu'un serait tenté de diluer ses échantillons. Je fais ce que j'ai à faire et donne la preuve de mon abstinence. C'est bizarre de tendre un récipient de son urine chaude à une femme. Est-ce qu'il y a un moment plus humiliant dans la vie d'un addict ?

Après ça, Delilah me délivre l'équivalent de deux semaines de bandes de Suboxone avec un sourire.

– Vous vous en sortez très bien, Jude. Continuez comme ça.

– Merci. (Mon Dieu, c'est gênant de voir à quel point j'ai apprécié cet éloge.) À la prochaine fois.

Il est dix-sept heures passé quand je sors de la clinique. Je conduis lentement dans Montpelier pour me distraire et je distingue le cinéma dans mon champ de vision. La façade annonce une séance du dernier film de super-héros Marvel.

Je me surprends alors à garer l'Avenger sur un parking et à compter ce que j'ai dans mon portefeuille. Dix-sept dollars et une carte de crédit.

La conseillère m'a dit : *Soyez tendre avec vous*.

Ce soir, ça signifie pour moi un film d'action abrutissant et un seau de pop-corn. J'ai cette putain de voix dans la tête qui me suggère que *Sophie pourrait être là près de toi,* alors que je suis en train de m'asseoir seul à ma place dans le cinéma. Même si c'est vrai, j'ai besoin de ce moment. Sophie est très certainement fâchée contre moi, mais j'ai besoin de savoir si je peux me faire confiance sans elle.

La réponse est oui, au moins pour ce soir.

## CHAPITRE 29

### SOPHIE

*Mood musical :*
*La version par Jeff Buckley*
*de « Hallelujah » de Leonard Cohen*

La première semaine de janvier passe lentement. Elle est rythmée par les moments où je cherche Jude dans l'épicerie ou bien dans la queue chez Crumbs. Je le cherche aussi à la station essence ou au distributeur.

Ça fait maintenant deux mercredis de suite qu'il n'est pas venu travailler avec nous au dîner de charité de l'église. Le père Peters m'a juré que Jude assiste toujours à ses réunions des Narcotiques Anonymes.

– Il va s'en sortir, Sophie. Laissez-lui un peu de temps.

L'endroit où je finis par le trouver est le plus inattendu de tous : dans ma boîte mail. Jude n'est pas du genre à envoyer des mails, mais un après-midi nuageux de janvier, je reçois une notification PayPal. « Jude Nickel vous a envoyé 2147 $. » Il y a juste une phrase explicative. Il a écrit : *L'argent de la vente des pièces détachées de la Porsche. Pour financer ton école de musique.*

Rien de plus.

J'ai envie de hurler, la tête vers le ciel. Peut-être d'ailleurs qu'en d'autres circonstances je l'aurais fait, mais il se trouve que je suis au travail et que, contre toute logique, j'ai toujours bon espoir d'obtenir un temps plein à l'hôpital.

Et Jude veut déjà m'envoyer à New York. Quel connard !

Je suis assise à mon bureau et, pendant quelques minutes, je réfléchis à des réponses bien virulentes pour lui expliquer exactement ce qu'il peut faire de son argent.

– Sophie ?

Je tourne rapidement la tête. C'est Denny qui m'observe.

– Oui ?

– Ton rendez-vous de onze heures est arrivé.

Je saute de derrière mon bureau et finis par apercevoir ma cliente Mary et sa fille Samantha, debout derrière Denny.

– Hello ! dis-je tout de suite à la maman tout en faisant un petit signe de la main à son enfant. Merci d'être venues aujourd'hui.

– C'est toujours un plaisir, dit la jeune maman, en posant une main sur la tête toute douce de sa fille. Le traitement l'a complètement soignée. Je vous jure, c'est incroyable, au bout d'un jour elle se sentait déjà mieux.

J'acquiesce :

– Les enfants sont formidables. Vous voulez bien qu'on se dirige vers la salle de réunion pour discuter ?

– Bien sûr.

J'ouvre la voie, non sans une certaine tristesse, car je sais que j'ai échoué avec cette famille. Je leur ai trouvé des sous pour le suivi des soins de l'implant cochléaire de Samantha, mais pas assez. Il nous manque toujours quelques milliers de dollars. La seule information que j'ai à partager avec Mary aujourd'hui, c'est une nouvelle inscription sur la liste d'attente d'une énième fondation. Tant que rien ne se débloque, cette jeune maman va devoir faire face à une montagne d'intérêts à payer sur sa carte de crédit.

C'est là que me vient une idée prodigieuse.

Je me retourne illico.

– Bonne nouvelle ! J'ai trouvé un donneur privé pour vous aider à couvrir vos frais.

Je vois Denny à l'autre bout de la pièce lever la tête, curieux, mais je me contente de lui passer devant pour conduire Mary et Samantha dans la salle de réunion.

– Fixons la date d'activation du protocole de Samantha !

***

La journée se poursuit et en début de soirée, Denny, en enfilant son pardessus, me demande :

– Est-ce que tu veux en parler ?

– Parler de quoi ? lui dis-je en levant la tête de mon écran d'ordinateur.

Il hausse les épaules.

– De tout ce qui fait que tu as une tête de chien battu vingt-quatre heures sur vingt-quatre.

– Une tête de quoi ?

– Une tête comme celle-là.

Denny attrape le revers de son manteau et plisse tout son visage avec un air pathétique et les yeux de Droopy.

– Hey, t'arrêtes ! C'est pas vrai, je ne ressemble pas à ça.

Il sourit.

– D'accord, j'avoue, tu ne ressembles pas qu'à ça, mais quand même… (Il s'éclaircit la voix.) Ça te plairait de manger des crêpes pour le dîner ? C'est moi qui t'invites.

C'est une super-idée, seulement j'ai acheté trois blancs de poulet pour les faire rôtir à la maison avec des pommes de terre au four. Je m'apprête à lui dire que ça ne va pas être possible, et puis finalement je laisse tomber.

– Bien sûr ! Allons-y.

Si jamais mes parents n'ont pas trouvé de quoi se nourrir avant que je rentre, aux alentours de dix-neuf heures, je pourrai toujours leur cuisiner quelque chose. Ils ne vont pas mourir de faim en quatre-vingt-dix minutes.

On prend la voiture de Denny pour aller au *Skinny Pancake*, un café qui se trouve sur la rue principale de Montpelier, pas loin de l'hôpital. Denny commande la Bûcheronne, une crêpe jambon fromage, et moi je prends la Crepedilla, juste parce que le nom est toujours marrant à prononcer.

À peine assis, Denny met les pieds dans le plat.

– Je veux que tu saches que, quelle que soit la décision de l'hôpital en janvier, je suis sûr qu'on va tous les deux finir avec un bon boulot.

Je grimace.

– OK, essaie juste de ne pas oublier le petit personnel quand tu t'assiéras derrière la table de ton nouveau bureau.

Il me reprend.

– Sophie, ils peuvent ne pas me choisir.

– Ils devraient pourtant, dis-je en exprimant mon inquiétude. Tu as un master et plus d'expérience. Tout va bien, ne t'inquiète pas. Je trouverai quelque chose. J'ai tendance à penser que Norse devrait déjà avoir pris sa décision. Pourquoi il ne l'a pas fait, à ton avis ?

Il avale une gorgée de café.

– Je pense qu'il essaie de débloquer plus de budget. Peut-être qu'il pense pouvoir nous offrir l'équivalent d'un job et demi ? C'est pas idéal d'avoir un mi-temps, mais c'est toujours mieux de chercher du travail quand on en a déjà un.

Ouch.

– Voilà une façon adorable de me dire que j'aurais déjà dû commencer à chercher un job.

Il sourit sur le rebord de sa tasse.

– Obtenir son diplôme est un point de rupture naturel. Personne n'attend de toi que tu cherches du travail alors que tu passes tes épreuves. Ni de moi d'ailleurs, ajoute-t-il tout de suite.

Apparemment, je ne suis pas la seule à penser qu'il est un compétiteur sûr de lui.

– Dis-moi, Denny, est-ce que tu as déjà engagé un détective privé ?

Il paraît un peu désarçonné par le changement de sujet brutal.

– Non jamais. En revanche, un jour, il y a longtemps, le bureau de l'assistance sociale a dû recommander quelqu'un, donc il y a un fichier au bureau avec plusieurs noms. Je pourrais te le retrouver si tu veux.

– Merci.

La serveuse nous apporte nos plats et Denny commence à manger.

– Tu comptes me dire pourquoi tu as besoin d'un détective ? me demande-t-il entre deux bouchées.

Je botte en touche.

– Je ne suis pas sûre d'en avoir besoin. Seulement, j'ai lu le compte-rendu d'accident de la police.

– Attends, celui de…

Denny ne va pas au bout de sa phrase.

– Oui, *cet* accident. Et figure-toi qu'il y a des trucs qui me paraissent bizarres.

Denny s'adosse à sa chaise comme pour analyser la situation.

– Qu'est-ce que ça peut avoir de positif d'aller fouiller dans cette affaire ?

C'est une très bonne question, que Jude m'a déjà posée d'ailleurs. Gavin est parti et Jude a payé.

Pourtant, je n'arrive pas à me défaire de l'idée que tout le monde me cache des choses, et ça m'est insupportable.

– Je me sens tout le temps déloyale. Je suis toujours amoureuse de Jude et je n'essaie même pas de prouver qu'il est innocent. Même si je n'arrive toujours pas à comprendre pourquoi Gavin et lui étaient ensemble ce soir-là. Mon frère était un vrai salaud avec Jude dès qu'il le pouvait, il voulait tout le temps le rabaisser…

Je me tais en y repensant. Tu ne dois pas dire du mal des personnes disparues. Oui, mais Gavin traitait Jude de tous les noms insultants possibles. Selon son humeur, Jude était le clochard ou bien le looser. Ou les deux. Et puis, un jour, il l'a appelé « le junkie » et je me suis mise très en colère. C'était pendant les vacances de Pâques de ma première année universitaire, soit un peu moins d'un mois avant que Gavin ne meure.

Un frisson me traverse rien que d'y repenser. À l'époque, j'étais très énervée, parce que je soupçonnais Jude de prendre de la drogue, mais je priais pour que ce ne soit pas un vrai problème.

Gavin *savait* à propos de la drogue ? Comment ?

– Tu pourrais demander à Jude ce qui s'est passé, tout simplement, dit Denny en reprenant une bouchée.

– Il ne me dirait pas grand-chose, et puis on n'est pas en très bons termes en ce moment.

Denny lève un sourcil tout en mâchant. J'imagine que c'est sa manière de me faire remarquer que Jude a peut-être sa part de responsabilité dans la situation de merde dans laquelle je me trouve, mais je ne relève pas.

– Je veux juste *savoir*, Denn. Dans le dossier, il y a un gribouillage à propos d'un test toxicologique effectué sur mon frère, mais les résultats n'apparaissent pas. Pourquoi aurait-on effectué un dépistage de drogue pour lui ? Peut-être que Jude n'était pas le seul à avoir des problèmes de drogue. D'un autre côté, si ça se trouve, c'était juste une erreur.

Denny pointe sa fourchette sur moi.

– Ça, c'est facile à savoir. Si un test a été fait, l'hôpital doit en avoir une trace quelque part. Faire une recherche dans ce sens va te coûter bien moins cher que passer par un détective.

Je regarde le visage si fin et si beau de Denny de l'autre côté de la table, et je suis prise d'une bouffée d'amour pour lui.

– Tu es un putain de génie.

Il sourit.

Cause toujours !

– N'en demande pas trop.

Je ris.

– T'inquiète. J'ai déjà appris la leçon. (Il baisse les yeux sur sa crêpe et soupire.) Fais attention, Sophie.

– Attention à quoi ?

– Et si tu apprenais quelque chose que tu ne veux pas savoir ?

– Ça n'arrivera pas. Lire le rapport de police m'a déjà permis de reconsidérer toutes ces conneries qu'on nous apprend à l'école primaire sur le gentil officier de police. Il y a des mensonges écrits en caractères gras dès la première page.

Il marmonne.

– Mon frère a été tué dans la Porsche vintage de 1972 de Jude, qui est toujours garée derrière le garage de son père. J'y ai jeté un coup d'œil rapide le mois dernier. (*Avant que Jude ne me coupe l'herbe sous le pied.*) L'avant de la voiture est plié comme une cannette de soda et le pare-brise a disparu.

Denny a l'air malade, tout d'un coup.

– Ça alors, chuchote-t-il. Je suis prêt à parier que c'était une voiture incroyable.

Je soupire. Les mecs et leurs engins !

– Pourquoi est-ce que tu es allée voir la voiture ? demande Denny.

– Pour essayer de comprendre comment l'accident est arrivé. Le côté conducteur est toujours intact, en revanche, il manque la portière passager.

La première chose que j'ai vue quand j'ai soulevé la bâche de ce côté, c'est le tissu texturé des sièges, noir et blanc avec des bandes beiges à chaque extrémité. J'ai toujours trouvé son design bizarre. Pourtant, cette vision m'est tellement douloureusement familière que je sens le chagrin monter depuis le fond de ma gorge.

– Et tu trouves ça bizarre ?

– Oui, bien sûr. Apparemment, ils ont dû sortir Jude de la voiture. Pourquoi enlever la portière passager pour faire sortir le conducteur ?

– Peut-être parce que l'autre portière était bloquée ?

Je fais non de la tête.

– À voir l'état de la voiture, c'était une collision frontale. Il n'y a même pas *une rayure* sur la portière conducteur. Donc, est-ce qu'ils l'ont sorti du côté passager juste pour le plaisir ?

– C'est un peu étrange, reconnaît Denny. Mais il y a sûrement des photos qui ont été prises sur le lieu de l'accident.

– Elles manquent au dossier, dis-je. Écoute, je sais que là, tout de suite, tu dois me prendre pour Alice Roy[4].

Il me fait un grand sourire.

– Vas-y, tu peux te moquer, mais si tu étais à ma place, crois-moi, tu voudrais savoir ce qui s'est passé.

---

4. Héroïne d'une série américaine de romans policiers pour la jeunesse signée du nom de plume collectif Caroline Quine et publiée aux États-Unis à partir de 1930.

Son visage s'assombrit.

– Tu as raison, c'est sûr que je ferais pareil.

Merci. Je coupe ma crêpe et laisse le mystère me tracasser encore un peu l'esprit. Comme si je pouvais m'arrêter, de toute manière.

Après manger, Denny me raccompagne jusqu'à ma voiture sur le parking de l'hôpital.

– Merci pour le dîner ! lui dis-je. Tu m'as remonté le moral.

– Tout le plaisir était pour moi. (Il fait un signe de tête vers ma voiture.) Sois prudente.

Je sais qu'il va attendre que je sois dans ma voiture pour partir, mais je ne compte pas me mettre au volant tout de suite.

– En fait, je dois retourner à mon bureau une minute, dis-je en essayant de pas paraître suspecte. À demain.

Il plisse les yeux en me regardant.

– Laisse-moi deviner, tu vas chercher quelque chose dans la base de données des patients ?

– Non, dis-je fermement. Et même si c'était le cas, je ne te le dirais pas.

– Ah. (Il a un sourire triste.) Fais attention, promis ?

– Comme toujours.

Je regarde Denny s'éloigner, puis je me dirige vers les bureaux éteints des services sociaux et j'allume mon ordinateur. Je tape le nom de Jude dans la banque de données. Il y a trois entrées à son nom : une pour sa récente admission et son opération, une autre datée du mois de juin de cette année.

Cette dernière me surprend, donc je clique dessus et tout s'éclaire. Il est écrit : *Patient hospitalisé dans un établissement de soins de la toxicomanie pour douleurs profondes.*

Bravo, maintenant j'ai l'impression d'être une fouine. Je clique désormais dans le menu sur le troisième et plus vieux dossier qui date de mai 2012. Nous y voilà, son dossier toxicologique de la nuit de l'accident. Les résultats sont exactement les mêmes que ceux du rapport de police.

Je reste là un moment, fixée sur l'écran, avec la question de Denny qui résonne en écho dans ma tête. *Et si tu apprends quelque chose que tu ne veux pas savoir ?*

Je réalise que j'avais un petit espoir pour que le dossier de Jude ne ressemble pas à ça. Mon cœur naïf espérait l'innocenter, mais c'est écrit là, noir sur blanc. Il avait de l'Oxycodone dans le sang, et pas en petite quantité, ainsi qu'une autre substance. Je note les produits chimiques sur mon carnet pour les consulter plus tard.

Puis je clique sur le nom du médecin. Comme je l'espérais, une liste de tous les autres examens que ce dernier a prescrits dans la même journée apparaît devant moi. Nous y voilà : *Gavin Haynes, âge 24 ans. Mort à son arrivée.*

Un clic plus tard, je consulte le rapport d'autopsie de mon frère. J'ai déjà lu ce genre de document grâce à mon travail à l'hôpital et, comme à chaque fois, ça me provoque une grande angoisse. Je n'ai pas vraiment besoin de savoir combien pesait le cerveau de mon frère le jour de son décès, donc j'avance. Je suis alors happée par cette phrase : *Inéligible pour le don d'organes.* Et je comprends tout de suite pourquoi.

Le rapport toxico de Gavin révèle également un taux d'Oxycodone, et pas en petite quantité, plus une autre substance chimique, la même que celle trouvée dans les prises de sang de Jude.

Putain de… !

Je reste cinq bonnes minutes à cligner des yeux face à l'écran, à me demander si je suis folle.

Mon frère aussi était défoncé. Gavin était drogué. J'essaie de me faire à l'idée, mais je n'en reviens pas. Gavin l'athlète. Il sniffait des cachets ?

Non seulement c'est inattendu mais en plus, maintenant, j'ai un vrai problème. Le rapport toxico ne prouve absolument rien, si ce n'est que ma famille m'a caché des informations. C'est affreux, mais pas interdit. Donc, qu'est-ce que je suis censée faire avec cette information ?

Plutôt que d'imprimer le dossier depuis l'ordinateur, je prends une photo avec mon téléphone, que j'imprime, ça me paraît plus prudent. Je range le tout dans mon sac à dos, puis je sors sur le parking plongé dans le noir pour récupérer ma voiture. Je reste assise un moment, bouleversée par cette découverte. Ça ne m'est jamais venu à l'idée de me demander si mon frère prenait de la drogue. Je n'ai jamais pensé que ça pouvait être le cas. Gavin était plutôt le genre d'athlète très porté sur son physique, qui buvait toujours de l'eau de source importée et qui se faisait des boissons protéinées sur le plan de travail.

En d'autres termes, je suis tombée dans le piège de ce foutu délit de faciès, comme tout le monde. Ils regardent les tatouages de Jude et ils voient les problèmes. Ils regardent le bâton de crosse de Gavin et voient le superbe athlète américain.

Deux rapports toxicologiques. Tous deux positifs à deux drogues différentes. J'ai la tête qui va exploser. D'un côté, ça répond à quelques questions que je me posais. Je n'ai jamais cru que Gavin ait pu entrer dans une voiture avec un Jude complètement camé au volant. Je n'ai jamais pu l'imaginer entrer dans une voiture avec Jude *tout court* d'ailleurs, mais si l'appréciation de Gavin était altérée, ça change tout.

Il y a bien sûr une personne qui peut dire ce qui s'est réellement passé ce soir-là, et qui ne l'a toujours pas fait. Je démarre la voiture en insultant Jude. Je veux foncer jusqu'à sa maison et tambouriner à sa porte. Je veux lui crier : À quoi tu pensais ?

Mais, bon sang, d'abord il faut que j'attende que le moteur chauffe. Je compte jusqu'à soixante, et ça me paraît complètement fou. *Je t'emmerde, toi et la Porsche que tu conduisais.*

Il neige tandis que je roule vers le quartier de Jude. Une fois sur place, je me gare à l'angle de sa maison et je prie pour qu'aucun des policiers de mon père ne passe par là. Il fait nuit dehors et il n'y a pas âme qui vive. Je sors de la voiture et me précipite dans l'allée qui mène à l'arrière de la propriété des Nickel.

Mon plan pour prendrc la chambre de Jude d'assaut et lui demander des explications reste intact jusqu'à ce que je sois arrêtée net au pied de ses escaliers. La voiture épave est juste devant moi. Je fais un pas en avant, puis un autre, j'attrape la bâche et la retire entièrement.

Le tissu se froisse au sol avec un bruit plus fort que ce que je pensais. J'ai peur de voir la porte de Jude s'ouvrir, mais on entend à peine le bruit de la musique de sa radio qui se diffuse dans la nuit.

La vue de la voiture est presque aussi effrayante que la vue d'un cadavre. L'avant a été écrasé comme une cannette de soda, le pare-brise a disparu, mais le haut du capot brille toujours. La peinture violet foncé étincelle comme de l'huile dans la nuit.

Pile à ce moment-là, un nouveau souvenir de Gavin pas très agréable m'apparaît. Mon frère a essayé à plusieurs reprises d'acheter cette voiture à Jude. Il lui balançait des insultes en pleine face, puis il lui proposait de l'argent pour la Porsche.

Naturellement, Jude a toujours refusé ses offres. « Merci, mec, disait-il avec une voix bien plus détendue que ce qu'il ressentait à son égard. Je ne pourrai jamais la vendre. J'ai passé beaucoup trop d'heures sur ce bébé. »

Mon frère n'a pourtant jamais laissé tomber. Généralement, je me crispais chaque fois qu'il remettait ça sur le tapis. Je pouvais chaque fois sentir à quel point Jude voulait dire à Gavin d'aller se faire foutre. Malgré tout, Jude n'a jamais perdu son calme.

Beaucoup trop de choses dans ma vie tourbillonnent autour de ce morceau de métal en ruine. Le pare-brise qui manque est comme une plaie béante. Je prends une profonde inspiration et tourne autour pour inspecter les côtés.

La portière conducteur est comme dans mes souvenirs, en parfait état. La portière passager a complètement disparu. Je sors mon téléphone de ma poche et prends quelques photos en priant pour que le flash n'attire personne dans l'allée.

C'est bon. Personne à l'horizon.

Prudemment, je passe une main dans le vide jusqu'à ce que mes doigts viennent heurter le vieux rembourrage du siège passager. J'étais heureuse avec Jude et peut-être que ça m'a rendue idiote. Il a eu un très gros problème de drogue que j'ai complètement occulté, je m'en veux encore d'avoir été si naïve et de m'être laissé embarquer dans cette voiture à toute allure dès les premiers jours de printemps, les fenêtres ouvertes et les cheveux au vent.

*Parle-moi*, je supplie intérieurement la voiture. *Qu'est-ce qui s'est passé ici ?*

Mais toute la ruelle reste silencieuse, à l'exception de l'aboiement persistant d'un chien au loin. Wouaf-wouaf-wouaf !

Je suis venue ici pour me mettre en colère et le menacer, pour lui demander des réponses, mais maintenant toute la rage m'a quittée. Je lève le menton vers la fenêtre de Jude où la lumière brille entre les volets. Il est juste là, si près. Mon cœur s'emballe en l'imaginant allongé seul sur son lit, un livre à la main, alors qu'il pourrait être avec moi.

*Je ne vois pas d'avenir entre nous*, c'est ce qu'il a dit.

Les flocons de neige tombent sur mon mascara et s'accumulent sur les manches de mon manteau.

Je me refuse à grimper les marches.

Au lieu de ça, j'attrape un coin de la bâche au sol et je me bats pour la remettre en place sur la voiture. Ça me demande beaucoup d'efforts avant qu'elle ne soit entièrement recouverte.

Puis je redescends l'allée, Jude ne saura jamais rien de ma venue.

Je remonte dans ma voiture et mets le contact. Je compte jusqu'à soixante, quand je réalise que quelqu'un d'autre doit savoir ce que j'ai trouvé. Je sors à nouveau mon téléphone et cherche l'officier Nelligan dans mes contacts.

Il répond à la première sonnerie.

– Mademoiselle Sophie ! Qu'est-ce que tu fais par cette belle soirée ?

– Je réfléchis beaucoup aux documents que tu m'as donnés.

– Oh, oh !

Il ricane nerveusement.

– Oh, oh, comme tu dis. J'ai trouvé quelque chose d'étrange.

Je lui raconte les analyses toxicos manquantes et de quelle manière je les ai déterrées à l'hôpital.

– Oh mon Dieu, dit-il après coup. Je suis désolé d'entendre ça à propos de ton frère. Ça aurait dû être dans le dossier, mais je comprends mieux maintenant pourquoi ton père ne voulait pas que ce soit rendu public.

*Peut-être que ce n'est pas la seule chose qu'il veut cacher ?* Toute cette affaire me perturbe.

– Est-ce que je peux te poser une question sur la procédure ?

– Je t'écoute.

– C'est comment, un fichier de rapport de police ? Quelles sont les étapes ? Est-ce qu'il y a une copie numérique du rapport que tu m'as montré ? Et si jamais il s'abîme, est-ce qu'il existe une archive ?

Un silence. Un long silence.

– Allô ? je demande. Tu es toujours là ?

– Je suis là. Je réfléchis. Pourquoi est-ce que tu me poses la question à moi plutôt qu'à ton père ?

*Exact.*

– Eh bien, figure-toi, Rob, que mon père m'a menti à plusieurs reprises. J'ai pris soin de sa maison, je lui ai fait la cuisine et pourtant il n'a jamais loupé une occasion de me faire comprendre que ce n'est pas le bon enfant qui est mort. Aujourd'hui, je sais que mon frère était mêlé à quelque chose de sale et qu'il y a des connards qui agressent mon ex et qui balancent mon nom à qui veut l'entendre. Je pense que c'est suffisant pour que tu m'excuses d'être un peu curieuse ?

– Eh ben, sacré bordel, marmonne Nelligan. Tu as de bons arguments, mais tu sais que je pourrais perdre mon travail en fourrant mon nez là-dedans.

Je le reconnais.

– Je sais que ça te met dans une position délicate. D'un autre côté, s'il y a quelque chose de louche dans cette affaire et que ton supérieur est responsable, t'as pas envie de le savoir ? Laisse-moi juste partager un détail bizarre avec toi. Les deux officiers qui ont participé à l'arrestation et à l'interrogatoire de Jude ont déménagé à l'autre bout du pays dans les trois mois qui ont suivi l'accident. Aucun des deux n'a de la famille en dehors du Vermont. Ils ont vécu ici toute leur vie…

– Ça ne veut pas dire qu'ils ont fait quelque chose de mal, me coupe Nelligan.

– Tu as raison. Et puis, si tu consultes ce dossier à ton bureau et que n'y trouves rien de bizarre, à qui ça pourra faire du mal ?

Il y a un silence encore plus long. Je retiens mon souffle, attendant de voir ce qu'il va dire.

– Qu'est-ce que je dois chercher exactement ?

– J'ai toute une liste d'anomalies. Tu as un crayon ?

Il a un rire dépité.

– Pourquoi est-ce que je ne suis pas surpris ? Vas-y, je t'écoute.

# CHAPITRE 30

## JUDE

*Niveau de manque : 1*
*Niveau de stupidité : 11*

Cette semaine, je vais seul au dîner du jeudi. J'arrive juste à temps pour passer à table, les bras chargés de deux douzaines de cupcakes de chez Crumbs.

– Bonsoir tout le monde ! dis-je en me faufilant dans la salle à manger à 18h29, évitant de justesse de me faire remonter les bretelles par Ruth.

– Salut Jude ! crie quelqu'un.

– Heyyy Jude, chante Griff sur l'air des Beatles.

– Tiens, je suis sûre qu'on ne la lui avait jamais faite, celle-là, lui dit Audrey sèchement. Viens t'asseoir ici, chéri.

Elle pose sa main sur la dernière place libre, à côté d'elle.

Grand-Père Shipley dit les bénédicités, puis les plats passent de main en main. Ce soir, Madame

Shipley a préparé des côtes de bœuf braisées et Audrey des brocolis-rave pimentés avec un risotto de champignons qui sent tellement bon que ça me donne envie de pleurer.

Une jeune femme, que je ne connais pas, est assise en face de moi à table. Elle a des cheveux noirs magnifiques et un joli ventre arrondi de femme enceinte.

– Est-ce que tu as déjà rencontré notre amie Zara ? me demande Griffin

– Je suis l'amie d'*Audrey*, corrige-t-elle. Griffin, c'est un détail, il est accessoire.

Tout le monde rigole à sa blague.

Je me rappelle où j'ai entendu son nom.

– Tu diriges le *Mountain Goat*, dis-je. (Zara est l'ex de Griff et, même si elle aime le titiller, ils sont amis maintenant.) On ne s'est jamais rencontrés parce que les bars, c'est plus vraiment mon truc.

– Mais chez moi, c'est de famille, dit-elle en passant une corbeille de pain à Grand-Père Shipley. T'as entendu ça ? Mon frère Alec veut acheter ce moulin que l'État vend aux enchères. L'annonce était dans les journaux tous les jours ce mois-ci.

– C'est vrai ? C'est une super-belle vieille bâtisse, dit Griffin. Je crois qu'il est vide depuis l'inondation qu'il y a eue pendant l'ouragan Irène. Je pensais qu'il avait été trop endommagé pour être sauvé.

– Il n'est pas en si mauvais état. Tiens, je vais te montrer. (Elle sort son portable de son sac et appuie sur l'écran pour retrouver ses photos.) L'intérieur est magnifique. Les murs en pierres apparentes sont impeccables et le plancher d'origine est en grande partie intact.

– Ton frère va vraiment l'acheter ?

Audrey veut savoir.

– S'il arrive à faire suffisamment baisser le prix. Mes oncles ont peur qu'il le paie trop cher, ils n'arrêtent pas de lui répéter à quel point c'est difficile de gagner de l'argent quand on tient un bar. Ce que je crois surtout, c'est qu'ils ne veulent pas de concurrence.

Audrey siffle.

– Ouch !

– T'as vu ça ? Au moins, ce mois-ci, je ne suis pas celle contre qui tout le monde est énervé. Je crois que le fait que je devienne une mère célibataire est relégué au second plan maintenant.

– Est-ce qu'il nécessite beaucoup de travaux ? demande Griff.

– Oui et non. Alec a de gros projets pour cette bâtisse. Il veut se faire un grand appartement au-dessus. Ça va demander beaucoup de travail, mais apparemment ce n'est pas compliqué de remettre le bar en état et de le faire fonctionner. Ils ne vont pas faire de restauration, donc ils n'auront pas besoin d'une cuisine aux normes.

– Juste besoin d'une licence d'alcool et d'un billard, suggère May.

Griff acquiesce :

– Ça me semble parfait. On sera ses premiers clients.

– Zara, est-ce que tu vas te casser et aller travailler pour lui ? lui demande Audrey.

Zara fait non de la tête.

– Je pense que je ne pourrais pas travailler pour Alec. On se tuerait. L'unique raison pour laquelle j'arrive à diriger le bar de mon oncle, c'est justement parce que oncle Bill n'est jamais là. En plus, il va arriver au printemps.

Elle se caresse le ventre.

– Comment tu te sens ? demande May.

– Je n'ai pas à me plaindre. Je n'ai plus de nausées, ce qui est déjà énorme. Tiens, le bébé donne des coups, tu veux le sentir ?

May se lève et se rapproche de Zara pour mettre la main sur son ventre.

– Oh la vache ! C'est trop génial. Je pense qu'elle est en train de faire une séance de yoga là-dedans.

– Qui t'a dit que c'est une fille ? demande Griff.

– Qui t'a dit que ce n'en est pas une ?

Audrey provoque son homme en lui faisant un grand sourire taquin. Il lui lance un regard si sexy que je me sens obligé de regarder ailleurs. Ces deux-là ont en commun ce que Sophie et moi avions, l'amour, la passion et un avenir très prometteur.

– Alors, Jude ? dit Zachariah doucement, quelques sièges plus loin.

C'est un timide, donc il faut que je me concentre pour l'entendre.

– Comment ça va, Zach ?

– Je suis allé chez *Marker Motor* la semaine dernière pour acheter des pièces détachées et j'ai entendu Marker dire qu'il est à la recherche d'un mécano.

– Vraiment ? En ce moment ?

– Ouais. Il râlait parce que son employé le quitte pour se marier. Marker aussi est un bon gars. Je l'aime bien.

Je me lance.

– Tu le connais bien ? Parce que si j'y vais anonymement et que je pose une candidature, je ne serai jamais retenu.

– Pourquoi ? demande Dylan Shipley.

– Disons que mon CV est plutôt bancal, dis-je, ce qui en fait rigoler plus d'un à table. Plus sérieusement, il y a toujours une case à cocher pour savoir si tu as commis un crime. Si tu coches cette case, personne ne te rappelle. Fin de l'histoire.

Griffin ressert un verre de vin à sa fiancée, l'air pensif.

– Qu'est-ce qui se passerait si on devait tous avouer aux gens qu'on rencontre, la pire chose qu'on a jamais faite ? La chose la plus méchante qu'on a pu dire ou bien la chose la plus imprudente qu'on a pu faire ? (Il fait une grimace.) Ce ne serait pas beau à voir. C'est pas parce qu'on n'a pas enfreint la loi que ça fait de nous une belle personne.

Zara pose son verre d'eau dans un bruit sourd.

– Si la confession devenait obligatoire, je n'aurais plus jamais de travail.

– Tu n'es pas méchante ! s'écrie Audrey. Tu es la plus belle personne de tout le Vermont.

Zara fait non de la tête.

– Pas toujours. Et puis, tu sais, j'ai été une ado *monstrueuse*. Vraiment la pire de toutes. Ma mère s'est fait ses premiers cheveux blancs entre mes treize et mes dix-huit ans. (Elle pose une main sur son ventre.) J'espère que ce n'est pas vrai, ces histoires de Karma, sans quoi j'ai du souci à me faire.

Tout le monde éclate de rire.

– Si on devait tous écrire notre secret le plus fâcheux… (Ruth prend un temps pour réfléchir avant de finir sa phrase.) On devrait aussi tous pouvoir écrire la *meilleure* chose qu'on a pu faire. Ça aussi, ça compte.

Il y a des murmures, tout le monde est d'accord, mais ça ne m'apaise pas pour autant. C'est facile pour moi de savoir ce que j'ai fait de pire. En revanche, ce que j'ai fait de mieux ? Ben, je ne l'ai pas encore fait, du moins je l'espère.

***

– Tu viens de rater Sophie, me dit mon père le lendemain, quand je rentre dans le garage après être allé acheter des sandwichs.

*Merde,* me dit mon cœur, même si mon fichu cerveau me dit : *C'est une bonne chose.*

– Qu'est-ce qu'elle voulait ?

– Te donner ça.

Il me tend une feuille de papier pliée en deux.

J'ouvre la lettre.

*Jude,*

*J'ai fait bon usage de l'argent que tu as gagné avec les pièces détachées de la Porsche. Je l'ai donné pour une bonne cause et je tiens vraiment à ce que tu voies le résultat. Retrouve-moi à l'hôpital demain à dix heures au service de Neurologie, deuxième étage, Aile B.*

*Sophie.*

– Euh, je crois que je vais devoir m'absenter quelques heures demain matin.

– D'accord.

Je relis la lettre trois fois, à la recherche d'indices. Ses instructions ne laissent pas de place à la discussion, elle m'ordonne de venir, un point c'est tout. Je passe les vingt-quatre heures restantes à faire un décompte du moment où je vais pouvoir voir Sophie, ne serait-ce que pour quelques minutes.

L'hôpital n'est qu'à quinze minutes en voiture, mais je n'ai pas pris en compte toute la neige qui est tombée. Les bancs de neige sur le parking sont tellement hauts que j'ai beaucoup de mal à trouver une place. J'arrive au service de Neurologie avec cinq minutes de retard. Sophie n'est pas dans la salle d'attente.

– Vous êtes Jude ? me demande une dame en blouse.

– Oui.

– Venez avec moi, s'il vous plaît. Sophie est déjà dans la salle des tests auditifs. Vous allez regarder d'ici.

Je la suis dans une pièce sombre, de la taille d'un placard à balais, avec une vitre et deux chaises. C'est une glace sans tain qui me permet de voir un bureau avec une table et des chaises, un comptoir avec, posé dessus, un ordinateur comme je n'en ai jamais vu.

Il y a quatre personnes dans la pièce, mais mes yeux se posent sur Sophie en premier. Elle est incroyablement belle avec son pull bleu pâle et son pantalon noir. Elle se penche vers une toute petite fille assise sur les genoux de sa maman. On dirait que Sophie essaie de distraire l'enfant pendant qu'un technicien en blouse blanche ajuste quelque chose sur son oreille. Peut-être une prothèse auditive ?

La gamine regarde Sophie, fascinée, quand cette dernière lui montre un livre pour bébés avec des pages cartonnées qu'ils ne peuvent pas arracher.

– Qu'est-ce que c'est ? lui demande Sophie en ouvrant sur une page que je ne vois pas.

La toute petite fille lève ses doigts et fait un signe de rebond d'une main.

– Lapin ! dit sa mère derrière elle. Bravo.

– OK, on est prêts, dit le technicien en laissant l'appareil sur les oreilles de l'enfant. (Il va s'asseoir derrière le pupitre, face à l'écran d'ordinateur.) J'ai juste besoin d'une minute pour faire quelques réglages.

Sophie m'avait parlé du cas d'un tout jeune enfant malentendant qui avait besoin d'un appareillage, mais elle ne m'a jamais dit comment ça s'était terminé. Ce doit être elle.

La petite fille commence à s'agiter, comme si elle voulait descendre des genoux de sa maman pour aller explorer quelques-unes des machines de cette salle. Elle pleurniche, impatiente.

– C'est presque fini, jeune fille, dit Sophie.

– C'est parti, je le mets en marche, dit la dame depuis le terminal. Allez-y, la maman, parlez-lui.

– Est-ce que tu m'entends ? demande la jeune mère à son enfant.

Elle n'a pas plus de vingt ans.

Le bébé ne réagit pas. Elle attend que Sophie tourne une autre page du bouquin.

– Continuez de parler, suggère la technicienne. Je vais ajuster le volume.

– Coucou, trésor, dit la mère, tandis que sa fille regarde toujours ailleurs. Est-ce que tu entends la voix de maman ? Bonjour Samantha. Comment va Samantha aujourd'hui ?

Soudain, tout le corps de la petite sursaute. Elle ouvre grand les yeux et la bouche. Elle pousse un petit cri et se tourne vers sa maman.

– Bonjour Samantha, dit sa mère d'une voix tremblante. Est-ce que tu m'entends, ma petite chérie ?

Samantha pousse maintenant un cri strident, elle lève ses deux bras potelés au ciel et les agite.

– Est-ce que tu entends ton nom ?

Des larmes coulent des yeux de la maman.

Samantha crie à nouveau. Elle pose une de ses mains toute ronde sur les lèvres de sa mère et les caresse.

Sa maman rigole et pleure en même temps.

– Ça marche ! Elle peut *m'entendre*. Enfin.

La petite fille pousse encore un cri, en touchant toujours les lèvres de sa mère.

– Tu veux que je chante ? dit cette dernière en souriant entre deux sanglots. (Elle reprend son souffle et chante les premières paroles d'une vieille chanson.) *Chut, petit bébé, pas un mot, maman t'achètera un bel oiseau*... Mais, très vite, elle fond en larmes. La petite fille s'inquiète et son menton se met à trembler.

Sophie vient à la rescousse.

Ma chérie rapproche sa chaise à la vitesse de l'éclair et prend les mains de la petite fille dans les siennes pour récupérer son attention. Puis elle chante la suite de la chanson : *Si cet oiseau retient son chant, maman t'achètera une bague de diamant.*

C'est la première fois que j'entends Sophie chanter depuis plus de trois ans. Sa voix parfaite s'élève avec clarté et douceur. Le bébé se tourne vers Sophie, les yeux grands ouverts, son visage rond plein d'enthousiasme.

– *Si cette bague roule sous l'armoire*...

Un truc mouillé coule sur mes joues et tombe sur ma main. Ça me surprend et, tout de suite, j'essuie mes yeux à deux mains. De l'autre côté de la glace, Sophie continue de chanter avec sa sublime voix qui fait tomber toutes mes défenses. La première fois que je l'ai entendue chanter, on était vraiment gosses. À ce moment-là, j'ai tout de suite su que je voulais devenir un homme pour elle, pour prendre soin de toute cette beauté.

Je ne savais juste pas comment faire.

Sa voix envoûtante me fait complètement craquer.

*– Tu seras quand même le plus beau bébé de la terre.*

Putain. Je me mords le poing alors que Sophie entame une nouvelle chanson : *Tu es mon soleil*.

De l'autre côté du miroir, la jeune maman s'essuie les yeux avec une pile de mouchoirs et même la technicienne a l'air tout émue en faisant ses réglages et en prenant ses notes.

Les larmes coulent sur mon visage et j'abandonne l'idée de les arrêter. Ça fait longtemps que je ne me suis pas permis d'avoir de l'espoir. C'est ce que Sophie m'a offert aujourd'hui, elle a forcé mon caractère de cochon à être optimiste. Chaque jour, elle se rend dans ce bâtiment et aide des gens à vivre leurs miracles.

Elle a essayé de m'aider à vivre le mien, mais comme un abruti que je suis, je ne l'ai pas laissée faire.

*Fait chier.*

Je prends ma tête entre mes mains et je lâche tout. Je ne sais pas s'il s'est passé une ou dix minutes quand la porte s'ouvre. C'est Sophie qui vient s'asseoir à côté de moi. Je presse mes doigts sur mes yeux et tente de respirer profondément.

– C'est grâce à ton argent, chuchote-t-elle.

– Mais c'est toi qui as fait en sorte que ça arrive. Tu me tues, bébé. Chaque jour un peu plus.

Elle prend ma main et la serre fort.

– Je ressens la même chose pour toi. Et si on essayait d'arrêter de se prendre la tête pour savoir qui est responsable de choses sans importance ? On passe à côté de toutes les bonnes choses.

Elle m'amène à regarder vers la glace sans tain où la jeune maman tient sa petite fille dans ses bras et lui dit combien elle l'aime.

Peut-être que Sophie a raison.

– Je suis désolé.

– Pourquoi ?

– Je pensais que je ne te méritais pas… Oh putain, en fait, je le pense *toujours*, mais peut-être que ce n'est pas ça la vraie raison.

Sortis de leur contexte, mes mots n'ont pas beaucoup de sens, mais Sophie et moi on a toujours été sur la même longueur d'onde. Elle acquiesce en caressant mon dos.

– *C'est pas ça le problème*, je pense surtout que tu n'as pas mérité le paquet d'amis de merde qui t'ont encouragé à sniffer ta première pilule.

Elle n'a vraiment pas tort. Elle poursuit :

– Je pense ce que je t'ai dit, Jude. Ça suffit de s'inquiéter pour ce qu'on mérite comme punition dans la vie, il faut apprécier ce qu'on a.

Je me relève et plaque Sophie contre mon torse. J'enfouis mon visage mouillé dans ses cheveux et passe mes bras autour d'elle.

– La seule chose qui me fasse peur, c'est de te perdre.

Sophie respire dans ma chemise.

– Alors, pourquoi est-ce que tu as dit qu'on ne pouvait pas être ensemble ?

Elle n'a pas ajouté « gros con » à la fin de sa phrase, mais c'est tout comme.

– Je ne voulais pas m'angoisser pour ce qui me paraissait inévitable. C'est à cause de ça que j'ai commencé à me droguer. Mes angoisses.

– De quoi ?

Ce n'est pas facile à avouer.

– Je savais que tu allais quitter le Vermont, et moi je n'allais nulle part. Tu étais la meilleure chose qui me soit jamais arrivée, et je savais que j'allais devoir te mettre dans un avion pour New York et que tu disparaîtrais.

– Jude !

– Je ne dis pas ça pour que tu te sentes mal.

– Mon amour, c'était vraiment un scénario lugubre. Peut-être que ça ne se serait pas passé comme ça.

– J'avais dix-neuf ans, Soph. Je pensais tout savoir.

Elle me serre plus fort encore.

– J'ai besoin de toi, gros con…

Et voilà, c'est dit. Je ris.

– … tu sais plein de choses, tu es intelligent. J'ai beaucoup d'estime pour toi, mais il faut que tu te fasses plus confiance.

– C'est ce que je fais. C'est ce que je vais faire. Si tu me laisses encore une chance, je ne me comporterai plus comme un imbécile.

– T'as intérêt à tenir tes promesses, dit-elle d'une voix tremblante. Ne me fuis plus jamais, Jude Nickel.

– C'est promis. De toute façon, ça ne marche pas. Je suis à toi et je l'ai toujours été.

– Tu es toujours à moi, même quand tu n'es pas parfait.

Oh que oui, je le suis.

– OK, bébé. OK. J'ai compris. Je suis vraiment désolé.

Elle se blottit un peu plus contre moi.

– Je sais. On va s'en sortir, seulement il faut que tu y croies sinon ce ne sera pas sincère.

– Je veux y croire. Je t'aime, Sophie. Je t'ai toujours aimée.

– Moi aussi, je t'aime.

Je pleure à nouveau. On reste assis là un long moment, le temps que je reprenne mes esprits.

– Tu as sûrement des choses à faire, dis-je en lui caressant le dos.

Je pourrais la tenir dans mes bras toute la journée.

– Pas dans les heures qui viennent. Allons nous poser et prendre un café quelque part.

– Où ça ?

Peut-être que je ne suis toujours pas prêt à reconnaître que je veux être avec Sophie, qu'on peut s'afficher en public.

– N'importe. Le restaurant sur la rue principale.

– Et si on… ?

Elle secoue la tête.

– On n'est pas à Colebury. Ça va aller. Les espions de mon père sont au travail, ou bien au lit pour ceux qui font les nuits. Essayons de ne pas trop *nous inquiéter* pour une fois. Allez, viens.

Elle me tend sa main.

Je la prends.

# CHAPITRE 31

## SOPHIE

*Mood musical :*
*« You are my sunshine »*

Je n'ai jamais été aussi heureuse qu'en ce moment, assise sur cette banquette avec Jude. Il me regarde avec ses grands yeux gris et écoute l'histoire de bébé Samantha.

– Chaque mois passé sans entendre peut la retarder de trois mois de parole, lui dis-je. De toute ma vie professionnelle, je n'ai jamais vécu un moment aussi gratifiant que de la voir entendre pour la première fois.

Jude me sourit par-dessus sa tasse de café.

– C'était vraiment trop cool, Soph. Je n'en reviens pas qu'un simple appareil puisse permettre à une personne sourde d'entendre.

– Ça dépend de la cause de la surdité, mais pour Samantha ça a marché. Avec un peu de chance, une fois qu'elle se sera habituée à l'implant, on pourra lui en mettre un à l'autre oreille. Le problème, c'est que les assurances ne paient pas toujours le deuxième. C'est à peine s'ils paient pour celui-là, c'est pour ça que j'ai pioché dans cet argent…

Il pose son visage si séduisant sur une de ses mains et me sourit encore.

– Tu l'as bien utilisé.

– Je suis contente si c'est ce que tu penses.

La serveuse nous apporte nos plats, des club sandwichs tomate-bacon-laitue avec un supplément bacon grillé. Alors qu'il prend une première bouchée, les pieds de Jude capturent les miens sous la table. On les a mérités, ces moments calmes et lumineux ensemble. Je regarde l'homme que j'aime manger son sandwich et je suis émue.

– Quoi ? demande-t-il, en s'essuyant la bouche. Est-ce que je me suis mis de la mayo partout ?

Je chuchote :

– Non. Tu es magnifique, c'est tout.

Il lève un peu les yeux au ciel, car les hommes n'aiment pas qu'on leur dise qu'ils sont magnifiques, même si c'est vrai.

– Pareil pour toi, bébé.

– Il faut que je te demande quelque chose. Je crois que j'ai trouvé un moyen pour qu'on arrête de ressasser le passé, si tu veux bien m'écouter jusqu'au bout.

Jude pose sa serviette sur ses genoux et m'observe.

– Je t'écouterai toujours jusqu'au bout, mais tu m'inquiètes.

– Je sais et je reconnais que ma curiosité m'a peut-être rendue un tout petit peu obsessionnelle. Mais, cette fois, j'ai un plan pour arranger les choses une bonne fois pour toutes.

– Je t'écoute.

– Tu sais que May est en deuxième année à la fac de droit du Vermont.

– Absolument.

– Elle a un ami qui s'occupe bénévolement de criminels en appel. Et si on partageait avec lui tous les éléments qui me paraissent bizarres dans la façon dont ton dossier a été traité ? S'il pense qu'on tient quelque chose, tu lui demanderas d'attaquer. En revanche, si selon lui il n'y a pas anguille sous roche, je laisserai tomber. J'arrêterai de poser des questions.

Jude pose sa tasse et regarde les passants sur la rue principale, à travers la fenêtre. Montpelier est une petite ville rigolote, avec son parlement minuscule et ses étudiants tous si différents. Je me demande d'ailleurs ce qu'il voit quand il les observe.

– D'accord, dit-il, toujours rivé à la fenêtre.

– C'est vrai ? Tu ferais ça ?

Il se tourne vers moi désormais.

– Bien sûr, Sophie. Si c'est ce que tu veux, je vais aller chez l'avocat avec toi.

– Oui, je le veux. J'ai besoin que quelqu'un regarde toutes les pièces que j'ai trouvées et me dise si je suis folle.

– Tu n'es pas folle, bébé. Tu es la fille la plus intelligente que je connaisse. Mais dans certains cas, ça ne suffit pas.

C'est vrai.

– J'étais vraiment très en colère contre toi la semaine dernière.

– Je sais.

Il prend la deuxième moitié de son sandwich.

– Non, je veux dire que j'ai été très en colère après avoir fouillé dans la banque de données de l'hôpital où j'ai trouvé les analyses sanguines de mon frère, la nuit de son décès. Pourquoi est-ce que tu ne m'as pas dit qu'il s'était défoncé lui aussi ?

Jude ouvre grand les yeux.

– Il… quoi ?

Je râle.

– Ne fais pas comme si tu ne savais pas de quoi je parle. J'ai ressorti vos deux résultats d'examens toxicologiques. Ils sont quasi identiques. De l'Oxycodone et une autre drogue.

– Mon Dieu. (Il pose son sandwich.) Gavin était défoncé ? Ça ne lui ressemble pas.

– Jude ! je peste de l'autre côté de la table. Comment est-ce que t'as pu ne pas t'en rendre compte ?

– Oh Soph ! (Il prend un ton sarcastique.) Peut-être parce que j'étais tellement défoncé que je ne pouvais même pas sentir mon visage. J'ai jamais dit que j'étais intelligent.

*Ne crie pas*, je me contiens. *Ne gâche pas une belle journée.* Mais je sens que je monte en pression.

– OK, alors est-ce que tu veux bien me dire pourquoi tu étais avec Gavin ?

– Je vais te le dire, bébé. (Il pousse son assiette, l'air triste. Il prend ma main et la serre.) Si tu es sûre de vouloir savoir.

Je fais oui de la tête.

– Gavin voulait vendre des analgésiques sous ordonnance à mes amis camés.

– Il… (Je répète les mots de Jude et ça n'a pas sens.) Q… quoi ? je bégaie. C'est complètement dingue. Il voulait leur vendre ? Comme un trafiquant ?

– Plus ou moins. Il avait un ami dans son équipe de lacrosse, son coloc, je crois ? Bref, un ami dont le père était médecin. Ils lui ont volé un carnet d'ordonnances et ont entassé un paquet d'analgésiques. Je crois qu'ils voulaient s'en servir pour se payer un voyage après la remise des diplômes.

– En Jamaïque, dis-je lentement. Gavin et son copain voulaient aller faire la fête dans les Caraïbes.

– Oui, c'est ça. Alors, ton frère a décidé d'aller dans les quartiers malfamés. Il m'a demandé de lui présenter des clients potentiels.

– Et donc, toi t'as dit : « Bien sûr, frangin ! Allez hop, monte dans ma caisse » ?

– Non. J'ai refusé d'abord. Puis Gavin m'a donné des comprimés gratuits et j'ai changé de réponse plus vite que mon ombre. (Il masse ma main.) Souviens-toi, Soph, je n'allais pas bien. J'aurais pu monter dans cette voiture avec Dark Vador et je l'aurais conduit n'importe où. Mon corps voulait des cachets, il a eu des cachets. Fin de l'histoire.

Ça me laisse sans voix. Ces deux derniers mois, j'ai souvent supplié Jude d'être honnête avec moi, et maintenant qu'il l'est, je voudrais n'avoir jamais eu à découvrir cet aspect de sa personnalité.

Il caresse ma main, ma douleur se lit certainement sur mon visage.

– Je n'étais pas au bon endroit, répète-t-il calmement. Je ne savais pas que ton frère se droguait, mais si tu me dis qu'il était défoncé, alors je pense que c'était tout nouveau pour lui.

– Donc, tu ne l'as pas vu en prendre ?

Jude hausse les épaules.

– Je ne m'en souviens pas. Ce soir-là, il avait deux drogues différentes sur lui. Il y en avait une que je ne connaissais pas, un autre antidouleur, mais que j'ai quand même essayé parce que je peux être très très con quand je veux. C'est sûrement pour ça que j'ai été si défoncé. Ou peut-être que sa came était beaucoup plus pure que celles auxquelles j'étais habitué. Voilà ce qui s'est passé. C'est comme ça que j'ai eu cet accident sur le chemin du retour en ville.

– Sur le chemin… du retour ? Mais vous étiez où ?

– Je l'ai emmené jusqu'au semi-remorque de Dex et, une fois sur place, je me suis fait quelques lignes. C'est la dernière chose dont je me souvienne.

– Oh.

Il y a un silence horrible pendant que j'imagine Jude et mon frère sniffer des traits.

Merde.

– Je suis désolé, chérie, il chuchote. Je suis tellement désolé.

Ma gorge se serre.

– Je ne *comprends* toujours pas, Jude. (Ma voix s'éraille.) Pourquoi personne ne m'a dit que mon frère essayait de vendre de la drogue ?

– Parce qu'il est *mort*, Sophie. J'ai essayé de le dire aux flics. Ils m'ont jeté un sac de cachets au visage pendant l'interrogatoire. Je leur ai dit que c'était ceux de Gavin, et le flic m'a cogné au visage. Donc, je me suis tu. En plus, ça n'a aucune importance que le passager soit défoncé, pas vrai ? Ce n'est pas interdit d'être défoncé dans une voiture, sauf si t'es assis au volant.

J'ai à nouveau cette sensation de fourmillement dans le cou, car je n'ai pas la certitude qu'on sache réellement qui était derrière ce volant.

– Jude, est-ce que tu te souviens avoir conduit quand tu as quitté le semi-remorque de Dex ?

– Non, dit-il d'une voix éteinte. Je me souviens d'avoir trébuché sur cette caisse de bouteilles de lait, à l'entrée du camion, qui sert de marchepied à Dex. Et je me souviens de m'être disputé avec ton frère à propos de la musique. (Jude râle, fâché.) Parce que ça me semblait fondamental sur le moment.

Tous mes cheveux se dressent sur la tête.

– Tu peux répéter ?

– Je disais… quelle partie ?

– Vous vous êtes disputés au sujet de la musique.

– Ouais. Il a changé de radio. Tu sais comme ça me rendait dingue quand quelqu'un touchait à ma voiture.

– Merde, je chuchote.

– Qu'est-ce qui se passe ?

– Il avait une règle avec les radios dans les voitures, c'était que c'est au *conducteur* de choisir sa musique. Il ne rigolait pas du tout avec ça.

– Ah ouais ? Bon enfin, d'après ton rapport toxico, il planait aussi comme un escadron de chasse un 14-Juillet. Peut-être qu'il était juste d'humeur à faire son chef.

– Hum. Je suis tellement déconcertée.

Je voudrais juste savoir ce qui s'est passé.

– Mais tu le sais, bébé. C'est ce que j'essaie de te dire. Même si je n'arrive pas à me souvenir de la façon dont ça s'est produit, le résultat est le même.

– Vraiment ? Et si mon frère était au volant ? Et si tu n'étais même pas responsable de sa mort ?

Il est très calme.

– Tu m'embrouilles, Sophie.

Je sais.

– Je suis désolée.

– Une partie de la thérapie consiste à accepter toutes les erreurs que tu ne peux pas changer. C'est comme ça que j'arrive à me battre.

– D'accord, lui dis-je, en essayant d'être gentille. Je vais garder toutes mes théories conspirationnistes pour l'avocat.

Jude masse la paume de ma main avec son pouce, l'air sérieux, et ses yeux de chat sont rivés sur nos mains enlacées. Je ne peux pas organiser ma vie autour d'un miracle. Ses yeux viennent chercher mon regard.

– Il faut de toute manière qu'on trouve une solution pour être ensemble. Je ne veux pas que ton père te gifle une seconde fois ou qu'il soit sur ta tête à la maison à cause de moi.

– Je sais qu'on a beaucoup d'obstacles. Il faut que je quitte la maison de mes parents et le plus tôt sera le mieux.

– Très bien. (Il embrasse ma paume de main.) J'ai entendu pire comme programme.

Je caresse sa barbe. C'est tellement agréable que je voudrais pouvoir enjamber la table et m'asseoir sur ses genoux. Je me retiens tant bien que mal.

– Tout va devenir un peu plus clair la semaine prochaine. Mon chef de service va finalement nous laisser, Denny et moi, décider de celui qui aura le poste à temps plein.

– C'est toi qui vas l'avoir, dit Jude, en baisant encore ma main. On pourra s'installer ici à Montpelier.

– Ensemble ?

Mon cœur bat la chamade.

Il me fait un clin d'œil coquin.

– J'adore l'idée, mais il faut que moi aussi je trouve du travail.

– J'adore la petite histoire qu'on est en train de se raconter, mais je ne vais certainement pas avoir ce boulot. Il faut que je cherche ailleurs. Il se peut que je finisse à Burlington ou Waterbury.

Il embrasse mes doigts.

– On verra bien. D'abord, ton travail et ensuite on s'occupe de te trouver un appartement. Est-ce que ta mère sera d'accord ?

Si seulement je le savais !

– J'ai toujours pensé que je lui rendais service en habitant à la maison et, maintenant, j'ai l'impression d'avoir fait empirer les choses. Elle serait sûrement plus heureuse si elle avait plus d'efforts à faire.

– Les raisons qui font que je veux que tu déménages sont purement égoïstes, dit-il en tournant ma main contre la sienne et en la caressant.

Ses genoux enserrent les miens sous la table.

La serveuse apporte l'addition et Jude paie. On quitte le restaurant en se tenant les mains, et je me sens mille fois plus légère qu'hier. Ma voiture est à moitié garée sur une partie de la rue mal désenneigée, donc on se fraie un chemin entre les monticules. La neige est toujours très blanche et belle, elle n'a rien perdu de sa magie.

– Tu es adorable avec ce bonnet, me dit Jude avec un sourire aguicheur. Ça fait très… école maternelle.

Il se moque de moi.

– Ne te moque pas du chapeau de dinosaure. (Il est violet avec une sorte de crête en écailles au milieu.) C’est la mère d’une patiente qui me l’a fabriqué.

– Waouh. OK, je ne me moque plus, mais voilà ce que je vais faire à la place.

Il me pousse contre une voiture garée et m’embrasse.

– Humm, je soupire contre ses lèvres et l’enlace.

Le baiser devient immédiatement fougueux et sexuel. Ses lèvres affamées s’écrasent contre les miennes tandis que nos langues se battent pour prendre le dessus.

– Doux Jésus, murmure-t-il entre deux baisers. Il va nous falloir un week-end entier sous la couette pour nous calmer.

Il coince son genou entre mes jambes et se frotte contre moi pour faire grimper un peu plus la température.

On se sépare, essoufflés.

– J’exige un très long week-end… J’espère bientôt.

– J’attendrai aussi longtemps qu’il le faudra.

Il m’embrasse le nez et m’attire contre lui pour me faire un câlin.

C’est à ce moment précis que je réalise qu’on va s’en sortir.

## CHAPITRE 32

### SOPHIE

*Mood musical : « Love shack » de B-52's*

Les mercredis qui suivent, Jude revient travailler pour le dîner communautaire. Mon silencieux *alléluia* intérieur n'est pas des plus pieux qui soit. Pour l'occasion, je porte sous mes vêtements une culotte très coquine et un soutien-gorge push-up tout petit. J'ai hâte de les lui montrer.

Jude n'a plus besoin de mettre l'écharpe sur son plâtre, il peut donc faire toute la mise en place même s'il est un peu plus lent. Je l'aide à éplucher les pommes de terre quand il prend du retard. C'est marrant d'être là et de lui parler, même si pendant tout ce temps je sens Denny qui évite soigneusement de regarder dans ma direction.

Alors qu'on finit d'éplucher les patates, je lui dis :

– Est-ce que tu es d'accord pour que je demande à May d'organiser ce rendez-vous avec l'avocat ?

– Oui, bébé. Vas-y, je reste là.

– Je sais que tu penses que c'est un peu fou, mais…

– Tout va bien, Soph. Ne t'inquiète pas. (Il me fait un petit sourire tendre.) Maintenant file, parce que Denny a besoin d'aide pour installer le buffet.

On sert du pain de viande avec une purée de pommes de terre à l'ail, pour cent cinquante personnes. À un moment, pendant le service, j'apporte une assiette à Jude, qui appuie sa hanche contre le comptoir et fait une pause pour dîner. Il a tiré ses cheveux en arrière en queue-de-cheval, et ce tee-shirt moulé sur son torse me donne envie de l'arracher.

Dans une heure ou presque, je pourrai m'en donner à cœur joie. Avec Jude, on a décidé que tant que suis chez mon père, on ne se verrait en tête à tête à Colebury que pendant nos rendez-vous coquins du mercredi. En revanche, on fait bon usage du nouveau portable de Jude. Cette semaine, j'ai passé toutes les nuits allongée sur mon lit, à chuchoter, alors qu'on s'était appelés en fin journée.

Même si, pendant longtemps, on va devoir se limiter à un seul orgasme par semaine, c'est magique de retrouver mon ami.

J'ai l'impression que le nettoyage de fin de service dure une éternité. Comme prévu, Jude part avant moi. Je suis presque dehors quand Mademoiselle

Walters me demande mon avis sur *Cinquante nuances de Grey.*

– Euh… le livre ou le film ?

Je me demande si c'est une caméra cachée !

– Il y a un film ?

– Ouais. *Mais le mec qui m'attend est bien plus sexy que Jamie Dornan.* Qu'est-ce que tu veux savoir ?

– Est-ce que c'est un bon livre pour un club de lecture ? Est-ce qu'on va avoir beaucoup de choses à se dire si je le choisis ?

– Hum… Ça dépend. Si tu considères que le bondage et un mec sexy en costume font de bons sujets de conversation, alors oui.

C'est pas à moi qu'il faut poser la question. J'ai toujours pensé qu'Anna aurait dû partir avec le frère de Christian Grey, celui qui travaille dans le bâtiment. J'ai visiblement un truc pour les mecs qui travaillent de leurs mains.

– C'est intéressant, dit-elle. J'en prends bonne note.

Et enfin, je suis libre.

Je sors par la porte arrière de l'église et me dirige aussi vite que possible vers la maison de Jude. Il veut que je conduise plutôt que de marcher toute seule dans le noir, mais c'est seulement à quelques pâtés de maison et je reste vigilante.

Je fais bien d'ailleurs, car en arrivant à l'angle de l'allée qui mène à la chambre de Jude, je remarque une lumière en haut des marches.

– Est-ce que je peux entrer ? demande un gars à Jude à travers la porte ouverte.

Mon cœur ne fait qu'un bond quand l'homme passe le pas de la porte et se retrouve sous la lumière qui éclaire son visage.

C'est l'agent Rob Nelligan.

Je recule pour être dans la pénombre et, heureusement, Nelligan ne tourne jamais la tête dans ma direction. Quel soulagement quand la porte se referme derrière lui ! C'est bizarre, en m'avançant dans la ruelle pour chercher sa voiture, je la retrouve tout au bout, garée sur le trottoir, les warnings branchés.

Peut-être qu'il n'a pas l'intention de rester longtemps.

Je fais demi-tour et me balade tranquillement autour du pâté de maisons en me demandant pourquoi Nelligan s'intéresse à mon trésor. Le temps que je fasse le tour, ses feux de croisement arrière sont déjà allumés. J'attends dans l'obscurité jusqu'à ce qu'il s'éloigne du trottoir et disparaisse au bout de la rue.

Je cours alors jusqu'aux marches de Jude et les grimpe deux à deux.

Il ouvre la porte avant même que je sonne.

– Putain de merde, dit-il avec un sourire flippé. T'as vu…

– J'ai vu ! Mais lui ne m'a pas vue.

Jude pose les mains sur sa poitrine quand je passe devant lui, comme pour mimer une crise cardiaque.

Il sort de la douche, ses cheveux sont mouillés et il a une serviette autour de la taille.

– J'ai tellement flippé, j'étais sûr que tu allais taper à la porte quand il était dans l'entrée.

– C'est pas plutôt ça qui aurait été gênant ? dis-je en tirant sur sa serviette.

Le nœud se défait tout seul dans ma main et tout le corps doré de Jude se retrouve exposé à moi. Il a encore une marque de bronzage à la taille due aux récoltes de pommes sous le soleil. Je l'effleure du bout des doigts.

– Je ne m'en suis toujours pas remis, dit-il en s'approchant pour m'embrasser le front. J'ai ouvert la porte en serviette, tu te rends compte. C'est un miracle que je n'aie pas crié un truc obscène quand il a sonné.

– Mais qu'est-ce qu'il voulait, d'abord ?

Mes doigts se promènent dans ses poils pubiens tout doux et bouclés.

Je prends ses couilles dans la paume de ma main et il penche sa tête en arrière en rugissant.

– Je t'expliquerai plus tard ?

– Tu me dis maintenant et tu auras une récompense.

En riant, Jude attrape ma nuque et m'embrasse une fois. Puis une deuxième.

– Il voulait me montrer quelques portraits-robots. En cinq secondes, j'ai trouvé les enfoirés qui m'ont envoyé à l'hôpital.

– Waouh ! Est-ce qu'ils vont les arrêter ?

Il m'embrasse à nouveau.

– J'espère. (Ses doigts ouvrent la fermeture Éclair de ma veste.) Apparemment, ce type était déjà dans leur viseur. Mais assez parlé de moi… Je veux qu'on se concentre sur toi maintenant.

Je le laisse enlever ma chemise. En voyant mon petit soutien-gorge de salope, il ronronne de plaisir.

– Je connais quelqu'un à qui j'ai manqué, dit-il, en passant le bout du doigt le long de ma poitrine qui durcit et gonfle par-dessus le bord du soutien-gorge.

J'acquiesce.

– Si tu savais…

– Waouh. (Il baisse la tête pour m'embrasser jusque dans mon décolleté.) Qu'est-ce que tu as d'autre là-dessous ?

Sa main impatiente trouve la fermeture Éclair de mon jean et la descend. Le simple bruit des dents en métal qui s'ouvrent sous ses doigts me procure déjà du plaisir. Après l'avoir ouverte et descendu mon jean jusque sous mes hanches, il rugit en voyant ma petite culotte. Elle est tout, sauf couvrante. C'est un voile de dentelle noir et il manque un important bout de tissu, mais je laisse à Jude le soin de le découvrir.

Il se met à genoux pour se rapprocher de mon bassin, embrasse ma taille et descend lentement. Je passe mes doigts dans ses longs cheveux délicieux et j'attends qu'il découvre mon secret. Il descend encore, m'embrasse entre les cuisses et…

– Oh *putain*.

J'ouvre la bouche pour lui faire un commentaire sarcastique, mais ça tombe pile au moment où il enfonce sa langue entre mes jambes. Au lieu de ça, je pousse un profond gémissement.

Jude attrape mes hanches et me jette sur le lit. Une seconde plus tard, il a arraché mon jean.

– Je connais une jeune fille qui est très vilaine, chuchote-t-il.

Est-ce que je ne l'ai pas toujours été ? Ce n'est malheureusement pas ce soir que va débuter notre long week-end au lit. On a une heure ensemble maximum. Et le moins qu'on puisse dire, c'est que Jude ne me fait pas attendre. Il pose une main ferme sur moi, il me domine. Ses mains sont maintenant sur mes genoux. Il écarte mes jambes et un premier frisson me transperce de part en part.

– Mon Dieu, qu'est-ce que c'est sexy, dit-il d'une voix tendue. (Il enfonce son pouce au cœur de mon désir.) Tu devrais porter cet ensemble tous les jours.

Je gémis, voilà ma réponse. J'aime la manière qu'il a de me malmener. Chacun de ses gestes autoritaires est accompagné d'un regard affamé. C'est pour ça que je n'ai jamais eu peur de ses caresses, même quand j'étais une vierge effarouchée. Il me regarde avec tellement d'attention. Il *lit* en moi.

Là, tout de suite, il voit à quel point je le désire.

Mes mains essaient de l'attraper. Je veux le tirer jusqu'à mon visage et sentir son corps sur moi, mais il me repousse.

– Mets tes mains sur la tête, m'ordonne-t-il, parce qu'il en a le pouvoir.

Je m'exécute tout de suite.

– C'est bien.

Il inspire et remonte pour prendre ma bouche.

Il a dit que je n'ai pas le droit d'utiliser mes mains, donc je m'accroche à lui avec mes genoux. Nos baisers sont inépuisables, en revanche, ma patience l'est beaucoup moins. Mes hanches se contractent, essayant de piéger son sexe à l'endroit où je veux qu'il entre.

– Patience, mon amour, susurre-t-il. (Il déplace sa tête et suce mon lobe d'oreille dans sa bouche tandis que je gémis. Il lèche mon cou, puis ma poitrine.) Putain, qu'est-ce que tes seins m'ont manqué.

Il prend un téton dans sa bouche, et tout mon corps tremble de désir.

Je pousse sa tête et il se plie à mes ordres, embrasse mon bas-ventre et se perd entre mes jambes. Je me suis rasée pour lui et il pousse un tendre soupir en gage de remerciement. Puis il pose des baisers brefs dans tous les endroits qu'il peut atteindre.

– Oh mon Dieu… Tu es un putain d'allumeur !

Ce reproche est sorti tout seul dans une expiration.

Il rit entre mes jambes, puis il me donne un long coup de langue, et on gémit ensemble.

– S'il te plaît.

– Tu veux ma queue ou ma bouche ? me demande-t-il. Tu peux avoir ou l'une ou l'autre.

Arrff !

– Les deux ! je pleurniche, et il rit à nouveau.

– Je ne vais pas aller doucement, dit-il, tandis que ses lèvres dévorent mon clitoris. Un de ces quatre, je vais prendre mon temps avec toi. Mais pas ce soir, ça fait trop longtemps.

Je suis d'accord. Il me lèche et m'honore et moi, je jouis et gémis.

– Oh, c'est trop bon, je halète. (Je vais jouir.) Viens ici.

C'est un ordre.

– Tu es sûre ? (Il me dévore tendrement.) Ça va passer trop vite.

– *Maintenant,* j'exige.

Deux secondes plus tard, il écarte mes cuisses et vient tout au fond.

– Oh oui, dit-il d'une voix nouée.

Il s'allonge sur ses avant-bras, ses biceps tatoués contractés, et commence à remuer son bassin.

Je voudrais pouvoir toucher tous son corps en une seule fois. Mes mains s'agitent sur ses cheveux et ses épaules. Mes genoux serrent ses hanches. Encore, encore, encore. Ce dont j'avais besoin m'était juste complètement inconnu jusqu'à ce que je lève les yeux sur le regard gris argenté et sérieux de Jude. Ses joues sont roses et ses lèvres à demi ouvertes, mais il continue de me regarder et il aime ce qu'il voit.

– Je t'aime, me dit-il à voix basse.

Je ne peux même pas lui répondre, car je suis trop occupée à trouver une position confortable sur son lit, mon corps tremblant par à-coups.

Jude me rattrape pour être sur la même longueur d'onde que moi. Il gémit, et on jouit et on crie ensemble jusqu'au dernier souffle.

Il se dégage de mon corps, tourne la tête et me sourit.

– Ça n'a pas duré très longtemps, mais je dirais que tu as l'air d'avoir été bien baisée.

– Prétentieux avec ça, je le taquine, complètement essoufflée.

– Je n'entends personne se plaindre.

Un peu plus tard, on roule l'un vers l'autre au même moment et on se retrouve au milieu du lit, mon nez contre son menton. Ses bras me serrent contre son torse. *Je t'aime*, dit mon cœur contre le sien.

Et, *de la même manière,* son cœur me répond.

On ne se le dit pas, mais uniquement parce qu'on est trop occupés à reprendre notre souffle. Je dessine le motif des roses tatouées sur son biceps droit. La seconde fois qu'on a couché ensemble, je lui avais demandé pourquoi il avait choisi ces fleurs, ce à quoi il avait répondu : « Ma mère aimait les roses. Ça m'a pris un moment avant de réaliser à quel point ça relevait de la psychiatrie d'avoir ses fleurs préférées tatouées sur mon corps. Comme si, en les portant dans ma chair, je pouvais la convaincre de s'intéresser à moi. »

J'ai toujours eu un peu pitié de sa situation familiale. Mes parents sont encore mariés, mais ce n'est qu'un écran de fumée. Ma mère ne m'a pas abandonnée, comme celle de Jude, quand j'étais en CE2, mais elle a abandonné le monde des vivants quand mon frère est mort.

On se fait des câlins et on s'embrasse un long moment, mais l'heure tourne et je sais que je dois partir.

– Je peux pas attendre jusqu'à mercredi prochain, dis-je en essayant de le faire rire.

Il soupire à la place.

– C'est du provisoire, pas vrai ?

– C'est vrai.

– Bien, je préfère ça. Parce que je suis malade de devoir te laisser partir.

– Je t'aime tellement, dis-je.

Il m'embrasse encore une fois et, délicatement, il m'aide à m'asseoir.

– Je t'aime plus encore. Maintenant, hors de ma vue !

# CHAPITRE 33

## JUDE

*Niveau de manque : 1*

Le lendemain matin, je réalise que ça fait une semaine que Zachariah m'a filé l'information sur *Marker Motors*. Je n'ai pas encore appelé Monsieur Marker, car je redoute d'avoir à cocher la case « condamnation pour meurtre » sur le formulaire de candidature.

En même temps, qui ne risque rien n'a rien.

Donc, je vais chercher mon père au magasin autour de dix heures.

– Je vais m'arrêter dans un garage qui pourrait avoir une place pour moi. Si tu vends ce lieu, il faut que je trouve quelque chose d'autre.

Son visage se contracte.

– Ouais, OK. Bonne idée.

Je conduis jusque là-bas dans ma plus belle chemise et avec un jean propre. Je dis au caissier à l'accueil que j'ai entendu dire qu'il y a un poste de carrossier vacant.

– Laissez-moi attraper M. Marker, dit-il immédiatement.

Le magasin est extrêmement classe. Il y a une salle d'attente propre et calme avec une télé à écran plat et un distributeur automatique. Je regarde le service de réparation à travers la vitre et je vois une douzaine de ponts élévateurs de voitures et au moins autant de mécaniciens.

Eh ben.

– Vous êtes là pour le boulot de carrossier ?

Je me retourne pour accueillir un homme propret, la soixantaine, habillé en polo de golf et chino kaki. Il porte également un tablier et il a un peu d'huile sur les mains.

– Bonjour. Oui c'est ça. (Je suis nerveux, un truc que les drogues soignaient pour moi. Maintenant, il faut que j'affronte ces moments à jeun de toute substance.) Je m'appelle Jude Nickel…

Je m'avance avec mon bras cassé pour lui serrer la main.

Il me la serre prudemment.

– Ce plâtre ne vous aide certainement pas à être agile.

Il rigole.

– C'est vrai, mais on me l'enlève dans dix jours. Une simple fracture, d'après ce qu'ils m'ont dit.

Je ne m'éternise pas sur les causes. Une agression par de violents trafiquants de drogue, ça ne ferait pas très bien sur mon CV.

– Bonne nouvelle, dit-il. Parlez-moi de votre expérience dans les ateliers de carrosserie. Vous êtes un peu jeune.

– J'ai commencé tôt. J'avais quatorze ans quand j'ai commencé à aider mon père dans son atelier.

Soudain, son visage s'illumine.

– Oh, mais tu es *ce* Nickel.

Merde. Je reconnais là un air de stupéfaction qui m'est familier. Je suis tellement habitué à être tristement célèbre pour avoir tué le fils du chef de la police qu'il me faut un moment pour réaliser que cet homme a apparemment juste reconnu le nom d'un garage concurrent.

– Le garage *Nickel Auto Body* appartient à mon père.

– Ah. Et tu ne travailles plus là-bas ?

– Si, j'y travaille, mais papa pense à vendre la propriété, donc il me faut un nouveau job.

– Je vois. Viens t'asseoir dans mon bureau. On va parler carrosserie.

C'est ce qu'on fait dans les minutes qui suivent. Je lui parle de mon client avec sa Prius qui n'avait trouvé personne pour lui faire des pubs sur sa voiture.

– Je pense que ça pourrait être une niche.

– C'est fascinant, dit-il. Ton idée me plaît. Remplis ce formulaire de candidature pour moi. Comme ça, dès que ton bras sera guéri, je t'embauche.

Et maintenant, on passe à la partie pénible.

– J'adore ce plan… Mais il y a quelque chose qu'il faut que vous sachiez. (J'ai la gorge nouée.) Il y a trois ans, j'ai été condamné pour homicide. J'étais shooté aux analgésiques quand le passager à bord de ma voiture est mort. C'est la seule fois de ma vie où j'ai été arrêté. Et je suis clean depuis très longtemps maintenant.

– Ça fait combien de temps que tu es clean, Jude ?

C'est précisément pour cette raison que je n'ai pas encore cherché de travail.

– Huit mois, Monsieur. Ça ne paraît pas beaucoup, mais je me sens très bien. J'ai arrêté de fréquenter toutes les personnes toxiques qui gravitaient dans ma vie et je participe à un programme actif de désintoxication. Je fais des tests toutes les deux semaines. La clinique peut vous faxer le dossier, si je leur demande.

Je m'attends à ce qu'il fasse la grimace, mais au lieu de ça, il a plutôt l'air pensif.

– Huit mois, c'est très impressionnant. Mon fils n'a jamais tenu aussi longtemps.

Je ne m'attendais pas du tout à cette réponse.

– Tu vois ça ? (Il me montre le logo *Marker & Fils* sur son tablier.) Je pensais que je travaillerais toujours avec mon fils, mais je l'ai perdu quand il a fait une overdose il y a cinq ans.

Doux Jésus.

– Je suis vraiment navré, Monsieur.

M. Marker sourit.

– Merci. J'ai mis beaucoup de temps à surmonter cette épreuve. Cette société a été laissée à l'abandon pendant un moment. J'étais sûr d'être responsable de sa toxicomanie.

– Je peux vous jurer, Monsieur, que vous n'y étiez pour rien.

– C'est ce qu'ils m'ont dit. (Il a un sourire fatigué.) Regarde, si tu travailles pour moi et que tu obtiens ta médaille pour tes un an d'abstinence aux Narcotiques Anonymes, je te donnerai une prime.

– C'est… euh… très généreux de votre part. Je vais tenir un an et continuer comme ça.

Je ne l'avais encore jamais dit à voix haute, mais c'est agréable de me l'entendre dire. Il y a des gens qui ont réussi. Pourquoi pas moi ?

– Allez, je vais te chercher ce formulaire.

– Oui, Monsieur.

– Tu m'as dit qu'on t'enlève ce plâtre dans combien de temps déjà ?

– Dix jours.

– C'est une bonne nouvelle, Jude. Une très bonne nouvelle.

***

Une fois assis dans l'Avenger, j'appelle Sophie, juste pour entendre sa voix.

– Jude ?

Entendre mon nom dans sa bouche me remplit de gratitude.

– Salut, bébé. Comment tu vas ?

– Je suis un peu stressée pour demain, m'avoue-t-elle. (C'est le jour de l'ultimatum avec son supérieur à l'hôpital.) Ça va être affreux de l'entendre me dire que je n'ai pas le job, même si je comprends déjà pourquoi.

Je ne vais pas dans son sens, car Sophie est tout pour moi et je ne peux pas imaginer que quelqu'un ne la choisisse pas.

– Ne t'inquiète pas, peu importe ce qu'ils te disent, la prochaine fois que je te vois, je vais te serrer très fort dans mes bras.

– Des promesses, des promesses ! Est-ce que tu vas chez les Shipley ce soir ?

– Oui, bien sûr. Tu peux t'échapper et venir avec moi ? Ça va te changer les idées.

– Oh mon Dieu, j'adorerais, mais ce soir je fais des poitrines de poulet farcies et vais tenter de convaincre maman de les faire avec moi. Aujourd'hui, je lui ai dit que j'allais déménager et probablement quitter Colebury pour trouver un nouveau travail.

– Et comment elle l'a pris ?

– Elle était… (Sophie soupire.) Résignée, je crois. Mais quand je lui ai demandé de cuisiner avec moi ce soir, elle m'a dit oui. On verra bien.

– OK. Alors, je serais patient.

– Je t’aime !

– Moi aussi, bébé, à tout.

Je raccroche sans lui avoir parlé de la proposition de M. Marker. Si Sophie n’a pas le travail qu’elle veut à Montpelier, je ne veux pas qu’elle déplore le fait qu’allez savoir comment, j’en ai trouvé un de l’autre côté de la ville.

Après quelques heures au magasin, je me rends chez les Shipley. En plus du gâteau que j’ai acheté chez Crumbs en quittant la ville, je prends une caisse de bières sympas. *Lawson Les bières gorgées de soleil* est une sorte des bières artisanales que les gens rapportent de chez nous pour essayer.

À l’époque, quand je suis allé en prison, la bière, c’était juste de la bière. Et en sortant, tout le monde s’était pris de passion pour les bières du Vermont. Je ne comprends pas vraiment pourquoi.

– Pour toi, mec, dis-je, en serrant la main de Zach que je trouve dans la cuisine de Ruth Shipley. Ça, c’est pour m’avoir trouvé un travail.

– T’es sérieux ?

– Très sérieux. Marker va m’embaucher malgré ma condamnation.

– BUUUT !

C’est Griff qui hurle en me donnant une tape dans le dos, et puis toutes les femmes de la maison s’entassent pour me prendre dans les bras.

Que demander de mieux ?

– Zach, est-ce que je peux avoir une de tes bières ? lui demande Griff. Je serai ton meilleur ami.

– Alors, dans ce cas… dit Zach en en sortant une de son emballage en carton.

– Est-ce que tu veux un verre ? demande Ruth alors que Griff a ouvert la cannette et bois déjà une gorgée.

– Jamais de la vie ! Encore une fois, les cannettes se boivent comme ça, Maman. Tu es censée boire dans la cannette pour ne pas que la bière s'oxyde en la servant.

– Ouais, moi je déteste l'oxydation accidentelle !

Audrey se moque de lui et enlève la cannette des grosses mains de Griff.

– Hey, mais arrête ! Voleuse !

Elle la sirote.

– Hum. Je la garde pour moi.

Sans dire un mot, Zach sort une autre cannette et la tend à Griffin.

– Griffin, va prévenir ton grand-père que ce sera prêt dans dix minutes, demande Ruth. Et trouve Daphné pour qu'elle vienne mettre la table.

Je me propose :

– Je vais mettre la table. On m'a enlevé l'écharpe, ça, c'est mon autre nouvelle. Oh, et j'oubliais, Sophie et moi on a recollé les morceaux.

– PARDON ? braille May depuis la cuisine. Redis ce que tu viens de dire. Tu t'es remis avec Sophie ?

– Oui. (J'ouvre le tiroir des nappes et serviettes dans le buffet de la salle à manger.) La nappe verte ou la blanche ?

– Verte ! lance Ruth en même temps que May crie : « Blanche ».

Bien sûr ! Je sors la verte, car Ruth a plus de pouvoir que May dans cette maison.

Audrey revient dans la pièce et pose une salade sur la table.

– Tu apportes plein de bonnes nouvelles ce soir, dit-elle.

Puis mon téléphone vibre dans ma poche.

## CHAPITRE 34

### SOPHIE

*Mood musical : « Tradition »*
*de Fiddler on the roof*

À cinq heures, j'entre dans la chambre de ma mère et je me plante entre elle et sa télévision. J'annonce :

– C'est l'heure de préparer le poulet.

C'est un peu autoritaire, mais ça fonctionne.

En laissant échapper un soupir, elle éteint la télévision et me suit dans la cuisine.

– J'ai pris six blancs pour qu'on ait des restes. Et j'ai déjà préparé les zestes de citron. Donc, qu'est-ce qu'on fait maintenant ?

J'ai choisi cette recette pour ce soir, parce que c'était l'une des spécialités de ma mère à l'époque, et je lui ai dit que j'en rêvais. En réalité, je rêve surtout qu'elle ramène son petit cul dans la cuisine et qu'elle se remette à se comporter comme avant.

Même si, quoiqu'il en soit, le poulet va être délicieux, également.

– Il faut hacher de l'ail ensuite, dit-elle.

Son regard parcourt la cuisine, comme un peu perdue. Comme si, après vingt ans d'absence, elle s'aventurait dans un quartier qu'elle avait connu autrefois.

– L'ail est juste là, dis-je, en lui désignant une tête d'ail sur le plan de travail. Et je vais te sortir une planche à découper.

On travaille ensemble plus ou moins en silence, mais c'est agréable d'avoir un peu de compagnie en cuisine pour une fois. Je découpe les blancs de poulet pendant qu'elle mélange l'ail, l'huile d'olive, la feta et les zestes de citron.

– C'est un peu le bordel là, admet-elle quand elle se met à étaler le mélange sur les blancs de poulet. Est-ce que le four a préchauffé ?

– Oups. Je l'allume tout de suite.

Un jour, je ferai ce plat pour Jude dans *notre* cuisine. À la fin d'une longue journée, on cuisinera ensemble pour décompresser. Jude me racontera les folles histoires de comment les gens réussissent à amocher leur véhicule, et moi je lui raconterai comment avancent mes dossiers au boulot.

Je hacherai l'ail pendant qu'il préparera la salade. On mangera ensemble à la petite table qu'il y aura dans notre cuisine, on s'embrassera sur notre canapé, puis on fera l'amour dans notre lit.

Telles sont les pensées heureuses qui me traversent l'esprit quand je passe de longues journées sans lui. Même si ce sera sans doute le plus petit des appartements du monde, quelque part, je n'ai qu'une hâte, c'est de fermer la porte et de donner un tour de clé dans une maison qui ne sera qu'à nous deux.

C'est sûr que ça arrivera.

Mon téléphone vibre dans ma poche. J'espère qu'il s'agit de Jude, et je laisse ma mère en train de laver des feuilles d'épinard pour aller décrocher dans le salon.

– Allô ?

– Sophie ? chuchote une voix d'homme. C'est Rob Nelligan.

– Oh, salut Rob ! dis-je un peu trop fort.

Je ne veux pas qu'il ait l'impression que je me cache pour prendre son appel s'il n'y a aucune raison à se cacher.

– Écoute, dit-il d'une voix si basse qu'elle est à peine audible. Ce dossier que tu m'as demandé de prendre ? J'y ai trouvé des choses qui ne collent pas du tout…

– Tu… vraiment ?

– Ouais. Mais maintenant, je crois que le chef sait que j'ai fouillé. Je suis peut-être un peu parano. Mais l'intégralité du réseau a été coupée pile à l'instant où j'étais en train de lire.

– Humm. (Maintenant, on est *deux* à être paranos.) Qu'as-tu trouvé ?

– Eh bien, chaque cas a une référence digitale qui répertorie chaque fois que le dossier est modifié. Chaque modification est authentifiée par une date. Et cela enregistre toutes les modifications faites sur le dossier et la date à laquelle des pièces ont été ajoutées. Des trucs dans le genre. Et personne ne peut changer la référence digitale – c'est une procédure de sécurisation.

– D'accord.

– La référence digitale pour ce dossier mentionne une série de photos de la scène du crime ajoutées au fichier le lendemain de l'accident. Mais il n'en reste aucune. Quelqu'un les a effacées quelques heures après qu'elles ont été ajoutées au dossier. Et il n'y a pas de vidéo de l'interrogatoire, ce qui est très étrange.

– Parce que les interrogatoires sont censés être enregistrés ?

– Oui. Et pour un cas épineux comme celui-là, c'est vraiment un indice qu'il n'y ait pas d'enregistrement.

– Waouh. C'est tout ?

– Non. Le texte du rapport a été réenregistré deux fois, ce qui n'est pas si étrange. Mais la deuxième version ne fait pas mention des modifications, ce qui est contraire à la procédure. Quelqu'un a simplement effacé l'ardoise environ quarante-huit heures après que la première version a été enregistrée.

– Donc, tu veux dire que…

– Oh merde, il jure, faut que j'te laisse.

*Bip.*

Je fixe mon téléphone dans ma main pendant un long moment, et j'essaie de comprendre ce qu'il vient de me raconter. Le dossier a été modifié. Il manque les photos.

Voilà qui va rendre notre visite chez l'ami avocat de May plus intéressante encore. Mais où peuvent bien être ces photos ? S'il y a quelqu'un qui le sait, ce doit être mon père. Mais il n'y a aucune chance qu'il me réponde si je lui pose la question.

Je ne peux pas lui demander. Mais je peux jeter un œil.

Je sors du salon et je me rends sur la pointe des pieds à l'arrière de la maison. Ma mère a déjà quitté la cuisine pour retourner en haut. J'entends sa télévision allumée. Sinon, la maison est silencieuse.

En silence, je me faufile jusqu'au bureau de mon père. Il a un grand bureau en chêne dans l'angle, où il s'installe pour s'occuper des factures. Je n'ai jamais ouvert les tiroirs avant. Mais je touche la poignée du tiroir du haut et il s'ouvre facilement, sur des rails bien huilés.

Ce n'est pas pour rien que mon père a passé huit ans chez les militaires. Chaque dossier porte une étiquette (relevés de comptes, chaudière) tapé en noir sur une étiquette blanche, brillante. Je regarde dans le tiroir d'en dessous qui contient la même chose.

Sur tous les dossiers, sauf un.

Je sors le dossier sans étiquette et l'ouvre, le maintenant entre mes mains. Des photos brillantes en tombent immédiatement, et je m'évertue à les maintenir dans le dossier pour éviter qu'elles ne dégringolent au sol. Ce sont des clichés couleurs – de simple dix par quinze – de l'épave de la Porsche de Jude. Il n'y a pas de gens sur les photos. Mais la portière du côté passager a été enlevée, et la ceinture de sécurité, inutile, pend au plafond où elle a été coupée en deux.

*Coupée.* Comme s'il avait fallu extraire un passager resté coincé au moment de l'accident.

Mon cœur s'emballe alors que j'assimile cette nouvelle information. Jude était *le passager,* et non le conducteur. Ça doit être ça. Mon frère ne portait pas de ceinture de sécurité du tout quand il a été éjecté pendant l'accident. Sa ceinture n'a pas eu à être coupée, parce qu'il ne la portait pas, tout simplement.

Une portière de voiture claque devant la maison.

*Oh putain.*

La photo avec la ceinture sectionnée, je la fourre dans la poche arrière de mon jean. Puis je ferme en vitesse le dossier et le fourre dans le tiroir, un peu au fond. Je le referme rapidement et me précipite hors du bureau de mon père. Je suis trop pétrifiée pour me confronter à lui, donc je monte les marches quatre à quatre. Je m'assieds sur mon lit et j'écoute mon cœur qui bat la chamade.

À l'étage en dessous, la porte de la cuisine s'ouvre et se referme.

J'aurais dû sortir par la porte d'entrée tant que j'en avais encore l'opportunité. Maintenant, je suis bloquée à l'étage.

*Non, calme-toi, Sophie.* Pas la peine de paniquer. Pourtant, mes mains tremblent quand je sors la photo de ma poche. J'allume ma lampe de bureau et je pose la photo sur le bureau avant de prendre plusieurs clichés avec mon téléphone. Il me faut une bonne minute pour obtenir l'angle parfait pour qu'il n'y ait pas de reflet.

En bas, j'entends quelqu'un faire les cent pas. Puis le bruit de glaçons dans un verre.

J'ai le cœur qui bat et la gorge nouée quand j'envoie un texto avec la photo sur le nouveau téléphone de Jude. La barre de progression du téléchargement semble s'éterniser au ralenti en travers de mon écran. Mais ça finit par afficher « envoyé ». Puis j'en envoie une copie à Nelligan. Au cas où.

La réponse de Jude et quasi instantanée, et elle enfreint notre règle de « pas de texto ».

*C'est quoi ce bordel ? Appelle-moi.*

*Je peux pas parler. N'appelle pas sur mon portable.*

J'enfonce le téléphone dans ma poche alors qu'il vibre à nouveau. Il faut que je quitte cette maison. Il va m'être parfaitement impossible de parler calmement avec mon père au dîner ce soir, autour de blancs de poulet marinés.

Tout ce que j'ai à faire, c'est de descendre et de sortir, n'est-ce pas ? Mon père se dirige certainement vers son bureau. Et si j'ai de la chance, il va probablement allumer la télé.

Est-ce que je vais jamais revenir ? Maintenant que je peux prouver que mon père a dissimulé des preuves de l'innocence de Jude, tout a changé.

J'attrape mon sac à dos par terre. Le rapport de police est encore à l'intérieur. Si je laisse ça traîner, mon père saura exactement ce qui se trame. Je glisse mon ordinateur dans le sac aussi, puis j'ouvre le tiroir de ma commode et j'ajoute un ou deux tee-shirts et des sous-vêtements propres.

Ça fera l'affaire pour l'instant.

J'entends les pas de mon père qui déambule encore en bas. Je m'assieds sur le lit et m'applique à retrouver un souffle calme et régulier. Les minutes passent. Le silence s'installe. Mais j'attends encore. Plus il sera installé dans son bureau, plus ce sera facile.

Une fois que je me suis assurée de ne plus entendre de pas depuis plusieurs minutes, je décide qu'il est temps d'y aller.

Je mets mon sac sur mon épaule et je prends une grande inspiration. *Aie l'air naturelle, Sophie.* Ma voiture est juste devant la maison, les clés sont dans la boîte à gants, parce que personne ne volerait les clés de la voiture de la fille du chef de la police.

Facile, n'est-ce pas ?

En haut des escaliers, j'écoute encore. La télévision de ma mère s'entend à travers la porte fermée de sa chambre. Mon père est certainement dans son bureau. Il est peut-être même au téléphone.

Je bénis le chemin d'escalier que ma mère a choisi quand elle se préoccupait encore de ce genre de choses. Le poil épais du tapis étouffe le bruit de mes pas. En bas des escaliers, j'hésite. Porte d'entrée ou porte de la cuisine ? La porte de la cuisine est la plus proche de moi, mais ma voiture est garée de l'autre côté.

Le calme m'incite à choisir de passer par le salon, et je suis mon instinct ; je me glisse le long de notre table à manger en direction de la porte d'entrée.

Quand une main surgit et se referme sur mon avant-bras, j'ouvre la bouche pour hurler. Mais le son reste coincé dans ma gorge alors que mon père me retourne brutalement vers lui. Je vois l'expression orageuse de son visage à l'instant où sa main s'abat sur mon visage, l'impact de sa gifle résonne dans les airs.

Pas le temps pour l'indignation. La puissance de cette gifle me déstabilise complètement. Ma hanche puis ma joue basculent et viennent cogner contre le coin du mur. Je titube et m'affaisse contre le mur jusqu'à avoir les fesses au sol.

– Tu crois aller où comme ça, *putain ?* hurle-t-il, le visage rouge comme de la viande crue. C'est toi qui as fouillé dans les dossiers, dans mon tiroir ?

(Il me frappe à la cuisse. Fort.) Mêle-toi de tes affaires, petite *conne.*

Je laisse échapper un gémissement en saisissant ma jambe. Je sais qu'il faut que je me relève. Je suis trop vulnérable, là. Mais la panique me rend maladroite.

– Je ne vois pas de quoi tu parles, dis-je en tremblant, mais je me relève quand même.

Dès que je suis à la verticale, mon père me plaque contre le mur en me tenant par les épaules.

– Ne te fous pas de moi, pauvre chieuse, lâche-t-il. Qu'est-ce que tu crois que tu fais là, à fourrer ton nez dans ce qui ne te regarde pas ?

J'ai passé toute mon enfance à essayer de le satisfaire, ou du moins de l'apaiser, et chaque année, c'est devenu un peu plus difficile. Là, je n'y tiens *plus.*

– BOUGE tes mains de moi.

– Je mets mes mains exactement où ça me chante.

Il me décolle de contre le mur et me propulse vers le tabouret du piano.

Je tombe à moitié et me rattrape sur le siège, mes os me font mal à cause de l'impact.

Mon père se tient au-dessus de moi, à me regarder de haut, une veine ressort sur son front.

– Arrête. Tes. Mensonges. As-tu demandé à mon officier de regarder dans ce dossier ?

– Oui, dis-je rapidement.

Mon père a un doctorat en radar à mensonges, donc il vaut mieux que je reste aussi près de la vérité que possible.

– Pourquoi ? me lance-t-il.

Pas le temps d'employer les compétences du travailleur social en blablas psycho-analytiques.

– Parce qu'on est tous bloqués. LA seule personne qui avance dans sa vie, c'est Jude, Papa. Dans cette maison, ce n'est que de la complaisance.

La veine palpite sur son front.

– Tu le vois ?

– Non, dis-je avec véhémence. Mais il est sorti, et je n'arrive pas à croire que ça fait déjà trois ans et qu'on est toujours en morceaux ici. Je voulais simplement savoir ce qui s'est passé cette nuit-là.

Il y a juste ce qu'il faut de vérité dans mon discours pour qu'il ait l'air convaincant.

Il serre les dents.

– Ce qui s'est *passé*, c'est que tu fréquentais ce junkie comme la petite pute que tu es, et ton frère en est mort.

Dès l'instant où il me traite de pute, une étrange sérénité s'installe en moi.

– Ce n'est pas une façon de parler à sa fille, dis-je, la voix calme.

Je sais qu'il ne m'écoutera pas, mais j'ai besoin de le dire. Les mots sortent, un peu plus mauvais que je ne le voulais.

Ou c'est peut-être exactement ce que je voulais. Je ne peux plus faire semblant. L'époque où je pouvais prétendre que les choses ne sont pas irrémédiablement abîmées dans ce foyer est révolue.

Mon père continue de me fixer, de haut. Puis il fait quelque chose que je n'ai pas vu venir. Il attrape son Glock 22 dans l'étui à revolver qu'il porte à la hanche et enclenche la gâchette.

– Que sait Nelligan ?

L'arme est pointée en direction du sol, mais la menace est très claire. J'ai les boyaux qui se tordent, et le temps semble s'allonger.

– Il sait que je suis curieuse, dis-je lentement. Je lui ai demandé d'accéder au dossier et de m'en faire une copie pour que je puisse le lire. Il m'a demandé pourquoi et je lui ai dit que je ne voulais pas que tu te sentes mal en le voyant. Je ne l'ai jamais lu, et j'étais curieuse.

Mon père se mord la lèvre, pensif. Le revolver est toujours pointé vers le sol, mais je ne cesse d'y jeter des coups d'œil. Mon père a fait un sacré paquet de choses détestables par le passé, mais pas une seule fois il n'a *sorti une arme* pendant une de nos disputes. Logiquement, je sais que ce n'est rien qu'une de ses techniques. C'est un maître de l'interrogatoire. C'est ce qu'il a fait pendant ses années dans le corps des militaires – interrogation et stratégie.

À en juger par le fait que mes genoux s'entrechoquent sous l'effet de la peur, j'en déduis qu'il devait être assez bon dans son boulot.

– Que t'a dit Nelligan ce soir ?

– Euh… (Merde !) Il a appelé pour dire qu'il ne pouvait pas imprimer le dossier parce que le réseau avait été coupé.

Mon père retrousse ses lèvres.

– Quoi d'autre ? N'essaie même pas de mentir !

Il effleure le revolver de son pouce et je m'abandonne au fantasme de le braquer avec ce putain de pistolet.

– Il a mentionné quelque chose à propos d'un référencement de connexion qui n'était pas bien fait, mais que ça ne voulait pas forcément dire quoi que ce soit.

– Qu'est-ce que t'en sais ?

Le ton de mon père est bourru.

– Quoi ? dis-je dans un murmure, incertaine de ce qu'il demande.

– Ce que ça fait d'enquêter sur la mort de son propre enfant ?

Il se met à suer maintenant.

– Non, dis-je doucement. Ça doit être horrible.

– Tu es allée dans mon bureau aujourd'hui ?

– Euh…

Le changement de sujet me prend par surprise.

– Non.

La peur me rend fébrile et stupide.

– Alors, qu'as-tu dans ton sac, Sophie ?

– Quoi ? (Je m'y perds avec ces changements de sujet soudains.) Quel sac ?

De sa main libre, il fait un geste, et c'est à cet instant que je me rends compte que j'ai encore mon sac sur le dos.

– Ah ! (Ah merde. Ah. Mon. Dieu. Le rapport de police se trouve à l'intérieur et toute ma petite histoire menace de s'écrouler.) Des livres comme d'habitude, je mens.

Ces yeux deviennent des fentes.

– Les examens sont passés.

– Oui, et merci de m'avoir félicitée.

Cette raillerie n'est pas raisonnable, mais c'est sorti tout seul. Quand la remise de diplôme de Gavin avait approché, mes parents avaient quasiment préparé une cérémonie en fanfare. Pour moi ? Du silence.

D'un coup sec, mon père attrape le sac et l'arrache de mon épaule.

– Hey !

J'essaie de le récupérer.

Mon père le tient hors de ma portée. Il remet la sécurité sur la gâchette de son revolver avant de changer de main et d'ouvrir la fermeture Éclair du sac pour y plonger la main. Il ne doit pas s'attendre à ce que je riposte, car au moment où je me précipite vers le sac, je suis en mesure de l'agripper.

Mais ça ne suffit pas.

Mon père me dégage de son passage. Avec violence. Je tombe à nouveau, et cette fois je me cogne la tête contre le piano. Alors que je reste à terre, sonnée, mon père déchire le sac pour l'ouvrir et en renverse tout le contenu au sol. Le dossier tombe au sol avec un bruit sec, portant l'inscription COLEBURY POLICE DEPT sur le dessus.

– Petite conne de menteuse !

La veine palpite sur son front alors qu'il se rapproche de moi.

Trop lente, je me recroqueville en mettant mes bras au-dessus de ma tête.

Un coup retentit à la porte.

– Qui c'est, putain ? siffle mon père.

Comme je n'en ai pas la moindre idée, je ne dis rien.

Il me donne un coup du bout du pied.

– Réponds ! C'est qui ?

Je me redresse, j'ai le tournis.

– Aucune idée.

– Sophie ! appelle une voix masculine. (Pas celle de Jude. Pas celle de Nelligan.) T'es prête, Sophie ? On avait dit sept heures.

*Est-ce que c'est Griffin Shipley ?*

Son visage m'apparaît dans les limbes de mon esprit pétrifié.

– Sophie, ma belle ! On est jeudi, non ?

*Jeudi.* Jude va dîner chez les Shipleys le jeudi. Il devait être là-bas quand il a reçu mes messages étranges.

J'ouvre la bouche pour crier le nom de Griff, mais mon père me plaque la main contre la bouche.

– Silence. Qui c'est ? chuchote-t-il.

Il me désigne son arme, juste pour être encore plus clair.

– Mon rencard. Griffin Shipley. De l'église.

Mon père ricane.

– Je vais me débarrasser de lui. Ne t'avise pas de bouger. On n'en a pas fini.

– Sophie ! appelle Griff à nouveau. C'est ouvert ?

Je l'entends essayer la poignée.

En jurant, mon père fourre son arme dans son étui à sa ceinture.

– Qui est là ? dit-il d'un ton hargneux en se dirigeant vers la porte à l'instant précis où elle s'ouvre.

– Bonjour ! Vous devez être le père de Sophie. (La voix de Griff est étrangement théâtrale, ce qui n'arrange rien à la situation.) On va rater le film si elle ne descend pas. Hé ! Soph ? crie-t-il.

– Sophie ne se sent pas bien, avance mon père.

– Oh, non ! beugle Griff d'une manière qui mérite un grincement de dents. Laissez-moi simplement lui dire bonjour, et on prévoira une sortie une autre fois.

– Non, je ne crois pas que ce soit possible…

Je me hisse sur mes jambes et me traîne au coin de la pièce pour que Griff puisse me voir.

– Je suis juste là, dis-je d'une voix rauque.

– Hey, ma belle !

Griff fait un pas dans la maison, ce qui empiète sur le territoire de mon père.

– Reculez ! lâche-t-il de sa voix de flic. Sophie, assieds-toi immédiatement !

– Il faut que je lui parle, s'entête Griff.

– Sors de ma putain de maison, lui ordonne mon père. Immédiatement !

Mon père se retourne à une telle vitesse que je ne m'y attends pas. Il m'attrape par la taille et place sa main libre autour de ma gorge.

– Sortez ! aboie-t-il.

Puis il y a un énorme fracas, soudain. Je tombe en arrière, et c'est comme dans un mauvais rêve. Mes bras sont retenus, donc je ne peux pas amortir ma chute. Je tombe sur mon père, et nos têtes s'entrechoquent.

Le pistolet fait feu, et quelqu'un hurle.

Une seconde plus tard, je suis à nouveau soulevée dans les airs par Griff Shipley qui me porte, laissant mon père au sol.

Derrière lui se tient ma mère, une lampe cassée entre les mains.

# CHAPITRE 35

## JUDE

Au moment où j'entends partir la détonation, il m'est impossible de rester dans le camion de Griff une seconde de plus. J'ouvre la porte d'un coup et je me précipite dans l'allée. Dans l'embrasure de la porte restée ouverte, Griffin me confie Sophie, en quelque sorte. Quand mes bras se referment autour d'elle, tout son corps s'affaisse contre le mien.

– Oh mon Dieu, laisse-t-elle échapper dans un murmure.

– Chhut, ça va.

Et, effectivement, ça va. Griff se précipite au sol et s'assied littéralement sur le chef de police, lui maintenant les bras pour éviter qu'il ne gesticule.

– Dégage de là, se plaint celui-ci.

– Hors de question.

– Mon arme est déchargée, je suis blessé.

– Une petite écorchure sur le cul, je pense, se moque Griff, ta femme appelle les urgences.

Mme Haines tient le téléphone plaqué à l'oreille.

– Le chef a été impliqué dans un cas de violence domestique, dit-elle. Envoyez-nous une ambulance et le shérif du canton. *Pas* un de ses officiers à lui. Il y a conflit d'intérêts.

Sophie a momentanément perdu la capacité de parler, elle tremble. Je l'attire dehors, vers le camion de Griff. En la portant doucement, je l'installe sur le siège passager et je grimpe à côté d'elle pour la prendre dans mes bras.

– Papa a… il m'a surprise en train de fouiller, bafouille-t-elle.

– Ça va, tout va bien maintenant.

Je la berce.

– Ma mère lui a cassé une lampe sur la tête.

– Ta mère est une battante.

Elle laisse encore échapper des bribes de phrase.

– Il m'a visée avec son arme ! Je ne peux même pas… Quel *connard !*

– Chht, chht, chht, dis-je en lui caressant le bras. C'est fini maintenant.

– C'est Griff qui est venu ? Je ne comprends pas bien.

– Je sais. (Je dégage les cheveux de son front.) Il ne voulait pas que ce soit moi qui frappe.

– Parce que mon père t'aurait *tué.*

– Non, il ne l'aurait pas fait.

Je dis ça pour l'apaiser.

– Ce soir, il l'aurait fait.

Elle frissonne de tout son corps entre mes bras.

– Mais ce n'est pas le cas, dis-je en murmurant.

On entend une sirène et, quelques secondes plus tard, une ambulance se gare à côté du camion. Le conducteur sort et se dirige vers nous.

– Quelle est la situation à l'intérieur ?

– L'arme du chef de police a fait feu accidentellement, dis-je d'une voix bien plus calme que j'aurais pu imaginer. Il saigne. Mais mon ami le retient parce que, plus tôt, il a menacé sa fille avec son arme, avant que sa femme ne lui casse une lampe sur la tête.

Les yeux de l'ambulancier s'écarquillent.

– Est-ce que je ne ferais pas mieux d'attendre le shérif ?

Mais la porte d'entrée s'ouvre, et Mme Haines lui fait un grand signe pour qu'il entre.

Je ne bouge pas du camion, Sophie entre mes bras, et je vois l'autre ambulancier entrer dans la maison avec un brancard.

Puis c'est au tour de la voiture du shérif de se garer. Deux hommes en sortent et se dirigent vers nous. L'un d'entre eux salue Sophie par son nom.

– Est-ce que l'un d'entre vous est blessé ?

– Pas du tout. Juste ébranlé, dis-je répondant pour nous deux.

– Restez ici, nous dit-il.

– On attend là.

Ils entrent et on entend le père de Sophie hurler à travers la porte d'entrée.

Sophie prend une grande inspiration et souffle.

– Il faudra que je parle au shérif.

– Je sais, bébé. Mais pas d'urgence.

– Tu as vu la ceinture sur la photo que je t'ai envoyée ? Tu sais ce que ça veut dire ?

Mon estomac se tord.

– Je crois savoir, oui.

La porte de la maison de Sophie s'ouvre à nouveau et les ambulanciers sortent avec leur brancard.

Le chef y est allongé, maintenu par des sangles, il jure. Une fois au bout de l'allée, ils tournent et c'est à cet instant que le chef me voit dans le camion avec Sophie.

– PUTAIN !

Il essaie littéralement de rouler hors du brancard pour se jeter vers moi, les deux ambulanciers peinent à rétablir l'équilibre, mais parviennent à le garder sur le brancard.

– Calmez-vous, Chef, dit le shérif en posant une main sur son épaule. Je vous ai déjà fait part de vos droits. Si vous ne restez pas tranquille je me verrai dans l'obligation de mentionner une résistance à l'arrestation.

– Et je vous collerai un procès au cul, lâche le chef Haines.

Mais c'est difficile de paraître menaçant depuis un brancard, les fesses en sang.

L'un des officiers du shérif part avec l'ambulance et l'autre vient prendre notre déclaration.

– Que s'est-il passé ? demande-t-il, le bloc-notes et le stylo prêts à l'emploi.

– C'est une longue histoire, dit Sophie en se redressant.

– J'ai tout mon temps. Si on allait dans la maison ?

Sophie se tourne pour prendre ma main.

– Il vient avec moi.

– Très bien.

On entre ensemble. La mère de Sophie a l'air bouleversée, mais elle ne panique pas à ma vue. Elle se contente de me regarder avec de grands yeux alors que je m'installe dans un fauteuil de son salon pour la toute première fois.

– Je dois récupérer quelque chose dans le bureau de mon père, dit Sophie. La raison pour laquelle il s'est mis en fureur aujourd'hui, c'est que j'ai trouvé des photos qu'il cachait.

– Très bien, dit le shérif. Regardons ça.

***

Les jours suivants, les choses se passent très vite. Le bureau du shérif appelle le bureau des Affaires internes du Vermont. Les policiers interviewent l'officier Nelligan et Sophie. On découvre que Nelligan avait été renvoyé peu de temps avant la crise de Chef Haines.

Le père de Sophie est sous le coup d'une longue liste d'accusations, parmi lesquelles altération de preuves et entrave à l'enquête. Il est jugé probable qu'il tente de s'évader, on lui refuse donc la liberté sous caution.

Le dossier criminel à mon encontre est rouvert avec l'aide de l'ami avocat de May, même s'il doit se mettre au fait de toute l'histoire pour me représenter.

Une surprise de plus : j'apprécie immédiatement mon avocat. Je m'attendais à un type guindé en costume, mais cet avocat ne sort pas du moule des jeunes premiers. Il a un piercing au sourcil et des tatouages celtiques qui dépassent sous les manches retroussées de sa chemise. En plus des diplômes habituels, les murs de son bureau sont décorés de photographies encadrées de vieux avions.

Par-dessus tout, il ne s'adresse pas à moi comme à un moins-que-rien.

Je le rencontre deux jours après l'arrestation du chef. Il m'accueille ainsi :

– Bon, j'ai très envie de foutre mon poing dans la gueule à l'avocat commis d'office qui vous a défendu à la cour.

– Vraiment ?

Il acquiesce, son piercing brille dans la lumière.

– Dès la première seconde, j'ai su que tout ce dossier puait. Mais lui, ça n'a pas l'air de l'avoir dérangé.

– J'ai appris qu'il avait été radié.

Mon avocat tapote la table de son stylo.

– Ils vous ont peut-être attribué ce clown fanfaron de la cour volontairement. C'est une possibilité à envisager. Je vais embaucher un enquêteur et le mettre sur la question.

Ça a l'air cher.

– Comment puis-je être utile ?

– J'aimerais que vous me racontiez les événements de cette nuit dont vous arrivez à vous souvenir.

– C'est bien les souvenirs, mon problème.

– Je comprends bien. Vous avez sans doute souffert d'une contusion que personne n'a diagnostiquée. Heureusement, votre petite amie a fait un boulot formidable en révélant les incohérences de l'histoire officielle, et nous allons faire de notre mieux pour les exploiter. Donc, commencez depuis le début.

C'est ce que je fais.

Une heure et demie plus tard, j'ai bu deux bouteilles d'eau et raconté tout ce que j'ai pu retrouver dans ma mémoire à propos de la nuit de l'accident. Mon avocat a rempli la moitié d'un cahier de notes et a enregistré notre conversation.

– Je vais me mettre au travail tout de suite sur votre dossier de réclamation, dit-il Je ne veux pas vous donner de faux espoirs…

– Je sais, dis-je rapidement. Ce sera peut-être refusé.

Il sourit.

– Peut-être. Mais, généralement, je pars de rien. Cette fois-ci, les Affaires internes et un procureur sont déjà sur le dossier. Je n'ai jamais commencé un cas dans de telles conditions. Je suis très optimiste.

Optimiste. Voilà un mot que je n'emploie jamais.

– Comment je vais payer pour tout ça ?

– Vous ne payez pas. Je vais traiter cet appel sans vous le facturer. Si on gagne, vous poursuivrez l'État pour un emprisonnement injustifié et abusif et ils paieront. Mon bureau touchera une partie de la somme et cet argent retournera dans nos fonds pro bono pour le bien public.

– Ça me semble être mieux que tout ce que j'aurais pu trouver ailleurs. Donc, si j'ai bien compris, on en a fini pour l'instant ?

Il semble amusé.

– Vous ne m'avez pas demandé ce que touche quelqu'un pour emprisonnement arbitraire.

Je hausse les épaules.

– Si on en arrive là, j'imagine que vous m'en informerez. Je ne fais pas ça pour l'argent.

– C'est une bonne attitude. (L'avocat se lève.) Mais si on gagne, ça pourrait changer votre vie. Vous pourriez reprendre des études ou acheter une maison.

Une maison. J'aime bien l'idée.

– Merci pour votre aide.

Je jette les bouteilles vides dans sa corbeille à recycler.

– Vous plaisantez ! On va bien s'amuser. (Il se frotte les mains.) Quand vous verrez May Shipley, rappelez-lui qu'elle me doit un rencard café.

– Ce sera fait.

Une fois sorti du bureau de l'avocat, j'appelle immédiatement Sophie.

– Comment va ma beauté aujourd'hui ?

– Bien. Maman est dans l'avion, direction la Virginie. Elle va s'installer chez sa sœur. Donc, si un type sexy voulait venir dîner avec moi ce soir, je serais disponible.

Chez elle ? En voilà une première.

– Il s'avère que je connais justement un type qui est disponible pour dîner.

– Dis-lui de me rejoindre, alors.

# CHAPITRE 36

## SOPHIE

*Mood musical : « Get lucky »*
*des Daft Punk*

Me réveiller dans mon lit à côté de Jude, le lendemain matin, me rend plus heureuse que je ne l'ai jamais été. On l'a attendu longtemps, ce moment de véritable paix, où le lever du jour fait passer mes rideaux du rose à l'orange, puis au jaune. On reste allongés blottis l'un contre l'autre, sa poitrine contre mon dos, son bras autour de ma taille.

C'est parfait. C'est tellement parfait qu'il décide de me retourner sur le dos et de déposer des baisers sur ma poitrine nue.

– Bonjour, dis-je en chuchotant alors qu'il se met à sucer doucement mon téton droit.

– Mmmm…

Je passe ma main dans ses cheveux ébouriffés et je soupire.

– On réalise mon fantasme de lycéenne, là. J'ai toujours voulu t'avoir dans mon lit.

Il me libère avec un bruit humide.

– C'est ce qu'il y a de mieux au monde, murmure-t-il en s'intéressant à mon autre sein.

– Ce serait mieux encore si mon père était au courant, je souligne. Il mourrait de te savoir nu dans mon lit.

– Je serai nu ailleurs dans pas très longtemps, dit-il alors que ses doigts gagnent le bas de mon corps.

– Tu es insatiable, dis-je, mais il s'agit d'un faux reproche.

Je ne me suis jamais sentie aussi désirable.

– Je pourrais prétendre que c'est à cause de trois ans d'incarcération, dit-il en me léchant le creux de la hanche. Mais c'est juste toi.

*Extase !*

– Alors, viens là.

– Quand j'aurai envie, dit-il d'un ton autoritaire.

Mais quand il me regarde, j'ai droit à un sourire, un vrai à cent mille volts.

***

Après ce début de matinée quatre étoiles, je dois me préparer pour mon gros rendez-vous à l'hôpital. M. Norse a été bien gentil et a accepté de reporter le rendez-vous de trois jours à cause de l'arrestation de mon père. Il a repoussé le rendez-vous avec Denny aussi.

Je vais devoir me confronter à la situation et, comme ça m'intimide, j'enfile un vrai tailleur, un chemisier en soie et des talons.

– Waouh, se moque Jude depuis la table de la cuisine. Moi, je t'embauche.

– Tu n'es pas impartial, et je me suis habillée comme ça uniquement pour être virée avec style.

– C'est l'idée.

Je joue la désinvolte, mais ensuite je souris, ce qui ruine l'effet. Le voir torse nu attablé dans ma cuisine, c'est une vision qui me redonne de l'entrain. J'espère que ma mère va rester un peu en Virginie pour que je puisse profiter à nouveau de cette vision.

– On fait du café ?

Jude désigne la machine.

– J'en ai déjà préparé.

– Je vais m'y habituer facilement.

Il sourit.

***

À neuf heures précises, j'entre dans le bureau de Norse et m'installe en face de lui.

– Comment te sens-tu ? me demande-t-il. Je t'aurais volontiers accordé plus de temps, mais…

– C'est très bien, dis-je rapidement. Le service ne peut pas vraiment patienter jusqu'à ce que ma saga familiale prenne fin.

Il m'adresse un regard plein de compassion.

– Alors, je ne vais pas y aller par quatre chemins. Tu nous as impressionnés, Sophie.

Il y a un « mais ».

Je le sens venir.

Il se dégage la gorge.

– Sophie, il y a quelque chose que je dois te demander, et c'est un peu délicat. (Il pousse un dossier vers moi.) Quelle a été ton implication dans une requête que nous avons reçue en mai pour une place d'hospitalisation dans un service de traitement des addictions aux drogues ? Jette un œil à ce dossier, s'il te plaît.

– OK ?

Je n'ai pas la moindre idée du dossier dont il parle. Je prends le dossier et ouvre la première page. Au-dessus se trouve une lettre, d'une page, avec un papier à en-tête de la prison.

*Aux membres du conseil en charge des dossiers de mise en liberté conditionnelle,*

*Dans dix jours, je serai examiné. Si je suis libéré, j'aimerais demander un transfert dans un centre de traitement des addictions aux drogues. On m'a informé que les requêtes comme la mienne sont peu fréquemment acceptées à cause de problèmes de financement et de manque de place. En réalité, j'ai été découragé par d'autres prisonniers de parler du fait que l'héroïne circule dans les prisons. Mais je n'avais jamais essayé avant d'entrer dans votre prison. Ce n'est pas une habitude que j'aimerais*

*emporter avec moi. La vérité, c'est que si vous me relâchez sans traitement de désintoxication, j'ai peur d'être vite de retour ici.*
*Sincèrement,*
*Jude Nickel*

Bon sang. Je lève les yeux vers M. Norse, en essayant de ne pas pleurer.
– C'est la première fois que je vois ce document.
– Tourne la page, dit-il.
La feuille suivante, dans le dossier, est un formulaire de demande, du type de ceux que l'on reçoit souvent dans nos bureaux. Le conseil carcéral y demande une place pour hospitalisation dans un service de traitement des addictions pour un certain Jude Nickel. La requête est approuvée le jour même où elle arrive à l'hôpital, avec une place au centre de Green Hill pour la semaine suivante.
À nouveau, je croise le regard de mon patron.
– Ça a été approuvé excessivement vite. Normalement, il y a une attente très longue.
Il acquiesce doucement.
– Le demandeur a eu de la chance.
Il secoue la tête doucement.
J'observe le dossier à nouveau, en lisant les codes qui figurent au bas des pages. La personne qui a validé la requête a identifié le patient comme VIP. De tout le temps que j'ai passé à l'hôpital, je n'ai vu qu'un seul patient être identifié comme VIP et

il s'agissait du fils d'un des plus grands donateurs de la fondation de l'hôpital.

– Qui a fait ça ? je demande bêtement.

– C'est la question que je voulais te poser.

Je suis bouche bée.

– Ce n'est certainement pas moi. Je n'ai jamais vu ce formulaire de demande.

– Mais tu connais le patient, n'est-ce pas ?

– Évidemment. C'est mon copain. Mais quand la demande est arrivée… (je repère la date sur la page) je ne l'avais pas vu et n'étais plus en contact avec lui depuis près de trois ans, et je ne disposerais jamais de ressources publiques pour une faveur personnelle. Je ne *toucherais* même pas à un tel document, pour être honnête. Si ça me tombait entre les mains, je le transférerais immédiatement à quelqu'un d'autre. D'ailleurs, c'est précisément ce que j'ai fait peu avant Noël quand cette même personne a été admise comme patient à l'hôpital.

Il tapote du doigt sur le bureau, l'air absent.

– Je sais, oui. Mais alors qui a bien pu classer ce dossier VIP ?

– Je n'en ai pas la moindre idée. (Je parle d'une voix haut perchée, empreinte de panique.) Quel ordinateur a été utilisé ? C'est peut-être quelque chose que vous pourriez vérifier avec les codes d'accès ?

– C'est vrai, dit-il avec prudence.

Il doit y avoir pensé en amont. Mais, de toute évidence, il ne compte pas m'informer de ce qu'il a découvert.

– M. Norse, je suis entrée ici ce matin en sachant pertinemment que je serais peut-être doublée sur le poste à plein temps si vous décidiez de le donner à quelqu'un de plus expérimenté. Je peux parfaitement vivre avec l'idée que c'est pour cela que je n'ai pas le poste. Mais je ne *peux pas* vivre avec l'idée que vous puissiez penser que j'ai utilisé l'hôpital pour accorder des faveurs à quelqu'un que j'aime.

Mon patron ferme les yeux, comme s'il souffrait, puis il les rouvre.

– Merci d'être si claire là-dessus, Sophie. Mais la question n'est pas réglée encore. Je ne prendrai aucune décision concernant le poste à plein temps aujourd'hui. Dès que j'en saurai plus, je te contacterai.

C'est tout. Il m'a simplement évincée de la conversation. Il ne me croit pas.

Bon sang, mes yeux me brûlent, ma gorge se serre et je menace de me mettre à pleurer dans le bureau de mon patron.

– Merci, je bégaie.

Puis je me lève et me précipite hors de son bureau.

Dans les locaux, je croise Denny qui attend pour son propre rendez-vous. Dès qu'il me voit, son regard s'adoucit.

– Hey, tu vas…

Je ne le laisse même pas poser sa question. Je me contente d'attraper mon manteau et je pars en courant.

La brise glaciale de janvier m'accueille à la sortie de l'hôpital. Je me rends jusqu'à ma voiture, le pas lourd, et je m'installe dedans en claquant la portière. Mais je ne pars pas, je suis trop choquée pour savoir où aller. Un sanglot réprimé s'échappe de ma poitrine et des larmes de frustration se mettent à couler le long de mes joues.

Je cours après ce poste depuis un an, et maintenant, ils s'imaginent que j'ai enfreint les règles.

Je prends quelques minutes pour me calmer. Un sentiment désagréable s'installe, parce que je me rends compte du caractère étrange de la situation. Quelqu'un avait *bel et bien* validé la demande de Jude avec le cachet VIP. Mais qui ?

Politiquement, les traitements contre la drogue, c'est un gros dossier dans le Vermont en ce moment. Le gouverneur en a fait une priorité, mais si Jude était une sorte de cas test, mon patron aurait été au courant. Il l'aurait validé lui-même.

Jude n'a pas d'autre allié au monde que moi, et les Shipley bien entendu. Mais à l'époque de sa requête, il ne les connaissait même pas encore.

Alors qui ?

Je suis encore assise derrière mon volant, à fulminer, perplexe, quand Denny sort du bâtiment. Mais je ne décèle pas de joie dans sa démarche. Je le vois se diriger lentement vers sa voiture, le regard baissé, les dents serrées.

Sans réfléchir, j'ouvre ma portière et je sors.

Le mouvement attire l'attention de Denny. Il s'arrête sur le parking, à côté de sa voiture, l'air tiraillé.

– Quoi ? je lance dans le vent, en courant vers lui. Qu'est-ce qui s'est passé ?

Il baisse les yeux vers ses chaussures.

– Je ne suis pas pris, dit-il d'un ton sec. Il ne l'a pas dit, mais je pense que le poste est pour toi.

– Quoi ?

Ça n'a aucun sens.

Il lève ses yeux bruns vers moi.

– C'est moi. J'ai fait passer Jude en haut de la liste d'attente au printemps dernier. Norse m'a demandé, et j'ai avoué. (Il avale avec difficulté.) Parce que je savais qu'il penserait que c'était toi, sinon.

– Tu…

Je halète. L'air se comprime dans mes poumons. Ça n'a absolument aucun sens.

Il cligne de ses grands yeux marron où je décèle de la douleur.

– Il était accro à *l'héroïne* et il revenait par ici. Je ne voulais pas que tu aies à te confronter à ça. Les listes d'attente dans ces centres sont parfois d'un an.

Une autre version de l'année qui vient de s'écouler m'apparaît – Jude de retour à Colebury, son corps lui demandant de l'héroïne. Un Jude encore maigre et mal portant, qui espère atteindre la fin d'une liste d'attente quelque part avant que ça le tue.

Je frissonne dans le vent.

– Mais Denny, tu as risqué… tout. Pourquoi ?

Il ferme les yeux.

– Si tu ne comprends toujours pas, je ne peux pas t'expliquer.

Il se détourne et tire d'un coup sec sur la poignée de la portière. Quand la porte s'ouvre, il entre. Une demi-seconde plus tard, le moteur vrombit. Il recule alors que je suis toujours plantée là, à essayer de comprendre.

In. Sen. Sé.

Je retourne jusqu'à ma voiture, frigorifiée. Je démarre et laisse chauffer le moteur pendant soixante secondes, comme Jude me l'a conseillé. Mon téléphone sonne alors que j'attends, et l'écran affiche le numéro du bureau de Norse.

– Allô ?

– Sophie, je suis absolument navré d'avoir douté de toi. C'est…

– Denny, je laisse échapper. J'aurais préféré qu'il ne fasse pas ça.

Les larmes menacent à nouveau.

– Moi aussi. S'il était venu me trouver pour m'en parler, on aurait pu trouver un centre pour ce patient sans enfreindre toutes les règles.

– Vous ne pouvez rien faire pour lui ? je le supplie Il va avoir besoin de recommandations.

Il y a un silence de l'autre côté de la ligne.

– Je ne sais pas ce que je pourrai écrire sans malaise, dit-il. Je parlerai à nouveau à Denny dans la semaine quand j'aurai eu le temps d'y réfléchir.

– D’accord.

– Le poste est pour toi, Sophie. Viens travailler avec nous à plein temps. Tu seras brillante.

Je sais que c’est vrai, mais je pleure quand même.

– Ç’aurait dû être Denny.

– Pas forcément, dit-il. Tu as toujours été dans la course. Je ne vais pas t’ennuyer avec ça aujourd’hui, mais appelle-moi dans la semaine pour qu’on parle du poste et des avantages, et puis tu pourras me faire part de ta décision.

– OK, dis-je consciencieusement.

– On s’appelle bientôt, dit-il. Et tu peux être fière.

Bien.

J’appelle Jude, qui doit attendre que je lui annonce ce qui s’est passé. Je pensais qu’il y avait deux scénarios possibles pour aujourd’hui : le succès et la joie, ou le rejet et le désespoir. Je n’avais pas envisagé de troisième option.

– Hey, bébé, dit-il en décrochant, dis-moi tout !

C’est ce que je fais.

Jude laisse échapper un soupir.

– Merde, je ne sais pas quoi dire.

– Tu n’as pas besoin de dire quoi que ce soit.

– Je sais, mais… merde ! Il m’a sauvé la vie, et il se fait virer pour ça.

– C’est à peu près ça.

– Il l’a fait pour toi.

– J’ai bien compris, dis-je sèchement. Pardon. C’est juste… vraiment stressant. J’ai son poste.

– Non, dit-il avec douceur. Tu as *un* poste. Il va en trouver un autre. Il utilisera ses professeurs d'université comme référence, Soph. C'est pas comme s'il travaillait dans votre hôpital depuis dix ans et qu'il ne connaissait personne d'autre.

Je n'y avais pas pensé.

– On ne l'a pas poussé à faire ça, remarque Jude. Mais je ne peux pas dire que je ne lui suis pas reconnaissant. Je n'avais pas réalisé que je prenais la place de quelqu'un sur la liste.

– Il y a dix personnes en attente pour chaque centre de traitement des addictions du Vermont. *Tous* ceux qui obtiennent le traitement prennent la place de quelqu'un d'autre.

– C'est carrément triste.

On reste tous les deux silencieux un instant.

– Sophie ?

– Ouais ?

– Est-ce que ça veut dire qu'on reste dans les parages de Montpelier ?

– J'imagine que oui. Qui aurait pu le prévoir ?

– T'es occupée, là ?

– Non.

– Tu peux me retrouver quelque part ? Je suis à Montpelier, sur l'avenue Bailey.

– Où ça ?

– Note l'adresse dans ton téléphone. Je suis au nord de Terrace. Tu ne pourras pas rater mon épave.

– Très mystérieux, tout ça !

– Pas vraiment. Je t'explique tout dans quelques minutes, quand tu seras là.

Il ne plaisante pas, la rue se situe à huit minutes de voiture de l'hôpital, même en me prenant tous les feux rouges. L'Avenger de Jude est garée dans une rue perpendiculaire, devant une maison blanche en bois, avec des volets noirs et un toit pointu.

Jude sort de sa voiture quand j'arrive. Il me prend dans ses bras.

– Je suis désolé que ta journée n'ait été que du stress.

– Moi aussi, dit-il. Mais il va peut-être très bien s'en sortir, Soph.

– Je sais. Allez, montre-moi ton truc maintenant.

– Vraiment, bébé ? Ici ?

Il fait mine de descendre sa braguette.

– Jude !

Il rit.

– Suis-moi.

Je le suis dans l'allée qui mène au porche spacieux de la maison blanche.

– Qui vit ici ?

– Eh bien… (Il glousse.) C'est toute la question.

Il tourne la poignée et ouvre la porte d'entrée.

– Qu'est-ce que tu veux dire ?

– Pour rigoler, je regardais les locations.

– C'est à louer, ça ? Une maison entière ?

J'entre. L'endroit est complètement vide.

– Ouais. Mais le propriétaire préférerait vendre. C'est un vieil homme de quatre-vingts ans et il a déménagé dans un complexe pour personnes âgées. La maison est sur le marché depuis plusieurs mois. Il a vécu ici pendant quarante ans sans faire aucune rénovation, donc il y a du boulot.

Je fais un tour. La maison doit avoir cent ans, mais dans le bon sens. Il y a de superbes planchers en bois et une belle rampe qui brille dans les escaliers qui mènent au second niveau. Les ornements des plafonds ont l'air d'être d'origine et il y a de belles fenêtres à petits carreaux partout.

– C'est sublime. On a les moyens d'acheter ça ?

– Peut-être, dit-il. On pourrait la louer avec une option d'achat. Pour l'instant, on n'a pas le compte, mais…

– On a tous les deux des boulots, et si l'État du Vermont te verse des sous pour l'emprisonnement à tort…

– … on aura le compte !

– Exactement.

Je me retourne doucement.

– Mon Dieu ! J'adore.

– Les salles de bains et la cuisine sont vieilles, me met en garde Jude, mais si on achète quelque chose, je veux faire de la rénovation et de l'embellissement. J'ai pas peur de le faire moi-même. Tu pourrais choisir toutes les couleurs, je ferais toute la plomberie et le carrelage moi-même. Je ne serais pas rapide, mais il y a deux salles de bains, donc il n'y en aurait qu'une seule hors service à la fois.

La joie se répand dans ma poitrine comme des bulles.

– Tu ferais ça pour moi ? Rénover notre maison ?

Il se tient derrière moi et pose son menton sur mon épaule.

– Rien ne me rendrait plus heureux que de te faire une maison.

– Wouah. Je pensais qu'on vivrait dans des petits appartements quelque part, en économisant jusqu'à ce qu'on puisse acheter.

Il pose sa main sur mon épaule et la serre.

– Ce serait la façon prudente de procéder. Mais je suis optimiste, Soph. Pour une fois, je pense qu'on va bien s'en sortir.

Je me retourne et scrute son visage où je découvre quelque chose qui m'est peu familier. *De l'espoir.*

– Je l'adore, dis-je sincèrement. J'adorerais vivre ici avec toi. Montre-moi encore.

Main dans la main, on monte les escaliers antiques ensemble pour que je visite la salle de bains à l'étage et les chambres.

On passe une bonne heure à explorer la maison. Le grenier est un peu effrayant, mais tout le reste est parfaitement vivable, même si c'est vieux. Je m'imagine les chambres toutes repeintes. Je rêve de tapis colorés et de chaussettes de Noël sur la cheminée.

À contrecœur, je suis Jude dehors.

Il referme la porte. Et cache la clé sous le paillasson. C'est comme ça qu'on fait dans le Vermont.

– Je veux vivre ici avec toi, lui dis-je. Si tu penses que le loyer est abordable, faisons-le.

Il m'accompagne jusqu'à ma voiture et se tient là, sur le trottoir, pendant que je laisse le moteur chauffer. Je baisse la vitre pour lui dire au revoir encore une fois. Il se penche et m'embrasse. Mais mes soixante secondes ne sont pas passées, donc j'attends encore un peu.

– Quelque chose ne va pas ? demande-t-il.

– Non. J'attends juste que le moteur chauffe. Tu m'as toujours dit que ça prenait soixante secondes.

Il sourit.

– Quoi ? Pendant trois ans, j'ai pensé à toi chaque fois que je démarrais ma voiture. Même quand je ne le voulais pas.

Il renverse la tête en arrière et part d'un immense éclat de rire.

– Qu'est-ce qu'il y a de si drôle ?

– Oh ! T'es tellement mignonne, putain !

– *Pourquoi ?*

– Les temps de chauffe de soixante secondes, c'est pour les voitures avec un carburateur, comme la vieille Porsche. Il faut ce temps de chauffe pour obtenir le bon équilibre d'air et d'essence. Mais ta voiture est à injection.

– Ah ! dis-je, et mon visage s'empourpre. Tu aurais dû être plus clair.

Il sourit. Mon Dieu, que j'aime ce sourire !

– À plus tard ?

Il se penche pour un baiser de plus. Puis il recule en me faisant un signe de la main.

Je lui envoie un dernier baiser, puis je m'éloigne du trottoir. Je roule en secouant la tête. Tant de choses que je pensais savoir sur ma vie étaient fausses.

Mais ça arrive parfois.

Tout ce que l'on peut faire, c'est écouter plus attentivement, s'accrocher fermement et espérer le mieux.

## *Trois mois plus tard*

### SOPHIE

*Mood musical : « Memories »*
*des Cats malheureusement, parce que,*
*Hugh, les Cats...*

– Tu as toujours envie d'aller à cette fête ?

Je pose la question à Jude qui pilote ma voiture dans les rues de Colebury.

– Bien sûr, je me suis habillé pour, t'en penses quoi ?

Il porte un pantalon kaki et une chemise dont il a déboutonné le dernier bouton, ce qui, pour Jude, est une tenue habillée.

– Et je veux danser avec toi dans cette robe.

– Pourquoi ? Mais est-ce que j'ai vraiment envie de le savoir ?

Il me jette un regard furtif avant de se concentrer sur la route.

– Elle épouse ton cul d'une façon rêvée.

– C’était pas mon cul que tu regardais à l’instant.

Il sourit au pare-brise.

– Cette robe est comme le Vermont, bébé, peu importe où tu regardes, c’est magnifique.

Je renifle comme un garçon, exprès, alors qu’il s’arrête sur une allée et coupe le moteur.

Quand je vois où nous sommes, je ne peux m’empêcher de sourire. On regarde tous les deux l’ancien emplacement de l’enseigne du garage *Nickel’s Auto Body*. Maintenant, il y a juste un espace vide et un immeuble prêt à être démoli.

– Cet endroit va sûrement te manquer, dis-je, brisant le silence.

– Je ne pense pas, dit-il en souriant. Notre nouvel emplacement est vraiment bien.

C’est vrai. On installe petit à petit la vieille maison de Montpelier. Une partie des meubles viennent de ma maison d’enfance que ma mère a vendue récemment. L’appartement qu’elle a acheté en Virginie, près de la maison de sa sœur, n’est pas aussi grand, donc elle nous a donné la salle à manger et les meubles de ma chambre.

Avant qu’elle déménage, le père Peters et moi avons vidé la chambre de Gavin ensemble, parce qu’elle n’était toujours pas prête à le faire. Même si elle allait mieux sur bien d’autres points. Apprendre toute l’ampleur de la trahison de mon père l’a réveillée. Elle a beaucoup pleuré quand elle a appris comment Gavin avait réellement perdu la vie, mais c’est comme si le choc de cette nouvelle avait asséché l'océan d'apitoiement dans lequel elle se noyait depuis des années. Et avec mon père qui a quitté sa vie, elle a décidé de mieux s'occuper d'elle.

Je n'ai pas vraiment tout compris, mais je suis assez excitée à l'idée de la voir plus active. Lorsqu'elle a annoncé qu'elle voulait du changement et que sa sœur lui avait proposé de déménager dans le Sud, j'ai été étonnée, mais je l'ai soutenue.

Quant à mon père, il est incarcéré dans la prison où il a envoyé Jude illégalement. Sa peine pour avoir envoyé Jude là-bas est d'un an et demi seulement. Les deux députés qui l'avaient aidé à couvrir l'affaire ont échappé à la prison en témoignant contre lui.

Mais mon père ne sortira pas avant *trois* ans, parce qu'il a aussi été attrapé en possession de drogue. Pendant tout ce temps, il gardait la grande réserve de cachets de Gavin dans le coffre pour ses armes, au sous-sol de la maison. Personne n'aurait jamais découvert la cachette si je n'avais pas trouvé les photos. Ça a permis d'avoir un mandat de perquisition. Les enquêteurs ont ouvert le coffre, et les pilules qu'ils ont trouvées à l'intérieur ont scellé le destin de papa.

La nuit où j'ai entendu parler de ça, j'ai fait asseoir Jude pour entendre ce qu'il avait à me dire à propos de la cache.

Ses grands yeux gris se sont écarquillés et sa mâchoire est presque tombée.

– Je l'ai pas vue venir, celle-là.

Moi non plus, en fait.

Puisque mon père a été accusé de revente, il a dû dire au procureur où il avait trouvé la drogue. En fait, Gavin avait tout le stock dans son sac, le soir de sa mort. Mon père était horrifié. Il a accusé Jude pour que personne ne sache que son fils était un trafiquant. Seulement, il ne pouvait pas incarcérer Jude pour une si grosse quantité, c'était une histoire tellement incroyable que les gens auraient posé beaucoup trop de questions. Il a donc gentiment caché une bonne partie de la drogue et a laissé Jude être inculpé pour homicide involontaire à la place.

La condamnation de Jude a été officiellement annulée il y a seulement deux semaines. La lettre est accrochée à notre vieux réfrigérateur, dans la cuisine. Chaque fois qu'on ouvre le frigo, on s'arrête pour l'admirer.

Et maintenant, je réalise que Jude et moi regardons tous les deux le garage de son père, perdus dans nos pensées. Jude est peut-être terriblement triste.

– Je t'aime, dis-je doucement.

Il tend la main au-dessus du pommeau du levier de vitesse pour prendre la mienne.

– Je t'aime tellement que c'en est presque douloureux. Tiens, voilà le vieux.

Son père se gare à côté de nous. Il a déménagé hier dans un appartement sur la route à deux voies, entre Colebury et Montpelier. Il a pris un travail payé à l'heure dans un magasin de pièces détachées.

La fermeture officielle du garage, c'est demain, il y a donc une dernière chose dont il faut s'occuper.

– Hey, dit Jude à son père en sortant de la voiture.

– Hey.

Les hommes de la famille Nickel communiquent uniquement avec des phrases d'un mot.

– Tu vas bien ? lui demande Jude.

Son père sourit.

– Ouais. C'est la fin d'une époque.

Je peux presque entendre les pensées de Jude. *Et pas la meilleure.*

Cette discussion gênante est interrompue par une dépanneuse qui roule lentement dans la rue. Jude court pour dire au chauffeur qu'il est au mauvais endroit, il doit retourner dans la ruelle derrière la bâtisse.

On marche tous ensemble sur la route pour attendre le chauffeur à l'arrière. Mon portable vibre. C'est May Shipley qui m'envoie l'adresse pour les festivités de ce soir.

*Cet endroit est génial*, ajoute-t-elle.

Je réponds : *À ce soir !*

En regardant Jude, je le vois prendre quelque chose dans la main de son père. Il le met très rapidement dans sa poche et jette un coup d'œil coupable dans ma direction, par-dessus son épaule.

C'était bizarre, mais je décide de ne pas m'inquiéter. Si son père et lui se rapprochent, ça ne peut être qu'une bonne chose.

Le chauffeur positionne sa dépanneuse là où elle doit être et se dirige vers nous.

– Jude Nickel ?

– C'est moi.

– C'est celle-là, n'est-ce pas ?

Le conducteur désigne la Porsche.

– Oui, M'sieur.

Jude se penche et retire la bâche, exposant la voiture accidentée dans toute sa gloire. Non seulement c'est une épave mais Jude l'a dépouillée de toutes ses parties utiles, y compris les sièges et les ferrures. Ce n'est plus qu'une carcasse maintenant.

Le chauffeur secoue la tête.

– Je ne peux pas croire qu'une voiture comme celle-ci soit désormais bonne pour la casse.

– Prenez-la. (Jude insiste et jette un coup d'œil à son père.) La fin d'une époque.

Le vieil homme rit.

– Très bien, dit le chauffeur. Tenez, voilà pour vous.

Il met la main dans sa poche et en sort une enveloppe.

Jude tend la main.

– Vous avez acheté la casse de Ryson ?

– Ouais, enfin, c'est mon beau-père qui l'a achetée.

– Gardez cet argent, dit Jude. J'ai volé des pièces de cette caisse pour acheter de la drogue quand j'étais adolescent. M. Ryson ne l'a jamais su. Il me faisait confiance.

Le conducteur grimace.

– Terrible histoire, mon garçon. (Il regarde Jude des pieds à la tête.) On dirait que tu vas mieux maintenant.

– C'est le cas, merci.

Il lui tend la main. Son bras cassé à Noël est maintenant guéri, et les voyous qui l'avaient agressé ont été reconnus coupables.

Le conducteur regarde le chèque dans sa main.

– Tu es sûr ?

– Certain.

Il lève son menton vers le ciel.

– Je suis désolé, M. Ryson, dit-il, et je reconnais une des douze étapes.

Le conducteur de la dépanneuse, lui, doit sûrement trouver ça un peu bizarre.

Jude n'en a rien à faire. Il semble plus en paix avec lui-même qu'il ne l'a jamais été.

Le conducteur met le chèque dans sa poche et part travailler. On le regarde attacher ce qui reste de la Porsche à la dépanneuse.

– J'espère que les roues arrière roulent toujours, dis-je.

Jude met son bras autour de moi.

– Je pense que l'essieu arrière peut faire quelques kilomètres de plus.

C'est un peu comme assister à un enterrement. Le conducteur entre dans sa dépanneuse et démarre. Puis la Porsche, où j'ai passé une grande partie de mon adolescence, disparaît lentement.

– Eh bien, dit-il. On a une fête qui nous attend.

Il serre la main de son père, car apparemment les Nickel ne se font jamais l'accolade, et lui demande de prendre soin de lui. Puis il prend la place du conducteur dans ma voiture et démarre.

On est silencieux sur la première partie du chemin.

– Tu es sûr que tu es d'humeur à faire la fête ?

– Tu portes toujours cette robe ? dit-il. Donc, oui.

– C'est dans un bar.

C'est pour ça que j'ai posé la question. On va à la grande soirée d'inauguration du bar du frère de Zara.

– Je sais, ne t'inquiète pas, tout va bien.

– Je ne veux pas que tu te sentes mal.

Il me regarde, amusé.

– Bébé, si je te dis que c'est bon, c'est que c'est bon.

– Désolée, dis-je tout de suite.

D'habitude, je ne suis pas aussi protectrice avec lui, et c'est ce qu'il aime chez moi d'ailleurs, mais ce soir c'est différent, il a eu une journée chargée en émotion, et je ne veux pas le traîner à une fête s'il n'a pas envie.

– Tu devrais venir à une réunion avec moi, dit-il soudain.

– Ah ouais ?

– Ouais. Je veux que tu voies à quoi ça ressemble. Certains gars ont des épouses qui aiment faire la fête. Elles boivent, se droguent et demandent à des anciens dépendants pourquoi ils ne s'amusent plus comme avant.

– Merde ! C'est horrible.

Jude et moi sommes encore au début de sa désintox, mais je sais que je suis mille fois plus solidaire que les femmes qu'il vient de décrire.

– C'est horrible, mais tu dois me faire confiance si je te dis que je peux aller quelque part ou faire quelque chose. Et avec toi à mon bras, il n'y a pas beaucoup d'endroits où je ne peux pas aller. (Il sourit.) Tu ne bois presque pas, et on ne peut pas dire que les Shipley sortent pour se bourrer la gueule. Donc, le fait que je sois dans un endroit où ils vendent beaucoup d'alcool n'est pas vraiment un problème. Ce qui est important, c'est avec qui je suis, pas où je suis.

– D'accord. Mais tu sais, Griff m'a dit que tu n'étais jamais allé avec eux chez *Goat* l'année dernière.

– Ah, mais c'est différent. Je me relevais à peine. Je vais bien, je te le promets.

– Je t'aime, dis-je en lui touchant le bras. Je ne veux pas que tu sois mal à l'aise, jamais.

– Tout le monde est mal à l'aise quelquefois, dit-il en accélérant sur la bretelle d'accès à l'autoroute. C'est ce que tu en fais qui te définit.

Il a raison bien sûr. Je commence donc à me détendre, m'assois confortablement dans mon siège et jette quelques regards à son beau profil jusqu'à notre arrivée au bar.

## JUDE

Le frère de Zara, Alec, va s'en sortir.

Je me gare devant un magnifique bâtiment en briques avec des volets en bois. Le *GIN MILL* affiché en lettres de néon scintille au-dessus de l'entrée.

À l'intérieur, il y a beaucoup, beaucoup de monde dans une ambiance sympa. L'éclairage et la teinte orange foncé des briques et du vieux bois sont en accord avec le lieu. Un bar en cuivre étincelant s'étend à chaque extrémité de la pièce, derrière lequel plusieurs personnes s'activent pour servir les clients.

De l'autre côté, il y a quelques banquettes et un DJ. Je doute qu'il sera là tous les soirs, mais ce soir l'ouverture du *Gin Mill* est dingue et les gens dansent déjà.

– Waouh, me crie Sophie à l'oreille.

– T'as vu ça ?

– Je crois que j'ai vu Griff.

Elle le montre du doigt.

J'attrape sa main et on traverse la foule vers le fond de la salle où Griff, Audrey, May, Kyle et Zach sont regroupés, un cocktail à la main.

– Hey ! dit Griff en levant la main pour un high-five. T'es venu ! C'est chaud ici.

– Carrément !

– Qu'est-ce que tu bois ? demande-t-il à ma nana. Alec fait sa propre eau tonique et c'est vraiment bon, et il sert un gin du Vermont avec une base de miel.

Rien que d'y penser, je sens la douceur amère du gin et du tonic dans ma bouche. Mais cela ne veut pas dire que je dois en boire.

– Je veux bien juste de l'eau tonique avec une rondelle de citron vert.

– J'y vais, dit Sophie, en s'éloignant vers le bar avant que je puisse l'arrêter.

Griff prend une gorgée de son cocktail.

– Ce bar va bien marcher.

– Je me disais la même chose.

– Alec a l'air content.

Il pointe le bar du menton, où le frère de Zara aux cheveux noirs travaille dur pour servir les boissons.

– Je croyais que tu n'étais pas copain avec les frères de Zara, dis-je.

Griff se penche pour me parler discrètement.

– Il m'apprécie davantage depuis que je ne me cogne plus sa sœur.

– Ah, dis-je, tandis que Zach rougit.

Mon Dieu, qu'est-ce que j'aime ces mecs ! Il m'a fallu du temps pour me sentir bien dans leur groupe, mais maintenant ce sont mes amis. Je ne suis plus seulement le mec qu'ils payaient à l'heure pendant l'été. Griff et sa famille sont mes amis, et je ne les abandonnerai jamais. Avec Sophie, on est allés au dîner du jeudi aussi religieusement qu'au dîner communautaire des mercredis. Cet été, pendant mes jours de congé, j'ai prévu d'aider Griff à rénover la petite maison qu'il partage avec Audrey. Par miracle, je me suis entouré de bonnes personnes. Donc, je me suis promis de les aider toute ma vie, autant que possible.

– De qui vous parlez ? demande Zara qui surgit devant nous. De la forme ridicule de ce ventre ?

Elle pose la main sur ce qui est, en effet, un ventre de femme enceinte, large comme je n'en ai jamais vu. Ce n'est plus un ventre. C'est une montgolfière.

– Tu accouches quand ?

– D'un instant à l'autre ! Je ne peux que la remercier d'avoir attendu l'inauguration du bar. Ça a été une semaine de fou, dit-elle, en caressant son ventre géant.

– T'as fait beaucoup de choses ? demande Griff.

– Ouais, je ne pouvais pas supporter de voir mon grand frère faire n'importe quoi. Il ne sait même pas comment faire un inventaire d'alcool, c'est un débutant qui pense savoir ce qu'il fait. C'est les pires.

– Hey, faut bien commencer, insiste Audrey, qui apparaît à côté de Griff. Moi, j'ai toujours l'impression de débuter dans la vie. J'ai de l'empathie pour ce pauvre Alec.

Zara se lance dans une explication :

– Oui, sauf que toi, tu l'admets quand tu ne sais pas quelque chose, alors que dans ma famille personne n'a jamais tort.

Elle lève les yeux au ciel.

Sophie revient une minute plus tard avec deux verres, dont un pour moi.

– T'as pris quoi ?

– La même chose que toi !

Elle trinque avec moi.

– Fallait pas.

Elle peut boire quelques verres si elle veut.

Elle se met sur la pointe des pieds et m'embrasse.

– Je sais, mais je ne préfère pas… Le gin me fait dormir.

Je l'embrasse à nouveau, en posant ma main libre sur le tissu soyeux de sa robe. À cet instant, je réalise que j'ai tout ce que j'ai toujours voulu.

– Ça suffit, tous les deux ! (C'est Zara qui se plaint.) Je voudrais vous montrer le patio, c'est moins bruyant et moins bondé. Suivez-moi.

On la suit de près, et ça en valait vraiment la peine. Le patio s'étend sur tout l'arrière du moulin et surplombe la rivière Winooski. Il y a des guirlandes sur la rampe, des bougies et des torches au mur. C'est une soirée d'avril étonnamment chaude pour le Vermont, et l'air de la nuit promet que le printemps va vraiment arriver.

– WAOUH ! dit May, c'est joli.

– Quelle surface ! dit Audrey. Ils pourraient louer cet espace pour des soirées privées.

– Comme *des mariages*, dit Kyle, le cousin de Griff. Peut-être que si Griff se décidait à faire sa demande, vous pourriez faire la réception ici.

Griff lui jette un regard noir.

– Toi, je te retiens.

– Quoi, dit Kyle. C'est juste une idée.

– Tu ne peux pas jeter un homme sous un bus comme ça ! dit May. C'est à lui de prendre la décision, au moment voulu.

Kyle sourit.

– Je disais ça comme ça. Tous les mecs ont la trouille quand on parle de mariage. C'est un truc de mecs.

Griff se justifie :

– Personne n'a la trouille, mais il y en a qui doivent faire des travaux avant de penser à se marier.

– Ah bon ? J'ai cru que c'était parce que tu es une poule mouillée.

Audrey lève des yeux au ciel.

– T'es vraiment con, Kyle.

– Je suis perspicace, c'est différent.

Sophie me tire par la main, je la suis jusqu'à la rambarde loin du groupe.

– Tu as vu, la lune se reflète dans la rivière. Regarde.

– C'est magnifique, lui dis-je en regardant la lune à la surface de l'eau.

Mais la vraie beauté, c'est elle.

– Est-ce que c'est vrai ? demande-t-elle en me pinçant gentiment le cul. Est-ce que les hommes ont toujours la trouille quand quelqu'un parle de mariage ?

Je lui fais un sourire qui, je l'espère, n'est pas trop bizarre.

– Je ne dirais pas ça. (Mon cœur bat la chamade.) Et pas parce que le mariage me fait peur.

Plutôt l'inverse.

Elle lève la tête pour m'embrasser.

– C'est vraiment un des endroits les plus beaux du monde. Peut-être même le plus beau. Je parie qu'il va se vivre beaucoup de moments romantiques ici.

– Ah oui, tu penses ? (Je lui vole un baiser.) Tu penses qu'on devrait vérifier si cette théorie est vraie ?

Mon pouls accélère de plus belle, je suis sur le point de faire quelque chose de dingue.

– Bien sûr. (Elle me regarde avec un petit sourire espiègle.) Embrasse-moi, alors.

Je la plaque contre moi, mes lèvres sur les siennes. Ces derniers mois ont été un rêve devenu réalité. Mon travail se passe bien et, chaque soir, je rentre retrouver quelqu'un que j'aime. Il n'y a rien de mieux que d'entrer dans notre maison pour l'entendre crier « Je suis là ! » depuis la cuisine. Je l'embrasse toujours pour lui dire bonsoir, puis je cours prendre ma douche le plus vite possible afin de pouvoir retourner l'aider à préparer à dîner et l'écouter me raconter sa journée. Et les nuits ? Un paradis. La tenir dans mes bras tous les soirs est tout ce dont j'ai toujours rêvé.

Je m'enivre de sa bouche alors qu'elle s'agrippe à mes biceps et soupire. Je dois mener une lutte intérieure pour arrêter de l'embrasser et reculer. Je mets ma main dans ma poche et la ferme sur quelque chose que mon père m'a donné cet après-midi.

C'est le moment de me mettre à genoux.

Mon amour penche son joli visage sur le côté, comme si elle attendait la punch line d'une blague.

– Sophie, j'ai attendu longtemps pour être capable de te demander ça. Il y a des années où je me suis même dit que ça n'arriverait jamais. Est-ce que tu veux m'épouser ?

Elle écarquille les yeux, choquée.

– Tu me fais une blague ?

– Pas du tout.

J'ouvre l'écrin que m'a donné mon père pour révéler la bague de mariage ancienne de ma grand-mère.

Elle met ses mains devant sa bouche.

– Oh putain ! crie Griffin. Qu'est-ce qui se passe ici ?

Sophie me saute au cou et m'embrasse sur la joue.

– Oui, je le veux. Bien sûr que je le veux.

Je me relève et la porte, tandis qu'Audrey et May crient à tue-tête.

– Putain de merde ! (Griffin est en boucle.) Tu nous fais tous passer pour des connards, maintenant.

Zara le recadre :

– Oh, ferme-la ! Le mot que tu cherches, c'est *félicitations*.

Je les entends à peine, pour être honnête. Je tiens ma fiancée fort contre moi et me bats pour ne pas pleurer ou avoir la voix qui tremble de bonheur.

– Je ferai tout ce qui est en mon pouvoir pour te rendre heureuse, je te le promets.

– Je sais, dit-elle en embrassant ma joue. On va se faire du bien.

– J'ai tellement de chance, lui dis-je.

C'est la chose la plus sincère et la plus vraie que j'ai jamais dite à quelqu'un.

– On a *tous les deux* de la chance, elle insiste. On n'a qu'à dire qu'on continue comme ça ?

– Vendu !

FIN

*Composition et mise en pages*
*Nord Compo à Villeneuve-d'Ascq*